Dirk Trost
Pharisäer für Norddeich

EDITION M

Das Buch

Der 5. Fall für Jan de Fries.

Strahlend blauer Himmel, weiße Schäfchenwolken und friedlich auf dem Deich grasende Schafe: Diese Postkartenidylle wird jäh unterbrochen, als dem ehemaligen Anwalt Jan de Fries wie aus dem Nichts eine junge Frau mit Rastazöpfen vors Auto läuft. Am darauffolgenden Tag treibt dieselbe Frau tot in einem Tretboot im Norder Tief.

Jan steckt in großen Schwierigkeiten, denn die örtliche Kriminalpolizei identifiziert ihn schnell als Hauptverdächtigen, und er sieht sich gezwungen, auf eigene Faust zu ermitteln. Bald führt ihn die Suche nach dem Täter in die Welt der Kitesurfer. Während Jan sich durch das knietiefe Watt quält, um hautnah inmitten der Wassersportler nach dem Mörder zu suchen, sorgt ein brutaler Überfall auf einen Geldtransporter im beliebten Nordseeheilbad Norddeich für zusätzliche Aufregung in Ostfriesland.

Der Autor

Bereits als kleiner Junge verbrachte er seine Sommerferien regelmäßig in Ostfriesland und schmökerte den Sommer über in den Abenteuergeschichten von Enid Blyton, Erich Kästner und an langen Winterabenden in den »verbotenen« Krimis seines Großvaters, die ganz hinten im Kleiderschrank versteckt waren. Was lag da näher, als selber Kriminalromane zu schreiben. Es sollte fünfzig Jahre dauern, bis sich dieser Kindheitstraum mit der Jan-de-Fries-Serie erfüllte.

DIRK TROST

Pharisäer für Norddeich

KRIMI

5. FALL FÜR JAN DE FRIES

EDITION M

Deutsche Erstveröffentlichung bei
Edition M, Amazon Media EU S.à r.l.
5 Rue Plaetis, L-2338 Luxembourg
Mai 2018

Umschlaggestaltung: bürosüd° München, www.buerosued.de
Umschlagmotiv: © Gary Clarke / Alamy Stock Foto; © Sergey Sidelnikov / Shutterstock; © Rasica / Shutterstock; © claudiah / Shutterstock; © Nejron Photo / Shutterstock; © nevio / Shutterstock; © Napoleonka / Shutterstock
1. Lektorat: Kanut Kirches
2. Lektorat, Korrektorat und Satz:
Verlag Lutz Garnies, Haar bei München, www.vlg.de
Gedruckt durch:
Amazon Distribution GmbH, Amazonstraße 1, 04347 Leipzig /
Canon Deutschland Business Services GmbH,
Ferdinand-Jühlke-Straße 7, 99095 Erfurt /
CPI Books GmbH, Birkstraße 10, 25917 Leck

ISBN 978-1-503-95428-1

www.edition-m-verlag.de

Meinem Bruder Frank gewidmet

Bruderherz
Du hast mich mit einem Riesenteddy zu Tode erschreckt,
wir hatten nie den gleichen Musikgeschmack,
wir haben als Kinder zusammen die Sirius entdeckt und
im Norddeicher Hafen die Fischer beim Ausladen ihres
Fanges beobachtet.
Jetzt bist du gegangen.
Ich habe immer zu dir hochgeschaut – zu meinem
großen Bruder!
Ich liebe dich.

»Wenn der Schnee schmilzt, sieht man, wo die Kacke liegt.«
Rudi Assauer (aus *Focus* Nr. 39, 2005,
https://www.focus.de/kultur/leben/13fragen/fragebogen-rudi-assauer_aid_209641.html)

Prolog

»Nein!« Die Stimme des Mannes mit der schwarzen Skimaske überschlug sich. »Nicht schießen!«

Die Warnung kam zu spät.

Der Schuss aus dem großkalibrigen Gewehr seines Kumpans peitschte durch die Schalterhalle der Emder Volksbank.

Mit einem unterdrückten Aufschrei wurde der Filialleiter von den Füßen gefegt und schlug rücklings auf dem gefliesten Boden vor dem Bankschalter auf. Der ebenfalls großkalibrige matt schimmernde Revolver fiel polternd zu Boden. Auf der Brust des Mannes, wo Sekundenbruchteile zuvor die blaue Krawatte mit den lustigen gelb-rot gestreiften Leuchttürmen einen farblichen Akzent zum blütenweißen Oberhemd gebildet hatte, breitete sich ein großer Blutfleck aus. Noch bevor der aufstrebende und bei seinen Kunden überaus beliebte Filialleiter mit ausgebreiteten Armen den Boden berührte, war er bereits tot.

»Warum spielst du Idiot auch den Helden?«, sagte der Mann mit dem Gewehr verächtlich und hob seine Waffe in Richtung der beiden jungen Frauen, die mit schreckgeweiteten Augen auf ihren toten Chef starrten. »Legt euch mit dem Bauch auf den Boden! Wer den Kopf hebt, kann diesem Schwachkopf Gesellschaft leisten.«

Die Bankangestellten standen unter Schock. Sie wussten, dass ihr Chef Kassenwart im Emder Schützenverein war und seine Waffe donnerstags immer zur Arbeit mitnahm und im Schreibtisch verwahrte, damit er nicht zu spät zum wöchentlichen Pistolenschießtraining ins Vereinshaus kam, weil er sie nach Feierabend erst zu Hause holen musste. Und es war den Angestellten auch klar, dass ihr Filialleiter damit gegen irgendwelche Waffenbestimmungen verstieß. Aber da er ansonsten außerordentlich korrekt war und die Meinung vertrat, dass eine Waffe außer im Waffenschrank nirgendwo sicherer sei als in einer Bank, machten sie sich keine weiteren Gedanken; schließlich war Bernd Degenhardt ja ihr Vorgesetzter.

Außerdem hatte niemand damit gerechnet, dass er seinen Revolver aus der Schreibtischschublade hervorholte und hinter dem Tresen hervorkam, um wie auf dem Schießstand im schulmäßigen beidhändigen Combatanschlag auf die Bankräuber zu schießen, die sich mit den beiden Plastiktüten und den erbeuteten Geldbündeln bereits auf dem Rückzug aus der Bank befanden. Hätte der Filialleiter nicht zur Waffe gegriffen, wären die Täter dreißig Sekunden später verschwunden gewesen und niemandem wäre etwas passiert. So aber hatte Degenhardt einem der drei Bankräuber in den Bauch geschossen. Und er selbst war jetzt tot.

Während sich die beiden Bankangestellten wie in Zeitlupe anschickten, dem Befehl des maskierten Bankräubers zu folgen, kniete dessen Kumpan sich neben den am Boden liegenden Vermummten, der sich vor Schmerzen wand.

»Wie schlimm ist es?«, rief der Schütze mit zunehmender Nervosität, während er den Angestellten abwechselnd mit dem Gewehrlauf in den Rücken stieß, weil sie sich seinem Geschmack nach zu langsam bewegten.

»Übel«, schnaufte der Bankräuber, der ihn Sekunden zuvor mit seinem Ruf von dem Schuss auf den Filialleiter abhalten wollte, und schob das schwarze Shirt des Verletzten hoch. »Verdammt übel – Bauchschuss. Wieso hat der Typ überhaupt eine Waffe? Verdammt, wir sind doch nicht im Wilden Westen!«

»Keine Ahnung«, erhielt er zur Antwort. »Scheißegal. Wir müssen weg!«

Während noch immer das Echo des ohrenbetäubenden Schusses durch die Schalterhalle der Volksbank zu hallen schien und der scharfe Geruch des verbrannten Pulvers, ähnlich dem von Böllern in der Silvesternacht, in den Augen aller Anwesenden zu schmerzen begann, packten die beiden Bankräuber ihren stark aus seiner Bauchwunde blutenden Kumpan links und rechts an der schwarzen Bomberjacke und schleiften ihn durch die Schalterhalle zum Ausgang.

Keuchend erreichten sie mit dem mittlerweile Bewusstlosen ihren Wagen, der mit laufendem Motor im Halteverbot direkt vor dem Eingang der Bank auf sie wartete.

»Was ist passiert?«, fragte der ebenfalls vermummte Fahrer mit aufsteigender Panik, als die beiden den mittlerweile bewusstlosen Verletzten wie einen nassen Sack auf den Rücksitz wuchteten.

»Dieser gottverdammte Idiot!«, fluchte Peter Richter und ließ sich schwer atmend auf den Beifahrersitz fallen, während er sein Gewehr griffbereit neben sich an die Innenseite der Tür lehnte. »Dieser Scheißfilialleiter. Er hat Jakob einen Bauchschuss verpasst.«

»Ist er …«, stammelte der Fahrer, während er unter der Gesichtsmaske schwer atmete.

»Halt die Klappe!«, fuhr ihn der Maskierte neben ihm an. »Fahr los!«

Mit lautem Quietschen radierten die Reifen des in der Nacht zuvor gestohlenen Fluchtwagens auf dem Asphalt. Der BMW 316 beschleunigte mit aufheulendem Motor.

In der Ferne erklangen die ersten Martinshörner der alarmierten Streifenwagen.

»Gib Gas!«, befahl Richter vom Beifahrersitz aus und sah angestrengt in den Seitenspiegel.

Der Fahrer tat, wie ihm befohlen wurde, und trat das Gaspedal bis zum Boden durch. Der dunkelblaue BMW schoss auf der Bundesstraße 210 stadtauswärts. Kurz vor der Landesstraße drosselte der Fahrer die Geschwindigkeit und bog nach links auf sie ab, Richtung Hinte. Knapp hundert Meter weiter bog er erneut nach links ab, diesmal in einen schmalen Feldweg, den der BMW widerwillig entlangschlingerte.

»Masken runter!«, befahl der Todesschütze vom Beifahrersitz und wandte den Kopf Richtung Rücksitz, auf dem der Bewusstlose mit blutdurchtränktem Shirt halb auf dem vierten Bankräuber lag, der ihn im Arm hielt. »Was macht Jakob?«

»Ich glaube …«, antwortete der Angesprochene, dem seine Rudi-Völler-Frisur schweißnass am Kopf klebte, nachdem er sich die Skimaske vom Kopf gezogen hatte, mit hochrotem Gesicht, »… er ist … tot.« Seine Hände begannen unkontrolliert zu zittern.

»Hätte mich auch gewundert, wenn nicht«, entgegnete Richter, dem seine schmalen Koteletten bis ans Kinn reichten, und wies auf einen von einem Traktor planierten Feldweg. »Da rein jetzt!«

»Tot … oh Gott, Jakob ist …«, stammelte der Fahrer, während er wild am Lenkrad des Fluchtwagens herumkurbelte, um den BMW in der Spur des holprigen Feldwegs zu halten. »Was sollen wir denn seiner Frau sagen? Sie hat doch die Kleine … und ist wieder schwanger … und die Schulden …«

»Sieh gefälligst nach vorn!«, schnauzte Peter Richter seinen Kumpan an. »Wir haben alle Kinder. Und Schulden auch. Genau deshalb haben wir ja das Ding durchgezogen. Jakob kannte das Risiko, wie wir alle. Und jetzt nimm endlich die verdammte Maske ab!«

Der Fahrer warf seinem Komplizen einen furchtsamen Blick zu, während er sich die Wollmaske mit den Augenschlitzen vom Kopf zog. Nur zu gut kannte er Richters aufbrausendes Temperament. Es war besser, das zu tun, was er befahl.

Erleichtert bremste er den Fluchtwagen ab, als ihre eigenen am Wegrand abgestellten Autos auftauchten. Der Motor erstarb, und für einen Moment war es totenstill im Fahrzeug. Auch durch das halb geöffnete Beifahrerfenster drang kein Laut.

»Los jetzt!«, kommandierte der Mann auf dem Beifahrersitz und machte dem Fahrer ein Zeichen. »Du packst mit an, Asmus. Wir heben Jakob in meinen Kofferraum. Und du, Ulf«, wandte er sich zum Rücksitz um, »zählst die Kohle in vier gleich große Anteile ab. Los jetzt!«

»Muss das denn sein?«, keuchte der Fahrer und sah den Mann auf dem Beifahrersitz mit angsterfüllten Augen aus den Sehschlitzen der Gesichtsmaske an.

»Natürlich muss das sein!«, erwiderte der Mann mit harter Stimme. »Wenn die Polizei den Toten findet, kommen die ganz schnell auf uns. Schließlich hängen wir ständig zusammen. Das weiß jeder.«

Während der Todesschütze gemeinsam mit dem Fahrer den Toten zu einem bronzefarbenen Audi 80 schleppte, hob der Bankräuber mit der Rudi-Völler-Frisur die beiden Mülltüten mit dem Geld in einen weißen Golf GTI und machte sich ans Aufteilen der Beute. Auch wenn er gebannt war von dem Berg von mit bankeigenen Banderolen versehenen Geldbündeln, ging sein Blick immer wieder zu seinen beiden Komplizen, die mühsam ihren toten Freund zu dem Audi transportierten. Die Füße des Toten schleiften durch den Staub und hinterließen zwei parallel nebeneinander laufende Spuren auf dem Weg.

»Oh Gott«, flüsterte jetzt auch er wie kurz zuvor sein

Kumpel. »Zwei Tote. Das hat niemand gewollt. Das war's, die Schuldgefühle kriegen wir unser ganzes Leben lang nicht mehr los. Die Polizei wird uns jagen. Wir müssen uns um Jakobs Frau kümmern, die kleine Victoria kann doch gerade erst laufen …« Mühsam konzentrierte er sich wieder auf die Beute, die sich im Kofferraum des Golf GTI auftürmte.

»Wie viel?«, fragte Richter, nachdem sie ihren toten Komplizen mühsam im Kofferraum des Audi verstaut hatten, und lehnte sich gegen das Heck des Golf.

»Wahnsinn!«, schnaufte der Mann ungläubig, der am Kofferraum des Golf stand und die Geldbündel sorgfältig in vier gleich große Haufen gestapelt hatte. »Eine Viertelmillion – für jeden!«

»Sauber.« Der Fluchtfahrer machte große Augen und schnalzte laut mit der Zunge. »Das hat sich gelohnt.«

»Von der Kohle her sicher«, entgegnete Asmus Wolfert mit dumpfer Stimme. »Aber das Geld ist teuer bezahlt. Zwei Tote.«

Betroffen blickten die beiden anderen auf den Kofferraum mit den Geldbündeln. Die Hände des Mannes mit der Rudi-Völler-Frisur begannen erneut zu zittern, als er die letzten Bündel auf die Geldstapel legte.

»Ich kümmere mich um Jakob«, sagte der Todesschütze in einem Tonfall, der keinen Widerspruch duldete. »Ich nehme auch seinen Anteil mit. Er hat ein Kind, ebenso wie wir. Ich verstecke das Geld. Wenn die Kleine volljährig ist, buddele ich das Geld wieder aus. Dann kriegt sie es.«

»Wieso geben wir es nicht seiner Frau?«

Peter Richter schüttelte energisch den Kopf. »Nein! Nicht einer Frau, die so jung ist. Bevor du dichs versiehst, hat sie einen Neuen und macht sich mit Jakobs Kohle und ihrem Lover ein schönes Leben.«

»Stimmt«, brummte der Mann mit der Rudi-Völler-Frisur. »So scharf, wie die aussieht, kannst du darauf wetten.«

»Sag ich doch«, entgegnete der Schütze und streckte den Arm mit zur Faust geballter Hand vor, sodass der Ärmel seiner Jacke hochrutschte und ein Tattoo sichtbar wurde. »Wie lautet unsere Devise?«

»Einer für alle. Alle für einen!«, antworteten die Männer gleichzeitig mit ernsten Stimmen und pressten die Fäuste gegeneinander.

– 1 –

»Verdammt!« Erschrocken riss ich das Lenkrad herum.

Die Reifen meines VW Käfer quietschten, als der Wagen auszubrechen drohte und gefährlich nahe Richtung Straßengraben schlingerte. Die Aussicht, im mannstiefen, mit Abwasser gefüllten Graben zu landen, dessen dunkle Wasseroberfläche von einer grünen Schicht Entengrütze bedeckt war, ließ mich hastig am Lenkrad kurbeln.

Eine Handbreit vor dem nassen Gras, auf dem die schmalen Reifen meines Wagens wie auf Schmierseife weggerutscht wären, gelang es mir, den Wagen abzufangen. Das Profil der Weißwandreifen fand auf dem Asphalt der schmalen Landstraße Halt und brachte meinen Käfer zurück auf die Straße.

Allerdings in Gegenrichtung – aus Norddeich kam ich gerade.

Durch das Ausweichmanöver hatte ich den Motor meines Oldtimers abgewürgt. Ich zog die Handbremse an und drehte mich zum Rücksitz herum, von dem Motte sich gerade schwerfällig aufrappelte.

»Alles klar, Dicker?«, fragte ich mitfühlend und wuschelte ihm über den Kopf.

Motte sah mich mit einer Mischung aus erschrockener Missbilligung und verschlafenem Nichtverstehen an. Unwirsch schüttelte er den Kopf, sodass seine Ohren geräuschvoll hin und her schlenkerten.

»Ich kann dich gut verstehen, Dicker«, versicherte ich ihm und fuhr ihm durchs dichte Fell. »Ich wäre auch sauer, wenn ich so unsanft geweckt worden wäre.«

Noch während ich beruhigend auf Motte einredete und ihm das Fell kraulte, wandte ich mich wieder der Straße zu und sah durch die Windschutzscheibe den langbeinigen Grund für mein unvorhergesehenes Ausweichmanöver auf mich zustürmen.

»Nehmen Sie mich mit!«, keuchte die junge Frau atemlos.

Nach Luft ringend, stützte sie sich auf die Haube meines Käfers.

Entrüstet fuhr ich von meinem Sitz hoch und sah die Frau wütend über den Rand der Windschutzscheibe an, was kein Problem war, da ich aufgrund des strahlenden Sonnenscheins das Verdeck meines Käfer-Cabriolets geöffnet hatte und »oben ohne« unterwegs war.

»Finger weg!«, blaffte ich die Frau mit den blonden Rastazöpfen an. »Ich bin schließlich kein Taxi, das Sie nach Belieben anhalten können.«

»Nehmen Sie mich mit!«, wiederholte die junge Frau ihre Aufforderung, während sie einen gehetzten Blick über ihre Schulter warf.

Obwohl es mich stinksauer macht, wenn fremde Leute meinen geliebten Käfer befummeln, verzichtete ich auf einen weiteren Anraunzer, denn sie wirkte ziemlich aufgelöst.

»Wo wollen Sie denn hin?« Argwöhnisch sah ich die Frau mit den schulterlangen dunkelblonden Rastas an.

Ich schätzte sie auf Mitte zwanzig. Sie war sonnengebräunt, groß und schlank. Ihre hohen Wangenknochen und vollen Lippen verliehen ihr eine anziehende Attraktivität. Mit ihrem eng anliegenden neonfarbigen Shirt und den knappen Shorts passte sie eher an den Strand als auf eine staubige ostfriesische Landstraße. Für den Strand sprach auch ihre tiefe Sonnenbräune. Offenbar hielt sie sich oft und lange in der Sonne auf.

»Weg«, antwortete sie und schaute sich erneut gehetzt um. »Nur weg von hier!«

»Gibt's Probleme?«, wollte ich wissen und sah sie misstrauisch an.

Ich hatte keine Lust auf Unannehmlichkeiten. Zu oft hatte ich mich in letzter Zeit um Probleme anderer Leute gekümmert und war in Sachen hineingestolpert, um die ich besser einen großen Bogen gemacht hätte.

»Ja.« Ihre hellblauen Augen flackerten vor Angst, als sie mich flehend ansah. »Nehmen Sie mich mit.«

Argwöhnisch musterte ich die junge Frau.

Probleme, dachte ich. Schon wieder. Ich habe es geahnt.

»Bitte!« Ihre Stimme klang eindringlich.

Ich atmete tief durch und zählte in Gedanken langsam: einundzwanzig, zweiundzwanzig …

»Bitte!«

… dreiundzwanzig.

»Steigen Sie ein«, seufzte ich ergeben und deutete mit dem Kinn zur Beifahrerseite.

Was hätte ich auch sonst tun oder sagen sollen? Mich mit einem freundlichen »Moin« verabschieden, Gas geben und davonfahren etwa? Das konnte vielleicht jemand anders. Ich nicht. Wenn mich jemand um Hilfe bat, konnte ich nicht Nein sagen. Mein altes Dilemma.

Die junge Frau hastete um den Wagen herum und streifte sich ihren Rucksack vom Rücken, um ihn in den Fußraum des Wagens zu werfen. Hektisch riss sie die Beifahrertür auf. Mit einem Satz warf sie sich auf den Sitz und zog die Tür zu, die mit einem satten Geräusch ins Schloss fiel.

Motte gab einen missbilligenden Knurrlaut von sich und blies der Frau seinen warmen Atem in den Nacken. Mit einem unterdrückten Aufschrei fuhr sie herum und wich vor Motte zurück. Verständlich, wenn einem unvermutet ein ausgewachsener Berner Sennenhund ins Gesicht hechelt.

»Keine Angst«, sagte ich beruhigend. »Er hat nur Hunger.«

Die Augen der Frau waren schreckgeweitet, als sie zurückwich, bis der Plastikknopf vom Handschuhfach sie stoppte.

»Ich meine … er tut nichts«, beeilte ich mich zu sagen, da meine Worte die Frau anscheinend mehr ängstigten als beruhigten. »Motte brummt immer nur so, wenn es Zeit zum Essen ist.«

Die Frau presste sich stocksteif gegen das Armaturenbrett des Käfers und starrte den Dicken wortlos an.

»Wo wollen Sie hin?«, wechselte ich das Thema, da ich aus Erfahrung wusste, dass man so schnell niemandem seine Angst vor Hunden ausreden konnte.

Meine Frage erinnerte die Frau offensichtlich an den Grund, weshalb sie aus dem Schilf am Straßenrand heraus direkt vor die Stoßstange meines Käfers gesprungen war. Augenblicklich vergaß sie Motte und fuhr zu mir herum.

»Egal«, antwortete sie fahrig. »Nur weg von hier.«

»Ich bin auf dem Weg nach Hamswehrum«, sagte ich. »Ein Stück kann ich Sie mitnehmen. Wenn Sie wollen, fahre ich Sie nach Greetsiel. Oder soll ich Sie nach Norddeich bringen und am Bahnhof absetzen?«

»Nein!« Abwehrend schüttelte sie den Kopf, ihre Augen sahen mich ängstlich an. »Nicht nach Norddeich!«

»Schon gut«, versuchte ich wieder, sie zu beruhigen. »Ich nehme Sie in die andere Richtung mit und dann setze ich Sie an einer Bushaltestelle ab.«

Mit einer Drehung des Zündschlüssels startete ich den

Motor, der mir mit lautem Knattern signalisierte, dass er mir das Abwürgen kurz zuvor nicht übel nahm.

»Jan«, sagte ich und legte den Gang ein. »Jan de Fries.«

Die Frau warf mir einen kurzen Blick zu, machte aber keine Anstalten, mir ihren Namen zu nennen.

Dann eben nicht, dachte ich und zuckte gleichgültig mit den Achseln.

Ich würde die Frau bis Greetsiel mitnehmen und am großen Parkplatz an der Mühlenstraße absetzen. Von dort aus konnte sie den Bus nach Emden nehmen oder wohin auch immer sie wollte.

Falls sie überhaupt weiß, wohin sie will, dachte ich und warf ihr einen skeptischen Seitenblick zu, während ich den Käfer wendete und Gas gab. Glücklicherweise war die aus Norddeich kommende Deichstraße, die entlang des Deiches lief, auf diesem Abschnitt hinter dem Nordsee-Camp Norddeich, einem großen Campingplatz, menschenleer.

Der Fahrtwind wirbelte die Rastazöpfe der Frau durcheinander. Ein Problem, das ich mit meiner Frisur nicht hatte. Bei zwei Millimetern Haarlänge wirbelt nichts mehr.

Ein paar Minuten später tauchte bereits die Landstraße auf, die nach Greetsiel führt. Da mir aus der nordöstlich verlaufenden Alleestraße kein Gegenverkehr entgegenkam, tippte ich nur kurz auf die Bremse, um schwungvoll in die Westermarscher Straße einzubiegen.

»Kommen Sie auch gerade aus Norddeich?«, fragte ich mäßig interessiert, aber bemüht, das Schweigen im Wagen etwas aufzulockern. »Ich komme gerade aus dem Hafen. Ein Freund von mir lässt seinen Kutter generalüberholen.«

Unverwandt starrte die Frau in den kleinen Außenspiegel, als würde sie kontrollieren, ob uns jemand verfolgte. Im gleichen Moment, als ich über den bevorstehenden Stapellauf der frisch überholten und reparierten *Sirius* plaudern wollte, stieß sie einen erschrockenen Laut aus und umklammerte den Türgriff, als wolle sie die Tür aufstoßen, um aus dem fahrenden Auto zu springen.

Ich sah in den Rückspiegel. Ein schwarzer SUV näherte sich uns mit hoher Geschwindigkeit. Beim Näherkommen erkannte ich, dass der Wagen ein hiesiges Kennzeichen des Landkreises Aurich trug: NOR.

Offenbar hatte die Frau den Geländewagen ebenfalls gesehen. Er schien der Grund für ihren Schreckenslaut zu sein, gleichzeitig rutschte sie tief in den Sitz hinunter.

»Werden Sie verfolgt?«, fragte ich, ohne mit einer Antwort meiner nicht gerade gesprächigen Beifahrerin zu rechnen.

Zu meiner Überraschung nickte die Frau, während sie unverwandt in den Seitenspiegel schaute.

»Mein Freund. Wir haben uns gestritten.« Ängstlich schüttelte sie den Kopf. »Können Sie nicht schneller fahren? Ich habe keinen Bock, mit ihm zu diskutieren.«

»Schon«, entgegnete ich und warf einen Blick auf den Tacho, der mich ermahnte, nicht schneller als die vorgeschriebene Höchstgeschwindigkeit zu fahren, da die Polizei während der Hochsaison im Sommer am Rand der Landstraße regelmäßig ihre Blitzer aufbaut. »Aber ich habe keinen Bock, geblitzt zu werden. Außerdem haben wir gegen den Rover ohnehin keine Chance.«

Wie zur Bestätigung meiner Worte setzte der schwarze Range Rover zum Überholen an.

Ich wollte es dem Fahrer nicht allzu leicht machen und trat das Gaspedal durch. Der Motor des Käfers knatterte ein paar Oktaven höher, aber noch bevor mein Grauer ernsthaft beschleunigen konnte, brauste der SUV dicht an uns vorbei. Während der schwere Allrader an uns vorbeiraste, sah ich die Umrisse eines Mannes, der sein Gesicht an die Scheibe presste und zu uns hinüberstarrte.

Der Rover scherte knapp vor der Haube meines Käfers wieder ein. Seine Bremsleuchten blitzten grellrot auf, und ich musste ebenfalls scharf ins Pedal steigen, um dem Wagen nicht aufs Heck zu knallen.

»Vollidiot!«, knurrte ich wütend.

Offenbar war dem Fahrer des SUV nicht bekannt, dass ein 57er Käfer über keine Bremskraftverstärker verfügt und einen entsprechend längeren Bremsweg hat als ein Auto der Neuzeit. Er schaltete die Warnblinkanlage ein und bremste mich mit durchgehend rot leuchtenden Bremslichtern rücksichtslos aus.

»Vollidiot«, wiederholte ich, diesmal lauter, und lenkte den Käfer auf den Grünstreifen der Landstraße.

Ich schaltete ebenfalls den Warnblinker ein und zog die Handbremse an, ließ den Motor aber laufen.

Die Beifahrertür des Rover schwang auf.

Ein gut aussehender Mann mit der athletischen Figur eines Sportlers sprang mit einem kraftvollen Satz aus dem Wagen. In seinen verwaschenen, ehemals marineblauen Shorts und einem gleichfarbigen, ebenfalls verblichenen Polohemd wirkte er sehr lässig. Beiläufig schob er sich die Sonnenbrille in seine spezielle Frisur: ausrasierte Seiten, langes Deckhaar, das stramm nach hinten gekämmt war, wo es zu einem Dutt verknotet war, wie ich ihn aus meinem Kindermärchenbuch von *Frau Holle* kannte. Ich hatte diese Art von Frisur zuerst bei David Beckham und später, nachdem sie offenbar zum Trend geworden war, immer öfter bei den jungen Wilden auf der Tattoo-Convention gesehen; Typ urbaner Großstadtwilder: Hipsterbart, Zopf oder geknödelter Dutt und einen laktosefreien Latte macchiato in der Hand, lässig schwenkend.

In diese Kategorie fiel auch jener sonnengebräunte Typ, den ich auf Mitte bis Ende dreißig schätzte und der den Eindruck eines Berufsjugendlichen machte, der sich entschlossen hatte, niemals zu altern. Sein hipper Bart und die extravagante

Frisur unterstrichen sein jugendliches Auftreten ebenso wie sein durchtrainierter Körper. Eine Kombination, die sicherlich ihre Wirkung auf Frauen nicht verfehlte und derer sich der Mann bewusst zu sein schien.

Mit ausholenden, aber trotzdem lässigen Schritten kam der Mann, bei dessen Anblick ich automatisch an einen Surfer, Segler oder Beach-Volleyballer denken musste, auf uns zu. Sein Blick fixierte die junge Frau neben mir, während er auf direktem Weg die Beifahrerseite meines Käfers ansteuerte.

»Komm mit, Juli!«, sagte er grußlos und stützte sich mit beiden Händen auf den Rahmen der Tür.

Meine Beifahrerin wandte den Kopf ab und starrte mit zusammengekniffenen Lippen durch die Windschutzscheibe auf die Haube des Käfers. Ihre Hände krallten sich links und rechts neben ihren Oberschenkeln in den Bezug des Sitzes.

»Mach kein Theater«, forderte der Mann die Frau mit einem schmalen Lächeln auf. »Ich habe kein Bock auf deine Spielchen.«

Ungeniert streckte er die Hand nach dem Türgriff aus, um die Beifahrertür zu öffnen.

»Das würde ich lassen«, warnte ich den Mann, während ich ihm vielsagend zuzwinkerte. »Und nehmen Sie besser die Finger weg vom Auto!«

Der Surferboy hob die Augenbrauen wie ein übernächtigter Kater. Meine Warnung fand er offenbar so uninteressant, dass er sich sofort wieder der Frau auf dem Beifahrersitz widmete.

Im gleichen Moment, als die Fingerspitzen des Mannes den Türgriff berührten, schnellte Motte wie ein Kastenteufel aus seiner Kiste vom Rücksitz empor. Mit einem bedrohlichen Knurren, das dumpf aus der Tiefe seiner Kehle hervorrollte, pflanzte er seine Vorderbeine auf den Türrahmen. Drohend bleckte mein sonst lethargischer Hund zwei Reihen gefährlich aussehender Zähne.

Wie von einem Stromschlag getroffen zuckte die Hand des Mannes zurück.

Erschrocken machte er zwei Schritte nach hinten, wobei er über seine eigenen Füße stolperte. Mit einem satten Ton – als hätte jemand einen Wäschesack mit nassen Handtüchern auf den Boden plumpsen lassen – klatschte der Dutträger auf seinen Hintern.

Lässig reckte ich den Hals, um über meine Beifahrerin hinwegzuspähen, und sah den breitbeinig am Boden hockenden Mann mäßig mitfühlend an: »Sag ich doch.«

»Mistvieh, verdammtes!«, presste der Mann tonlos hervor, der unter seiner bronzefarbenen Strandbräune vor Schreck schlagartig bleich geworden war.

»Ich habe Sie gewarnt«, sagte ich und öffnete die Fahrertür, um meine Beine hinauszuschwingen.

»Juli!«, raunzte der Mann wütend, während er sich vom Boden hochrappelte. »Komm raus aus der dummen Karre!«

Mit ein paar schnellen Schritten umrundete ich die Haube des Käfers und drückte mit einer Handbewegung die Beifahrertür wieder ins Schloss, welche die junge Frau gerade gehorsam öffnen wollte.

»Zwei Dinge möchte ich klarstellen«, sagte ich mit ruhiger Stimme und lehnte mich demonstrativ mit meinem Hinterteil gegen die Beifahrertür. »Zum einen ist dieser Wagen keine Karre, sondern ein 57er Karmann Käfer Cabrio, etwas für Kenner, nicht für Ignoranten. Und zum anderen ist die junge Dame meine Beifahrerin und ich bringe sie zu ihrem Zielort.« Ich warf der Frau einen kurzen Seitenblick zu. »Sofern sie es denn wünscht.«

»So!«, stieß der Mann drohend hervor und baute sich so dicht vor mir auf, dass sich unsere Nasenspitzen fast berührten.

Sein Atem, der mir in die Nase stieg, roch nach einer

Mischung aus Nikotin, Knoblauch und Restalkohol und verriet mir einige Details seines Besitzers: starker Raucher, Pizzaliebhaber und keineswegs harten Drinks abgeneigt.

»Jetzt stelle ich mal etwas klar, du alter Sack!«, zischte er wütend. »Das ist meine Freundin und ich nehme sie mit – wann und wohin ich will. Und jetzt verpiss dich!« Seine Hand fuhr vor und packte mich an der Schulter.

»Motte«, sagte ich knapp, ohne mich zu bewegen.

Obwohl ich weiß, dass Motte über unglaublich schnelle Reflexe verfügt, überraschen mich seine Aktionen dennoch immer wieder aufs Neue. In diesem Fall sogar auf Kommando. Der Dicke kann stundenlang regungslos vor dem Kamin liegen und auf seinem Weg zum Kühlschrank den Eindruck eines Hundertjährigen vermitteln, dann aber mit der archaischen Kraft eines wilden Tiers losstürmen.

Gegen einen ausgewachsenen Berner Sennenhund, der sich im Bruchteil einer Sekunde mit seinem vollen Körpergewicht in Bewegung setzt – in Mottes Fall mit einhundertzwanzig Pfund –, hat auch der durchtrainierteste Sportler keine wirkliche Chance. Diese Erfahrung musste nun auch Surferboy machen, der sich keinen Wimpernschlag später auf dem Boden liegend wiederfand. Diesmal allerdings rücklings hingestreckt und mit einem Berner Sennenhund quer auf Bauch und Brust, der ihm die Luft aus den Lungen presste.

»He, ho«, ertönte eine weitere männliche Stimme seitlich hinter mir. »Keinen Stress! Wir wollen keinen Stress.«

»Das sagen Sie besser meinem Hund«, empfahl ich und wandte mich dem Neuankömmling zu, bei dem es sich um den Fahrer des Rover handelte.

»Ich glaube nicht, dass Ihr Hund auf mich hört«, antwortete der Mann, der mit eiligen Schritten auf mich zukam.

Der Fahrer der schweren Geländelimousine war einen halben Kopf kleiner als der am Boden liegende Mann, stand diesem aber in puncto gutem Aussehen in nichts nach. Er wirkte ebenso sportlich durchtrainiert wie Surferboy. Auch er hatte einen Bartschatten, der ihm den gewissen Hauch Verwegenheit verlieh, den Frauen schätzen. Statt Dutt trug er einen Zopf, in den sich erste graue Haarsträhnen eingeschlichen hatten. Auch er war so sonnengebräunt, wie es nur Menschen sind, die sich überwiegend im Freien aufhalten. Ebenso wie der am Boden liegende Hipster trug er verwaschene Shorts und Polohemd, nur dass auf dessen linker Brustseite ein Emblem aufgenäht war, das ich schon öfters in Norddeich und Umgebung gesehen hatte: ein kleines Segel, über dem der weiße Schriftzug *Surfschule Norddeich* prangte. Da hatte mich meine Beachboy-Assoziation nicht getrogen. Manchmal übertrifft die Wirklichkeit das Klischee.

»Hi.« Der Mann mit dem Zopf, den ich ebenfalls auf Ende dreißig, Anfang vierzig schätzte, streckte mir eine Hand entgegen. »Ich bin Kai.«

»Jan«, entgegnete ich und ergriff die angebotene Hand.

»Und das ist Steve, mein Geschäftspartner. Wir betreiben die Surfschule in Norddeich.« Kai erwiderte meinen Händedruck mit einem kräftigen Griff, der mir zeigte, dass mein Gegenüber es gewohnt war, kräftig zuzupacken, und wies mit dem Kinn auf den am Boden Liegenden, noch immer reglos unter Motte, der ihm entspannt ins Gesicht sabberte. »Wir wollen keinen Ärger!«, wiederholte er und bekräftigte seine guten Absichten, indem er meine Hand gehörig schüttelte.

»Ich auch nicht«, erwiderte ich und löste meine Hand aus seinem Griff. »Den Ärger hat sich Ihr Partner selber eingehandelt.«

»Ja, ich weiß.« Der Surflehrer setzte eine verlegene Miene auf. »Steve kann manchmal sehr temperamentvoll sein.«

»Temperamentvoll!« Spöttisch verzog ich meine Mundwinkel. »Ungehobelt und aggressiv trifft es wohl eher.«

Mein Gegenüber legte den Kopf schief und sah mich unschuldig, aber verständnisvoll an. »Steve ist halt so.«

Ich brummte etwas Unverständliches, denn ich hatte keine Lust, meine Zeit zu vergeuden, indem ich mir Pseudoerklärungen für das unverschämte Verhalten seines Kompagnons anhörte.

»Könnten Sie vielleicht freundlicherweise Ihren Hund zurückpfeifen?«, fragte der Surflehrer und deutete auf Motte, aus dessen Maul lange Speichelschlieren ins Gesicht seines Geschäftspartners troffen.

Seelenruhig wandte ich den Kopf und musterte den stocksteif am Boden liegenden Surflehrer, der nicht einmal mit dem kleinen Finger zuckte, während Mottes Gesabber ihm nass und glibberig übers Gesicht lief.

»Könnte ich«, nickte ich bedächtig. »Und dann?«

»Dann?« Verständnislos sah mich der Surflehrer an. »Was dann?«

»Genau.« Wieder nickte ich betont langsam. »Was dann? Kann man mit Ihrem Partner vernünftig reden, wenn der Hund nicht mehr auf ihm liegt, oder geht er wieder auf mich oder meine Beifahrerin los?«

»Das müssen Sie verstehen«, sagte der Surflehrer und hob die Handflächen, um mir den vermeintlichen Lauf des Lebens deutlich zu machen. »Julia ist seine Freundin. Die beiden hatten Streit.«

»Na und?« Gleichgültig zuckte ich mit den Schultern. »Ich muss gar nichts verstehen.«

Der Surflehrer sah mich einen Moment irritiert an. Aber warum sollte ich es ihm einfach machen und einlenken?

»Stimmt«, nickte er langsam. »Müssen Sie nicht. Ich wollte es nur erklären. Die beiden streiten öfter miteinander.«

»Gar nicht!«, rief die junge Frau vom Beifahrersitz und versuchte die Tür aufzudrücken.

Vergeblich. Ich blieb mit meinem gesamten Gewicht – und das sind immerhin einpaarundneunzig Kilo – gegen die Beifahrertür gelehnt und hatte nicht vor, zur Seite zu gehen.

»Julia«, seufzte der Surflehrer und schwenkte mit unschuldigem Blick seinen Zopf. »Lass gut sein. Ihr habt beide eine Menge Temperament und es knallt öfter mal zwischen euch.« Er zuckte die Achseln. »Wie das halt so ist.«

»Das war aber diesmal nicht meine Schuld«, erwiderte sie mit hoher Stimme, der die Anspannung deutlich anzuhören war.

Beschwichtigend und sichtlich bemüht, die Ursache des Streits nicht vor mir auszutragen, winkte der Surflehrer ab. »Geschenkt, Juli. Aber darüber können wir später noch sprechen.«

»Der Meinung bin ich auch«, mischte ich mich ein. »Mich geht das Ganze rein gar nichts an, und wenn die Dame mir nicht vors Auto gelaufen wäre und aufs Mitfahren gedrängt hätte, würden wir nicht hier auf der Landstraße stehen und den Verkehr behindern.«

Wie bestellt ertönte hinter mir das laute Röhren eines Traktormotors, in dessen Lärm sich eine wütende Hupe mischte.

Ich hob kurz die Hand, um mich bei Mischa zu entschuldigen, einem der ansässigen Jungbauern, der den Motor seines Treckers ohrenbetäubend aufheulen ließ, bevor er einen extra knapp bemessenen Schlenker um meinen halb auf der Straße stehenden Käfer und den Range Rover machte. Mischa erwiderte meinen Gruß, indem er seinen Arm hob und Daumen und Zeigefinger seiner Hand zu einem Kreis formte, was in diesem Fall nicht okay, sondern »Arschloch« bedeutete. Eine dünne Staubfahne hinter sich herziehend, verschwand der Trecker in eine scharfe Linkskurve, die in den Polderweg überging.

Ich gab Mischa recht. Es war Zeit weiterzufahren, um nicht noch mehr Verkehrsteilnehmer zu waghalsigen Ausweichmanövern zu zwingen.

»Also«, sagte ich mit Kopfbewegung in Richtung des lautstark davonknatternden Treckers, »wir sollten den Verkehr nicht länger behindern. Ich rufe meinen Hund zurück und Sie nehmen Ihren Partner an die kurze Leine.«

Der Surflehrer nickte kaum merklich. »Okay.«

»Und Sie sagen mir jetzt, was Sie wollen«, wandte ich mich an die junge Frau namens Julia, deren Blick nervös zwischen uns hin und her flog. »Wenn ich Sie irgendwo absetzen soll, tue ich das. Wenn nicht, steigen Sie aus und fahren mit ihren Freunden weiter.«

Für zwei Sekunden kniff die Blonde ihre Augen zusammen und musterte mich eindringlich von der Seite. Dann nickte sie entschlossen. »Ich fahr mit Ihnen.«

»Sie haben gehört, was die Dame sagt.« Scharf sah ich den Surflehrer an. »Kann Ihr Partner damit leben, wenn mein Hund nicht mehr auf ihm liegt?«

Der Surflehrer sah mich mit einem schiefen Grinsen an. »Old school, was?«

»Höflichkeit und Rücksichtnahme haben noch niemandem geschadet«, entgegnete ich und erlöste seinen noch immer in Schockstarre verharrenden Partner mit einem kurzen Ruf: »Motte. Aus!«

Widerwillig wandte Motte seinen Kopf und schaute mich an. In seinen Augen konnte ich lesen, dass er mich für einen langweiligen Spielverderber hielt.

Ich sah Motte betont streng an, während ich mir mühsam ein Grinsen verkniff. »Komm jetzt. Du hattest deinen Spaß. Lass dem Mann sein Leben.«

Mit einem unwilligen Kopfschütteln, das seine Ohren schlackern und seinen Sabber in langen Fäden durch die Luft sausen ließ, verabschiedete sich mein dicker Hund von seinem Spielgefährten.

»Trieft der immer so?« Mit säuerlichem Gesicht fuhr sich

mein Gegenüber durchs Gesicht, da ihn einer von Mottes Speichelfäden knapp unterhalb des Auges getroffen hatte.

»Nur wenn er Hunger hat«, erwiderte ich trocken.

Schwerfällig erhob sich Motte und setzte sich laut hechelnd in Bewegung. Mit ein paar Schritten umrundete ich meinen Wagen und öffnete die Fahrertür. Mit zwei Handgriffen klappte ich den Fahrersitz nach vorn, damit der Dicke seinen Stammplatz auf dem Rücksitz einnehmen konnten.

Während ich auf Motte wartete, sah ich dem Beachboy interessiert zu, als er wie von Ameisen gebissen vom Boden hochfuhr. Mit beiden Händen wischte er sich wild durchs Gesicht, um sich den Schleim aus Augen und Nase zu wischen, während er rückwärts zum Rover stakste. Da er damit beschäftigt war, sich Mottes Sabber aus dem Gesicht zu entfernen, übersah er die kleine Baumwurzel, die neben dem Asphalt aus dem Boden ragte.

Erschrocken ruderte er mit den Armen in der Luft, als er das Gleichgewicht verlor. Vergeblich.

»Tja«, kommentierte ich lapidar das dumpfe Klatschen, als der Sonnyboy erneut der Länge nach rücklings auf dem Boden aufschlug. »So was kommt von so was.«

Mit lautem Knattern sprang der Käfer an, als ich den Zündschlüssel im Schloss drehte. Lässig hob ich die Hand, während ich an dem Range Rover mit dem Werbeaufdruck der Norddeicher Surfschule vorbeirollte. Der Mann mit Zopf verzog die Lippen zu einem gequälten Grinsen und deutete einen Gruß an. Dann setzte er sich in Bewegung, um seinem Partner zu Hilfe zu eilen. Mit einem süffisanten Lächeln auf den Lippen beobachtete ich im Rückspiegel, wie er seinem Kompagnon beim Aufstehen half.

– 2 –

Die nächsten zwei Kilometer legte ich schweigend zurück. Auch meine Beifahrerin machte keine Anstalten, etwas zu sagen.

Ich warf ihr einen Seitenblick zu.

Mit zusammengekniffenen Lippen saß die junge Frau auf dem Beifahrersitz und starrte so angestrengt durch die Windschutzscheibe auf die vor uns liegende Fahrbahn, als hätte der weiße Mittelstreifen der Landstraße sie hypnotisiert. Auf ihren nackten Armen hatte sich eine Gänsehaut gebildet. Sie zitterte leicht.

Mit einer Handbewegung griff ich zwischen den Sitzen durch nach hinten und tastete mit der Hand nach meinem Pullover, den ich auf den Rücksitz gelegt hatte. Mit einem leichten Knuff versuchte ich Motte zur Seite zu schieben, der unbeeindruckt und wie festgewachsen liegen blieb. Hartnäckig schob ich meine Finger unter seinen Bauch, bis ich einen Zipfel des Pullovers zu fassen bekam. Oder war es Mottes Fell, an dem ich gerade zerrte? Ungehalten erhob sich der Dicke, um sich in der gegenüberliegenden Ecke erneut zusammenzurollen, wobei er mir demonstrativ den Rücken zudrehte, was so viel hieß wie: »Lass mich in Ruhe pennen!«

Nach einigen Fingerübungen gelang es mir, den nach wie

vor unter Mottes Bauch liegenden Pullover hervorzuziehen. Mit einer Handbewegung hielt ich ihn meiner Beifahrerin hin.

»Nehmen Sie«, forderte ich sie auf. »Sie sollten sich etwas Wärmendes überziehen. Sie zittern.«

Ohne mich anzusehen, griff Julia nach dem marineblauen Teil. Achtlos streifte sie sich meinen Lieblingspullover über.

»Danke«, sagte sie leise mehr zu sich selber als zu mir.

»Nicht dafür«, antwortete ich lapidar, während ich den Käfer die Landstraße entlanglenkte.

Kurz vor der Brücke, die über das Sammelbecken Leybuchtsiel führte, wo sich der Störtebekerkanal und das Norder Tief treffen, kam urplötzlich Leben in Julia.

»Ich hab's mir anders überlegt!«, rief sie unvermittelt und fuhr in ihrem Sitz wie elektrisiert hoch.

»Wie bitte?« Ungläubig warf ich ihr einen Blick zu. »Was soll das denn jetzt?«

»Halten Sie an!« Mit beiden Händen griff mir die junge Frau plötzlich ins Lenkrad.

»Finger weg!«, fuhr ich sie an, packte ihr Handgelenk und drehte es weg; ihre langen Fingernägel kratzten über meinen Unterarm, als sie sich meinem Griff entwand.

Gleichzeitig verriss ich vor lauter Schreck das Lenkrad, sodass der Wagen auf die Gegenfahrbahn ausbrach.

Hastig kurbelte ich zum zweiten Mal an diesem Tag am Lenkrad meines Käfer. Noch bevor ich den Wagen zurück auf meine Fahrspur bringen konnte, tauchte unmittelbar vor mir ein Wohnmobil auf.

Es ging alles blitzschnell.

Im gleichen Moment, als der Fahrer des Wohnmobils eine grelle Hupe aufheulen ließ, gab ich Vollgas und schlug das Lenkrad meines Käfer scharf links ein. Der Graue machte einen Satz, als er den Asphalt der Landstraße verließ, auf den Parkplatz des Bootsverleihs am Norder Tief rumpelte und durch ein Schlagloch donnerte. Das Wohnmobil rauschte weiter den Lorenzweg entlang, während wir mit dem Käfer in einer dichten Staubwolke über den Schotter des Parkplatzes rutschten. Zwei Touristen, die neben den geöffneten Türen eines schwarzen Cabrios standen, ließen Kaffeebecher und Stullen fallen, um sich mit einem Satz vor meinem wild von rechts nach links schlingernden Käfer in Sicherheit zu bringen.

Knapp einen Meter vor der Uferböschung des Sammelbeckens Leybuchtsiel brachte ich meinen Oldtimer zum Stehen.

Ich saß wie erstarrt da und glotzte auf die dunkel schimmernde Wasseroberfläche des Auffangbeckens. Meine Hände umklammerten das Lenkrad so fest, dass die Knöchel weiß schimmerten. Wie in Zeitlupe drehte ich den Kopf zu der jungen Frau auf dem Beifahrersitz, die sich noch immer mit beiden Händen am oberen Rand der Windschutzscheibe festzuhalten versuchte und aussah wie ein Äffchen, das sich im Sturm an einer Palme festklammert. Wäre ich nicht so wütend gewesen, hätte ich über den Anblick lachen müssen.

»Was sollte das denn?«, fuhr ich sie an. »Sind Sie lebensmüde?«

Mit weit aufgerissenen Augen starrte mich meine Beifahrerin an. Ebenso langsam, wie ich ihr den Kopf zugewandt hatte, löste sie ihre Finger einzeln von der Windschutzscheibe.

»Was sind Sie denn für ein Vollidiot?«, rief der Fahrer des schwarzen Mercedes-Cabrios, während er auf stämmigen behaarten Beinen auf uns zugestapft kam.

Seufzend stieg ich aus und strich Motte über den Kopf, dessen Augen ebenfalls schreckgeweitet waren.

»Alles gut, Dicker«, sagte ich beruhigend und kraulte ihm die Ohren, während ich dem aufgebrachten Mercedes-Fahrer entgegenging, dessen Brustmuskeln sich bedrohlich unter seinem eng anliegenden lachsfarbenen Polohemd abzeichneten.

»Hornissen!«, begrüßte ich den aufgebrachten Mann mit

der hellblonden Bürstenfrisur, der sich mit in die Hüften gestemmten Armen vor mir aufbaute und zu einer Zornesrede ansetzte.

»Hä?« Irritiert sah mich mein Gegenüber an.

»Hornissen«, wiederholte ich. »Ein ganzer Schwarm. Mitten auf der Fahrbahn.«

Verständnislos stierte mich der Mercedes-Fahrer mit halb geöffnetem Mund an. Offenbar hatte er vergessen, dass er mich beschimpfen wollte.

»Sag ihm unsere Meinung, Kevin!«, erinnerte seine Frau ihn lautstark vom Parkplatz daran, dass er mich eigentlich zusammenstauchen wollte.

»Hornissen«, versuchte ich zum dritten Mal ihn wissen zu lassen und machte ein bedeutsames Gesicht. »Sie kennen das sicherlich als Cabriofahrer, wenn sie nichts ahnend mitten in einen Hornissenschwarm fahren. Da haben Sie keine Chance. Entschuldigen Sie aber trotzdem, bitte.«

Beim Stichwort Cabrio kam Leben in den Mann. »Wissen Sie eigentlich, was so ein Auto kostet?«, warf er sich in die Brust und zeigte mit dem Daumen über seine rechte Schulter Richtung Parkplatz.

»Oh ja«, hauchte ich gespielt andächtig. »So ein tolles Auto werde ich mir niemals leisten können.«

Meine Bewunderung für seinen Schlitten verfehlte ihre Wirkung nicht. Er sah mich misstrauisch an, ob ich es ernst meinte. Was ich natürlich nicht tat. Aber die Unschuldsmiene, die ich aufgesetzt hatte, überzeugte ihn in seinem Besitzerstolz. Seine letzten Empörungsreste lösten sich wie die Staubwolke hinter uns auf dem Parkplatz auf.

»Kevin!«, gellte es über den Parkplatz.

Der Cabriofahrer winkte mit einer achtlosen Handbewegung ab, ließ es sich aber nicht nehmen, seine Muskeln unter dem Stoff des eng anliegenden Hemdes anzuspannen.

»Studio?«, fragte ich und deutete anerkennend auf seinen Bizeps und Pectoralis.

»Fünfmal die Woche.« Ein Strahlen überzog sein Gesicht, und er schaffte das Kunststück, ebenso stolz wie verlegen auszusehen. »Nur jetzt im Urlaub nicht.«

»Die Disziplin sieht man Ihnen an«, lobte ich ihn.

Der Muskelmann schaffte es sogar zu erröten, als er mit einer erneuten Handbewegung die immer lauter werdenden Rufe seiner besseren Hälfte abwehrte.

»Also entschuldigen Sie bitte noch mal«, sagte ich und fischte in der Hosentasche nach einem Zehner. »Hier bitte, für neuen Kaffee«, sagte ich und hielt ihm den zerknüllten Schein hin.

»Ach«, winkte er großzügig ab. »Lassen Sie mal gut sein.«

Ich bedankte mich mit einem kurzen Kopfnicken und steckte den Schein zurück in die Hosentasche. »Ich muss mich jetzt um meine Beifahrerin kümmern.«

»Ich muss dann auch mal wieder zurück«, erwiderte er und deutete mit dem Kopf Richtung Parkplatz. »Meine Frau wird schon ganz hibbelig.«

»Schönen Gruß«, antwortete ich und warf der inzwischen Verstummten, die neben dem Cabrio stand und uns mit ihrem Handy zu filmen schien, einen schrägen Seitenblick zu.

Erleichtert atmete ich auf, als der Mercedes-Fahrer sich umwandte und zurück zu seiner Frau stapfte. Die Begegnung mit dem erzürnten Muskelmann hätte auch in des Wortes doppelter Bedeutung ins Auge gehen können.

»Ich hau auch ab«, ertönte die Stimme meiner Beifahrerin hinter mir.

»Ganz in meinem Sinne«, erwiderte ich unfreundlich und drehte mich zu der Frau mit den blonden Rastazöpfen um. »Sie hätten uns fast umgebracht.«

In puncto Erzürnung stand ich dem Mercedes-Fahrer in nichts nach. Das Adrenalin pumpte immer noch in Wellen durch meine Adern. Während meines Ausweichmanövers hatte ich keine Zeit gehabt nachzudenken. Ich hatte es rein instinktiv durchgeführt. Im Nachhinein erschien es mir schon ziemlich krass, im Angesicht eines Frontalzusammenstoßes mit einem vermutlich siebeneinhalb Tonnen schweren Wohnmobil mit Vollgas zu beschleunigen, anstatt eine Vollbremsung hinzulegen. Meine instinktive Reaktion hatte uns nur wenige Zentimeter vor der Stoßstange des Campers auf den Feldweg des Parkplatzes hindurchschlüpfen lassen. Hätte ich abgebremst statt zu beschleunigen, wäre mein Käfer ein Haufen Schrott und wir wären tot: reine Physik.

Kein Wunder also, dass ich vor Ärger noch immer auf der Palme saß und sich meine gute Laune in Grenzen hielt. Genauer gesagt: Ich war stinksauer!

»Sorry«, erwiderte sie und zuckte mit den Achseln, während sie sich ihren Rucksack über die Schulter warf. »Das wollte ich nicht. Aber ich muss zurück. Sofort!«

»Und das fiel Ihnen so plötzlich ein, dass Sie mir ins Lenkrad greifen mussten?«, schnaubte ich wütend.

Ihre hellblauen Augen musterten mich nachdenklich, als überlege sie, ob sie mir etwas sagen sollte. Der Moment dauerte nur wenige Sekunden, dann entschied sie sich dafür, sich grußlos umzudrehen und Richtung Bootsverleih zu gehen.

»Von da aus kommen Sie aber auch nicht weiter!«, rief ich ihr spöttisch hinterher. »Hier gibt es keinen Linienbus, nur Tretboote.«

Ich sah ihr noch einen Moment aufgebracht hinterher und wandte mich dann ab, als sich mein Blutdruck langsam zu normalisieren begann. Ich ging zurück zum Käfer. Sollte sie doch machen, was sie wollte. Mir reichte es für heute! Zuerst sprang sie mir aus heiterem Himmel vors Auto, sodass ich um Haaresbreite in den Graben gefahren wäre. Und dann griff sie mir obendrein während der Fahrt ins Lenkrad und hätte uns um eine Handbreit umgebracht. Ich zerdrückte eine Verwünschung zwischen den Lippen und schickte ihr einen wütenden Blick hinterher.

»Mensch, Dicker«, sagte ich zu Motte, der seinen Kopf auf die Lehne des Beifahrersitzes gelegt hatte und auf den Schrecken hin ein spontanes Nickerchen einlegte. »Was für eine Aufregung an einem so friedlichen Tag.«

Während ich Motte ein paar Minuten kraulte, sank mein Blutdruck auf Normalwert. Mein Ärger verrauchte zusehends. Ich habe zwar einige Macken, aber nachtragend bin ich nicht. Zumal ich mein Verantwortungsbewusstsein nicht auf Knopfdruck abstellen kann. Ich hatte der jungen Frau versprochen, dass ich sie irgendwo absetzen würde, von wo aus sie alleine weiterfahren konnte. Das war hier an dem Speicherbecken Leybuchtsiel höchstens mit einem Tretboot möglich. Mithilfe des Sammelbeckens wird das Norder Tief entwässert und ist für Sportboote befahrbar. Allerdings bezweifelte ich, dass die junge Frau mit einem Tretboot nach Norden fahren würde.

Außerdem hast du noch immer meinen Lieblingspullover!, dachte ich grimmig. Ein Grund mehr, dich zu suchen.

Ich drehte mich zum Bootsverleih um und versuchte die junge Frau mit den Rastazöpfen zu erspähen. Angestrengt kniff ich die Augen zusammen. Aber sosehr ich mich auch anstrengte, von ihr war nichts mehr zu sehen.

»Pass aufs Auto auf«, sagte ich zu Motte und setzte mich ebenfalls Richtung Bootsverleih in Bewegung. »Bin gleich wieder da.«

Entschlossen überquerte ich den geschotterten Parkplatz, während ich mit den Augen das Gelände absuchte.

Vergeblich.

Die Frau schien wie vom Erdboden verschluckt.

»Wo bist du?«, knurrte ich ungeduldig, da sich meine Lust, das gesamte Gelände nach der Blonden abzusuchen, in Grenzen hielt. »Zeig dich!«

Eine Viertelstunde später hatte ich tatsächlich das komplette Gelände des Bootsverleihs abgesucht.

Ohne Ergebnis. Die junge Frau war und blieb spurlos verschwunden.

Zu guter Letzt steckte ich meinen Kopf in den Vorraum der Damentoilette. Da sich auch dort niemand befand, drückte ich vorsichtig die Tür zu dem dahinter befindlichen Toilettenraum auf.

»Ah!«, schrie eine Frau in Wanderkleidung, die ich auf Mitte sechzig schätzte und die sich gerade bei offen stehender Kabinentür bemühte, ihre viel zu enge Kniebundhose über ihre Hüften zu ziehen. »Was macht der Kerl hier?«

»Hauen Sie ab!«, fuhr mich eine zweite Frau an, die auf ihre füllige Freundin zu warten schien. »Sie haben hier nichts zu suchen.«

»Keine Sorge, die Damen«, gab ich schlecht gelaunt zurück. »Ich habe andere Vorlieben, als Ihnen auf dem Klo zuzuschauen.«

»Raus! Raus!«, wetterte die Frau mit der noch immer halb hinuntergelassenen Hose. »Ich schrei um Hilfe.«

»Das können Sie in zwei Sekunden auch noch«, entgegnete ich und schob mich ungalant an den um die Wette schimpfenden Ladys vorbei. Mit der Faust klopfte ich kräftig gegen die verschlossene Nachbartür.

»Julia?«, rief ich schroff. »Sind Sie da drin?«

»Iiih!«, erklang es von innen hinter der Tür.

Einen Versuch war es wert, dachte ich und trat den Rückzug an, während hinter mir die Damen wie die Rohrspatzen auf »rüpelige, blöde Kerle« schimpften, womit zweifelsohne ich gemeint war.

Ratlos stand ich auf dem Parkplatz und drehte mich langsam um die eigene Achse.

Meine Beifahrerin konnte sich doch nicht in Luft aufgelöst haben. Es ließ mir zwar keine Ruhe, dass ich mein Versprechen der Frau gegenüber nicht einhalten konnte, aber was sollte ich machen?

Ich sah mich noch ein letztes Mal um. Dann ging ich zum Wagen, in dem Motte auf mich wartete, und machte mich auf den Heimweg.

– 3 –

Das Teewasser kochte.

Barfuß und nur mit einem Badetuch bekleidet, das ich mir um die Hüften geschlungen hatte, tapste ich in die Küche. Mit einem großen Schritt stieg ich über Motte hinweg, der wie gewohnt auf seinem Stammplatz vor dem Kühlschrank lag und schnarchte.

Langsam ließ ich das sprudelnde Wasser über die Teeblätter laufen. Der aromatische Duft der ostfriesischen Brokenmischung stieg mir in die Nase. Voller Vorfreude auf meinen Morgentee schnupperte ich genussvoll.

Jetzt ein paar Eier in die Pfanne, eine großzügige Handvoll frischer Krabben und eine daumendicke Scheibe von dem frisch geräucherten Schinken, der in der Speisekammer von der Decke baumelte. Ein kurzer Blick in den Kühlschrank sagte mir, dass – bis auf den Schinken – mein Wunsch ein Wunsch bleiben würde. Ich hatte das Einkaufen zu lange vor mir hergeschoben, was sich jetzt rächte.

In diesem Moment ertönte das Geräusch des gusseisernen Türklopfers an der Außentür. Motte gab ein missbilligendes Knurren von sich, befand es aber unter seiner Würde, auch nur ein Auge zu öffnen. Ich stellte den Wasserkessel zurück auf die

Herdplatte und machte wieder einen sportlichen Schritt über den Dicken hinweg.

»Du Faulpelz könntest auch mal zur Tür gehen und öffnen«, foppte ich ihn.

Erneut schlug jemand laut gegen das Holz.

»Moment!«, rief ich ärgerlich. »Schlag gefälligst nicht die Tür ein. Ich komm doch schon.«

Mit bloßen Füßen durchquerte ich die Diele und riss ungehalten die Eingangstür auf.

»Sind Sie Jan de Fries?«

Vor mir standen zwei uniformierte Polizisten, die mich mit ernsten Mienen ansahen. Beide Beamte war in etwa gleich alt und trugen kurz gestutzte Bärte, der linke Uniformierte eher noch flaumig, während der seines Kollegen einer Drahtbürste glich. Die jungen Polizisten trugen achteckige blaue Schirmmützen und dunkelblaue Windjacken über ihren hellblauen Hemden.

»Moin erst mal«, erwiderte ich lakonisch. »So viel Zeit muss sein.«

Verdutzt über das unerwartete Auftauchen der Polizisten, musterte ich die beiden. Wie ein Blitzstrahl durchfuhr mich die Sorge um meine Tochter. Ein naheliegender Gedanke, wenn frühmorgens zwei uniformierte Polizisten an der Haustür klopfen.

»Ist was passiert?«, fragte ich erschrocken.

»Sind Sie Herr de Fries?«, wiederholte der linke Beamte und beantwortete damit meine Frage mit einer Gegenfrage.

»Ist was mit meiner Tochter?« Ich ignorierte die Frage des Beamten, der mich grimmig dreinblickend ansah, weil ich ihm die Antwort schuldig blieb. »Oder mit Frau Harms? Reden Sie schon!«

Ich starrte die Polizisten ungeduldig an. Es konnte ja auch etwas mit Anna sein. Ein diffuses Gefühl ergriff mich bei meiner

Urangst, einen geliebten Menschen plötzlich und unerwartet zu verlieren. Eine begründete Angst, wenn einem ohne Ankündigung zwei Polizisten zu so früher Stunde ins Haus schneien.

»Wir sind nicht wegen Ihrer Tochter oder eines Unfalls hier. Es geht auch nicht um eine Frau Harms«, erklärte der zweite Beamte beschwichtigend. »Allerdings müssen wir Sie bitten, uns zu begleiten.«

Gott sei Dank! Mit Thyra und Anna ist alles in Ordnung, dachte ich erleichtert und atmete geräuschvoll aus.

Wenn morgens in aller Herrgottsfrühe die Polizei anklopft, hat das in der Regel nichts Gutes zu bedeuten. Dem ersten Schrecken folgt ganz natürlich sofort die Sorge um die nächsten Angehörigen: Thyra und Anna.

»Was wollen Sie von mir?«, lautete meine nächste Frage. »Wieso sollte ich Sie begleiten?«

»Fahren Sie einen VW Käfer Cabriolet?«, beantwortete wiederum der linke Beamte mit dem Flaumbart meine Frage mit einer Gegenfrage.

»Einen 57er Karmann, um genau zu sein.« Mit dem Kinn deutete ich zur Hausecke, wo mein Grauer geparkt war. »Wie Sie sehen können.«

»Herr de Fries«, ergriff der rechts vor mir stehende Beamte erneut das Wort. »Wir müssen Sie bitten mitzukommen.«

»Wieso?« Mit beiden Händen zog ich das Handtuch enger um meine Hüften, da ich keine Lust hatte, plötzlich mit nacktem Hintern dazustehen, wenn die Polizisten auf die Idee kamen, ihrer Bitte körperlich Nachdruck zu verleihen.

»Die Kripo möchte mit Ihnen sprechen«, erwiderte der Beamte, dessen Bart einer Drahtbürste glich.

Ich zog das Handtuch noch enger um mich zusammen. Was wollte denn die Kripo von mir? Die Polizisten hatten mir versichert, dass mit Thyra und Anna alles in Ordnung sei. Die einzige Erklärung, die mir für die Aufforderung der Kripo in den

Sinn kam, war die, dass irgendetwas mit einem meiner Freunde war: Uz, Onno, Greta, Claudia oder Holger, um nur diejenigen zu nennen, die mir am nächsten standen.

Angst stieg in mir hoch – auch wenn ich die Sorge um meine Freunde nicht mit der Frage der Polizisten nach meinem Auto zusammenbringen konnte.

Zum jetzigen Zeitpunkt brachte es nichts, sich der Aufforderung der Beamten zu widersetzen. Den Grund würde ich am schnellsten erfahren, indem ich ihnen folgte.

»Ich muss mir etwas anziehen«, sagte ich deshalb und wandte mich zum Gehen.

»Dann begleite ich Sie«, sagte der eine Polizist schnell und machte einen Schritt auf mich zu.

Ich verkniff mir eine spöttische Bemerkung und durchquerte die Diele, ohne dem Mann weitere Beachtung zu schenken. Er folgte mir hoch ins Schlafzimmer, und als er sich vergewissert hatte, dass ich nicht unbemerkt durch das Fenster verschwinden konnte, baute er sich draußen im Gang vor der Zimmertür auf, während ich mich anzog. Die Tür musste ich auf seine Anweisung hin halb geöffnet lassen.

Nachdem ich in bequeme Jeans gestiegen war und mir ein schwarzes Leinenhemd übergezogen hatte, schlüpfte ich in ein Paar weiche Bootsschuhe.

»Fertig!«, verkündete ich und drückte die Tür auf.

Während ich die Treppe hinunterging, rollte ich mir die Hemdsärmel gedankenverloren bis zu den Ellbogen hoch und stellte Motte noch eine Portion Trockenfutter und frisches Wasser hin. Ich wusste ja nicht, wie lange mein Besuch bei der Kripo dauern würde. Ich wusste ja noch nicht einmal, wo mich die beiden Polizeibeamten hinbringen wollten.

»Wo fahren wir hin?«, fragte ich deshalb, nachdem ich auf dem Rücksitz des blau-silbernen Streifenwagens Platz genommen hatte.

»Wir fahren zum Speicherbecken Leybuchtsiel«, antwortete der Mann mit dem Flaumbart deutlich freundlicher als noch vor wenigen Minuten. »Dort wartet die Kripo auf uns.«

Julia!, schoss es mir sofort durch den Kopf. Meine Beifahrerin von gestern, die junge Frau mit den Rastazöpfen.

Eine Vielzahl von Fragen schossen mir gleichzeitig durch den Kopf: Was war mit der Frau? Wieso holte mich die Polizei von zu Hause ab, wenn es um die junge Frau von gestern ging? Was wollte die Kripo von mir?

Während an der Seitenscheibe die Zwillingswindmühlen auftauchten und wieder aus meinem Blickfeld verschwanden, starrte ich in den auch heute wieder sonnigen Morgen hinaus und hing meinen Gedanken nach. Meine sorgenvollen Gedanken passten so gar nicht zu diesem schönen Morgen mit seinem strahlend blauen Himmel und milden Lüftchen, das nach frischem Gras duftete und sich mit den typischen Nordseegerüchen der nicht weit entfernten Leybucht mischte.

Wenn mich die Kripo durch einen Streifenwagen frühmorgens von zu Hause abholen ließ, um mit mir an einem Ort zu sprechen, wo ich gestern eine junge Beifahrerin abgesetzt hatte, konnte das nichts Gutes bedeuten.

Du hattest versprochen, sie irgendwo abzusetzen, von wo aus sie weiterfahren konnte!, sagte eine Stimme in mir. Meine innere Stimme hatte recht. Ich hatte mein Versprechen nicht gehalten.

Aber wie denn auch? Verdammt!

»Alles in Ordnung?« Der flaumbärtige Polizist, der auf dem Beifahrersitz saß, drehte den Kopf und musterte mich aufmerksam.

Ich nickte stumm und sah angestrengt aus dem Fenster, wo die platte Krummhörner Landschaft aus Feldern und Äckern entlang der schnurgerade verlaufenden Greetsieler Straße vorbeizog. Nur vereinzelt tauchten Ferienhäuser oder einzeln gelegene Gulfhöfe auf, die zum Schutz vor Wind und Wetter von großen alten Bäumen umwachsen waren, denen man ansah, dass sie seit Jahr und Tag den Seewinden trotzten.

Der Streifenwagen bog links ab. Wenige Minuten später knirschte der Schotter des mir wohlbekannten Parkplatzes des Bootsverleihs am Sammelbecken Leybuchtsiel unter den Reifen. Der Wagen rollte den Weg entlang. Als ich neben dem Gebäude des Bootsverleihs einen weiteren Streifenwagen neben einer dunklen Limousine und einem weißen Kastenwagen parken sah, wusste ich, dass etwas Schreckliches geschehen sein musste.

»Das ist er!«, kreischte urplötzlich eine Frauenstimme schrill, als mir einer der Beamten die Wagentür öffnete und ich ausstieg.

Ich blinzelte in die Morgensonne und erkannte halb verdeckt von der dunklen Limousine das Heck eines Mercedes Cabrio.

»Kommen Sie«, forderte mich der flaumbärtige Polizist auf und fasste mich am Oberarm, um mich zu den parkenden Fahrzeugen zu führen.

»Nicht anfassen!«, sagte ich knapp.

Der Griff des Polizisten von meinem Arm löste sich so schnell, wie der Mann mich gepackt hatte.

Gehorsam folgte ich den beiden Beamten, die mich in die Mitte nahmen und die dunkle Limousine ansteuerten.

Die Fahrertür des BMW öffnete sich. Kommissar Mackensen schwang seine langen Beine heraus. Lässig lehnte er sich gegen seinen Dienstwagen und sah mir entgegen.

Der gut aussehende Kommissar, den ich als arroganten Schnösel im Maßanzug kennengelernt hatte, trug genau wie bei unserer Begegnung im letzten Herbst schlichte Jeans, über denen er ein Hemd mit hochgerollten Ärmeln trug. Seine Haare waren noch immer gegelt, machten aber eher einen lässigen als einen geschniegelten Eindruck.

Bei unseren Begegnungen ging es in der Vergangenheit immer um Mordfälle und wir waren bislang jedes Mal heftig aneinandergeraten. Beim letzten Mal war unsere Begegnung mit einer blutenden Nase für Freud, der als Mackensens hochmotivierter Partner stets mit ihm im Doppelpack auftauchte, und einer Kronjuwelenprellung für Mackensen gekrönt worden.

Seit dem Sommer, als die sogenannten Hundstage Greetsiel fest im Griff hatten, war mit Kommissar Mackensen eine Veränderung vorgegangen, die ich mir noch immer nicht erklären konnte. War Mackensen vorher schnöselig und arrogant gewesen und hatte sich meist im Ton vergriffen, was einmal sogar schon zu einer handfesten Auseinandersetzung zwischen uns geführt hatte, so verhielt er sich seit dem letzten Sommer zuvorkommend, freundlich und untadelig korrekt. Unsere letzte Begegnung lag noch nicht allzulange zurück. Im vergangenen Herbst kreuzten sich unsere Wege auf einem Muschelkutter, nachdem fünf Seeleute heimtückisch ermordet worden waren. Auch da hatte Mackensen sich von seiner besten Seite gezeigt.

»Guten Morgen, Herr de Fries!«, rief er mir beim Näherkommen zu. »Vielen Dank, dass Sie die Zeit gefunden haben hierherzukommen.«

»Hatte ich denn eine Wahl?«, fragte ich statt einer Begrüßung und blieb einen Meter vor ihm stehen.

Mackensen schenkte mir ein fast schon entschuldigendes Lächeln, als er mir die Hand entgegenstreckte.

»Es ist wichtig, dass wir schnell mit Ihnen reden können, Herr de Fries«, überhörte er meine Frage geflissentlich.

Ich entschied mich, ebenfalls freundlich zu sein, und ergriff seine Hand, um sie ohne große Begeisterung zu schütteln. Es konnte nicht falsch sein, mich kooperativ zu zeigen, denn ich wusste ja nicht, was auf mich zukam.

Eine gute Entscheidung, wie sich wenige Minuten später

herausstellte, als Mackensen mich in Begleitung der Polizisten zum Anlegesteg des Bootsverleihs führte, wo sich meine Befürchtungen aufs Grausamste bestätigten: Es ging um einen Todesfall.

Bei der Toten handelte es sich um Julia, die junge Frau mit den blonden Rastazöpfen. Meine Beifahrerin von gestern, der ich versprochen hatte, sie sicher abzusetzen.

Die Tote saß mit leicht gespreizten Beinen auf dem weißen Plastiksitz eines Tretboots. Ihre Arme hingen links und rechts von ihr hinunter. Der Kopf der Toten war ihr tief in den Nacken gefallen. Ihr Mund stand offen. Die rot unterlaufenen Augen waren weit aufgerissen. An ihrem Hals konnte ich dunkle Verfärbungen erkennen, die wie ein eng anliegender Reif in Höhe ihrer Kehle wirkten: Die Frau war offensichtlich mit einem Schal oder etwas Ähnlichem erwürgt worden. Aus meiner aktiven Zeit als Strafverteidiger wusste ich, dass Würgemale anders aussahen, wenn der Mörder die Frau mit bloßen Händen erdrosselt hätte: Dann würden die blutunterlaufenen Male nicht so gleichmäßig kreisförmig um den Hals verlaufen wie bei der Toten, sondern punktuell an den Stellen zu sehen sein, wo die Finger den tödlichen Druck ausgeübt hätten.

Mit hängenden Schultern stand ich neben Kommissar Mackensen auf dem Steg des Bootsverleihs und sah regungslos auf das rote Tretboot mit der toten Frau hinunter. Rechts und links von uns standen ebenso bewegungslos die beiden uniformierten Polizisten, die mich abgeholt hatten.

Der Tod der jungen Frau erschütterte mich tief.

Vor wenigen Stunden noch hatte ich sie verflucht, als sie mir ins Lenkrad meines Käfers griff. Jetzt war sie tot.

Das Gefühl, versagt zu haben, legte sich wie ein zentnerschweres Gewicht auf meine Schultern. Ich musste mich mit aller Gewalt zusammenreißen, um vor Wut und Erschütterung über den brutalen Mord an der jungen Frau nicht die Fassung zu verlieren. Mit versteinerter Miene ballte ich die Fäuste. Hätte ich den Mord an Julia verhindern können? Hatte ich die Suche nach der Frau zu früh abgebrochen? Hätte ich sie intensiver suchen müssen? Und überhaupt – wo hatte sie gesteckt, als ich gestern das Gelände nach ihr abgelaufen war?

In meinem Kopf schwirrten die unbeantworteten Fragen hin und her.

Ich sah der toten Frau in die glasig-trüben Augen, und die Schuldgefühle schnürten mir beinahe ebenso die Kehle zu, wie es die Hände des Mörders an ihrem Hals getan hatten. Schweigend sah ich die leblose Frau an und gab ihr das feierliche Versprechen, ihren Mörder zu finden und seiner gerechten Strafe zuzuführen. Auch wenn ich keinen blassen Schimmer davon hatte, was hier tatsächlich vorgefallen war, kam mir sofort der Freund der jungen Frau in den Sinn: Steve, der athletische Surfer, der mich einen alten Sack nannte und den Motte zu meiner Genugtuung komplett vollgesabbert hatte. Für den Moment schob ich die Gedanken an den Surflehrer zur Seite und wandte meine Aufmerksamkeit dem Geschehen an Bord des Tretbootes zu.

Zwischen den Sitzen hockte auf engstem Raum der unschwer an seinen karottenfarbenen Haaren zu erkennende zuständige Gerichtsmediziner Dr. Tillmann aus Emden und sicherte gemeinsam mit einem Kollegen Spuren.

Tillmann hatte meine Ankunft bemerkt und hob den Kopf. Aus zusammengekniffenen Augen sah er mich mit einem fragenden Blick an.

»Moin.«

»Moin«, flüsterte ich kaum hörbar.

»Julia Marten«, sagte nun auch Tillmann leise. »Sechsundzwanzig Jahre. Sportstudentin.«

Ich hatte immer noch das Gefühl, als würde mir die Kehle zugeschnürt. Ich schloss die Augen und machte eine paar tiefe Atemzüge. Der Tod der jungen Frau traf mich wie ein Fausthieb in die Magengrube. Das war die Julia, die mir vors Auto gelaufen war.

»Alles in Ordnung mit dir?«, fragte Tillmann besorgt und erhob sich vorsichtig; sein Blick ging zwischen den mich flankierenden Polizisten und mir hin und her.

»Nichts ist in Ordnung, Theo«, antwortete ich. »Sie ist tot. Und es ist meine Schuld.«

»Ist das ein Geständnis?«, ertönte hinter mir die Stimme von Kommissar Freud.

Ich warf dem gut aussehenden Endzwanziger, der mit seinem Dreitagebartschatten und der abgewetzten Lederjacke zwar jungenhaft aussah, aber dennoch ungemein langweilig und hölzern war, einen vernichtenden Blick zu. Vielleicht lag es auch an seinem perfekten und akzentfreien Hochdeutsch, dass er so steif und fad auf mich wirkte.

»So weit sind wir noch nicht«, entgegnete ich knapp und wandte mich wieder dem Tretboot mit der toten Frau zu.

»Aber Sie haben gerade gesagt …«

»Ich weiß, was ich gesagt habe!«, fuhr ich ihm über den Mund, ohne ihn anzuschauen. »Dass es meine Schuld ist. Das heißt aber noch lange nicht, dass ich die Frau umgebracht habe.«

»Er hat's doch gerade selber zugegeben«, keifte eine Frauenstimme so schrill, dass sie mir durch Mark und Bein ging. »Der ist gefahren wie ein Irrer, schon da hätte er sie fast umgebracht.«

Mit einem Mal verstand ich. Ich drehte mich zu der Frau des Muskelmannes um, der mit bleichem Gesicht neben seiner Frau stand und dem die ganze Situation sichtlich unangenehm zu sein schien.

»Sie haben mich gestern fotografiert«, stellte ich fest und sah die Frau mit der riesigen Oberweite und dem knalleng anliegenden Oberteil an.

Ihre blassblauen Augen strahlten vor Eifer. »Ja, habe ich. Sie und dieses kleine alte Auto.«

Ich ersparte mir den Hinweis, dass mein »kleines altes Auto« im Gegensatz zu ihrem Schlitten ein beständig im Wert steigender Oldtimer war, während ihr Händler ihnen wahrscheinlich noch nicht einmal ein Stuhl anbieten würde, wenn sie ihren Mercedes verkaufen wollten, ohne gleichzeitig einen Neuwagen zu bestellen.

Stattdessen nickte ich. »Und anschließend haben Sie mich sofort angezeigt.«

Das Gesicht des Muskelmanns überzog sich mit einer leichten Verlegenheitsröte, als er zu drucksen begann: »Na ja, eigentlich wollten wir ja nicht, aber dann …«

»Doch. Genau das wollten wir!«, fuhr ihm seine Frau mit schriller Stimme über den Mund. »Sie hätten uns beinah über den Haufen gefahren.«

»Sie waren also gestern hier am Steg?« Freud baute sich vor mir auf und sah mich scharf an.

»Nein«, sagte ich und schüttelte den Kopf. »Nicht hier am Steg. Oben ja, am Parkplatz, der direkt neben der Straße liegt. Ich bin von der Straße aus mit meinem Käfer in den Parkplatz hineingerutscht.«

»Lügner!«, rief die Frau aufgeregt. »Sie waren wohl hier. Geben Sie's doch zu.«

»Haben Sie vielen Dank, Herrschaften.« Kommissar Mackensen beendete die Gegenüberstellung, denn ein zufälliges Treffen war das ja wohl nicht gewesen, und schob sich zwischen das Ehepaar und mich. »Folgen Sie den Kollegen bitte zum Wagen. Die Beamten werden Ihre Aussage noch protokollieren.«

Mackensen gab dem Uniformierten mit dem Flaumbart einen Wink mit dem Kopf, worauf der sich in Bewegung setzte, dem Muskelmann und seiner aufgeregten Ehefrau die Hände auf die Schultern legte und beide Richtung Streifenwagen schob.

Ich sandte dem Trio einen vielsagenden Blick hinterher.

Hinter mir erklang ein demonstratives Räuspern. »Wie erklären Sie sich das hier, wenn Sie doch angeblich nur oben an der Straße waren?«

Wütend wandte ich mich dem Kommissar zu und setzte zu einer scharfen Erwiderung an, als mein Blick auf das Display der kleinen Digitalkamera fiel, die er mir mit ausgestrecktem Arm unter die Nase hielt. Freuds Lippen kräuselten sich leicht, als er versuchte, sein triumphierendes Lächeln zu verbergen.

Die Aufnahme war eindeutig. Unverkennbar war zu sehen, wie ich am oberen Rand des Stegs mit in die Hüften gestemmten Händen stand und mich suchend umblickte.

Sehr zu meinem Leidwesen hatte die Frau des Mercedes-Fahrers ein glückliches Auge beim Fotografieren und mich zudem sehr gut erwischt. Freuds Daumen bewegte sich leicht, als er einen kleinen Knopf drückte und mir eine Serie von Fotos präsentierte, auf denen ich klar und deutlich zu erkennen war: Jan de Fries, wie er einen Mercedes-Fahrer glauben machen will, dass ein Hornissenschwarm der Grund für sein waghalsiges Ausweichmanöver gewesen war. Jan de Fries, der mit verdrießlichem Gesicht den Parkplatz überquert, und Jan de Fries, wie er mit in die Hüfte gestemmten Armen am Rand des Bootsstegs steht und die Uferböschung absucht.

Verflucht!, dachte ich und verzog das Gesicht. Das hatte ich ja ganz vergessen.

Natürlich war ich hier unten am Steg gewesen. Schließlich hatte ich die blonde Frau auf dem gesamten Gelände des Bootsverleihs gesucht. Auch hier unten hatte ich nachgeschaut.

»Und?« Freuds Stimme hatte einen scharfen Ton angenommen. »Welche Erklärung haben Sie für Ihre widersprüchliche Aussage?«

»Aussage?«, fragte ich im gedehnten Tonfall und sah ihm direkt in die Augen. »Falls dies gerade eine Gegenüberstellung war und unser momentanes Gespräch eine Vernehmung sein soll, sollten Sie mich darüber aufklären.«

»Herr de Fries«, sagte Mackensen mit ruhiger Stimme und schob sich an seinem Kollegen vorbei, um sich direkt vor mich zu stellen. »Wir möchten Sie als Zeugen vernehmen.«

»Als Zeugen …« Meine Lippen verzogen sich automatisch zu einem spöttischen Lächeln. »Dann sollten Sie es nicht versäumen, mich über den Sachverhalt Ihrer Zeugenbefragung aufzuklären.«

Mackensen verzog keine Miene, als er mich ansah. Langsam, wie in Zeitlupe, begann er zu nicken. »Aber natürlich, Herr de Fries. Genau das hatte ich gerade vor.«

»Na, denn mal los«, forderte ich ihn auf und setzte mein förmliches Anwaltsgesicht auf.

»Uns liegen die Aussagen von Zeugen vor, die gesehen haben, wie Sie mit der toten Frau zusammen in Ihrem Auto hier auf dem Gelände angekommen sind.«

Langsam wurde mir mulmig. Das hier war keine reine Zeugenvernehmung. Da steckte mehr dahinter.

»Wenn Sie die Frau im Tretboot meinen, muss ich Sie korrigieren«, entgegnete ich deshalb förmlich und mit unbewegter Miene; meine Stimme klang ruhiger, als mir tatsächlich zumute war. »Ich kam hier mit einer lebenden Frau an, nicht mit einer toten. Als wir ankamen, lebte die Frau noch – und daran hatte sich auch nichts geändert, als ich sie das letzte Mal sah.«

»Nach den ersten Untersuchungen der Gerichtsmedizin gehen wir davon aus, dass Sie der Letzte waren, der die Tote lebend gesehen hat …«

»Sag ich doch«, warf ich ein.

»… aus diesem Grund vernehmen wir Sie als Zeugen. Gleichzeitig muss ich Sie darauf aufmerksam machen, dass Ihre

Aussage als Beweismittel dient und jederzeit gegen Sie verwendet werden kann«, fuhr Mackensen unbeeindruckt von meinen Unterbrechungen fort.

Hab ich's doch gewusst!, dachte ich beklommen. Die wollen mich zum Hauptverdächtigen machen.

Nicht, dass ich mir ernsthafte Sorgen gemacht hätte. Schließlich wusste niemand besser als ich, dass ich der Frau in keiner Weise zu nahe getreten war, geschweige denn sie umgebracht hatte. Allein schon der Gedanke war vollkommen absurd. Ich glaubte auch nicht, dass Mackensen mich ernsthaft für einen Frauenmörder hielt. Doch wenn die beiden Kommissare bereits wenige Stunden nach der Tat einen Hauptverdächtigen präsentieren konnten, tat dies zwar ihrer Karriere und dem Ruf der Emder Kriminalpolizei gut, verschaffte aber auch dem Mörder einen zeitlichen Vorteil. Mordermittlungen werden proportional zu der Zeit, die vergeht, ohne dass eine Spur des Täters gefunden wird, ungleich schwieriger. An meinen eigenen Ruf verschwendete ich in diesem Moment keinen Gedanken. Jeder, der mich kannte, hätte angesichts der Absurdität eines solchen Verdachts kopfschüttelnd abgewunken. Und bei denen, die mich nicht kannten, war es mir ohnehin egal, was sie dachten.

Mackensen und ich sahen uns an. Die Pupillen des Kommissars hatten kleine gelbe Sprenkel, was mir bis heute noch nie aufgefallen war, obwohl wir uns in der Vergangenheit schon öfter so nah gegenübergestanden hatten, dass ich die Namen seiner diversen Aftershaves aufzählen konnte. Heute duftete er nach … unmerklich weiteten sich meine Nasenflügel, als ich automatisch zu schnuppern begann. Der Duft nach Bergamotte und Zitrone kam mir bekannt vor – sehr bekannt.

Konnte es ein Zufall sein, dass …

»Haben Sie mich verstanden?«, unterbrach Kommissar Mackensen meine olfaktorische Analyse.

Seine Augen musterten mich aufmerksam, während er seine Arme vor der Brust verschränkte.

»Ist schon recht.« Ergeben zuckte ich mit den Schultern, denn genau das hatte ich erwartet.

Bereits in dem Moment, als die uniformierten Polizisten an meiner Haustür auftauchten, war mir klar gewesen, dass der heutige Tag Probleme für mich bringen würde. Denn aus lauter Langeweile würde mich kaum ein Streifenwagen der Emder Polizei zu einem Ausflug abholen. »Hey, heute ist nix los. Ist ja langweilig. Lass uns mal den de Fries abholen und 'ne kleine Spritztour machen!«, hatten die Beamten ganz sicherlich nicht gesagt, als sie losgefahren waren, um mich hier raus zum Bootssteg zu bringen.

Bereits als ich die keifende Stimme der Frau vom Vortag erkannte, war mir klar, dass die Kommissare eine Gegenüberstellung mit mir geplant hatten. Sie hatten gewusst, dass ich die Frau mit den Rastazöpfen als Letzter lebend gesehen hatte.

Doch auch wenn ich nachvollziehen konnte, wieso man mich zur Vernehmung geholt hatte, wollte ich es ihnen nicht allzu leicht machen.

»Und?«, fragte Mackensen und sah mich auffordernd an. »Welche Erklärung haben Sie für uns?«

»Keine.« Ich zuckte mit den Schultern. »Ich hatte es schlicht und einfach vergessen.«

»Vergessen«, höhnte sein junger Kollege und schob sein Gesicht so dicht an mich heran, dass ich sein übersüßliches Rasierwasser riechen konnte. »Wem wollen Sie denn das erzählen?«

»Ihnen«, gab ich spöttisch zurück. »Sonst fragt ja niemand.«

»Alex.« Mackensen sah seinen Kollegen scharf an, worauf dieser die Lippen zusammenpresste und ein Gesicht machte, als hätte er in die sprichwörtliche Zitrone gebissen.

»Sie sagen also, dass Sie vergessen hätten, gestern mit der

Toten hier am Steg gewesen zu sein?« Mackensen sah mich provozierend an.

»Nein, Herr Kommissar«, sagte ich mit gequältem Lächeln. »Genau das sagte ich nicht!«

Einen solch plumpen Vorstoß hätte ich von Mackensen nicht erwartet. Ich hielt ihn trotz mancher Vorbehalte für einen guten Kriminalisten und hätte ihm deutlich mehr Kreativität bei seiner Verhörtechnik zugetraut.

»Waren Sie nun gestern Abend am Bootssteg oder nicht?«, mischte sich Mackensens hochmotivierter Kollege wieder ein.

Ich warf Freud einen warnenden Seitenblick zu und sagte an beide gewandt: »Könnten Sie sich bitte jetzt entscheiden, wer von Ihnen beiden das Verhör führt.«

»Beantworten Sie bitte meine Frage«, forderte Kommissar Mackensen mich unbeeindruckt von meinem Einwand auf.

»Aber gern«, antwortete ich steif. »Hiermit gebe ich zu Protokoll, dass ich mich am gestrigen Tag mit der Frau, die offenbar heute hier tot aufgefunden wurde, aufgehalten habe.«

»Und wieso ...?«, begann Kommissar Freud seine nächste Frage.

»Weiter gebe ich zu Protokoll«, unterbrach ich den Jungkommissar, ohne ihn anzuschauen, »dass die Tote, die ich unter dem Namen Julia kennen gelernt habe, meinen Wagen am Norddeicher Altendeich gestoppt hat und ich sie als Anhalterin mitgenommen habe.«

Kurz und sachlich beschrieb ich meine Begegnung mit den beiden Männern des Range Rover, die mich von der Straße gedrängt hatten.

»Können Sie mir eine Beschreibung der beiden Männer geben?«, hakte Mackensen ein und zog ein dünnes Notizbuch aus der Innentasche seiner Lederjacke.

»Kai und Steve nannten sie sich«, erklärte ich den Kommissaren. »Beide Surflehrer aus Norddeich.«

»Meinen Sie die *Surfschule Norddeich*?«, wollte Freud wissen, während er mich aufmerksam beobachtete.

Ich nickte. »Ja. Beide trugen Polohemden mit dem Aufdruck *Surfschule Norddeich*. Außerdem hat sich der Mann mit dem Zopf als Surflehrer vorgestellt«, antwortete ich.

Nachdem ich die beiden Männer beschrieben hatte, gab ich die weiteren Umstände zu Protokoll, die zu meinem aufsehenerregenden Ausweichmanöver auf den Parkplatz geführt hatten.

»Die Tote hat Ihnen ins Lenkrad gegriffen?« Mackensen sah von seinem Notizbuch hoch und sah mich ungläubig an. »Warum hat sie das getan?«

»Nein!«, erwiderte ich entschieden. »Nicht die Tote hat mir ins Lenkrad gegriffen, sondern die lebende Frau namens Julia.«

»Okay«, seufzte Mackensen angesichts meiner juristisch korrekten Ausdrucksweise ergeben. »Die Tote hat Ihnen zu Lebzeiten ins Lenkrad gegriffen. Warum tat sie das?«

»Weil sie umkehren wollte«, sagte ich wahrheitsgemäß.

Mackensen sah mich einen Moment nachdenklich an, die Spitze seines Kugelschreibers schwebte über dem Papier seines Notizbuches. Offenbar konnte er sich noch nicht entscheiden, ob er mir glauben sollte oder nicht.

»Sie haben die Frau also gegen ihren Willen festgehalten?«, ließ sich Freud vernehmen.

»Sie haben offenbar auf der Polizeischule den Workshop ›Kreative Zeugenbeeinflussung‹ mit Bestnote abgeschlossen«, stellte ich beiläufig fest, ohne auf die Frage des Jungkommissars einzugehen.

Ein schmales Lächeln umspielte Freuds Lippen. Offensichtlich machte ihm die Provokation Spaß.

Eigentlich war diese Art mehr oder weniger feinsinniger Provokationen Mackensens Spezialität. Der aber sah heute davon ab.

Eine neue Variante von »Guter Bulle, böser Bulle«?, dachte ich spöttisch und musterte die beiden Kommissare schweigend.

»Die Frau hat Ihnen also ins Lenkrad gegriffen«, nahm Mackensen den Faden wieder auf und machte sich eine unleserliche Notiz in seinem Heft.

Ich nickte schweigend.

»Weil sie umkehren wollte«, wiederholte er meine Aussage und hob fragend die Augenbrauen.

Wieder nickte ich.

»Und warum haben Sie sie nicht zurückgefahren?«, kam es von Freud.

»Weil ich kein Taxiunternehmen bin«, gab ich kurz angebunden zurück.

»Was hat die Frau dann getan?«, fragte Mackensen.

»Ich stand dort oben.« Mit dem ausgestreckten Arm wies ich zur Einfahrt des Parkplatzes auf der gegenüberliegenden Seite des Geländes. »Dann habe ich eine Zeit lang mit dem Mercedes-Fahrer gesprochen.«

»Und haben ihm das Märchen von dem Hornissenschwarm erzählt«, feixte Mackensen.

Ohne auf seine Bemerkung einzugehen, fuhr ich fort: »Anschließend bin ich zurück zu meinem Wagen gegangen, aus dem die Frau bereits ausgestiegen war und mir entgegenkam. Ich habe ihr dann ein paar Takte dazu gesagt, dass sie mir ins Lenkrad gegriffen hat. Sie hat sich entschuldigt und ist dann Richtung Bootsverleih und Steg weitergegangen.«

»Und Sie sind ihr nachgegangen«, stellte Kommissar Freud fest und nickte zufrieden.

»Ja«, gab ich wahrheitsgemäß zu. »Aber nicht sofort.«

»Warum nicht?«, wollte Kommissar Mackensen wissen.

»Weil ich mir noch nicht schlüssig war, ob ich sie nicht doch besser mitnehmen sollte.«

»Wieso waren Sie sich nicht sicher?«, bohrte Mackensen nach.

»Weil ich ihr versprochen hatte, sie irgendwo abzusetzen, wo sie eine Verkehrsanbindung an einen Bus oder die Bahn hat. Von diesem Parkplatz hier kam sie nicht weg. Hier fährt kein Bus.«

»Und warum haben Sie sie erst weggehen lassen?«

»Weil ich wütend war.«

»Sie sind der Frau also in einem hoch emotionalisierten Gefühlszustand gefolgt?«, fragte Kommissar Freud lauernd.

»Nein«, entgegnete ich und sah ihn kühl an. »Ich habe ein paar Minuten am Käfer gewartet und überlegt, ob es unfair wäre, wenn ich sie hier zurücklassen würde. Dann habe ich mich entschieden, mein Versprechen einzuhalten, und habe sie gesucht.«

»Und was haben Sie gemacht, als Sie die Frau gefunden haben?«, bohrte Freud nach. »Gab es wieder Streit?«

»Zweimal Nein«, entgegnete ich. »Ich habe sie nicht gefunden und es gab auch keinen Streit. Vorher nicht und nachher auch nicht, weil ich sie ja eben nicht gefunden habe.«

Die beiden Kommissare sahen mich unverwandt an. Als ich keine Anstalten machte, in meiner Aussage fortzufahren, wechselten sie einen kurzen Blick miteinander, worauf Kommissar Mackensen sein Notizbuch demonstrativ hochhob, um eine Passage seiner Notizen zu zitieren: »Ich habe ihr dann ein paar Takte dazu gesagt, dass sie mir ins Lenkrad gegriffen hat.«

Ich sah ihn wortlos an, als er sein Notizbuch wieder sinken ließ und mich musterte.

Es vergingen ein paar Minuten, in denen keiner etwas sagte, bis Freud das Schweigen beendete, indem er nach Tillmann rief, der vornübergebeugt an der Hecktür des Kastenwagens stand und im Innern des Fahrzeugs herumkramte.

»Doktor Tillmann!« Kommissar Freud hob die Hand, als sich der Gerichtsmediziner aufrichtete und zu ihm hinübersah. Freud machte eine kurze Handbewegung, woraufhin sich Tillmann wieder ins Innere des weißen Kastenwagens beugte und mit einer Tüte in der Hand erneut auftauchte.

Mit langen Schritten kam der schlaksige Doktor mit den karottenfarbenen Haaren auf uns zugestakst. Sein Gang erinnerte ebenso an einen Strauß wie sein langer, dünner Hals mit dem übergroßen Adamsapfel. Tillmann, oder Theo, wie ich ihn nach einem weinseligen Telefonat im letzten Jahr nannte, in dem er von mir wissen wollte, ob ich ihn für einen komischen Vogel hielt. Ja, ich hielt ihn schon für einen merkwürdigen Vertreter, wusste aber gleichzeitig, dass er ein guter und zuverlässiger Freund und ein brillanter Gerichtsmediziner war.

Tillmann begrüßte unsere Runde mit einem kurzen Kopfnicken, als er uns erreichte. In den Händen hielt er eine Plastiktüte aus Lichtschutzfolie, wie sie von den Kriminaltechnikern benutzt werden, um wichtige Beweismittel im Originalzustand zu sichern und aufzubewahren.

»Doktor Tillmann, zeigen Sie uns doch bitte einmal das Beweisstück, das Sie im Tretboot gefunden haben, in dem die Tote sitzt«, forderte Mackensen den Gerichtsmediziner auf.

Tillmann nickte wortlos und sah mich forschend an, als er das Klebeband löste, mit dem die Tüte versiegelt war. Dann streifte er sich routiniert zwei sterile Einmalhandschuhe über, öffnete die Tüte und zog etwas mir Wohlbekanntes heraus. Er klemmte sich die nun leere Tüte unter den Arm und hielt den marineblauen Pullover hoch, an dem einige Blätter hafteten.

Ich hatte das verliehene Kleidungsstück vorübergehend vergessen und stand nun wie vom Donner gerührt da. Mein Pullover!, dachte ich mit zunehmendem Entsetzen, denn mir war in diesem Moment schlagartig klar, dass ich knietief in der Scheiße steckte.

»Kennen Sie den Pullover?« Mackensens Stimme hatte einen schneidenden Ton angenommen, als er forsch an Tillmann herantrat. Mit festem Griff um dessen Handgelenk hob er den Arm des Gerichtsmediziners noch weiter an, sodass der Pullover wie eine Trophäe über ihnen hing.

»Antworten Sie, de Fries!«, schnarrte er mich im Kommandoton an, wie ich es von früher von ihm gewohnt war.

Sieh mal einer an, fuhr es mir durch den Kopf. Mackensen, wie er leibt und lebt. Wieder ganz der Alte.

»Ja«, antwortete ich wahrheitsgemäß, da ich das Kleidungsstück sofort erkannt hatte – meinen Lieblingspullover, den ich der jungen Frau im Auto angeboten hatte, als diese fror. »Der gehört mir.«

Leugnen hatte ohnehin keinen Sinn. Wozu aber auch? Schließlich hatte ich mir nichts zuschulden kommen lassen. Ich hatte lediglich versäumt, der Frau meinen Pullover wieder abzunehmen, bevor sie wie vom Erdboden verschluckt war.

»Herr Doktor Tillmann«, sagte Mackensen bedrohlich kühl. »Klären Sie bitte Herrn de Fries auf, was es mit seinem Pullover auf sich hat.«

Tillmann sah mich mit traurigen Augen an, und seine Stimme bekam einen fast schon entschuldigenden Unterton, als er erklärte, dass es sich bei meinem Pullover um das Tatwerkzeug handelte, mit dem die junge Frau im Tretboot erdrosselt worden war.

»Natürlich müssen wir die abschließenden Faserauswertungen abwarten«, erklärte er mit belegter Stimme. »Aber wir können bereits aufgrund der derzeitigen Untersuchungsergebnisse mit höchstwahrscheinlicher Sicherheit davon ausgehen, dass es sich bei dem Pullover hier um das Tatinstrument handelt.«

»Vielen Dank, Herr Doktor.« Kommissar Mackensen nickte dem leitenden Gerichtsmediziner freundlich zu und sah mich ebenfalls fast schon entschuldigend an, als er, zu mir umgewandt, unter seine Jacke griff, um seine Handschellen vom Gürtel zu lösen.

»Sie sind hiermit festgenommen, Herr de Fries«, erklärte er in unmissverständlichem Ton, während er die Stahlarmbänder um meine Handgelenke schnappen ließ. »Es besteht der Verdacht, dass Sie Frau Julia Marten zu Tode gebracht haben.«

Ich starrte zuerst Mackensen und dann die stählernen Handschellen an meinen Gelenken an. In meinem Kopf wirbelten die Gedanken wild durcheinander. Auch wenn ich als Anwalt und Strafverteidiger in den vielen Jahren meiner Arbeit mit den Ermittlungsmethoden der Polizei vertraut war und das Prozedere kannte, fühlte ich mich konfus und überrumpelt wie ein Anfänger, der es zum ersten Mal mit der Polizei zu tun hat.

Widerspruchslos ließ ich mich von Kommissar Freud zu der dunklen Limousine führen.

Mit einem dumpfen Laut schlug die Tür hinter mir zu, nachdem ich mich wie betäubt auf den Rücksitz der Limousine fallen gelassen hatte.

– 4 –

Ich hatte jegliches Zeitgefühl verloren und keine Ahnung, wie spät es war, als sich meine Zellentür öffnete.

»Mittagessen!«, rief der diensthabende Vollzugsbeamte gut gelaunt und schob seinen gewaltigen Bauch in die Zelle. »Es gibt Erbsensuppe mit Würstchen. Ganz lecker heute. Ich hab schon probiert. Die haben Sie doch schon beim letzten Mal gemocht.«

Die Anspielung des Wärters auf einen ähnlichen Aufenthalt an diesem gastlichen Ort in der Vergangenheit fand ich nicht erbauend. In zu schlechter Erinnerung hatte ich die Nacht in Untersuchungshaft, als Mackensen – damals noch Oberkommissar – mich seinerzeit ebenfalls als Hauptverdächtigen festgenommen hatte. Im Gegensatz zur heutigen Vernehmung war er damals sehr handfest in seinen Methoden gewesen. Keine Erinnerung also, die meine Laune verbesserte.

Lustlos erhob ich mich von dem Metallstuhl, der vor einem schmalen Tischchen stand und auf dem ich die vergangenen Stunden gehockt hatte. Ächzend streckte ich meine Glieder, während ich zur Zellentür schlurfte, um mein Mittagessen entgegenzunehmen.

»Senf?«, bot mir der Beamte an, als er mir das graue Resopaltablett entgegenhielt.

»Danke«, sagte ich und griff mit beiden Händen nach dem Tablett, auf dem ein Teller Suppe und ein Erdbeerjoghurt standen.

»Danke ja oder danke nein?«, feixte mein Gegenüber und kratzte sich gemächlich einen Spritzer Suppe von seinem hellblauen Diensthemd, das stramm wie das Pergamentleder einer Trommel seinen Bauch umspannte.

Rechts neben dem Teller lag ein Löffel, dessen matte Oberfläche mit ihren unzähligen Kratzern von einem bewegten Dasein im Emder Gefängnis zeugte. Ich betrachtete die trockene Scheibe Graubrot, die auf einer Serviette am linken Tellerrand drapiert war und deren Rand sich bereits vor Trockenheit nach oben wölbte. Leise seufzte ich und hob den Kopf, nachdem ich ausgiebig die überschaubare Mahlzeit betrachtet hatte.

»Nein danke«, wie in Zeitlupe schüttelte ich den Kopf, »keinen Senf.«

»Okay«, entgegnete der Beamte und drehte seinen Bauch Richtung Gang. »Na, denn mal guten Hunger.«

»Danke«, antwortete ich erneut und umklammerte das Tablett so fest, bis mir das Knacken in meinen Fingerknöcheln deutlich machte, dass ich durchaus nicht träumte und sowohl der Vollzugsbeamte als auch die Zelle, in der ich seit einigen Stunden auf meine Vernehmung wartete, tatsächlich existierten.

Wobei die Ereignisse, seit es heute Morgen an der Tür meines alten Kapitänshauses geklopft hatte, durchaus albtraumhaft waren. Wie sonst als einen Albtraum sollte man es nennen, wenn einem gänzlich unerwartet die Polizei gegenübersteht, während man sich mit notdürftig um die Hüften geschlungenem Handtuch auf sein Frühstück freut und sich stattdessen kurz darauf als Haupttatverdächtiger vor der Leiche einer jungen Frau wiederfindet, die man am Vortag als – wenn auch unfreiwillige – Anhalterin im Wagen mitgenommen hatte?

Mit einem hässlichen Laut schob ich den Metallstuhl mit

dem Fuß zur Seite, um mich an den grau lackierten Tisch zu setzen, auf dem ich das Tablett abstellte. Missmutig stützte ich mich mit den Ellbogen auf die Tischplatte und begann lustlos in der Suppe herumzurühren.

»So schlecht ist sie wirklich nicht«, vernahm ich den Kommentar des Beamten, der noch an der Tür stehen geblieben war. »Vielleicht ein bisschen Senf, aber Sie wollen ja nicht.«

Mit einem langen Seufzer ließ ich den Löffel neben den Teller fallen und schob das Tablett von mir.

»Vielen Dank fürs Angebot«, entgegnete ich lahm. »Ich befürchte allerdings, dass der Senf auch nichts mehr rettet.«

»Die Sache scheint Ihnen ja ganz schön auf den Magen geschlagen zu sein«, erwiderte der Beamte gutmütig, machte ein paar Schritte in die Zelle und griff nach dem Tablett. »Das kann ich ja dann gleich wieder mitnehmen.«

»Wie würden Sie sich denn fühlen, wenn Sie sich plötzlich als Mordverdächtiger in einer Zelle wiederfinden?«, fragte ich mürrisch. »Da würde Ihnen wahrscheinlich auch der Appetit vergehen.«

»Würde mir vielleicht mal ganz guttun«, feixte er und strich sich mit der flachen Hand über seinen mächtigen Kugelbauch, wurde dann aber wieder ernst: »Ich kann Sie gut verstehen. Was meinen Sie, wie unterschiedlich die Gäste hier reagieren, wenn die Zellentür hinter ihnen ins Schloss fällt. Ich könnte Ihnen Geschichten erzählen …« Er winkte ab. »Wie gesagt, ich kann Sie verstehen. Aber Sie sollten wirklich etwas essen. Das kann heute länger dauern.«

Mein Kopf ruckte hoch. Bestürzt sah ich ihn an.

»Länger dauern?«, echote ich. »Wieso denn länger dauern. Und was heißt länger bei Ihnen?«

»Haben Sie denn nicht mitbekommen …?« Er musterte mich kurz und schüttelte den Kopf. »Nee, haben Sie offenbar nicht.«

»Was habe ich nicht mitbekommen?«, wollte ich wissen.

Er warf einen prüfenden Blick über seine rechte Schulter, ob sich ein Kollege sehen ließ. Obwohl dies nicht der Fall war, senkte der Beamte seine Stimme, als er sich vorbeugte.

»Der Überfall!«, flüsterte er bedeutsam.

»Welcher Überfall?« Verständnislos sah ich ihn an.

»Heute Morgen«, wisperte er. »Der Überfall auf den Geldtransporter. Ein ganz dickes Ding. Die Täter sind ziemlich brutal vorgegangen.«

»Hab ich nix von mitbekommen.« Ich schüttelte den Kopf, während ich überlegte, welche Konsequenzen dieser Vorfall auf mich haben würde. Klar war, dass Kripo und Polizei bei einem schweren Kapitalverbrechen alles auf den Plan rufen würden, was ging, um schnellstmögliche Fahndungserfolge zu erzielen.

»Die Kripo ist fast komplett ausgeschwärmt«, bestätigte der redselige Wärter meine Überlegung und die damit verbundenen Befürchtungen. »Deshalb kann es heute dauern, bis man Sie vernimmt.«

Na, das sind ja tolle Aussichten, dachte ich und verzog das Gesicht, als stünde mir eine Wurzelbehandlung bevor.

Ich hatte keine Lust, auch nur eine Sekunde länger als unbedingt nötig in dieser Zelle zu verbringen. Aber was sollte ich tun? Die ersten vierundzwanzig Stunden hatte ich ohnehin schon gewonnen, diese Nacht würde ich wohl hier verbringen müssen.

Verdammter Mist!, fluchte ich lautlos in mich hinein.

»Das war ein ganz dickes Ding«, wiederholte der Wärter mehr zu sich selber als an mich gewandt.

»Was ist denn geschehen?«, wollte ich wissen und sah ihn neugierig an.

Schon bei meinem letzten Aufenthalt hatte sich der Beamte sehr gesprächig gezeigt und mich ungefragt mit Wettervorhersagen und Neuigkeiten vom Buschfunk versorgt. Weshalb es mich auch jetzt nicht wunderte, dass er mir von dem »dicken Ding« erzählte.

»Ein paar Typen haben den Geldtransporter überfallen«, erzählte er bereitwillig. »Es gab zwei Tote.«

»Das ist wirklich ein dickes Ding«, stimmte ich zu, denn ein Überfall mit zwei Toten war für Ostfriesland tatsächlich eine ziemliche Sensation.

»Wobei …«, der Wärter legte den Kopf schief, »… die beiden Toten waren eigentlich ein Unfall.«

»Wieso denn ein Unfall?«

»Die Räuber hatten eine Panzerfaust dabei. Zuerst haben sie den Geldtransporter mit einem Lieferwagen blockiert und dann hat sich einer der Gangster vor dem Wagen aufgebaut und mit einer Panzerfaust auf Fahrer und Beifahrer gezielt.«

»Das hört sich ja wie in einem amerikanischen Actionfilm an«, sagte ich ungläubig. »Und so was hier in Ostfriesland.«

»Ja, denken Sie etwa, hier in Ostfriesland werden nur Milchkühe geklaut?« Der Wärter sah mich fast schon empört an. »Hier werden auch große Dinger gedreht. Auch wenn das letzte große Ding schon lange zurückliegt.«

»Das glaube ich unbesehen«, versicherte ich ungeduldig, weil ich die ganze Geschichte hören wollte. »Was ist denn überhaupt passiert? Und wie kam es zu den Toten?«

»Das war …« Nachdenklich bohrte sich der Wärter mit seinem dicken Stummelfinger im Ohr herum, während er laut nachdachte und meine Frage ignorierte. »… 85! Der Banküberfall 1985. Die Bankräuber haben damals den Filialleiter erschossen. Ganz böse Sache. Bernd Degenhardt war Sportschütze und hatte seine 357er Magnum im Schreibtisch deponiert. Ein wunderschönes Stück. Ist zwar verboten, aber damals sah man das wohl noch nicht so eng.« Nachdenklich legte der Wärter die Stirn in Falten.

»Ja, und?«, versuchte ich seinen Denkprozess zu beschleunigen. »Was dann?«

»Na, der Bernd hat sich gewehrt«, antwortete er. »Der wollte seine Bank nicht ausrauben lassen. Er hat auf die Bankräuber geschossen.«

»Und?«, fragte ich ungeduldig.

»Einen hat er wohl erwischt, allerdings nicht so richtig.«

»Wieso?«, wollte ich wissen.

»Weil sich niemand in einem der Krankenhäuser in Ostfriesland in der Notaufnahme gemeldet hat oder eingeliefert wurde. War ja dann wohl nicht nötig.«

»Es sei denn …«, gab ich zu bedenken, »… der Filialleiter hat den Bankräuber richtig erwischt und der Gangster ist an der Schussverletzung gestorben. Dann brauchten sie ihn nur noch irgendwo zu verbuddeln.

Jetzt legte sich die Stirn des Wärters in noch tiefere Dackelfalten, die ihm ein fast schon philosophisches Aussehen verliehen.

»Aber das ist ja nun schon Jahrzehnte her«, beeilte ich mich zu versichern, damit der Wärter sich nicht zu sehr in seinen Erinnerungen verlor. Mich interessierte natürlich eher die Neuzeit, genauer gesagt: der Überfall auf den Geldtransporter. »Was war denn gestern los?«, hakte ich nach.

»Der Tote war der Fahrer«, berichtete der Wärter nach einem weiteren hastigen Blick über die Schulter eifrig. »Als er die Panzerfaust sah, bekam er vor lauter Schreck einen Totalausfall. Er muss wohl schon seit einiger Zeit Herzprobleme gehabt haben.«

»Ein Herzinfarkt?«

Der Wärter nickte, zuckte aber gleichzeitig mit den Schultern. »So erzählt man sich, ist aber offiziell noch nicht bestätigt. Ob's stimmt, wird die Obduktion zeigen.«

»Wenn die Obduktion einen Herzinfarkt bestätigt, war

es kein Unfall, sondern schwerer Raub mit Todesfolge«, sagte ich.

»Wieso denn das?«

»Kausaler Zusammenhang«, erklärte ich. »Ursache und Wirkung. Die Täter haben Gewalt angewandt …«

»Das kann man wohl sagen!«, entrüstete sich der Wärter. »Die haben mit 'ner Panzerfaust auf die Fahrer angelegt. Das muss man sich mal vorstellen. Also, wenn das keine Gewalt ist, weiß ich es auch nicht.«

»Sag ich doch«, begann ich meine Erklärung aufs Neue. »Die Täter haben einen schweren Raub durchgeführt und das Opfer mit einer schweren Schusswaffe bedroht. Dabei haben sie billigend in Kauf genommen, dass Menschen zu Schaden kommen. Und genau das ist ja nach Ihrer Schilderung auch passiert. Das Opfer hat sich derart aufgeregt, dass es verstarb: das sieht nach § 251 Strafgesetzbuch aus. Schwerer Raub mit Todesfolge.«

»Sie kennen sich aber gut aus.« Anerkennend schnalzte der Wärter mit der Zunge.

»Und was war mit dem zweiten Toten?«, fragte ich, ohne auf seine Bemerkung einzugehen.

»Das war wohl wirklich ein Unfall …«

»Markus!« Der laute Ruf im Gang ließ den Wärter zusammenfahren.

»Sorry. Ich muss los.« Mit einem Griff schnappte sich der Beamte mein Tablett und sah mich kurz an. »Sind Sie sicher, dass Sie keinen Senf wollen?«

»Ich bin sicher«, entgegnete ich mit einem müden Lächeln. »Keinen Senf!«

Mit einem harten, metallischen Geräusch fiel die Zellentür hinter dem Wärter zu. Mit einem lang gezogenen Seufzer meinerseits starrte ich die Innenseite der grauen Metalltür an. Langsam begann ich, die Kratzer im matten Lack der Zellentür zu zählen.

Wenn der Überfall, von dem der Vollzugsbeamte erzählt hatte, tatsächlich zwei Todesopfer gefordert hatte, musste ich von einer langen Nacht im Emder Untersuchungsgefängnis ausgehen. Es würde wahrscheinlich genauso ablaufen, wie der Wärter gesagt hatte. Die Staatsanwaltschaft würde all ihre verfügbaren Beamten zusammenziehen, um die Ermittlungen schnell und effektiv voranzutreiben. Wir waren schließlich in Ostfriesland. Hier konnten die Behörden nicht kurzfristig auf Personalressourcen zurückgreifen wie in Großstädten wie Hamburg oder Berlin. Das hieß in dem Fall, dass die Kommissare Mackensen und Freud ebenfalls an dem Überfall arbeiteten und meine Vernehmung vermutlich nicht mehr heute stattfinden würde. Der Tag würde sehr lang werden. Die Nacht wahrscheinlich noch länger. Ich wusste schon jetzt, dass ich die halbe Nacht an diesem verdammten Tisch sitzen würde, weil ich es vor Kreuzschmerzen auf der harten Pritsche nicht aushalten würde.

Kreuzschmerzen waren aber das kleinere Übel, wenn ich an die Geschehnisse der vergangenen Stunden dachte. Julia Marten war brutal erdrosselt worden. Sie lag jetzt in einer Kühlbox in der Gerichtsmedizin und wartete auf ihre Obduktion. Vielleicht lag sie aber auch schon leblos auf dem kalten Edelstahltisch der Pathologie und Tillmann setzte gerade ein Skalpell oder eine Knochensäge an.

Mit einem Ruck stand ich auf und ging ein paar Schritte, bevor mich die gegenüberliegende Wand stoppte und zur Umkehr zwang. Ich machte auf dem Absatz kehrt und versuchte die Gedanken an die junge Frau abzuschütteln, bevor das noch immer tief in mir bohrende Schuldgefühl die Oberhand gewann.

Was, verdammt noch mal, hätte ich denn tun können?, dachte ich und trat gegen den Metallstuhl, der prompt einen Satz quer durch die kleine Zelle machte und mit einem metallischen Quietschen an der Mauer zu Boden krachte. »Sie war wie vom Erdboden verschluckt!«

Noch während ich an meinen Schuldgefühlen herumkaute, wurde meine Zellentür von draußen entriegelt.

Schnell stellte ich den Stuhl wieder auf und bog hastig eines der durch meinen Tritt malträtierten Stuhlbeine in eine halbwegs unauffällige Form.

»Sie haben Besuch!«, rief ein Wärter, den ich nicht kannte. »Eine halbe Stunde. Mehr ist nicht gestattet.«

Ich war so überrascht, dass ich keine Antwort gab, sondern völlig verdutzt über die Schulter des Beamten starrte, wo das Gesicht meiner Tochter Thyra auftauchte.

»Hallo, Paps«, begrüßte sie mich mit schmalen Lippen und setzte sich, statt mich zu umarmen, an den grauen Tisch. »Wir dürfen uns nicht umarmen, hat man mir gesagt. Wahrscheinlich haben sie Angst, dass ich dir eine Säge zustecke. Ich hatte Kaffee und belegte Brötchen gekauft, musste aber alles am Eingang abgeben.«

»Das Mitbringen von Nahrungsmitteln für Untersuchungshäftlinge ist streng verboten«, erklärte ich. »Man könnte ja alles Mögliche untermischen.«

»Sorry. Das wusste ich nicht.«

»Macht nichts«, lächelte ich. »Lieb von dir, dass du es wolltest.«

Thyras Lächeln wirkte gequält. Sie hatte ganz sicher keine Freude an dem Besuch. Hölzern schlug sie ein Bein über das andere und sah sich kurz in der Zelle um, bevor sie sich mir zuwandte.

»Was machst du hier?« Ihre Stimme klang vorwurfsvoll.

»Was machst DU hier?«, konterte ich mit der gleichen Frage.

Ich musterte sie ebenfalls ausgiebig. Sie sah leicht übernächtigt aus. Thyra trug verwaschene Jeans und ihre abgewetzte

Lederjacke. Sie hatte ein wenig Lippenstift aufgelegt, der einen dezenten Kontrast zu ihren raspelkurzen weißblonden Haaren bildete.

»Dich besuchen«, entgegnete sie und sah mich mit strengem Blick aus ihren seegrünen Augen an. »Ich wusste überhaupt nicht, wo du warst.«

»Entschuldige«, entgegnete ich und verzog meine Lippen zu einem Lächeln, was allerdings nach dem aussah, was es war: ein missglückter Versuch, Normalität zu demonstrieren. »Ich hatte keine Gelegenheit, dir einen Zettel zu hinterlassen. Der Besuch der Polizei kam unerwartet. Aber woher wusstest du, dass ich hier bin?«

Thyra sah mich kurz an und lachte kurz auf. »Ach – du weißt doch, wie das hier bei uns ist … der Buschfunk.«

Nachdenklich sah ich sie an, während sie sich bemühte, locker und ungezwungen zu wirken.

Ihr Lachen klang nicht echt. Ich kannte meine Tochter. Natürlich war es keine tolle Sache, seinen Vater im Gefängnis zu besuchen, aber ich hatte das Gefühl, dass da noch etwas anderes war. Irgendetwas schien sie mir vorzuenthalten.

Auch wenn Thyra mit dem Buschfunk recht hatte und ich immer wieder überrascht bin, mit welcher rasanten Geschwindigkeit sich bei uns in Ostfriesland Neuigkeiten bis in den letzten Winkel hinterm Deich verbreiten. Aber dass der Buschfunk heute so schnell die Neuigkeit verbreitet haben sollte, dass ich im Emder Untersuchungsgefängnis einsaß, konnte ich mir nicht so recht vorstellen.

Zumal sich die Kripo noch im Anfangsstadium ihrer Ermittlungen befand, in dem sich das Kommissariat in der Regel zurückhielt, etwas nach außen zu geben.

Doch woher sonst sollte sie die Information haben, wo ich mich befand?

Thyra bemerkte meinen nachdenklichen Blick und schob

leicht ihre Unterlippe vor. »Buschfunk ist in diesem Fall vielleicht doch nicht die richtige Bezeichnung«, räumte sie ein.

»Hm«, machte ich und schnippte mit den Fingerspitzen ein paar Fussel von der Tischplatte. »Wie würdest du es denn nennen?«

Thyras seegrüne Augen nahmen mich scharf ins Visier. Sie gab sich sichtlich einen Ruck, als sie antwortete: »Ein Freund hat mir erzählt, dass du hier bist.«

»Ein Freund?« Misstrauisch hob ich den Kopf, um sie anzuschauen. »Welchen Freund meinst du denn?«

Thyra zögerte einen Moment und winkte dann ab. »Ach, ist nicht wichtig. Du kennst ihn wahrscheinlich auch gar nicht.«

»Probier's doch mal«, schlug ich vor. »Vielleicht kenne ich ihn ja doch.«

Thyra schüttelte energisch den Kopf und begann in ihren Jackentaschen zu kramen. »Denke ich nicht«, erwiderte sie verhalten.

Auch wenn Thyra versuchte, ihren Kopf fast in ihrer Jacke zu vergraben, konnte sie den Anflug einer Verlegenheitsröte auf ihren Wangen nicht vor mir verbergen. Väter sehen so etwas! Thyra hatte Heimlichkeiten vor mir.

Ich begann leise mit den Fingerspitzen auf die Tischplatte einzutrommeln. Seit einiger Zeit verbrachte Thyra immer mal wieder ein paar Nächte außer Haus. Sie hatte mir nie gesagt, wo und bei wem sie übernachtete. Natürlich hatte ich sie schon danach gefragt, sie aber blieb stur und rückte nicht mit der Sprache heraus. Als mich vor einiger Zeit Doktor Tillmann rotweinselig anrief, vermutete ich Thyra bei ihm und machte eine entsprechende Bemerkung, mit der ich bis zum Hals im Fettnäpfchen versank. Thyra übernachtete nicht bei ihrem Freund Tillmann.

Eine Zeit lang hatte ich sogar vermutet, dass Kommissar Freud hinter Thyras nächtlichen Exkursionen steckte. Diese

Vermutung stellte sich als falsch heraus, weil Thyra sich zu dem Zeitpunkt um eine junge Frau gekümmert hatte, deren Freund brutal vor den Augen einer Partygesellschaft gehängt worden war.

Und nun wollte sie von einem ominösen Freund erfahren haben, dass ich als Tatverdächtiger festgenommen worden war und im Emder Untersuchungsgefängnis saß.

Also doch Freud!, dachte ich mit einem gewissen Unbehagen, obwohl es mir egal sein musste, mit wem meine Tochter befreundet war.

Wenn sie mit dem Jungkommissar verbandelt war, hatte er sie natürlich darüber informiert, dass man mich festgenommen hat. Und dass er derjenige war, der den Vater seiner … an dieser Stelle stutzte ich: seiner was? Freundin, Partnerin, Geliebten? – was sollte ich sagen? – festgenommen hatte.

»Hm«, brummte ich nur, worauf Thyras Kopf hochfuhr und sie mir einen scharfen Blick zuwarf.

Ich tat das Klügste, was ich in dieser Situation machen konnte: entspannt lächeln und keine überflüssigen Fragen stellen. Irgendwann würde sie mir schon erzählen, mit wem sie sich eingelassen hatte.

Ist ja auch ihre Sache!, dachte ich leicht verschnupft, wie Väter es eben tun, wenn ihre Töchter eigene Wege gehen und nicht erzählen, bei welchen Kerlen sie ihre Nächte verbringen. Sie war ja schließlich alt genug.

»Was ist denn eigentlich los?«, wechselte Thyra das Thema und sah mich ernst an. »Wieso bist du als Tatverdächtiger in einem Mordfall verhaftet worden?«

Nun war es an mir, nachvollziehbar zu erklären, was mir bei der Gegenüberstellung und der anschließenden Vernehmung durch Mackensen und Freud nicht gelungen war. Die Geschichte von der jungen Frau, die mir vors Auto gesprungen war, und ihren Verfolgern, die mich von der Straße abgedrängt hatten, war schnell erzählt. Als ich darauf zu sprechen kam, wie Motte sich quer über den Beachboy Steve gelegt hatte, lachte Thyra laut auf.

»Typisch Motte!«, gluckste sie und wischte sich mit dem Handrücken eine Lachträne aus den Augen. »Legt sich bequem hin und sabbert den Typen gelangweilt voll.«

Auch ich musste im Nachhinein über die Szene lachen, weil ich mich an das Gesicht von Steve erinnerte, als er sich aus dem Staub machen wollte, nachdem der Dicke von ihm abgelassen hatte, und wegen einer kleinen Wurzel über seine eigenen Beine stolperte.

»Und du kanntest die Frau nicht?«, wollte Thyra wissen.

»Nein.« Ich schüttelte den Kopf. »Woher denn? Nie gesehen.«

»Vielleicht in Norddeich. Oder irgendwo im Hafen?«

Wieder schüttelte ich den Kopf. »Zumindest nicht bewusst.«

»Kann es sein, dass die beiden Typen dir gefolgt sind?«, fragte Thyra, während sie mir Kaffee nachgoss.

»Schon möglich«, erwiderte ich und zuckte mit den Schultern. »Ich denke auch, dass die beiden mit dem Mord zu tun haben.« Ich wusste, in welche Richtung die Frage meiner Tochter zielte.

»Wieso hast du dich …?«, begann Thyra, besann sich aber eines anderen und ließ ihren Satz in der Luft hängen.

»… in einen Widerspruch verwickelt?«, vervollständigte ich ihre Frage und lächelte mit schmalen Lippen, da mir jetzt klar war, dass sie über Insiderinformationen verfügte.

Thyra atmete tief ein.

Die Verlegenheit stand ihr ins Gesicht geschrieben. Und es war ihr ebenso deutlich anzusehen, dass sie ihren Versprecher gerade in Gedanken verfluchte und ihr die allzu offensichtliche Frage peinlich war.

Ich lehnte mich zurück und beobachtete mit vor der Brust verschränkten Armen Thyras Mienenspiel.

Was war es, was sie mir verschwieg?

So wie sich eine Schlechtwetterfront vor den blauen Himmel schiebt, zog in mir ein Verdacht auf. Ein treffender Vergleich, denn wenn sich meine im Moment noch nebulöse Vermutung bestätigte, würde es mit Sicherheit ein Unwetter geben.

Das Donnerwetter schien programmiert.

– 5 –

Mit einem lauten metallischen Geräusch drehte sich der Schlüssel in der Zellentür, die gleich darauf mit einem misstönenden Quietschen aufschwang.

Der unerwartete Besuch rettete Thyra vor weiteren Verhaspelungen. Fast schon erleichtert drehte sie sich zur Tür.

»Moin«, begrüßte Kommissar Mackensen mich und kniff seine Augen zusammen, als er meine Tochter bemerkte. Offenbar hatte er sich eigens für meine Vernehmung frei gemacht – oder war doch nicht mit dem Überfall auf den Geldtransporter beschäftigt worden. Sonst könnte er schwerlich meiner Vernehmung beiwohnen.

Währenddessen betrat hinter ihm mein spezieller Freund Staatsanwalt Güll hoheitsvoll die Zelle.

Die üblichen Verdächtigen, dachte ich spöttisch und musterte den Nachfolger von Traute, meiner unglücklichen Liebe, die nach unserer Trennung vor ein paar Jahren Emden verlassen hatte und als leitende Oberstaatsanwältin nach Aurich gezogen war. Es lag seinerzeit nicht an unserer Trennung, sondern an ihren Neigungen, von denen ich nichts gewusst hatte und die im Rahmen einer Mordserie eine Bedeutung erlangten, die ihre

Karriere hätte zerstören können. Unsere Trennung war tragisch, aber unumgänglich. Insbesondere, da ich zum ersten Mal seit vielen Jahren das Gefühl gehabt hatte, eine Frau zu lieben. Aber ich hatte ihr nicht geben können, wonach sich jede Faser ihres Seins sehnte und wo die dunkle Seite ihrer Lust ihr erotisches Zuhause hatte. Unendlich tragisch. Unmerklich seufzte ich tief und konzentrierte mich wieder auf meine Umgebung. Die traurigen Gedanken an Traute schob ich zur Seite, um wieder einen klaren Blick zu bekommen.

Der Staatsanwalt trug einen perfekt sitzenden grauen Anzug, dem man seinen Maßschneider auf den ersten Blick ansah. Unter den Arm hatte er wie gewohnt seine lederne Dokumentenmappe geklemmt.

»Guten Tag«, grüßte Staatsanwalt Güll mit der für ihn typischen ausdruckslosen Stimme und sah mich kühl an.

»Moin«, erwiderte ich ebenso kühl und machte keinerlei Anstalten aufzustehen.

»Was ist denn hier los?« Gülls Blick fiel auf Thyra, die ihn schweigend musterte. »Ist das hier ein Kaffeeplausch?«

»Ich würde Ihnen ja gern etwas anbieten«, entgegnete ich ironisch. »Ich habe nur gerade keine Kaffeemaschine da.«

»Was hat das zu bedeuten, Herr Mackensen?«, fuhr Staatsanwalt Güll Kommissar Mackensen an, der zuerst mir einen scharfen Blick zuwarf, bevor er mit zusammengekniffenen Augen Thyra anstarrte. »Wie kann das sein, dass ein Untersuchungshäftling Besuch erhält, bevor seine Vernehmung durch den Staatsanwalt stattgefunden hat?«

Mackensen murmelte etwas Unverständliches und baute sich neben Thyra auf.

»Na denn!«, verkündete Thyra betont munter und erhob sich von ihrem Stuhl. »Ich will nicht weiter stören. Ich muss sowieso wieder los.«

Schwungvoll warf sie sich ihren Rucksack über die Schulter und wollte sich zwischen den beiden Männern hindurchschlängeln.

»Nun mal langsam, junge Frau!«, stoppte sie Staatsanwalt Güll und stellte sich ihr in den Weg. »Wer sind Sie und was haben Sie hier zu suchen?«

Abrupt blieb Thyra stehen. Abweisend sah sie ihr Gegenüber an. Wenn meine Tochter jemanden nicht leiden mag, kann sie den Betreffenden ihre Arroganz fast körperlich spüren lassen. Auch Güll schien Thyras Ablehnung deutlich zu spüren, er machte unwillkürlich einen halben Schritt zurück.

Thyra sah ihn noch zwei Sekunden mit eisigem Blick an, um dann mit nicht minder frostiger Stimme zu antworten: »Mein Name ist Thyra König. Herr de Fries ist mein Vater.«

»Aha«, machte Staatsanwalt Güll und hob seine aristokratische Nase noch eine Nuance höher, als er sie ohnehin schon trug. »Das beantwortet aber nicht die Frage, was Sie hier machen.«

Wieder drückte Thyra ihre Abneigung gegen Güll subtil, aber deutlich aus, indem sie erneut zwei Sekunden wartete, bevor sie spitz antwortete: »Ich habe meinen Vater besucht und ihm den neuesten Dorfklatsch erzählt.«

»Es ist nicht gestattet, einen Untersuchungshäftling ohne gerichtliche Erlaubnis zu besuchen«, belehrte Staatsanwalt Güll Thyra. »Vor einem Besuch ist grundsätzlich eine richterliche Erlaubnis zu beantragen. Meines Wissens hat der zuständige Richter keinerlei Erlaubnis für einen Besuch bei Herrn de Fries erteilt.« Sein Blick wurde hart. »Wie also kommen Sie hier herein?«

Thyra griff in die Gesäßtasche ihrer Jeans und zog einen zerdrückten Zettel hervor. In aller Seelenruhe faltete sie das Papier auseinander, das immer mehr das Aussehen eines amtlichen Dokumentes annahm. Mit der Hand glättete sie das Formular und hielt es Staatsanwalt Güll unter die Nase, der es mit zu Sehschlitzen zusammengekniffenen Augen studierte.

Ein paar Sekunden später wechselte die Gesichtsfarbe des Staatsanwalts von einer leichten Segelbräune in die rötliche Vorstufe eines Wutanfalls. Er stieß ein kurzes, knochentrockenes Räuspern aus, das offenbar die Funktion eines Überdruckventils hatte, denn die Rotfärbung verebbte ebenso schnell, wie sie aufgetaucht war.

»Gut«, knurrte er mit einem leichten Grollen, das ich ganz ähnlich von Motte kenne, wenn seine Schale mit Trockenfutter leer ist.

Mit der Handbewegung eines routinierten Zauberers ließ Thyra das Papier in ihrer Jacke verschwinden wie ein Kaninchen im Zylinder.

»Tschau, Paps«, sagte sie und gab mir entgegen allen Vorschriften einen Kuss auf meine unrasierte Wange.

Ebenso ungläubig dreinblickend wie Kommissar Mackensen, rieb ich mir über die frisch geküsste Stelle und sah meiner Tochter nach, wie sie durch die Zellentür huschte.

Nach Thyras Verschwinden standen wir drei Männer einen Moment unschlüssig in der kleinen Zelle, als müssten wir uns über unsere Rollen und das gerade Geschehene klar werden. Ich brannte vor Neugier und hätte einen Monat lang Krabben im Akkord gepult, um zu erfahren, was für einen Zettel Thyra dem Staatsanwalt unter die Nase gehalten hatte.

Dass es Mackensen genauso ging, las ich aus seinem verkniffenen Gesichtsausdruck. Er drückte sich an mir vorbei und nahm einen Platz hinter seinem Vorgesetzten Staatsanwalt Güll ein.

Verdrossen schaute er mich an.

Nachdenklich schaute ich ihn an.

Wieder war mir der bekannte Duft nach Bergamotte und Zitrone in die Nase gestiegen, als Mackensen dicht an mir vorbeigegangen war.

Bergamotte … Zitrone … und …, dachte ich.

»Lotos!«, murmelte ich noch, als mir schlagartig einfiel, woher ich den Duft kannte.

Du Biest!, fluchte ich im Stillen. Du kleines Biest!

»Sagten Sie etwas?«, ließ sich Güll nach einem neuerlichen trockenen Räuspern vernehmen.

»Nichts«, knurrte ich, während Mackensen und ich uns unverwandt anstarrten. »Nichts, was ich jetzt hier diskutieren möchte.«

»Ich habe auch keine Lust auf Diskussionen«, missverstand mich Güll logischerweise, weil er meinen Gedankengang nicht nachvollziehen konnte. »Ich möchte Ihnen ein paar Fragen stellen.«

»Nur zu«, antwortete ich und löste meinen Blick von Mackensen, um mich Staatsanwalt Güll zuzuwenden. »Stellen Sie Ihre Fragen.«

Staatsanwalt Güll warf Mackensen einen strengen Blick zu, worauf dieser ein kleines Diktiergerät aus der Tasche zog und einschaltete. Nachdem er die üblichen Formalitäten wie Datum, Ort, Anlass und Teilnehmer der Vernehmung stereotyp zu Protokoll gegeben hatte, legte er das Gerät vor mich auf die zerkratzte Tischplatte. Das rote Licht, das die Aufnahmefunktion anzeigte, leuchtete mich boshaft an.

Staatsanwalt Güll stellte die gleichen Fragen, wie Mackensen und Freud sie mir schon am Morgen am Bootssteg gestellt hatten. Wahrheitsgemäß beantwortete ich sie.

Interessant wurde es, als Mackensen mich zur Tatwaffe befragte.

»Sie geben also zu, dass dieser marineblaue Pullover Ihnen gehört?« Er klappte seine lederne Dokumententasche auf und zog ein Foto hervor, das er vor mir auf den Tisch legte.

Wie hypnotisiert sah ich auf das Foto. Wie ich heute Morgen schon ausgesagt hatte, war es eindeutig mein Pullover, und es setzte mir nach wie vor zu, wofür man ihn verwendet hatte.

Der Treppenwitz, der zu diesem Moment noch nicht richtig zur Geltung kam, war, dass Traute mir den Pullover geschenkt hatte.

»Ja«, murmelte ich leise. »Das ist mein Pullover.«

»Der Befragte identifiziert das Beweisstück A 12/Pullover, V-Ausschnitt, marineblau, als sein Eigentum«, sprach Mackensen professionell mit monotoner Stimme in das Mikrofon des Aufnahmegeräts.

»Haben Sie diesen Pullover dem späteren Opfer Julia Marten zur Verfügung gestellt?«

Stumm nickte ich.

»Sie müssen die Frage mit Ja oder Nein beantworten«, sagte Mackensen erstaunlich nachsichtig. »Das Diktiergerät kann nicht sehen, wenn Sie nicken.«

»Ja«, sagte ich.

»Sie haben heute Morgen zunächst geleugnet, dass Sie am Tatort waren«, erklang Staatsanwalt Gülls Stimme scharf wie die Spitze eines Tranchiermessers.

»Ich hatte nicht dran gedacht, dass ich bei meiner Suche auch am Bootssteg gewesen war.«

»Am Tatort!«

»Am Bootssteg!«, wiederholte ich stur.

»Wieso hatten Sie diesen wichtigen Umstand vergessen?« Die Spitze des Tranchiermessers stupste mich drohend an.

»Wieso haben Sie vorhin auf dem Klo vergessen, Ihren Hosenstall wieder zu schließen?«, erwiderte ich, ohne den Blick von der Tischplatte zu nehmen.

Hastig wandte sich Staatsanwalt Güll zur Seite und fummelte hektisch an seiner Hose herum. Mackensen griff nach dem Diktiergerät und unterbrach das Protokoll mit einem Tastendruck. Ein schadenfrohes Lächeln umspielte seine Lippen.

»Es gibt Momente im Leben, wo man nicht auf das Naheliegende achtet. Warum auch immer«, sagte ich fast schon philosophisch. »So habe auch ich nicht an das Naheliegende gedacht, weil ich vom Tod der jungen Frau schockiert war und nicht jedes Wort auf die Goldwaage gelegt habe.«

»Moment!«, schnarrte der Staatsanwalt und fuhr herum. »Geben Sie das noch einmal zu Protokoll.«

»Nein«, erwiderte ich und löste meinen Blick von dem Pulloverfoto. »Jetzt erklären Sie mir erst einmal, aufgrund welcher Beweislage Sie mich in Haft genommen haben!«

Staatsanwalt Güll starrte mich konsterniert an, weil ich es gewagt hatte zu widersprechen.

»Ich höre!« Meine Stimme hallte laut in der kleinen Zelle, als ich Güll zu einer Stellungnahme aufforderte.

»Sie stehen in dringendem Tatverdacht …«, spulte er mit protokollroutinierter Stimme ab.

»… Frau Julia Marten getötet zu haben«, brachte ich seinen vorformulierten Text ironisch überspitzt zu Ende. »Nur – wo ist der dringende Tatverdacht?«, sagte ich scharf. »Wo ist ein Beweis in irgendeiner Form, dass ich mit dem Tod von Julia Marten in Verbindung stehen könnte?«

»Sie haben die Tote als Letzter lebend gesehen«, gab er zurück.

»Und dieser Umstand macht mich zum Haupttatverdächtigen?«

»Nicht ausschließlich.« Kalt sah Staatsanwalt Güll mich an. »Ihre Falschaussagen machen Sie zum Tatverdächtigen.«

»Das sehe ich anders«, entgegnete ich und wechselte von der Rolle des Verdächtigen in die des Strafverteidigers. »Eine Falschaussage im juristischen Sinne sollte die Staatsanwaltschaft beweisen können. Ich sehe lediglich eine erste Aussage, die vom Vernommenen wahrheitsgemäß korrigiert wurde, als dieser darauf aufmerksam gemacht wurde.«

Staatsanwalt Güll verzog keine Miene, sondern stierte mich mit dem leidenschaftslosen Blick eines Bakteriologen an, der seine Kulturen überprüft.

Gelassen erwiderte ich seinen Blick.

Auch wenn ich mir Sorgen über die Dauer meiner Untersuchungshaft machte, war ich Profi genug, um zu wissen, dass Güll zu wenig in der Hand hatte, um mich weiter in Haft zu behalten. Spätestens beim Haftprüfungstermin würde er das einsehen müssen.

Bevor unsere Blicke Eiswürfel bilden und wir in einen juristischen Schlagabtausch eintreten konnten, öffnete sich erneut die Zellentür.

Kommissar Freud betrat die Zelle.

Staatsanwalt Güll zeigte seinen Unmut über die unerwartete Störung unverhohlen in Form eines befehlsgewohnten Seitenblicks, der dem Jungkommissar die Rolle eines stummen Statisten zuwies. Dieser machte jedoch in seinem jugendlichen Eifer keine Anstalten, der wortlosen Anweisung seines Chefs Folge zu leisten und seinen Mund zu halten. Mit einem kurzen Seitenblick zu Mackensen trat er dicht an Güll heran, beugte sich vor und flüsterte ihm etwas ins Ohr.

Leicht überrumpelt und mit zu einem dünnen Strich zusammengepressten Lippen hörte Staatsanwalt Güll sich an, was ihm sein junger Kommissar zu sagen hatte. Offenbar hatte das, was Kommissar Freud zu berichten hatte, mit mir zu tun, denn Güll sog scharf Luft durch seine aristokratische Nase ein, während mich sein wütender Blick zu tranchieren versuchte.

»Zeigen Sie her!«, fuhr Güll seinen Untergebenen unvermittelt an, der ihm immer noch eifrig am Ohr klebte. »Her damit!« Mit einer ungeduldigen Handbewegung riss der Staatsanwalt dem Jungkommissar das Papier aus der Hand. Schnell flogen seine Augen über das Schreiben, das ich leider nur von hinten zu sehen bekam, während Freud ihm weitere Informationen zuflüsterte.

Kommissar Mackensen wollte ebenso wie ich wissen, was

Freud Interessantes zu berichten hatte. Dicht schob er sich an seinen Kollegen heran und legte den Kopf schief, um besser mithören zu können. Ich konnte dies von meiner sitzenden Position aus leider nicht, fuhr aber meine Ohrmuscheln wie Radioteleskope aus und konnte zumindest ein paar Bruchstücke aufschnappen: »… keinen ausreichenden Grund … Beweise … nicht haltbar … unverzüglich …«

Konnte es sein, dass …? Ein heißer Hoffnungsschimmer durchfuhr mich. Aber wieso …?

Staatsanwalt Güll faltete das Papier mit spitzen Fingern sichtlich angewidert zusammen und steckte es sich in die Innentasche seines Jacketts. Bemüht, sich seinen Ärger nicht ansehen zu lassen, atmete er zweimal tief durch.

»Okay!« Gülls Stimme klang angespannt, als er kurz angebunden befahl: »Lasst ihn gehen.«

»Gehen?«, echote ich fassungslos; mit dieser Entwicklung hatte ich ja gar nicht gerechnet.

Für einen Moment war es totenstill.

»Ja, Herr de Fries.« Staatsanwalt Güll fuhr wie von einer Drahtfeder getrieben herum und fixierte mich mit seinen ausdruckslosen Augen. »Sie können gehen.«

»Gehen?«, fragte ich erneut, nachdem ich die Neuigkeit verdaut hatte. »Wie … gehen?«

Staatsanwalt Güll holte tief Luft, bevor er antwortete: »Die Beweislage ist nicht dazu geeignet, Sie, Herr de Fries, als Haupttatverdächtigen weiter in Untersuchungshaft zu behalten.«

»Ach, und wieso auf einmal nicht mehr?«, wollte ich wissen, denn einen Grund für diesen Stimmungsumschwung musste es ja geben.

»Weil …« Hinter Gülls Stirn arbeitete es, offensichtlich suchte er nach ein paar geeigneten Worten, die ihn angesichts dieser überraschenden Wendung nicht allzu schlecht dastehen ließen.

»Weil?«, bohrte ich ungeduldig nach, um ihm auf die Sprünge zu helfen.

»... weil die Oberstaatsanwaltschaft nach Aktenlage weder einen ausreichenden Tatverdacht noch ein ausreichendes Tatmotiv für einen weiteren Verbleib in Untersuchungshaft sieht.«

Traute!, schoss es mir durch den Kopf, während mich unvermutet ein freudiges Gefühl durchfuhr.

In die Freude mischte sich allerdings sogleich der Gedanke an Anna, verbunden mit einem schlechten Gewissen. Anna und ich waren uns im letzten Sommer sehr nahe gekommen und verbrachten seither viel Zeit miteinander – und immer öfter auch die Nächte. So manchen Sonntagmorgen saßen wir stundenlang in dicke Bademäntel eingehüllt auf der Terrasse beim Frühstück.

Wie konnte es also sein, ja, durfte es sein, dass der Gedanke an Traute mich in Unruhe versetzte und meinen Herzschlag augenblicklich beschleunigte; mich sogar ein Gefühl der Zärtlichkeit durchflutete?

Traute und mich hatten tiefe Gefühle zueinander verbunden. Nach dem unspektakulären Ende meiner Ehe, in der die Liebe erlosch, ohne dass es meine damalige Frau Maria und ich bemerkten, hatte mich nie wieder eine Frau so tief berührt wie die ehemalige Staatsanwältin Traute Lenzen – meine Traute. Umso tiefer traf mich dann das unvermeidliche Ende unserer Beziehung, die aus nur einem einzigen Grund ein Ende fand: Traute lebte in einer Art Doppelleben ihre dunkle Seite der Lust aus, wie ich ihre Affinitäten zu sexuellen Spielarten umschrieb, die sich mir nicht erschlossen und denen ich rein gar nichts abgewinnen konnte. Sicherlich hätten wir unsere Beziehung weiterführen können, allerdings wäre diese über kurz oder lang zum Scheitern verurteilt gewesen. In einem letzten Telefonat hatte sie mit trauriger Stimme ein Zitat ihrer sexuellen Subkultur zitiert: »Wer einmal das Außergewöhnliche erfahren hat, kann sich nicht mehr an die Normen des Durchschnitts binden.«

»Ich verstehe«, hatte ich tonlos gesagt und den Telefonhörer wie in Zeitlupe aufgelegt. »Adieu.«

Seitdem waren ein paar Jahre vergangen. Aus der hiesigen Ostfriesenzeitung hatte ich erfahren, dass Traute befördert worden und in die Position der Oberstaatsanwältin nach Aurich gewechselt war.

Seither hatte ich von ihr nichts mehr gesehen oder gehört. Bis heute.

Woher weiß sie von meiner Verhaftung?, dachte ich im ersten Moment perplex, gab mir aber sogleich selber die Erklärung: Sie ist Oberstaatsanwältin. Da wird sie schließlich wissen, was in ihrem Zuständigkeitsbereich vor sich geht. Aber wieso hatte sie so schnell den Sachverhalt beurteilen und eine Entscheidung treffen können? Eine Entscheidung an dem ermittelnden Staatsanwalt vorbei? Sicherlich standen Gülls Gründe für meine Festnahme auf tönernen Füßen und hätten einem Haftprüfungstermin nicht standgehalten. Trautes Entscheidung hatte meine Freilassung lediglich beschleunigt – wesentlich beschleunigt.

»Wollen Sie hier Wurzeln schlagen?«, unterbrach Staatsanwalt Güll barsch meine Überlegungen.

»Nicht, wenn es sich vermeiden lässt«, erwiderte ich und erhob mich.

Ich verzichtete auf jedwede ironische Bemerkung, denn ich wollte weder den Kommissaren noch dem Staatsanwalt den geringsten Anlass bieten, mich noch länger festzuhalten.

Nichts wie raus hier!, dachte ich und verabschiedete mich mit einem knappen »Moin«.

– 6 –

Nachdem ich ein paar Entlassungsformulare unterschrieben und meine persönlichen Dinge wie Handy, Geldbörse und Schlüssel von einem desinteressierten Verwaltungsbeamten entgegengenommen hatte, folgte ich einem anderen Uniformierten ungeduldig durch die Entlassungsschleuse, die aus drei verschiedenen Türen bestand, von denen er jede einzeln und umständlich aufschloss.

»Endlich!«, sagte ich halblaut und verließ das Untersuchungsgefängnis durch einen Seitenausgang.

Bereits nach wenigen Schritten sah ich Thyra, die neben ihrem kleinen Flitzer auf dem Parkplatz stand und gerade einen Schluck Cola aus einer Literflasche nahm. Als sie mich erspähte, setzte sie schnell die Flasche ab, um mir zuzuwinken.

»Hey, Paps!«, rief sie gut gelaunt und schwenkte die halb volle Flasche Zuckerwasser über ihrem Kopf.

Langsam ging ich auf meine Tochter zu.

Woher wusstest du denn so genau, dass ich entlassen werde?, dachte ich grimmig, wobei ich schon eine Idee hatte.

Meine Gefühle waren zwiespältig. Natürlich war ich heilfroh, so unerwartet schnell entlassen worden zu sein. Aber mir war noch nicht so ganz klar, ob ich mich darüber freuen oder ärgern sollte, dass Thyra einen unkonventionellen Weg gewählt hatte, um mich aus der U-Haft loszueisen. Denn dass sie hinter meiner Entlassung steckte, war mir mittlerweile absolut klar.

Und dann gab es da noch die Sache mit dem ominösen Freund!

Es wurde Zeit, miteinander zu reden.

»Moin, Kleines«, begrüßte ich sie mit einem Lächeln und nahm sie liebevoll in den Arm, denn ernsthaft sauer war ich dann doch nicht.

»Hunger?«, fragte sie mich, als sie ihre Begrüßungsumarmung löste.

»Bärenhunger!«, nickte ich.

Da wir beide wussten, dass Bärenhunger unverzügliche Nahrungsaufnahme bedeutet, die keinerlei Aufschub duldet, lenkte Thyra ihren Mini Cooper Richtung Hafen, wo sie kurz darauf hinter der blau-weißen Bittner's Fischbude zu stehen kam. Heute hatten wir Glück. Die bei Touristen beliebte Anlaufstelle für fischige Leckereien war um diese Uhrzeit nur von drei Joggerinnen besucht, die an einem der runden Stehtische ihre Fischbrötchen verputzten.

»Komm, ich lade dich ein«, verkündete Thyra.

Ich entschied mich für zwei Matjesbrötchen und ein kleines Bier. Thyra wählte für sich ein Krabbenbrötchen und einen Kaffee. Die nächste Viertelstunde beschäftigten wir uns schweigend mit unserem Essen. Nachdem ich den letzten Bissen mit dem letzten Schluck Bier hinuntergespült hatte, sah ich sie satt und zufrieden an.

»Zeigst du mir bitte einmal den Zettel?«, kam ich direkt auf den Punkt.

Wortlos griff Thyra in die Innentasche ihrer Jacke und zog das Papier heraus, das bei Staatsanwalt Güll für eine außerordentlich gesunde Gesichtsfarbe gesorgt hatte.

Ich griff nach dem Blatt und faltete es auseinander. Auf den ersten Blick sah ich die entscheidenden Punkte des Formulars: Besuchserlaubnis, heutiges Datum und Unterschrift von Traute Lenzen, Oberstaatsanwältin.

Genau so, wie ich vermutet hatte. Thyra war bei Oberstaatsanwältin Lenzen gewesen, meiner Traute, und hatte sich von ihr eine Besuchserlaubnis besorgt. Auf direktem Weg und ohne sich an die vorgeschriebene Antragstellung beim zuständigen Gericht zu halten.

Wie der Vater, so die Tochter, dachte ich stolz, denn auch ich mache stets mein Ding und habe damit Erfolg.

Langsam faltete ich die Besuchserlaubnis zusammen und schob sie Thyra über den Tisch.

»Bergamotte und Zitrone«, sagte ich und sah sie abwartend an, ob sie über die goldene Brücke gehen würde, die ich ihr mit meiner Bemerkung schlug.

Es dauerte einen Sekundenbruchteil, in dem Thyra mich irritiert ansah, bis sie scharf ausatmete und mir ihr Blick zeigte, dass sie mich verstanden hatte.

»Kardamom und Lotosblüte«, erwiderte Thyra und betrat die Brücke, die ich ihr angeboten hatte.

Manchmal sind es die einfachsten Dinge, die am schwierigsten auszusprechen sind. Ich wusste aus eigener Erfahrung, dass man viel lieber etwas totschweigt oder verdrängt, als offen darüber zu sprechen, was einen bewegt. Wahrscheinlich, weil man sich selber noch nicht im Klaren über die eigenen Gefühle ist und den vermeintlich sichereren Weg wählt und schweigt.

»Mit einem Hauch Mandelblüte in der Basisnote«, ergänzte ich.

»Mein Weihnachtsgeschenk für dich«, bestätigte Thyra die Vermutung, die meine Nase bei meiner letzten Begegnung mit Kommissar Mackensen an die Region meines Gehirns gefunkt hatte, die fürs olfaktorische Erinnern zuständig ist.

»Acqua di Genova – Gold!«, beendete ich meine Analyse

und konnte nicht verhindern, dass mir im gleichen Atemzug eine Bemerkung rausrutschte, die vor Kränkung triefte: »Und zu welchem Anlass hast du Kommissar Mackensen das gleiche Eau de Toilette wie mir geschenkt? Gab's zu Weihnachten ein Sonderangebot: Nimm zwei und du bekommst noch ein Paar Socken dazu?«

Thyras Gesicht verzog sich, als hätte ich ihr einen Kübel Eiswasser in den Nacken geschüttet.

Im gleichen Moment, als mir die vor Kränkung triefende Bemerkung rausrutschte, tat sie mir auch schon leid, und ich schämte mich für meine Borniertheit.

Sicherlich steckte eine Portion Vatereifersucht in meiner Frage. Aber dass Thyra sich ausgerechnet mit Mackensen eingelassen hatte, fühlte sich wie ein rostiger Nagel an, der die Schuhsohle durchbohrt hat. Mackensen: der Typ, der mir bei meinem ersten Aufenthalt im Untersuchungsgefängnis den Stuhl unterm Hintern weggetreten hatte, sodass ich mir Unterlippe und Nase an der Tischkante aufschlug. Der Mackensen, der eine Leiche erschossen und mich bereits mehrfach verhaftet hatte und dem ich im letzten Herbst bei einer seiner intelligenten Täterfallen im Eifer des Gefechts schmerzhaft ins Gemächt getreten hatte.

Mackensen, dachte ich. Du Arsch: arrogant, nachtragend, karrieregeil, eitel und – na ja, und wenn ich ehrlich bin – auch ein guter Kriminalist: intelligent, hartnäckig, mutig und … ich schüttelte den Kopf.

Mir war schon klar, dass ich mich Mackensen gegenüber auch nicht unbedingt wie ein Sonntagsschüler verhalten hatte, auch ich hatte ihm nichts geschenkt, wenn wir miteinander zu tun hatten, und auch schon im wahrsten Sinne der Redewendung »unter der Gürtellinie« ausgeteilt, aber: verdammt, musste es ausgerechnet DER Typ sein?

Geräuschvoll stellte Thyra ihre Wasserflasche auf den Tisch.

Das knallende Geräusch riss mich abrupt aus meinen Überlegungen. Erschrocken fuhr ich zusammen und sah sie an.

Ihre grünen Augen blitzten erbost. Sie setzte zu einer scharfen Erwiderung an, besann sich aber im letzten Moment doch eines anderen. Offenbar überwog ihr Schuldgefühl, sich seit Monaten über ihre Beziehung zu Mackensen ausgeschwiegen zu haben. Ganz abgesehen davon, dass ihr Freund Theo offenbar noch immer nichts davon wusste, dass er seit geraumer Zeit bereits Thyras Ex war und der ominöse Freund, den ich angeblich nicht kannte, seinen Platz eingenommen hatte.

»Ich kann verstehen, wenn du sauer bist«, versicherte meine Tochter sichtlich bemüht, unser Gespräch auf einer sachlichen Ebene zu halten, da sie wusste, dass wir beide den gleichen emotionalen Dickschädel hatten, der schon mal schnell mit dem Gegenüber aneinandergeriet. »Es ist ja nicht so, dass ich es dir nicht sagen wollte.« Während Thyra mir zu erklären versuchte, weshalb sie mir bislang verschwiegen hatte, dass Mackensen und sie ein Paar waren, horchte ich in mich hinein. »Ich versteh auch, wenn du sauer bist.«

War ich sauer?

Nein! Oder doch … vielleicht fühlte ich mich auch nur gekränkt, weil Thyra mir seit Monaten ihr Verhältnis mit Mackensen vorenthalten und mich indirekt zum Narren gehalten hatte. Aber wahrscheinlich hatte sie das überhaupt nicht gewollt.

Was hätte sie auch sagen sollen? »Hey, Paps. Ich bin jetzt mit deinem Lieblingserzfeind zusammen und schlafe heute Nacht bei ihm.« Wohl kaum.

Thyra hatte die ganze Zeit bis zum Hals in einem Dilemma gesteckt. Ich sollte eher auf ihr Gefühlsleben Rücksicht nehmen und mich nicht vom eigenen Selbstmitleid oder gekränkten Was-auch-immer leiten lassen.

»Oder vielleicht auch …«, Thyra zögerte, bevor sie weitersprach, »… ein bisschen eifersüchtig.«

War ich eifersüchtig?

Vielleicht! Aber abgesehen von der Eifersucht, die wahrscheinlich die meisten Väter mit mir teilen, nicht mehr der einzige Mann im Leben der Tochter zu sein, fühlte ich mich erstaunlich gelassen. Als sich Thyra mit Tillmann eingelassen hatte, musste ich mich erst einmal langsam daran gewöhnen, dass meine Tochter erwachsen war und ein Privatleben hatte, das mich nichts anging.

»… was hätte ich dir denn sagen sollen?«, drang Thyras Stimme in mein Bewusstsein. »He, Paps! Hörst du mir überhaupt zu?«

»Ja, klar«, beeilte ich mich, ihr zu versichern, und konzentrierte mich wieder auf sie.

»Und?« Thyra sah mich mit großen Augen an. »Was sagst du nun?«

Ich hob den Kopf, den ich beim Nachdenken gewohnheitsgemäß geneigt halte, so dass jemand, der mich nicht kennt, leicht auf den Gedanken kommen kann, dass ich vor lauter konzentriertem Zuhören – oder Langeweile? – eingeschlafen bin.

Was natürlich nicht der Fall war. Ganz im Gegenteil.

Ich sah meine Tochter ernst an.

»Und?«, wiederholte Thyra drängend ihre Frage und studierte gespannt meine Miene. »Was sagst du?«

»Entschuldige bitte«, murmelte ich, »bevor ich etwas sagen kann, brauche ich ein neues Bier.«

Gedankenverloren griff ich nach der leeren Bierflasche, die ich auf dem Tisch abgestellt hatte, und ging mit schweren Schritten zur Fischbude hinüber. Mit dem Daumen drückte ich den Bügelverschluss der eisgekühlten Flasche nach hinten und ließ das charakteristische Plopp der bauchigen kleinen Flasche ertönen. Mit geschlossenen Augen legte ich den Kopf in den Nacken und ließ mir das herbe Bier die Kehle hinunterlaufen.

»Uff«, machte ich und setzte die Flasche ab, um tief Luft zu holen. »Das tat not!«

»Noch eins?«, fragte der Verkäufer, der sich dreimal in seine blaue Schürze eingewickelt hatte, damit sie halbwegs saß und nicht um seinen bleistiftdünnen Körper schlackerte.

Ich nickte und rülpste diskret hinter vorgehaltener Hand.

»Danke«, sagte ich und reichte dem Verkäufer einen Schein hoch zum Tresen. »Passt so.«

»Hey! Danke, Chef!«, antwortete der Hagere, während ihm ein Strahlen übers Gesicht lief.

Mit dem Bier in der Hand ging ich langsam zu Thyra zurück. Ich stellte mich ihr gegenüber und sah sie mit einem beruhigenden Lächeln an, als ich das leichte Zittern ihrer Hände bemerkte, während sie mit ihrer Wasserflasche herumspielte.

»Abgesehen davon, dass mir am wichtigsten ist, dass du glücklich bist …«, sagte ich mit einer Ruhe, die mich selber erstaunte, »… solltest du Theo die Wahrheit sagen. Und zwar so schnell wie möglich.«

Thyras Augen wurden feucht. Mit immer noch leicht zitternder Hand fuhr sie sich nervös durch ihr strubbeliges weißblondes Haar.

»Und …«, sagte sie stockend, »… und wie ist das jetzt für dich?«

»Wenn du glücklich bist, bin auch ich glücklich.« Ich lächelte sie an und ergriff ihre Hand, die sich trotz der sommerlichen Temperaturen eiskalt anfühlte.

»Keine Gardinenpredigt?« Argwöhnisch sah sie mich an.

»Keine Gardinenpredigt und auch keine Vorwürfe!«, versprach ich. »Du bist erwachsen. Du triffst deine Entscheidungen selber. Ich bin stolz darauf, wie du Dinge entscheidest, die dir wichtig sind. Und dieser Mackensen scheint dir ja wohl am

Herzen zu liegen«, stellte ich fest. »Und mir wird jetzt so einiges klar«, lachte ich auf. »Du bist der Grund, weshalb Mackensen sich so sehr verändert hat.«

Thyra hob den Kopf und sah mich mit ruhigem, klarem Blick direkt an. Jegliches Schuldgefühl war aus ihrem Blick verschwunden. »Ich liebe ihn«, sagte sie schlicht.

Thyras Offenheit und Ehrlichkeit berührten mich sehr.

Mit zwei Schritten umrundete ich den Stehtisch und schloss meine Tochter fest in die Arme. Und hatte das Gefühl, dass Thyra sich in diesem Moment an mich kuschelte wie das kleine Mädchen, das ich nie erlebt hatte. Meine Tochter und ich hatten uns zum ersten Mal gesehen, als sie bereits erwachsen war. Umso mehr empfand ich unsere enge Beziehung, die vom ersten Moment an bestand, als ein großes Geschenk.

Thyra war schon einmal verheiratet gewesen, als sie noch in Irland bei ihrer Mutter lebte, was einer der Gründe war, dass ich sie erst kennenlernte, als sie schon erwachsen war. Ihr Mann war kurz nach der Hochzeit bei einem tragischen Unfall ums Leben gekommen. Nach Seans Tod hatte sie es auf der Grünen Insel nicht mehr ausgehalten und war zurück nach Deutschland gekommen, das sie im Alter von drei Jahren verlassen hatte. Thyra hatte mich gesucht und hier in Ostfriesland gefunden. Die Umstände brachten es mit sich, dass sie sich schließlich entschied, hier in Greetsiel sesshaft zu werden. Natürlich hatte ich ihr angeboten, bei mir zu wohnen, bis sie etwas Eigenes gefunden hatte. Da wir uns aber prächtig verstanden, ergab es sich wie von alleine, dass aus der Übergangslösung eine dauerhafte geworden war. Einzig wenn Thyras Bett nachts unberührt blieb und ich mir Sorgen machen musste, weil sie mir nichts von ihrer Abwesenheit gesagt hatte, schepperte es zwischen uns.

Einen Augenblick und drei Touristen später, die sich mit Fischbrötchen eindeckten, lösten wir uns aus unserer Umarmung. Wie einem kleinen Mädchen strich ich ihr leicht über die Wange, während ich ihr zuflüsterte: »Meinen Segen hast du. Ich wünsche mir, dass du glücklich wirst und sich deine Wünsche erfüllen.«

»Danke, Paps.« Thyra schniefte leise. »Ich versteh ja auch nicht, wie es dazu gekommen ist, dass Folkert und ich … es ist einfach passiert.«

»Dinge passieren«, sagte ich. »Und das ist auch gut so. Alles hat einen Sinn. Auch wenn wir den nicht immer sofort verstehen.«

»Es bedeutet mir sehr viel, dass du Folkert eine Chance gibst«, sagte Thyra.

»Und du, gib Theo eine Chance«, erwiderte ich. »Gib ihm die Chance, das Ende eurer Beziehung vernünftig zu verarbeiten, und die Chance, eine neue Liebe zu finden.«

»Ja, das werde ich«, versprach sie. »Ich spreche noch heute Abend mit ihm.«

»Grundsätzlich ist es gut, miteinander zu sprechen«, leitete ich elegant zu dem Thema über, das mich ebenfalls brennend interessierte. »Aber dass du mit Traute sprichst, war nicht nötig.«

»Dann würdest du jetzt noch in Untersuchungshaft sitzen«, gab Thyra zurück.

»Nicht lange«, schüttelte ich den Kopf. »Ich bin unschuldig. Sie hätten mich über kurz oder lang entlassen müssen.«

»Dann doch lieber so kurz wie möglich!«, gab sie schlagfertig zurück.

Statt einer Erwiderung nahm ich einen tiefen Schluck aus der Bierflasche und stellte fest, dass die Flasche schon wieder leer war.

»Willst du noch eins?«, wollte Thyra wissen und sah mich fragend an.

»Lieber nicht«, lehnte ich dankend ab. »Ich möchte einen klaren Kopf behalten.« Ich seufzte tief.

»Bist du sauer?« Thyra musterte mich mit einem Seitenblick.

»Nein.« Langsam schüttelte ich den Kopf. »Ich bin nicht sauer. Es ist nur …« Unsicher brach ich ab, weil ich selber nicht so genau wusste, welche der Dinge, die heute auf mich eingeprasselt waren, gerade mein Inneres einem Stresstest unterzogen.

Ich hatte die freie Auswahl aus Themen, von denen mir eins alleine schon schlaflose Nächte bereiten würde: meine Verhaftung wegen Mordverdachts – so etwas hat man ja auch nicht alle Tage; Thyras Geständnis, dass sie sich in meinen ziemlich besten Feind verliebt hatte; oder das gänzlich unerwartete Auftauchen meiner tragischen Liebe, wenn auch nur in Form einer Unterschrift auf einem Besucherschein. Im Moment stand Traute an der Spitzenposition für schlaflose Nächte und zu viel Rotwein. Auch wenn meine Verflossene lediglich aus der Ferne in Erscheinung getreten war, als sie Thyras Besuchserlaubnis unterschrieben hatte, irritierte mich ihre Präsenz. Ich hatte mit ihr abgeschlossen, zumindest dachte ich das. Und obwohl Ostfriesland nicht sonderlich groß ist, hatte ich nicht damit gerechnet, ihr jemals wieder über den Weg zu laufen. Egal, in welcher Form.

Anders verhielt es sich mit der Kripo, denen lief ich ja zwangsläufig immer wieder über den Weg.

Oder trat ihnen auf die Zehen, dachte ich zufrieden.

Sollten Mackensen, Güll oder der Jungspund mich ruhig verhaften, irgendwann würden sie mich auch wieder laufen lassen müssen. Und sollte Thyra sich doch in wen auch immer verlieben. Schließlich war sie erwachsen und tat ohnehin, was sie wollte.

Worüber regte ich mich denn eigentlich auf?

Es gab keinen Grund. Zumal es seit dem letzten Herbst Anna für mich gab. Eine wunderbar geerdete Frau, mit beiden

Beinen im Leben stehend. Landwirtin aus Überzeugung und mit einem solchen Temperament gesegnet, dass sie bei unserer ersten Begegnung mit der Mistforke auf mich losging.

Anna war eine sehr leidenschaftliche Frau. Manches Wochenende verbrachten wir fast komplett im Bett, nur unterbrochen von kurzen Abstechern ins Bad oder gemeinsamen Badewannenabenden mit Kerzen auf dem Wannenrand und Rotwein im Schaumbad.

Doch sosehr ich mich auch zu Anna hingezogen fühlte, so sehr hatte die unerwartete Unterschrift Trautes unter dem Besucherschein Gefühle in mir ausgelöst, die mich irritierten.

»Entschuldige«, Thyras Hand legte sich auf meinen Unterarm, »ich dachte … du wärst darüber hinweg.«

Thyra hat das Talent und die Sensibilität, meine Gefühle besser zu erspüren als ich selber. Sie hätte eine sehr gute Psychoanalytikerin abgegeben. Während ich noch unschlüssig mein Gefühlsleben sortierte, hatte Thyra bereits ihre Analyse abgeschlossen.

So wie jetzt.

»Dachte ich auch«, erwiderte ich mit rauer Stimme.

»Tut mir leid, wenn ich alte Wunden aufgerissen habe, weil ich Traute ins Spiel brachte«, sagte Thyra. »Aber als ich hörte, dass du in U-Haft sitzt, musste ich etwas tun. Ich wollte unbedingt nach dir schauen und im günstigsten Falle dazu beitragen, dass du schnellstmöglich entlassen wirst.«

»Du hast es von Mackensen gehört. Stimmt's?«, fragte ich und sah sie forschend an, obwohl ich die Antwort bereits kannte.

»Ja.« Thyra nickte zögerlich und wich meinem Blick aus.

»Und dann bist du stehenden Fußes zu Traute gefahren. Oder hast du sie angerufen?«, hakte ich nach.

»Gefahren. Ich bin nach Aurich gefahren«, antwortete sie. »Das fand ich persönlicher.«

»Und?«, fragte ich gespannt. »Was hat sie gesagt?«

»Nichts.«

»Wie. Nichts?« Ungläubig starrte ich Thyra an und stellte gleichzeitig die Bierflasche so heftig auf die Tischplatte, dass die Touristen am Nachbartisch erschrocken zusammenfuhren. »Sie hat nichts gesagt?«

»Sie war nicht da«, beeilte sich Thyra klarzustellen. »Traute war nicht da. Im Büro wollten sie mir ihre Telefonnummer nicht geben. Aber ich hatte ja ihre Nummer noch abgespeichert, seit …« Vielsagend sah sie mich an.

Ich winkte ab. »Verstehe.«

»Ich habe sie dann auch gleich erreicht«, berichtete Thyra. »Sie war stinksauer …«

»Auf Mackensen?«, hoffte ich insgeheim.

Auch wenn der Kommissar nunmehr der Freund meiner Tochter war, wollte ich nicht komplett auf meine Schadenfreude verzichten. Man muss sich schließlich nicht alles verbieten.

Beklommen nickte Thyra. »Ja. Sie schimpfte, man hätte dich nicht so einfach festnehmen dürfen, nur weil du eine Anhalterin mitgenommen hast.«

»Vergiss nicht die Tatwaffe«, erinnerte ich. »Außerdem hatte ich zunächst angegeben, nicht bei dem Steg gewesen zu sein. Und dann hatten sie auch noch den Pullover. Das Tatwerkzeug, mit dem die Tote erdrosselt wurde. Es ist meiner. Außerdem bin ich derzeit der Letzte, der die Tote lebend gesehen hat.«

»Stimmt. Das wusste Traute aber auch«, entgegnete meine Tochter. »Sie meinte, es gebe keinen Beweis dafür, dass du gemeinsam mit der Frau am Tatort warst. Außerdem ist Traute der festen Meinung, dass du niemanden umgebracht hast. Sie kennt dich!«

Ja, dachte ich wehmütig. Niemand kennt mich so gut wie Traute. Aber kennt man wirklich jemanden so gut, dass man seine Hand für ihn ins Feuer legen kann. Immer und überall?

Es kommt nicht selten vor, dass sich der nette Nachbar, Freund oder sogar Ehepartner als brutaler Gewaltverbrecher herausstellt. Angehörige und Freunde sind dann schockiert über die Tat eines Menschen, von dem sie bis zu diesem Zeitpunkt angenommen haben, ihn in- und auswendig zu kennen.

»Sag niemals nie«, sagte ich deshalb trocken.

»Mach nicht solche Witze!« Thyra sah mich vorwurfsvoll an. »Aber die Frage bleibt – wer war es dann, wenn du es nicht warst?«

»Für die Antwort auf diese Frage würde ich einiges geben«, erwiderte ich grimmig. »Entweder ist es tatsächlich so naheliegend, wer die Frau umgebracht hat, oder – es war jemand ganz anderes.«

»Du meinst die Typen aus dem Geländewagen?«, fragte Thyra.

Ich nickte. »Ja, die beiden meine ich. Andererseits kann ich es mir nicht vorstellen, dass die beiden Männer uns gefolgt sind, um bei der nächstbesten Gelegenheit die Frau umzubringen und dann wieder nach Hause zu fahren.«

»Stimmt«, pflichtete Thyra mir bei. »Klingt ziemlich schräg. Um nicht zu sagen unglaubwürdig.«

»Manchmal sind die Dinge einfacher, als man meint«, gab ich zu bedenken.

»Das werden wir herausfinden!«, behauptete Thyra im Brustton der Überzeugung. »Alles nur eine Frage der Zeit!«

Ich teilte Thyras Überzeugung zwar im Moment nicht, nickte ihr aber trotzdem zustimmend zu. »Ja, das werden wir. Wir werden herausfinden, wer, wann und wieso!«

»Ich habe Traute alles erzählt, was ich bis zu diesem Zeitpunkt wusste«, fuhr Thyra fort.

»Auch das, was Mackensen dir erzählt hat?«

»Nein!«, sagte Thyra entschieden. »Was denkst du denn? Es ist ja schließlich nicht so, dass wir unter der Bettdecke liegen, Kaffee trinken und über Dienstgeheimnisse plaudern.«

»Stopp!«, unterbrach ich sie und verzog das Gesicht, als hätte ich in eine extrem saure Zitrone gebissen. »Bitte keine Details!«

»Hatte ich auch nicht vor«, gab sie pikiert zurück.

»Also«, lenkte ich beschwichtigend ein. »Mackensen hat dir gesagt, dass ich verhaftet wurde?«

Thyra nickte: »Folkert hat mich übers Handy angerufen, als du festgenommen warst«, erzählte sie. »Er wollte, dass ich es von ihm persönlich erfuhr, dass er meinen Vater verhaftet hat, und nicht von irgendwelchen Streifenbeamten, die weder mich noch dich persönlich kennen.«

»Das ist sehr respektvoll«, staunte ich, da ich noch am Morgen nicht im Entferntesten damit gerechnet hatte, Kommissar Mackensen für sein rücksichtsvolles Handeln zu loben. »Und dann hast du bei der Oberstaatsanwaltschaft angerufen und versucht, Traute zu sprechen?«

Wieder nickte Thyra: »Ja.«

»Und daraufhin hat Traute veranlasst, dass ich aus der Untersuchungshaft entlassen werde?«, fragte ich ungläubig.

Thyra schüttelte den Kopf. »Das weiß ich nicht, davon hat sie mir nichts erzählt. Sie war unterwegs, als ich sie anrief. Nach ihrem Termin hat sie mir eine Besuchserlaubnis ausgestellt und per E-Mail zugesandt, damit ich gleich zu dir in die Haftanstalt fahren konnte. Von deiner Entlassung hat sie mir nichts gesagt. Die wird sie später veranlasst haben.«

Was gut möglich sein konnte. Auch wenn Traute der Meinung war, dass sie mir keinen Mord an einer Anhalterin zutraute, hatte sie sich sicherlich erst über den Sachverhalt und seine Umstände informieren lassen. Vermutlich hatte sie dann nach Aktenlage meine Entlassung aus der Untersuchungshaft veranlasst und dabei die Emder Staatsanwaltschaft übergangen.

Deshalb hat Mackensen auch so große Augen gemacht, dachte ich. Er hat wahrscheinlich vermutet, dass Thyra sich um eine Besuchserlaubnis kümmern wird. Aber er hatte wohl nicht damit gerechnet, Thyra so rasch bei mir anzutreffen. Und noch weniger hat er damit gerechnet, dass ich kurz darauf vor seinen Augen aus der U-Haft entlassen werden würde.

»Folkert wird sich gedacht haben, dass ich mir eine Besuchserlaubnis besorgen werde, wenn er mir von deiner Inhaftierung erzählt«, sprach Thyra meine Gedanken aus. »Aber deine Entlassung hat ihn sicher ziemlich überrascht.«

»Gibt das Ärger?«, wollte ich wissen.

Thyra zuckte mit den Schultern: »Da muss er jetzt durch.«

»Stimmt«, murmelte ich und machte mich auf den Weg, um mir doch noch ein Bier zu holen: »Wat mutt, dat mutt.«

– 7 –

Während der Heimfahrt zum Hamswehrumer Altendeich sah ich zum halb geöffneten Seitenfenster hinaus und ließ die sommerliche Bilderbuchlandschaft Ostfrieslands an mir vorbeiziehen.

Draußen herrschten bereits sommerliche Temperaturen, obwohl die Sonne noch nicht ihren höchsten Stand erreicht hatte. Mein Blick ging über die platte ostfriesische Landschaft, die sich mit ihren Feldern bis zum scheinbar unendlichen Horizont erstreckte. Gelegentlich entdeckte ich in der Ferne eine Ansammlung der unvermeidlichen, sich unermüdlich drehenden Windräder.

Der Tag war strahlend schön, und der friesenblaue Himmel, der sich über uns spannte, sah aus wie frisch lackiert. Die Landschaft wirkte so friedlich wie auf einer Postkarte, die man den Lieben nach Hause schickt. Die Sonne wärmte mein Gesicht und die sommerliche Stimmung ließ mich für den Moment die Geschehnisse der letzten vierundzwanzig Stunden vergessen.

Ich schloss die Augen und genoss den Fahrtwind, der durch das halb geöffnete Seitenfenster sanft ins Wageninnere wehte.

Und dennoch projizierte mein Unterbewusstsein plötzlich das Bild der toten Frau im Tretboot wie ein überbelichtetes Bild einer Diashow auf meine Netzhaut.

Mit brutaler Deutlichkeit sah ich auch die grausigen Details des Tatorts: die weit aufgerissenen, blutunterlaufenen Augen der Toten ebenso wie die im Todeskampf zu Fäusten geballten Hände und den Pullover, meinen Pullover, der ihr wie eine tödliche Garotte um den Hals geschlungen war.

Entsetzt riss ich die Augen auf und gab einen erstickten Laut von mir.

Meine Finger suchten den Knopf des elektrischen Fensterhebers. Halb schob ich meinen Kopf durch das Fenster und sog gierig wie ein Ertrinkender die Sommerluft ein.

»Alles in Ordnung mit dir?« Thyra warf mir einen besorgten Blick zu. »Ist dir schlecht, soll ich anhalten?«

»Geht schon«, wehrte ich ab und begann im Vorbeifahren die friedlich auf dem Deich grasenden Schafe zu zählen, um das Bild der toten Frau abzuschütteln.

Nach dem sechzigsten Schaf verblasste langsam das schreckliche Bild der Erdrosselten vor meinem inneren Auge – vorerst, denn ich konnte sicher sein, dass mich in den kommenden Nächten schlechte Träume heimsuchen würden.

Der Kies knirschte unter den Reifen, als Thyra die Auffahrt zum Haus hochfuhr.

Ich hatte den Weg im Frühjahr mit neuem Kies auffüllen lassen, weil ich es leid war, mit dem Käfer durch ein Schlagloch nach dem anderen zu hoppeln. Jetzt knirschte es hochherrschaftlich unter den Weißwandreifen meines Grauen, wenn ich heimkam. Der Kies hatte auch den Vorteil, dass ich Besucher, die mit dem Wagen vorfuhren, schon hörte, wenn sie noch von den Büschen vor der Kurve verborgen waren.

Heute hatte sogar Motte auf das Knirschen des Kieses reagiert, denn er war ums Haus herumgetapert und saß zu meinem Erstaunen aufrecht vor der Eingangstür, von wo er uns aufmerksam entgegensah.

»Der Dicke hat unseretwegen sogar auf seinen Mittagsschlaf verzichtet«, grinste ich und streckte mich ausgiebig, nachdem ich aus dem Mini ausgestiegen war.

Da Motte keinerlei Anstalten machte, mich zu begrüßen, geschweige denn an mir hochzuspringen oder schwanzwedelnd seiner Freude Ausdruck zu verleihen, dass sein menschlicher Gefährte heimgekehrt war, ging ich zu ihm und wuschelte ihm durchs Fell, was er sich gern gefallen ließ.

»Na, Dicker«, begrüßte ich ihn. »Alles gut überstanden?«

»Ihm geht's gut«, lachte Thyra. »Gestern Abend wie heute Morgen war sein Fressnapf leer gefuttert.«

»Dann ist ja alles in Ordnung«, lachte nun auch ich und kraulte Motte den Bauch, der sich ächzend auf die Seite hatte fallen lassen und sich nun träge auf den Rücken drehte. »Mottes Magen ist das beste Stimmungsbarometer.«

Während Thyra die grün-weiße Haustür mit den Butzenscheiben aufschloss, kraulte ich Motte ausgiebig. Plötzlich drehte er den Kopf Richtung Auffahrt und stellte die Ohren auf, was ihn wie einen Teddy aussehen ließ, weil er auf dem Rücken lag. Auch ich reckte den Hals, um zu sehen, was er gehört hatte.

»Na, du hast mir heute noch gefehlt«, seufzte ich, als sich die lang gezogene Motorhaube von Hollis »Luden-Benz«, wie er ihn gern nannte, langsam die Auffahrt hochschob.

Abgesehen davon, dass Holger Wehmann im letzten Herbst Motte das Leben gerettet hatte, war Holli ein guter Freund. Er betrieb in Greetsiel gegenüber den Zwillingswindmühlen die »Alte Müllerei«, einen gemütlichen Laden, der zwar Souvenirs für Touristen im Angebot hatte, aber in erster Linie wegen seiner ganz besonderen Liebhaberstücke – originale Schiffslaternen oder auch mal ein handbetriebenes Nebelhorn – bei Einheimischen gleichermaßen beliebt war.

»Sollte der Strom mal ausfallen«, pflegte Holli zu sagen, wenn er mit den Fingerknöcheln gegen das Nebelhorn trommelte, »bin ich der Einzige, den man quer durchs Dorf hören kann.«

Warum man ihn dann hören sollte, wusste er auch nicht.

Leise knirschte der Kies unter den breiten Reifen von Holgers Liebling: ein 280 SLC Mercedes Cabrio, der technisch tipptopp und mit einem Oldtimerkennzeichen versehen war. Häufig fachsimpelten wir miteinander, wobei Holli zwar mein Faible für historische VW Käfer bis zu einem gewissen Punkt teilte, aber als eingefleischter Mercedes-Fan auf seinen 185 PS starken Flitzer ebenso wenig kommen ließ wie ich auf meinen 34-PS-Käfer.

»Moin!« Gut gelaunt kletterte Holli aus seinem Benz und stiefelte auf mich zu.

»Moin«, erwiderte ich und klopfte Motte auf den Bauch, um zu signalisieren, dass unsere Kuschelrunde nun beendet war, worüber er aber nicht im Geringsten traurig zu sein schien, weil er sich sofort auf den Bauch drehte, um wieder seine sitzende Position einzunehmen. Bereitwillig ließ er sich von Holli hinter den Ohren kraulen, der bei Motte einen Stein im Brett hatte, seit er ihn mit einem Seitenschneider von einer Plastikschlinge befreit hatte, die ihm ein dubioser Killer teuflisch eng angezogen um den Hals gelegt hatte. »Was treibt dich denn hierher?«

Wenn Holli an einem solch schönen Sommertag nicht seine üblichen sechzehn Stunden im Laden stand und Touristen knallbunte Modellschafe verkaufte, die in diesem Jahr der absolute Verkaufsschlager waren, musste das einen guten Grund haben.

»Ich wollte dich was fragen«, erklärte er und warf einen schnellen Blick rundum, um festzustellen, ob sich ungebetene Zuhörer in der Nähe befanden. »Du als Kreativer kennst dich doch mit Zeichnungen und so etwas aus?«

»Kommt drauf an«, erwiderte ich und fragte mich, was Holli mit »so etwas« wohl meinte. »In erster Linie kenne ich mich mit Tattoos aus.«

»Weiß ich doch, weiß ich doch«, winkte Holger ab und beugte sich noch tiefer zu mir herunter, während er seine Stimme zu einem kaum hörbaren Flüstern senkte. »Ich meine ja auch etwas anderes. Obwohl …« Seine Stimme wurde noch leiser, bis ich fast gar nichts mehr verstand.

»Was sagst du?«, fragte ich ungeduldig in normaler Lautstärke, weil ich sein geheimnisvolles Tun für Unfug hielt, schließlich war ich hier zu Hause, und wenn sich hinter den Rabatten Spione versteckten, hätte mich das sehr gewundert. »Du meinst also etwas anderes als Tattoos, aber irgendwie hat's dann doch mit Tattoos zu tun?«

»Pscht!«, machte Holli und ließ demonstrativ einen weiteren Blick um uns herumwandern.

»Jetzt hör auf mit dem Unfug!«, schimpfte ich ungeduldig. »Hier ist niemand.«

»Siehst du, Jan«, erwiderte Holger und zwinkerte mir listig zu. »Und da fängt's doch schon an. Wieso niemand? Es ist doch jemand da: Wir sind da – du und ich. Motte hockt hier auch herum. Und wie ich am Auto unschwer erkennen kann, dürfte Thyra ebenfalls zu Hause sein. Mit solchen Selbstverständlichkeiten geht's los: Trump hatte sich auch nicht träumen lassen, dass Hillary ihn irgendwann abhören lassen würde. Aber davon mal ganz abgesehen, auch unsere Obersten, die haben's nicht gemerkt, und als …«

»Holli!«, rief ich verzweifelt. »Jetzt verschon mich bitte mit deinen Verschwörungstheorien! Was hat denn Trump jetzt wieder mit dem zu tun, was du mir zeigen willst? Du hörst dich ja an wie Fletcher, dieser Taxifahrer aus dem Mel-Gibson-Film. Fehlt nur noch, dass du mir auch in die Nase beißt.«

»Aber Fletcher hatte recht, es war die CIA!« Triumphierend hob Holli seinen Zeigefinger. »Womit mal wieder bewiesen wäre, dass …«

»Okay. Okay, Holli«, unterbrach ich seinen Redefluss, denn wenn Holger erst einmal ins Reden kam, hatte ich keine Chance mehr, heute noch irgendetwas anderes zu machen. »Falsches Beispiel. Mein Fehler. Also, was hat es jetzt mit diesen Tattoos oder ›irgendwie doch nicht‹ auf sich? Komm bitte zum Punkt – und zwar schnell!«

Holgers Blick drehte noch zwei Runden, bevor er verschwörerisch an mir hängen blieb.

»Und?« Auffordernd schaute ich ihn an, während er sicherheitshalber einen weiteren Blick über die Schulter warf, ob nicht doch im letzten Moment ein Spion hinter den Rosensträuchern aufgetaucht war, bevor er sich erneut vorbeugte, um mir etwas ins Ohr zu raunen.

»Ich habe was gefunden«, wisperte er.

»Aha«, erwiderte ich lahm, denn was sollte ich auf eine solch sensationelle Mitteilung auch sonst sagen.

»Und – ich weiß nicht … was das ist.« Erwartungsvoll sah Holger mich an.

»Hm«, machte ich, denn es interessierte mich nicht sonderlich, wen oder was Holli gefunden hatte, da ich eigentlich ins Haus gehen und in Ruhe mit Thyra reden wollte. »Also, wenn du etwas gefunden hast und nicht weißt, was es ist, solltest du jemanden fragen, der Ahnung von so etwas hat.«

»Ahnung von was?«, wollte er wissen.

Gequält verdrehte ich die Augen und zählte im Geiste langsam bis drei. Allmählich erschöpfte sich meine Geduld.

»Natürlich Ahnung von dem Ding oder was immer du gefunden hast«, sagte ich ungeduldig.

»Na, deshalb frage ich ja dich!«, entgegnete Holger mit der ihm eigenen Logik.

»Fachmann, sagte ich, Holli. Fachmann!« Zur Verdeutlichung dessen, was ich meinte, malte ich ein Ausrufezeichen in die Luft.

»Aber das bist du doch«, erwiderte Holger. »Fachmann für Tattoos.«

Also doch Tattoos. Wieso nun doch Tattoos, dachte ich und seufzte vernehmlich, vermied aber eine Diskussion, die Holger für gewöhnlich dank seiner Dickfelligkeit gewann.

»Fachmann würde ich das nicht gerade nennen«, entgegnete ich deshalb ergeben. »Du weißt ja: Ich entwerfe Tattoos, steche aber keine.«

»Na klar weiß ich das«, nickte Holger eifrig. »Kleine Totenschädel, schwarze Rosen, so'n düsteren Kram.«

»Nicht nur«, stellte ich klar. »Für dich würde ich auch zwei kleine Pausbackenengel zeichnen, die du dir quer über die Brust tätowieren lassen kannst.

Holger stutzte und sah mich mit großen Augen an: »Ehrlich, das würdest du tun?«

»Na klar, Holli«, lächelte ich süffisant. »Gern auch ein paar Katzenkinder, die an ihrer Mama nuckeln.«

»Du verarschst mich!«, stellte Holli fest und strich sich nachdenklich über seinen Dreitagebart, der langsam grau wurde.

»Ach was«, entgegnete ich trocken und setzte ein unschuldiges Grinsen auf.

»Hast du 'n Moment Zeit?«, wechselte er abrupt das Thema und kam auf sein eigentliches Anliegen zurück.

»Die nehme ich mir gern«, antwortete ich, und es handelte sich dabei nicht um eine Höflichkeitsfloskel, da Holger ein echter Freund war, auf den man sich jederzeit blind verlassen konnte.

Auch wenn Holli mitunter eine echte Nervensäge sein konnte, hatte er das Herz am rechten Fleck und sagte immer geradeheraus das, was er auch meinte. Dass er sich damit nicht immer Freunde machte, war ihm ziemlich egal. Da ich ähnlich gestrickt war, verstanden wir uns prächtig, auch wenn er mich gerade auf eine wahre Geduldsprobe stellte.

Holger wandte sich um und ging zum Heck seines Benz.

Geräuschlos schwang die Klappe des Kofferraums auf und gab den Blick in den kleinen, aber erstaunlich viel Platz bietenden Innenraum frei, der mit einem sandfarbenen Teppichboden ausgekleidet war.

»Also …«, sagte Holger bedächtig. »Als ich diesen schmucken Wagen gekauft habe, war er in dem gleichen Zustand wie jetzt. Einfach perfekt!« Seine Augen fingen an zu leuchten, was ich gut verstehen konnte, da auch ich diesen Blick bekam, wenn es um meinen Käfer ging. »Der Verkäufer, ein alter Herr so um die achtzig, war Liebhaber. Als er mir erzählte, wie gut der Wagen lief, sagte seine Frau, dass er mal nicht so angeben solle, weil er den Wagen schon seit Jahren nur aus der Garage hole, um zum TÜV zu fahren.«

Ich lachte.

»Also der Traum eines jeden Liebhabers: der unverbastelte Oldtimer im Originalzustand ohne Rost und von seinem achtzigjährigen Besitzer liebevoll gepflegt.«

»Vierundachtzig. Der alte Herr ist vierundachtzig und brauchte das Geld – für ein Motorrad!«, grinste Holger und hob den Zeigefinger.

»So, so. Ein Motorrad.« Angesichts von Hollis Geschichte, die ich eher für grob gesponnenes Seemannsgarn hielt, legte sich meine Stirn wie von selbst in gutmütige Falten.

»Ja«, nickte er mit breitem Grinsen. »Du weißt doch: Meine Oma fährt im Hühnerstall Motorrad.«

»Genau«, lachte ich und stimmte mit völlig falscher Stimmlage einen der unzähligen Refrains an: »Und meine Oma hat im Strumpfband 'nen Revolver, 'nen Revolver, 'nen Revolver.«

»Ich sehe, du bist bestens informiert und dein Langzeitgedächtnis ist auch noch voll intakt«, frotzelte Holger. »Aber das Schärfste an der Geschichte ist – meine Lady hat noch keine fünfzigtausend auf der Uhr!«

»Ne!«, staunte ich.

»Doch!« Holger grinste übers ganze Gesicht. »Das ultimative Schnäppchen!«

Wir fachsimpelten noch eine ganze Weile über Kilometerstände, rostige Bodenbleche, rüstige Rentner und die sprichwörtliche Ringeltaube auf dem Dach: ebenden von einem Liebhaber gepflegten Oldtimer, den er aus Altersgründen an einen anderen Liebhaber zu einem reellen Preis abgibt. Dann erinnerten wir uns beide daran, dass ich ja keine Zeit hatte, und Holger deutete in den Kofferraum.

»Wie gesagt, das Schmuckstück ist im Bestzustand und ich habe den Wagen auch noch nicht gewaschen. Seit zwei Jahren nicht.«

Ich staunte, denn das sah man dem Mercedes nicht an. Er sah wie aus dem Ei gepellt aus.

»Wie machst du das denn?«, staunte ich und beugte mich zu einem der Kotflügel hinunter, um das Blech zu begutachten.

»Na, erst einmal fahre ich ja kaum mit dem Auto. Bei Regen schon mal gar nicht! Und wenn ich mal mit ihm unterwegs war, wische ich ihn mit einem feuchten Lappen ab und poliere nach, bevor ich ihn in die Garage stelle.«

Ich verzichtete auf die Frage, weshalb er sich einen solchen tollen Schlitten kaufte, wenn er ihn kaum fuhr. Leute, die sich alte Autos zu Liebhaberpreisen kaufen, sind nicht mit normalen Autofahrern zu vergleichen, da sie andere Maßstäbe an einen solchen Oldtimer stellen als jemand, der seinen Wagen jeden Tag nutzen muss und möchte. Mein Grauer bildete da die Ausnahme. Auch er war ein solide restaurierter Oldtimer: ein

Käfer Karmann Cabrio, den ich aber das ganze Jahr über fuhr. Regen, Schnee und Möwenschitt – der Käfer kam mit allem klar.

Gut, ich gebe zu, dass ich ihn auch jede zweite Woche mit der Hand wusch und auf Hochglanz polierte.

»Aber ich fand, dass es an der Zeit war, den blonden Engel ein bisschen zu pflegen. Als ich dann die Kofferraumplatte herausnahm, staunte ich«, sagte mein Freund.

»Wieso?«, fragte ich, nun doch deutlich interessierter als zu Beginn unseres Gesprächs.

»Der Reservereifen hatte immer noch ausreichend Luft.« Treuherzig schaute Holger mich an.

»Und? Weiter!«, forderte ich ihn auf.

»Der Radkasten sah auch noch …«

»Holger!«, warnte ich ihn mit bedrohlich leiser Stimme. »WAS hast du gefunden?«

Er griff mit der Miene eines Geheimniskrämers nach der mit Teppich bezogenen Bodenplatte und hob sie mit einem Handgriff heraus.

Ich reckte den Hals und sah einen gänzlich rost- und staubfreien Radkasten, in dem ein Reserverad auf einer schwarz lackierten Metallfelge lag. Sonst nichts.

»Schönes Reserverad«, stellte ich trocken fest. »Und was ist jetzt daran so aufregend?«

»Doch nicht das Rad, Jan«, kicherte Holger und beugte sich tief in den Kofferraum. »Schau mal hier«, tönte seine Stimmte dumpf aus dem Innenraum.

Gespannt sah ich Holger über die Schulter, wie er sich an der Teppichkante zu schaffen machte. Geschickt fingerte er den Rand des Teppichs hoch. Ein schmaler Spalt wurde sichtbar. Mit spitzen Fingern griff Holger in den Spalt und zog vorsichtig eine Plastikhülle aus dem Zwischenraum hervor.

Ebenso behutsam, wie er die vom Zahn der Zeit verblichene Plastikhülle hervorzog, faltete er sie auseinander und hielt sie an den Ecken hoch.

»Und? Was sagst du nun?« Triumphierend sah Holger mich an.

Die Plastikhülle war weder von guter Qualität noch dokumentenecht, sodass das Plastikmaterial trotz des sicheren und trockenen Aufbewahrungsortes deutlich gelitten hatte. Ich konnte nur schlecht schätzen, wie viele Jahre die Plastikhülle auf dem Buckel hatte.

»Tja«, sagte ich. »'ne dreckige Plastikhülle.« Neugierig beugte ich mich vor und schnupperte an ihr.

Unverkennbar stieg mir der typische Geruch eines Oldtimers in die Nase: Metall, Öl und Benzin. Noch während ich an der Plastikhülle schnupperte, zog Holger einen zusammengefalteten Bogen Papier heraus. In die für einen alten Wagen charakteristische Geruchskombination mischte sich deutlich der Geruch nach altem, trockenem Papier.

»Perfekto!« Holger strahlte übers ganze Gesicht, als habe er eine Schatzkarte gefunden. »Das Teil ist so gut erhalten. Da kannste mal sehen, was Wertarbeit ist. Der Kofferraum ist nach über dreißig Jahren immer noch trocken wie ein Kaninchenfurz.«

»Wie alt ist der Wagen?«, wollte ich wissen.

»Baujahr 1985«, antwortete Holger stolz. »Und immer noch super in Schuss.«

Holger hatte recht. Der Mercedes war in einem tadellosen Zustand, was ja auch die trockene Karte nach über dreißig Jahren eindrucksvoll bewies.

Sorgfältig entfaltete Holger das Papier, das offenbar eine Art Landkarte war, und trug die Karte mit ausgestreckten Armen vor sich her, als er den Wagen umrundete. Wie mit Samthandschuhen legte er sie auf die lang gezogene Motorhaube und drückte behutsam die Knickfalten glatt.

Gemeinsam beugten wir uns über die Motorhaube und betrachteten neugierig die Karte, bei der es sich weder um eine Wanderkarte noch um eine normale Straßenkarte handelte, wie ich auf den ersten Blick feststellte.

Die ehemals kräftigen Farben waren verblasst, ließen aber immer noch zwischen Wasserflächen, Wiesen und Äckern sowie bebauten Flächen unterscheiden. Der westliche Abschnitt der Karte war von einem dunklen Fleck bedeckt, wahrscheinlich Öl. Aufgesogen von dem Papier fanden sich weitere Ölflecken in unterschiedlichen Größen über die Karte verteilt.

Eine dunkle Linie, deren Farbe ebenfalls an Intensität verloren hatte, aber mit etwas Fantasie als Blau zu erkennen war, umrandete ein großes Gebiet. Sie markierte nicht nur den Küstenverlauf von Höhe des Sammelbeckens Leybuchtsiel entlang der Küste bis zum Emder Hafen, sondern auch das Gebiet weiter entlang des Ems-Jade-Kanals bis nach Aurich, um dann zum Ewigen Meer und quer rüber zum Addinggaster Tief zu verlaufen, dem südlichen Arm des Norder Tiefs, der zum Sammelbecken Leybuchtsiel verlief.

»Das ist 'ne Karte«, stellte Holger überflüssigerweise fest.

»Seh ich auch«, brummte ich. »Stellt sich nur die Frage, was für eine.«

»Das habe ich auch schon die ganze Zeit überlegt«, erwiderte Holger. »Und dann ist es mir wie Schuppen aus den Haaren wieder eingefallen!«

»Und zwar?«

»Weißt du noch, wie es war, als du so alt warst?« Holger hielt die flache Hand ausgestreckt in Brusthöhe.«

»Nein … ja. Ich meine …« Ich sah ihn irritiert an: »Mit zehn? Bestimmte Sachen, ja klar, an die kann ich mich erinnern.«

»Siehste«, meinte Holger und griff in die Tasche seiner Hose, um ein Päckchen schwarzen Tabaks hervorzukramen. »Ich auch!«

Routiniert rollten Holgers Finger ein Tabakstäbchen, das er sich sogleich zwischen die Lippen klemmte. Dann reichte er mir das Päckchen. Ich hatte Mühe, eine ansehnliche Selbstgedrehte hinzubekommen, war aber mit dem torpedoförmigen Glimmstängel durchaus zufrieden, als ich ihn an die Flamme des zerkratzten Zippos hielt und den ersten Zug nahm.

Eigentlich hatte ich das Rauchen aufgegeben. Abgesehen von einem gelegentlichen Zigarillo oder wie heute einer Selbstgedrehten, wenn ich das Gefühl hatte, die Portion Nikotin wäre mal wieder genauso nötig wie das vierte Bier. Auch wenn solche Anlässe eher selten sind und ich keinen Grund für ein schlechtes Gewissen kenne, sah ich mich verstohlen nach meiner Tochter um. Wenn sie mitbekam, dass ich rauchte, war mir ein Gesundheitsvortrag mit dem Schwerpunkt Nikotin sowie Verweisen auf die dezenten, aber nicht zu leugnenden Mehrgewichtspfunde in Verbindung mit Bewegungsmangel gewiss.

Mit anderen Worten: Ich rauchte ebenso gelegentlich, wie ich Bier und einen guten alten Whisky trank, ich joggte zu wenig und aß zu gern und viel.

Genussvoll stieß ich eine blaue Nikotinwolke aus.

»Als ich so alt war …«, wieder hob Holger seine Hand in Brusthöhe, »… bin ich mit ein paar Freunden immer durch die Leybucht oder an der Küste langgefahren.«

»Mit 'nem Roller?«, lachte ich und verschluckte mich an der Nikotinwolke, die ich gerade in den blauen ostfriesischen Himmel pusten wollte.

»Ja, du lachst«, maulte Holger. »Geschieht dir recht!«

Es dauerte ein paar Sekunden, bis mein Hustenanfall nachließ. Mit dem Handrücken wischte ich mir ein paar Tränen aus den Augenwinkeln.

»Nee, ich glaub's nicht!«, ertönte Thyras Stimme hinter uns, die wahrscheinlich durch mein lautes Husten darauf aufmerksam geworden war, dass ihr Vater semiheimlich rauchte. »Du wolltest doch nicht mehr rauchen.«

»Heute ist mal eine Ausnahme«, winkte ich ab.

»Moin, Holli«, begrüßte Thyra Holger mit dem tadelnden Blick einer Pausenaufsicht, die zwei ihrer Schüler beim heimlichen Qualmen erwischt hat.

»Moin, Thyra«, antwortete Holger artig in ihre Richtung, wandte aber fast gleichzeitig seinen Blick zur Motorhaube, auf der die Karte ausgebreitet lag.

»Deins?« Mit dem spitzen Zeigefinger stupste sie missbilligend gegen das Päckchen Tabak, das Holger zwischen Scheibenwischer und Windschutzscheibe abgelegt hatte.

Holger begann umständlich die Karte zusammenzufalten, hatte er doch mit seiner Analyse recht behalten, dass doch jemand außer uns beiden anwesend war.

»Was habt ihr denn da?« Neugierig machte Thyra ihren Hals lang. »Sieht aus wie ein Schnittmuster.«

»Nix«, entgegnete Holger hastig, wobei diese Aussage genauso unzutreffend war wie meine vorherige Behauptung, dass *niemand* da sei.

»Deichacht?« Bevor Holger reagieren konnte, hatte Thyra ihm schon die halb zusammengefaltete Karte aus der Hand genommen und faltete sie nun wieder auseinander. »Was ist das?«

»Nix. Sag ich doch!« Mit beiden Händen griff Holger nach seinem Schatz und versuchte, Thyra das Papier aus den Händen zu winden.

So leicht ließ sich meine Tochter ihre Beute aber nicht entwinden. Wenn sie etwas haben wollte, dann wollte sie es haben. Leichtfüßig machte sie zwei Schritte zur Seite und ließ Holger ins Leere laufen.

»Das sind Deiche, stimmt's?«, stellte Thyra mit der Nase in der Karte fest.

Bevor die beiden weiter *Hasch mich, ich hab deine Karte* spielen konnten, ging ich zu Thyra, nahm ihr mit väterlicher Autorität die Karte aus den Händen und reichte sie zurück an Holger.

»Sorry«, sagte ich.

Holger drückte die Karte an sich, um sie vor Thyra in Sicherheit zu bringen, und ging langsam rückwärts.

»Bleib mal stehen!«, sagte ich knapp.

»Was …?«

»Bleib stehen!«

Wie angewurzelt blieb Holger neben seinem Wagen stehen und sah mich verdutzt an.

»Das sieht irgendwie …«, murmelte ich und ging auf Holger zu, ohne ihn mitsamt seiner Karte aus den Augen zu lassen, »… merkwürdig aus.«

Holger hatte die Karte nur halb zusammengefaltet, sodass die vermeintlichen Ölflecken wie aufgefächert zu sehen waren. Der größte Fleck am unteren Kartenrand, der den westlichen Abschnitt bedeckte, befand sich unterhalb von Holgers Herzen.

Mein Gesicht nahm einen harten Ausdruck an, als ich feststellte: »Diese Flecken … das ist kein Öl!«

»Was denn sonst?«, entgegnete Holger mit großen Augen.

»Blut«, antwortete ich und war selber erstaunt über die Gewissheit meiner Behauptung. »Das ist Blut!«

»Aber … aber …«, stammelte Holger entgeistert und versetzte mich in Erstaunen, da ich ihn noch niemals wortlos gesehen hatte.

Holger hatte immer das letzte Wort.

Diesmal nicht.

– 8 –

Nachdenklich nippte ich an meinem Teepott und genoss das würzige Aroma des ostfriesischen Assam, das meine Nase verwöhnte. Die Sahnewölkchen, die ich durch das ganz spezielle Eingeben der Sahne in den Teepott erzeugt hatte, verliehen dem Tee eine herrlich goldene Färbung, die an Bernstein erinnerte.

Es war ein wirklich herrlicher Sommer in diesem Jahr. Schon der Frühling mit seinen milden Temperaturen und wärmenden Sonnenstrahlen hatte mich auf einen echten Sommer eingestimmt, und tatsächlich war er in diesem Jahr weder durchwachsen noch irgendwie untypisch für diese Jahreszeit, was die Wetterfrösche im Radio zwar ausgiebig, aber ergebnislos zu analysieren pflegten. Im Grunde gab es nix zu analysieren, dennoch wird über nichts so viel geredet wie übers Wetter. Ich mochte dieses befindliche Gequatsche im Radio schon lange nicht mehr hören: schönes Wetter, schlechtes Wetter – hier in Ostfriesland gab es schon immer Wetter. Punkt.

Ich vergaß Wetterbericht und Wetterfrösche.

Mit geschlossenen Augen streckte ich der noch immer warmen Abendsonne mein Gesicht entgegen.

So kann es bleiben, Herr Doktor, dachte ich träge.

Ich saß im heimischen Garten im Strandkorb: Beine hoch. Tee griffbereit. Sonne satt. Perfekt!

Motte lag lang ausgestreckt und leise schnarchend neben dem Fußteil im Schatten.

Ein Tag wie aus dem ostfriesischen Bilderbuch. Ein Tag zum Träumen.

Allerdings nicht für mich.

Ein paar Sekunden Bilderbuchatmosphäre gönnte ich mir noch, bevor ich langsam zu blinzeln begann. Die tief stehende Sonne stach mir in die Augen. Mit dem Zeigefinger zog ich mir meine Sonnenbrille von der Stirn hinunter auf die Nase. Mit halb geschlossenen Augen angelte ich nach dem Teepott und nahm noch einen Schluck. Heute hatte ich den Tee extra stark aufgebrüht. Der Tag hatte es bislang in sich gehabt. Außerdem hatte ich noch einiges vor und wollte meine aufkommende Mittagsmüdigkeit vertreiben.

Nachdem Holger endlich die dubiose Karte zusammengefaltet hatte, raunte er mir zum Abschied zu: »Wir müssen reden. Allein!«

»Jo, Holli«, hatte ich erwidert und ihm versprochen, am Abend auf dem Rückweg von Norddeich bei ihm vorbeizuschauen. »Du hast mir nämlich immer noch nicht gesagt, was es mit diesem Tattoo auf sich hat, wegen dem du mich eigentlich sprechen wolltest.«

Bevor Holger in seinen Benz einstieg und die Reifen seines Wagens im Kies durchdrehen ließ, weil er es ziemlich eilig hatte, aus Thyras Reichweite zu verschwinden, strich er sich mit Zeigefinger und Daumen, die er gegeneinanderpresste, an seinen fest zusammengekniffenen Lippen entlang und rollte bedeutungsvoll mit den Augen. Wenn ich seine Pantomime richtig verstanden hatte, wollte er mir mit dieser Geste sagen, dass seine Lippen bis zu unserem Treffen versiegelt sein würden und dass er selbiges auch von mir erwartete.

»Holli, du alter Spökenkieker«, schmunzelte ich, wobei mich das diffuse Gefühl beschlich, dass an der Sache mit der Karte doch mehr dran sein konnte, als ich bislang vermutete. Die Blutflecken jedenfalls, die sich in die Karte eingefressen hatten, konnte ich nicht als Ausgeburt von Holgers Hirngespinsten abtun.

Kurz nachdem Holger mit seinem blonden Engel vom Hof gerauscht war, verabschiedete sich auch meine Tochter und gab mir zum Abschied einen Kuss auf die Wange.

»Ich bin mit Tilli verabredet«, sagte sie verhalten. »Ich kann … nein, ich will das Gespräch jetzt nicht mehr aufschieben! Du hast recht – ich muss ihm gegenüber aufrichtig sein. Ich hätte ihm schon längst erzählen müssen, dass Folkert und ich …« Kleinlaut brach sie ab.

Wortlos umarmte ich sie. Es waren keine Worte nötig, um meiner Tochter zu sagen, dass ich sie verstand und ihre Entscheidung richtig fand, so schnell wie möglich reinen Tisch zu machen.

Nachdem auch Thyra mit ihrem Mini vom Hof gerollt war, stand ich eine ganze Weile da und sah dem Staub zu, wie er sich langsam auf den sonnengefluteten Kiesweg legte.

Tillmann tat mir leid. Auch wenn er auf den ersten Blick mit seinem großen Schädel, der auf einem langen Hals balancierte, und seinem karottenfarbenen Afrolook skurril aussah, war er ein wirklich feiner Kerl.

Meine Gedanken kehrten zurück zu Hollis alter Karte.

Was mochte die Geschichte hinter der blutbefleckten Karte sein?

Langsam öffnete ich die Augen.

Die Blutflecken sind echt!, dachte ich. Zumindest hielt ich sie für echt.

Ich würde Holli vorschlagen, eine Probe von dem eingetrockneten Blut zu nehmen, die ich anschließend auf dem kleinen Dienstweg – also mit zwei Flaschen Rotwein unterm Arm – Tillmann mit der Bitte um eine Gefälligkeit auf den Schreibtisch legen würde.

Falls Tillmann nach Thyras Besuch überhaupt ansprechbar ist, dachte ich mitfühlend.

Ich war mir sicher, dass Thyras Eröffnung ihn schwer treffen würde. Aber da musste er jetzt durch. Vielleicht war es auch ganz gut, wenn ich ihm eine kleine Rätselaufgabe mitbrachte. Er war ein begnadeter forensischer Pathologe und kriminaltechnischer Analyst. Knifflige Aufgaben bereiteten ihm stets große Freude, denn die üblichen Standards waren für ihn zwar eine verantwortungsvolle Aufgabe, in der er aufging, aber keine große Herausforderung an seine analytischen Fähigkeiten und Talente. An einer dreißig Jahre alten Karte mit der Patina aus Blutflecken konnte er sein Talent unter Beweis stellen.

Die Blutflecken auf der Karte hatten meine Neugier geweckt!

Auch wenn sie ihrem Aussehen nach durchaus so alt wie Holgers Mercedes sein konnten, gab es doch einen Grund für ihr Entstehen. Und genau den wollte ich wissen. Auch wenn dieser ebenfalls weit zurück in der Vergangenheit liegen mochte.

Außerdem interessierte mich der Begriff *Deichacht*, den Thyra auf der Karte entdeckt hatte. Auch aus diesem Grund würde ich Holger später einen Besuch abstatten.

Langsam erhob ich mich von meinem Lieblingsplatz und machte mich in der Hoffnung, doch noch etwas Essbares zu finden, auf den Weg zum Kühlschrank, um mich mit einem kleinen Snack zu stärken, bevor ich nach Norddeich aufbrach.

Meine stille Hoffnung, dass Thyra inzwischen den Einkauf erledigt hatte, zerrann beim Öffnen des Kühlschranks. Der klägliche Anblick, der sich mir bot, war frustrierend.

Auch wenn uns Männern trotz aller Emanzipation noch immer die legendäre Jagd- und Sammelleidenschaft in den

Genen liegt, befriedigte mich das, was ich im Kühlschrank fand, keineswegs. Ich stieß lediglich auf ein paar vertrocknete Tomaten, eine angebrochene Packung sauer riechender Milch und eine zerquetschte Tube Tomatenmark. Keine Spur von Eiern, Wurst oder Käse, geschweige denn von Steaks oder anderen Nahrungsmitteln. Noch nicht einmal ein kalt gestelltes Bier wartete auf mich. Ich musste also wohl oder übel heute auch noch einkaufen. Eine Aufgabe, die ich für gewöhnlich so lange vor mir herschob, bis die gähnende Leere in meinem Kühlschrank mich dazu zwang.

Missmutig drückte ich die Kühlschranktür wieder zu und wandte mich zu Motte um, der mir schlaftrunken hinterhergetrottet war. Den Weg zum Kühlschrank fand er ebenso wie ich mit geschlossenen Augen.

»Keine Sorge, Dicker«, beruhigte ich ihn, da er mich besorgt anblinzelte. »Für dich ist gesorgt.«

Ich ging zum Wandschrank, in dem auf dem überwiegenden Teil der eingebauten Regale Mottes Vorräte in Form von Trockenfutter und großen Dosen seiner Lieblingsmahlzeiten eingelagert waren. Auch wenn morgen in der Krummhörn eine Hungersnot ausbräche, mein Hund müsste nicht darben.

Mit geübten Handgriffen öffnete ich eine Dose von Mottes Lieblingsmahlzeiten und füllte seinen Napf. Ich würde mir später in Norddeich etwas zu essen genehmigen. Da ich mir heute schon meine Dosis Fischbrötchen gegönnt hatte, würde ich vielleicht Krabbenbrötchen nehmen. »Wegen der Gefahr zu einseitiger Ernährung«, lachte ich und wuschelte Motte kräftig durchs Fell, was ihm ein wohlig dumpfes Brummen entlockte. »Lass es dir gut schmecken!«

Nachdem ich mir mit ein paar Handvoll eiskaltem Wasser meine Trägheit aus dem Gesicht gespült hatte, rief ich nach Motte, der sich mit seiner Riesenzunge genüsslich die Reste seiner Mahlzeit aus dem Gesicht schleckte. Nur die Sprenkel rund um seine Augen bekam er mit seiner Zunge nicht zu fassen.

»Das kommt davon, wenn du Fresssack deine Nase immer bis zum Anschlag in den Napf stecken musst«, tadelte ich Motte und schnappte mir einen feuchten Lappen, um ihn wieder manierlich herzurichten.

Nachdem Motte halbwegs sauber war und nicht mehr so stark nach Hundefutter roch, stiegen wir gemeinsam in den Käfer und knatterten über die Landstraße nach Norddeich.

Eine friedliche Abendstimmung lag über der Landschaft. Die Luft war erfüllt vom sommerlichen Duft der unterschiedlichsten Gräser und von dem Hauch Nordsee, den die leichte Brise ins Landesinnere wehte. Die Greetsieler Zwillingswindmühlen leuchteten in der untergehenden Sonne, und ich fühlte mich noch ziemlich entspannt, als ich den Wagen die Greetsieler Straße entlanglenkte. Motte hatte seinen zotteligen Kopf auf die Beifahrerlehne gelegt und genoss mit geschlossenen Augen den lauen Fahrtwind, der ins Wageninnere wehte.

Das Dach meines Cabrios hatte ich zurückgeklappt.

Aus dem Autoradio fragte Joachim Witt mit düsterer Stimme, wann die Flut kommen würde. Ein bitteres Gefühl stieg in mir auf, als der Sänger vom Flehen nach einer besseren Welt zum Leben sang.

Wieder stieg das Bild der toten Frau in mir auf: Julia. Genauer gesagt Julia Marten. Sehr jung. Sehr schön.

Tot!

Erdrosselt mit meinem Pullover.

Auch wenn ich in meinem beruflichen Alltag als Strafverteidiger so einiges erleben musste, hatte ich mir mein Mitgefühl und meine Empathie bewahrt. Der Tod der jungen Frau ging mir sehr nah. Nicht, weil es mein Pullover gewesen war, mit dem der Täter Julia erdrosselt hatte.

Nein! Es war die Sinnlosigkeit ihres Todes.

Auch wenn ich mir sicher war, dass es sich nur um eine Frage der Zeit handelte, bis das Tatmotiv erkennbar war, konnte kein Grund der Welt den gewaltsamen Tod eines Menschen rechtfertigen.

So jung, dachte ich voller Bitterkeit und setzte den Blinker, um nach links in die Straße Am Leydeich einzubiegen: die Straße, die am Sammelbecken Leybuchtsiel vorbeiführt, wo sich der Tatort befindet. Wie sinnlos.

Unabhängig davon, dass ich als Verdächtiger galt, schwor ich mir erneut, den Tod der jungen Frau aufzuklären. Ich wusste zwar noch nicht genau, wie, war aber bereits auf dem Weg nach Norddeich, wo ich den ersten Ansatzpunkt meiner Ermittlungen sah: die *Surfschule Norddeich*.

Zwanzig Minuten später parkte ich meinen Grauen im Halbschatten einer Ferienwohnanlage; gerade in dem Moment, als ich die Strandstraße entlangfuhr, war dort ein Parkplatz frei geworden. Auch in Ostfriesland benötigt man Glück bei der Parkplatzsuche. Ich kurbelte alle vier Seitenscheiben des Käfer hoch und schloss den Wagen ab. Das Dach ließ ich angesichts des blauen Bilderbuchhimmels nach hinten geklappt.

Motte trottete gemächlich hinter mir her, als ich nach ein paar Metern auf der Strandstraße in die Badestraße einbog. Diese verlief parallel zum Deich, der sich entlang der Küstenlinie schlängelte. Davor lag die Drachenwiese, auf der sich die Surfschule sowie das große Schwimmbad und das »Haus des Gastes« befanden. Ein paar Hundert Meter weiter südwestlich den Deich entlang gelangte man zu dem großen Sandstrand, der eigens für Urlauber vor etlichen Jahren künstlich angelegt worden war.

Hier am Deich wehte heute ein guter Wind, den viele Urlauber nutzten, um ihre Drachen steigen zu lassen. Trotz der beginnenden Abendbrotzeit waren zahlreiche Flug- und Lenkdrachen jeglichen Formats und unterschiedlicher Größe am Himmel unterwegs. Da gab es schnittige dreieckige Lenkdrachen, die mit ihren knalligen Neonfarben rasante Flugmanöver darboten, ebenso wie fliegende Lufttunnel und auch zwei aufwendig gebaute und verrückt anzuschauende Kastendrachen. Dagegen konnte ich nur einen einzigen »normalen« Drachen ausmachen, wie ich sie aus Kindertagen kannte und liebte.

Mein Blick fiel auf eine große, stämmige Gestalt, die sich, von einem der blauen Container kommend, die neben dem Holzgebäude der Surfschule aufgereiht nebeneinanderstanden, näherte. Die Gestalt fiel mir auf, weil sie deutlich schneller unterwegs war als die entspannt wirkenden Urlauber, die mit ihren Drachen beschäftigt waren. Mit zusammengekniffenen Augen beobachtete ich die Gestalt, die in meine Richtung hastete und zwischen den Drachenpiloten Slalom zu laufen schien. Bald erkannte ich, dass es sich bei der stämmigen Person um einen Mann handelte, der mit Jeans und weißem Hemd mit hochgekrempelten Ärmeln nicht wie der Durchschnittsurlauber in kurzen Hosen und T-Shirt aussah. Eher wie ein Vertreter oder ein Geschäftsmann, der zwar leger, aber noch immer formell genug fürs Business gekleidet war. Als der Mann einen der Touristen unachtsam so stark anrempelte, dass dessen Lenkdrachen einen gewaltigen Lufthüpfer hinlegte, fiel ihm bei dem Zusammenprall sein Jackett zu Boden, das er sich über die Schulter geworfen hatte.

Offenbar ohne sich zu entschuldigen, klaubte der Mann das Jackett vom Boden und lief eilig weiter, denn der Drachenlenker schimpfte ihm mit erhobener Faust hinterher.

Dem pressiert's aber, dachte ich bei mir und musterte den Mann, der – wie ich jetzt sehen konnte – einen Musketierbart trug und nun etwa zwanzig Meter von mir entfernt Richtung Treppe hastete, die zur Badestraße hinunterführte. Der grauhaarige Mann war etwa in meinem Alter und neigte ebenso wie ich zu einem Bauchansatz, wobei mein Hemd weniger über dem Bauch spannte, als es bei ihm der Fall war.

Auch Motte schien das Verhalten des Mannes suspekt zu sein, denn er gab einen dumpfen Brummton von sich, während er dem Mann hinterhersah, bis dieser hinter der Deichkante verschwunden war.

Nachdenklich setzte ich mich in Bewegung und schlenderte mit Motte im Schlepptau über den grünen Rasen der Drachenwiese. Ich nahm ziemlich genau den Weg, den der Mann mit dem D'Artagnan-Bart genommen hatte. Im Vorbeigehen nickte ich dem Mann mit dem Lenkdrachen freundlich zu, der noch immer ein verärgertes Gesicht machte.

»Haben Sie den Vollidioten gesehen?«, rief er mir zu, während er mit seinen Drachenschnüren herumhantierte. »Fast wäre mir mein *Donnergott* abgestürzt.«

»Donnergott?«, fragte ich amüsiert, denn mir war nicht bekannt gewesen, dass Menschen ihren Drachen Namen geben. Aber wieso auch nicht? Die Leute geben allem und jedem Namen, egal ob Auto, Fahrrad, E-Gitarre oder Gartenlaube. Warum also nicht auch einem neonfarbenen gelb-grünen Lenkdrachen aus Fiberglas und Polyestersegeltuch?

»Ja. So heißt mein Baby«, antwortete der stolze Besitzer in unverkennbarem Ruhrpottslang.

Ich vermutete Gelsenkirchen oder Bochum.

»Na, denn noch viel Spaß!«, rief ich zurück und hob zum Gruß die Hand.

»Der Typ hat da was verloren«, rief der Mann aus dem Pott und ließ seinen *Donnergott* eine enge Kurve fliegen. »Geschieht ihm ganz recht. Ich werd's ihm nicht hinterhertragen. Selber schuld.«

Ich ließ meinen Blick über die Wiese gleiten und sah sofort, was er meinte. Im Gras lag ein Medikamentenpäckchen. Ich bückte mich und hob die kleine Pappschachtel mit dem roten

Schriftzug auf. Auch wenn ich kein Mediziner bin, wusste ich doch, dass es sich um ein Digoxin-Medikament handelte, das zur Behandlung von Herzinsuffizienzen und bestimmten Formen von Herzrhythmusstörungen eingesetzt wird.

Da ich ausschloss, dass der Rüpel zurückkehren würde, und ich inmitten der Urlauberkinder kein verschreibungspflichtiges Herzmedikament im Gras liegen lassen wollte, hob ich die Pappschachtel auf und ließ sie unauffällig in die Seitentasche meiner Cargohose gleiten.

»Eine Geldbörse war es aber nicht. Die hätte ich gesehen!«, rief der Mann aus dem Pott mit breitem Grinsen.

Erstaunlich, dachte ich. Wie einfach Schadenfreude die gute Laune wiederherstellen kann.

»Sind nur ein paar Pillen!«, rief ich. »Nehme ich mit und schmeiß sie weg. Wegen der Kinder, die hier spielen.«

Er hielt seinen in Drachenschnüren verwickelten Arm bereits hoch und signalisierte mir mit erhobenem Daumen, dass er meine Idee für gut befand.

Ich ging weiter, drehte mich jedoch nach wenigen Schritten um, weil Motte offensichtlich streikte, und rief nach ihm.

Widerwillig hob mein Hund seinen Kopf aus dem Gras, wo er sich malerisch hatte hinsinken lassen, um ein schnelles Nickerchen zu machen.

»Kommst du!?«, rief ich laut.

Demonstrativ langsam erhob sich der Dicke mit halb geschlossenen Augen aus dem Gras, um meiner Aufforderung zu folgen.

Begeisterung sah anders aus.

Nach etwa hundert Metern stießen wir auf ein verwittertes Surfbrett, dessen rotes Segel im Gras lag. Motte blieb stehen und schnüffelte neugierig an dem Board.

»Motte«, mahnte ich, während ich weiterging und mir bereits einen ersten Eindruck von der Surfschule machte.

Ich war gespannt, ob der Betrieb normal weiterlief und, wenn ja, in welcher Form. Immerhin hatte die Tote in der Surfschule gearbeitet und war mit Steve, dem einen der beiden Surflehrer, liiert gewesen.

Wie würde der reagieren, wenn er mich und Motte sah?

Ich horchte in mich hinein, ob ich den Surflehrer für den Mörder der jungen Frau hielt, kam aber zu keinem Ergebnis. In den meisten Fällen entpuppten sich Morde als eine Beziehungstat. Täter und Opfer standen in irgendeiner Form einer Beziehung zueinander, und die Hauptmotive hatten sich über Jahrhunderte hinweg nicht geändert: Habgier, Hass, Eifersucht und das Streben nach Macht.

Hatte der Surflehrer ein solches Motiv?

Wenn er denn überhaupt der Mörder war. Mein Bauchgefühl, auf das ich mich mit zunehmendem Alter immer stärker verlassen konnte, schwieg sich diesmal aus. Wahrscheinlich, weil mir die Vorgeschichte auf der Landstraße und das Auftreten des Surflehrers noch in lebhafter Erinnerung waren. Wenn kurz nach einem solchen Streit einer der Beteiligten tot aufgefunden wird, drängt sich der Tatverdacht unweigerlich auf. In diesem Fall insbesondere deshalb, weil der Surflehrer bei der Auseinandersetzung den Kürzeren gezogen hatte. Seine Freundin hatte es vorgezogen, mit einem anderen Mann wegzufahren und sich seinem »Befehl« widersetzt. Er hockte nass gesabbert und in seiner männlichen Ehre gekränkt auf der Landstraße.

Der Surflehrer hatte also allen Grund gehabt, wütend zu sein. Aber wütend genug für einen Mord?

– 9 –

Die Lage der Surfschule war ideal. Die Anlage befand sich am Rand der großen Drachenwiese nur rund fünfzig Meter vom Wasser entfernt und damit für Schüler und Wassersportler bequem erreichbar. Über die direkt angrenzende Zufahrtsstraße konnten Betreiber und Lieferanten direkt bis ans Gebäude heranfahren. Der rustikale Eindruck des holzverkleideten Hauptgebäudes wurde durch die beiden grau lackierten Container, die auf dem Flachdach aufgestellt waren, und den gläsernen Windschutz, der die Sonnenterrasse von der Seeseite her schützte, aufgelockert.

Auch der flache seitliche Anbau bestand aus drei einzelnen Holzhütten, zwischen denen blau lackierte Metallcontainer standen, die nicht nur der optischen Auflockerung dienten, sondern vermutlich auch als Lagerräume genutzt wurden.

Da ich von der Deichseite her keinen offiziellen Eingang erkennen konnte, schlüpfte ich kurzerhand durch einen schmalen Gang, der sich zwischen zwei Blechcontainern auftat. Durch diesen »Hintereingang« gelangte ich zu dem halb offenen Vorhof, der an den gepflasterten Weg grenzte, der zum Schwimmbad führte.

Auf dem ebenfalls gepflasterten Innenhof herrschte ein

emsiges Treiben. Während eine Gruppe von Surfschülern, die in typischen Surfanzügen steckten, gerade eine Einweisung erhielt, war eine andere Gruppe Jugendlicher in Badekleidung damit beschäftigt, schlickverschmierte Surfschuhe in zwei großen Plastikeimern zu reinigen, was mir ziemlich mühsam erschien.

Andere mehr oder weniger ganz oder halb bekleidete Surfer zogen gerade ihre schwarzen oder blauen Neoprenanzüge an oder pellten sich aus den nassen eng anliegenden Sportanzügen, die sie zum Trocknen auf ein übergroßes metallenes Trockengestell hängten.

Eigentlich hatte ich gedacht, dass es um diese Uhrzeit ruhiger zugehen würde und die Surfschule längst geschlossen hätte. Ein Blick zur See belehrte mich eines Besseren. Es war Flut und auf dem Wasser und am Abendhimmel darüber wimmelte es von den bunten Segeln der Wind- und Kitesurfer. Offensichtlich passten sich die Öffnungszeiten der Surfschule den Gezeiten an. Und gerade herrschte nun mal Flut mit leichtem Seewind. Ideale Bedingungen für Wassersportler.

Motte ließ sich schwer zu meinen Füßen plumpsen und warf mir einen vorwurfsvollen Blick zu, als wolle er mir sagen, dass er keine Lust auf weitere ausgedehnte Spaziergänge habe.

»Bleib liegen«, ich bückte mich kurz, um ihm durchs Fell zu streichen, »penn 'ne Runde.«

Das ließ sich Motte nicht zweimal sagen. Eine geräuschvolle Blähung von sich gebend, rollte er sich auf die Seite und stimmte übergangslos ein lautes Schnarchkonzert an.

Ich überließ den Dicken seinen Hundeträumen, wahrscheinlich von Deichhasen, Möwen und einem XXL-Kühlschrank.

Unauffällig, als würde ich zur Surferszene dazugehören, schlenderte ich die Boxen entlang und begann meine Inspektion gleich mit dem ersten Container, bei dem es sich um eine Umkleide handelte, die durch eine Schrankkonstruktion in einen Bereich für Frauen und einen für Männer unterteilt war. Ich wich ein paar lautstark miteinander schwatzenden jungen Frauen aus, die ihrer Sprache nach aus Norwegen oder Dänemark stammten und die auf dem Weg waren, ihre Neoprenanzüge zum Trocknen aufzuhängen.

Nach einem schnellen Blick in die Herrenumkleide, in der es nach nassem Hund roch, schlenderte ich zur nächsten offen stehenden Tür. An den Außenwänden der Holzhütte hingen jede Menge schwarzer Gürtel mit Haken, Schlaufen und Ösen in unterschiedlichen Breiten, die an Bergsteigergeschirre erinnerten. Im Inneren des Schuppens erblickte ich an beiden Seiten des Raumes fein säuberlich eine Auswahl an Surfbrettern in Reih und Glied hochkant aufgestellt, bei denen es sich ihrer Größe nach um Windsurfbretter handeln musste. Auch als Nichtwassersportler wusste ich, dass Surfbretter, wie sie von Kitesurfern benutzt wurden, nur in etwa halb so groß waren wie diese hier, deren Länge ich auf zwei Meter fünfzig schätzte.

Die Surfer hatten vor ungefähr zehn bis fünfzehn Jahren hier in Ostfriesland Fuß gefasst. Waren es zunächst nur eine Handvoll Segel der Windsurfer auf dem Wasser und vereinzelte Drachen der Kitesurfer am Himmel, folgten innerhalb weniger Jahre immer mehr. Was bei unserem ostfriesischen Wetter ja auch kein Wunder war.

Im Gegensatz zu der adrett freundlichen und gezeitenlosen Ostsee besitzt die Nordsee einen ungestümen, ruppigen und herben Charakter aufgrund ihrer meteorologischen Lage inmitten der Zugbahnen nordatlantischer Tiefdruckgebiete, die für heftige Winde und hohe Wellen mit wild schäumenden Deichkronen sorgen. Mit absoluter Sicherheit konnten die Surfer also davon ausgehen, dass die Winde von Juli bis Herbst von der See her Richtung Binnenland wehen: zuverlässig unbeständig, rau, kalt und mit hohem Wellengang.

Nordsee ohne Wind – gibt's nicht!

Auch wenn ich nichts mit Surfen im Sinn hatte, weckte allein schon der Anblick der Surfbretter in mir Lust, mich auf ein solches Brett zu stellen und mit dem Wind über die Wellen zu gleiten – fast wie auf einem fliegenden Teppich über die Landschaft.

Im Vorübergehen strich ich leicht mit der Hand über die aufgereihten Surfbretter. Das Material fühlte sich glatt und warm an. Prüfend packte ich das vor mir stehende Surfbrett mit beiden Händen, um es probeweise kurz anzuheben.

Gar nicht mal so schwer, die Dinger, dachte ich und setzte das Brett vorsichtig wieder an seinem Platz ab. Vielleicht probiere ich das später mal aus. Wenn das hier alles vorbei ist und der Mörder von Julia hinter Schloss und Riegel sitzt.

Langsam ging ich an den wie zu einer Parade aufgestellten Surfbrettern weiter, bis mein Blick auf ein gelbes Board fiel, das – wohl von seinem Besitzer – kunstvoll mit Südseemotiven bemalt worden war. Bewundernd strich ich mit der einen Hand über einen Schwarm farbenprächtiger exotischer Fische, während ich mit der anderen die Kante des Surfbretts umfasste, um das Brett nicht versehentlich umzustoßen. Als meine Fingerspitzen in etwas Klebriges griffen, zog ich schnell meine Hand zurück.

»Was ist das denn?« Voller Ekel betrachtete ich die Fingerspitzen meiner rechten Hand, die von einem rötlichbraunen Schmierfilm bedeckt waren.

Mit der linken Hand zog ich ein Papiertaschentuch aus meiner Hosentasche und wischte mir eilig die Finger sauber.

»Das ist ja eklig«, fluchte ich halblaut, als ein paar vereinzelte Haare in dem Taschentuch haften blieben.

Mit dem Ekel überkam mich eine düstere Vorahnung, als ich die teils angekrustete Schmiere im Taschentuch betrachtete. »Sieht ja fast aus wie …«

Das Papiertaschentuch weit von mir gestreckt, schob ich

meinen Kopf vorsichtig zwischen die Surfbretter, um mir die Rückseite des bunt bemalten Boards zu betrachten.

»… Blut!«

Ich unterdrückte ein Stöhnen, um niemanden von den Surfern auf mich aufmerksam zu machen, die an der offenen Tür des Schuppens vorbeiliefen.

»Was hat das denn schon wieder zu bedeuten?« Entsetzt sah ich auf die bräunlich geronnenen Blutspritzer, die sich auf der Rückseite des Surfbretts befanden. »Hört das denn nie auf?«

Halb von den Surfbrettern verdeckt, faltete ich das Taschentuch vorsichtig zusammen. Bei dem Blut handelte es sich um forensisches Material, das ich nicht einfach in die Mülltonne werfen konnte. Das penibel zusammengefaltete Papiertuch steckte ich mir behutsam in die Hosentasche.

Mein Ekel wich meiner professionellen Neugier. Ich beugte mich vor und inspizierte die Blutspritzer, die sich nicht quer und weiträumig über die Unterseite des Surfbrettes verteilten, wie aus einer Arterie gespritzt, sondern punktuell und volumig, als seien sie aus einer Wunde herausgelaufen und hätten sich gesammelt, um dann anzutrocknen, weil sie auf der Kunstharzoberfläche des Surfbrettes nicht versickern konnten.

»Was machen Sie denn da?«, erklang eine Stimme vom Eingang, die mich erschrocken zusammenzucken ließ.

»Ich schau mir die Surfbretter an«, antwortete ich wahrheitsgemäß und tauchte zwischen den Brettern wieder auf. »Total interessant. Besonders diese bunten hier.«

Als ich die Frau erblickte, die in der Türöffnung stand und mich misstrauisch musterte, erstarrte ich vor Schreck.

Entgeistert starrte ich sie an.

Die Frau sah wie eine Zweitausgabe der toten Julia aus: groß, schlank, braun gebrannt, lange blonde Rastazöpfe. Beim genaueren Hinschauen aber stellte ich Unterschiede in den Gesichtszügen fest. Vermutlich handelte es sich eher um eine

Schwester im Geiste, was sich in der äußeren Aufmachung ausdrückte, als um eine biologische Schwester.

»Arbeiten Sie hier?«, wollte ich wissen und brachte unauffällig etwas Distanz zwischen das blutbefleckte Surfbrett und mich.

Ich wollte Aufsehen vermeiden und mich unauffällig auf dem Gelände umschauen. Falls es sich tatsächlich um Blut handelte, in das ich gefasst hatte, würde es dafür einen Grund geben. Wenn ich mich hier weiter ungestört umschauen konnte, fand ich vielleicht den Grund. Falls nicht und mein Verdacht würde sich erhärten, konnte ich immer noch die Polizei über meine Beobachtung informieren und ihnen das blutige Taschentuch mit den Haaren übergeben.

»Haben Sie sich verletzt?« Aufmerksam sah mich die Frau an und ignorierte meine Frage.

»Wieso?« Verständnislos schaute ich sie an.

»Sie haben da was«, erwiderte die Frau mit den Rastazöpfen. Mit dem Schlüsselbund, den sie in der Hand hielt, zeigte sie auf mein Gesicht.

»Ich?« Mit betont unschuldigem Gesichtsausdruck schüttelte ich den Kopf und setzte mich in Bewegung, um den Schuppen zu verlassen.

Die Frau machte keine Anstalten, zur Seite zu treten, um mir Platz zu machen.

»Darf ich mal?«, sagte ich und versuchte, mich an ihr vorbeizuschieben.

Mit einem Seitwärtsschritt verstellte sie mir gänzlich den Weg, drehte kurz den Kopf und rief: »Sveni! Kommst du mal! Hier blutet jemand.«

»Ich blute nicht!«, stellte ich klar und versuchte mich mit Nachdruck an der Frau vorbeizuzwängen.

Mit ihrem gesamten Körpergewicht quetschte sie mich gegen den Türrahmen und verstellte mir den Weg.

»Sveni!«, rief sie mit hoher Stimme lautstark. »Ich brauche Hilfe!«

»Die brauchen Sie offenbar wirklich«, fuhr ich sie ungehalten an. »Haben Sie einen Knall? Lassen Sie mich durch!«

Energisch wollte ich sie zur Seite schieben, fand mich aber innerhalb eines Sekundenbruchteils auf dem Rücken liegend auf dem Boden wieder und spürte, wie mir ein Schmerz wie ein Elektroschock unter die Schädeldecke schoss.

Mein Hinterkopf war hart auf die Pflastersteine aufgeschlagen und ich hatte mir obendrein noch auf die Zungenspitze gebissen.

»Sven!«, schrie sie erneut.

Ich wusste gar nicht, was geschehen war. Offenbar hatte mich die Frau aus dem Stand heraus zu Boden geworfen.

»Was soll das denn?«, sagte ich und spürte Wut in mir aufwallen. Leicht benommen machte ich Anstalten, mich aufzurappeln.

»Versuchen Sie es erst gar nicht«, warnte mich die Frau, die mit leicht gespreizten Beinen über mir stand und auf ihren Fußballen wippte. »Zehn Jahre Taekwondo und mehrfache Jugendmeisterin! Sie würden es nicht überleben.«

»Vierzig Jahre Strafanwalt!«, blaffte ich sie an. »Sie kämen aus dem Knast nicht mehr raus.«

Verächtlich versetzte mir die Frau mit den Rastazöpfen einen schmerzhaften Tritt in die Rippen.

Meine Wut wuchs.

Ich rollte mich auf den Bauch und stemmte mich auf meine Knie, um aufzustehen. Der zweite Tritt traf mich noch schmerzhafter, diesmal gegen die Hüfte.

»Jetzt ist es aber genug«, schnaubte ich wütend und stützte mich auf die Ellbogen, um auf die Weise in den Stand zu kommen.

Nahezu spielerisch kickte sie mir mit der Fußspitze die Ellbogen unter meinem Körper weg, sodass ich mit dem Kinn ebenfalls hart auf dem Boden aufschlug. Auch wenn mein Unterkiefer durch den Aufprall wie betäubt schien, erkannte ich den metallischen Geschmack von Blut und stellte fest, dass es mir aus einer Platzwunde in der Unterlippe übers Kinn lief.

Erneut versuchte ich mich aufzurichten. Ein gellender Blitz flammte vor meinen geschlossenen Augen auf, als ich von ihrem Turnschuh an der Schläfe getroffen wurde. Ich spürte, wie mir warmes Blut von der Augenbraue übers Gesicht floss.

Nun war ich richtig wütend!

Schneller als sie – und zugegebenermaßen auch ich – es mir zugetraut hätte, rollte ich mich auf die Seite und trat ihr mit dem ausgestreckten Bein die Füße weg. Mit einem lauten Platsch war sie die zweite Person innerhalb der letzten vierundzwanzig Stunden, die sich unfreiwillig auf ihren Hintern setzte, nachdem sie Stunk mit mir angefangen hatte.

Sie war auch die zweite, die unter Motte begraben wurde.

Mein getreuer Hund war von der Auseinandersetzung aufgewacht und mir mit wehenden Ohren zu Hilfe geeilt. Das war echte Teamarbeit. Ich hatte die Blonde zu Boden geschickt, und Motte hatte sich nach bewährter Manier gefährlich knurrend mit seinem gesamten Gewicht auf die Frau gelegt, sodass sie nur noch hilflos mit den Beinen zappeln konnte und sich wohlweislich jeglichen Laut verkniff.

Mit blutendem Gesicht und rasenden Kopfschmerzen kam ich mühsam auf die Füße und hielt mir die Hand an die schmerzenden Rippen. Ich hinkte zu der am Boden liegenden Frau und klopfte dem Dicken dankbar auf die Seite. »Danke, mein Alter«, lobte ich ihn. »Du bist genau richtig gekommen.«

Hechelnd drehte Motte den Kopf und sah mich fragend an.

»Wie heißen Sie?«, fragte ich wütend und kniete mich neben die Frau.

Mit großen Augen starrte sie mich an. Eine Antwort gab sie

mir nicht, obwohl in der Tiefe ihres Blicks Panik aufzuflackern schien.

In diesem Moment wünschte ich ihr von ganzem Herzen eine Hundephobie.

Ich weiß, dass das nicht sonderlich nett ist. Aber es ist ebenso wenig nett, einen bereits am Boden liegenden Menschen immer wieder zu treten. Der Grund für diese aggressive Überreaktion war mir allerdings schleierhaft.

»Ihr Name«, forderte ich sie auf. »Ich will wissen, wen ich wegen Körperverletzung anzeigen kann.«

Trotzig kniff sie die Lippen zusammen.

»Motte!«, sagte ich scharf.

Mit einem drohenden Knurren bleckte der gutmütigste und faulste Hund der Welt seine Zähne und blies der Frau hechelnd seinen Atem ins Gesicht.

Angst flackerte in den Augen meiner Angreiferin auf. Auch wenn es sich um eine Frau handelte und ich mich durchaus als Kavalier der alten Schule sehe, räumte ich ihr keinen Bonus ein. Nicht, weil ich stinksauer war, sondern weil ich es einfach niederträchtig und bösartig finde, an einem am Boden liegenden Mann, der noch nicht einmal beim Chinesen mit Stäbchen essen kann, seine Taekwondo-Kunststückchen auszuprobieren.

»Vici…«, stammelte die Frau mit angstverzerrten Gesicht. »Victoria Illner … ich … nehmen Sie …«

Wie auf Kommando klappte Motte seine Kiefer zusammen und ließ es sich nicht nehmen, der Frau einmal mit seiner langen Zunge quer übers Gesicht zu schlecken.

»Ihhh!«

Ich beugte mich zu dem Dicken hinunter und flüsterte ihm etwas ins Ohr, dann quälte ich mich mit schmerzverzerrtem Gesicht hoch auf die Beine.

Ich musste hier weg!

Und zwar schnell und möglichst ohne diesem Sveni über

den Weg zu laufen. Nicht auszudenken, wenn der auch noch asiatische Kunststückchen beherrschte.

Eilig humpelte ich aus dem Schuppen.

Wie ich ihm aufgetragen hatte, blieb Motte auf der Frau liegen und sabberte sie ebenso wie den Surfboy gestern voll. Auch wenn sie sich davor ekelte, war das der kleinste Schaden, den er ihr damit zufügte. Herpes oder sonst was würde sie davon bestimmt nicht kriegen, auch wenn ich es ihr aus vollstem Herzen gönnen würde.

Scheint ja ein Trend zu werden, dachte ich, während ich um die Ecke bog und aus dem Augenwinkel einen wahrhaften Athleten von der Seite heranstürmen sah.

Wahrscheinlich handelte es sich bei dem sportlich aussehenden, skandinavisch wirkenden Hünen um besagten Sveni, der der blonden Frau zu Hilfe eilen sollte. So wie Sveni aussah, benötigte er weder Taekwondo noch anderen asiatischen Kampfkram, um jemanden außer Gefecht zu setzen. Er machte es wahrscheinlich wie Motte und legte sich einfach auf seinen Gegner drauf.

Ich schlug einen Haken und drückte mich in einen Spalt, der sich zwischen den blau lackierten Containern auftat. Hastig eilte ich den schmalen Gang entlang. Als ich Sveni angestampft kommen hörte, zögerte ich keinen Moment und warf mich flach auf den Bauch, um mich kriechend hinter einem Stapel alter Surfsegel zu verstecken, die zum Glück dort lagen.

Der Schmerz trieb mir Tränen in die Augen, als ich mich zu Boden fallen ließ und unter die ausgemusterten Segel robbte. Mit einer raschen Handbewegung zog ich ein schmutzig weißes Kunststoffsegel über mich und hielt die Luft an.

Erst als ich den skandinavischen Hünen an dem Spalt zwischen den Containern vorbeistampfen hörte, erlaubte ich mir auszuatmen. Mit dem Handrücken versuchte ich mir das Blut abzuwischen, das mir von der Risswunde an der Augenbraue übers Gesicht gelaufen war. Die Verletzung hatte stark geblutet, und ich verschmierte mir das Blut wohl mehr im Gesicht, als dass ich es entfernt bekam. Wahrscheinlich sah ich schrecklich aus. Da mir die Rippen schmerzten und der Kopf zu zerplatzen drohte, wälzte ich mich schwerfällig auf die Seite, um eine halbwegs zu ertragende Liegeposition einzunehmen.

Als ich den Kopf drehte, sah ich einen Menschen vor mir. Ich hob reflexartig den Arm und schlug nach dem vermeintlichen Angreifer, bevor er es tun würde. Doch als ich das kalte Fleisch unter meiner Hand spürte, erstarrte ich mitten in der Bewegung.

Mir schoss das Adrenalin durch die Adern, so als hätte mir jemand einen mit Eiswürfeln gefüllten Wasserkrug über den Rücken gekippt.

Ich schloss die Augen, zählte bis drei … und öffnete sie wieder.

Das grausige Bild hatte sich nicht verändert.

— 10 —

Die glasigen, blutunterlaufenen Augen des Toten starrten mich unverwandt an. Das Gesicht des Mannes war nur eine Handbreit von meinem eigenen Gesicht entfernt.

In meinen Ohren rauschte das Adrenalin und ließ mich jedes Detail, jedes Haar, jede Hautpore und jede geplatzte Ader in den Augen des Toten erkennen.

In Zeitlupe wich ich zurück, Zentimeter um Zentimeter.

Bevor ich aber voller Schreck das Weite suchte, setzte glücklicherweise mein rationales Denken wieder ein.

Der Mann war eindeutig tot. Auf seiner Stirn klaffte eine tiefe Wunde, als wäre der Knochen mit einem scharfkantigen Gegenstand gespalten worden.

Ich zwang mich dazu, ruhig und kontrolliert zu atmen.

Es dauerte eine halbe Minute, bis ich mich wieder so weit gefasst hatte, dass ich meinem toten Mitbewohner unter dem Stapel ausgemusterter Surfsegel in die leeren Augen schauen konnte. Auch wenn ich ihm näher war, als man für gewöhnlich einem toten Menschen sein wollte, schaltete sich mein analytisch-professionelles Denken ein.

Warum war der Mann tot?

Was hatte der Tote hier zu suchen?

Was bedeutete die Leiche für mich?

Auf die letzte Frage hatte ich dann auch sogleich eine Antwort.

Ärger! Die Leiche bedeutete jede Menge Ärger für mich.

Es war das zweite Mordopfer innerhalb der letzten vierundzwanzig Stunden, mit dem ich unmittelbaren Kontakt hatte.

»Oh, nein!«, stöhnte ich leise und kniff vor Unverständnis über die eigene Ungeschicklichkeit für zwei Sekunden meine Augen zu. »Das darf doch wohl nicht wahr sein!«

Auch wenn ich vor lauter Schreck instinktiv reagiert und im Reflex den vermeintlichen Angriff abgewehrt hatte, stand ich vor einem Riesenproblem: Meine mit meinem eigenen Blut verschmierte Hand hatte meine genetische Visitenkarte in Form von Blut- und Gewebespuren an dem Toten hinterlassen. Staatsanwalt und Kripo würden vor Begeisterung in die Hände klatschen und ihre wahre Freude daran haben, mir erneut stählerne Handschellen anzulegen.

Und diesmal, befürchtete ich, würde mich nicht ein zweites Mal eine Anordnung der Oberstaatsanwältin vor der Untersuchungshaft bewahren.

Weg hier!, schrie es in mir. Hau ab, solange du noch kannst!

Aber wohin?

Und was sollte ich tun?

Erneut zwang ich mich, ruhig und gleichmäßig ein- und auszuatmen.

Einundzwanzig, zweiundzwanzig. dreiundzwanzig, zählte ich lautlos, während ich dem Toten in die Augen sah.

Ein paar der kleinen Äderchen im Weiß seiner Augäpfel waren geplatzt und in die Hornhaut eingeblutet, sodass er mich aus blutunterlaufenen Augen anzustarren schien. Was kein angenehmes Gefühl war.

Ein glänzende dicke Schmeißfliege hatte den Weg unter die ausgemusterten Surfsegel gefunden und setzte sich mir auf die

Stirn. Noch bevor ich sie reflexartig verscheuchen konnte, hatte sie das Blut auf der Stirn des Toten gewittert und sich in Bewegung gesetzt. Laut brummend landete sie auf dem trüben Augapfel des Toten.

Ich unterdrückte meinen aufsteigenden Brechreiz und den Impuls, das blauviolett glänzende Mistvieh wegzuscheuchen. Denn im schlimmsten Fall hätte ich Sveni auf mich aufmerksam gemacht, der irgendwo auf dem Gelände herumlief und nach mir suchte.

Ich bemühte mich, den leblosen Blick zu ignorieren, während ich den Mann musterte, um mir sein Aussehen einzuprägen. Er war schätzungsweise Mitte bis Ende fünfzig und hatte zu Lebzeiten graue Augen und ebenso graue Haare gehabt, die jetzt allerdings vom Blut, das aus der Kopfwunde ausgetreten war, verklumpt waren.

Die Kopfwunde klaffte nass und blutig nur wenige Zentimeter vor meinem Gesicht. Sie sprach eine deutliche Sprache. Es gehörte schon eine ungeheuerliche Brutalität und unmenschliche Rohheit dazu, jemanden in dieser Form zu töten und ihm den Schädelknochen zu spalten. Diese Art, jemanden umzubringen, verriet einiges über den Täter: physisch kräftig und brutal, psychisch hochemotional, aggressiv und ungeordnet.

Ich ließ den Blick an meinem toten Nachbarn entlangwandern: blutverkrustetes weißes Leinenhemd, sandfarbene Chinohose … mehr konnte ich nicht erkennen, ohne mir den Hals zu verrenken.

Die blauviolett glänzende Schmeißfliege bekam Verstärkung.

Abgesehen davon, dass es sich ziemlich gruselig anfühlte, neben einer Leiche zu liegen, konnte ich hier nicht liegen bleiben. Ich mochte mir nicht vorstellen, was geschehen würde, wenn mich jemand zusammen mit der Leiche unter diesem Stapel fand: Opfer und Täter im vertraulichen Tête-à-Tête wäre wahrscheinlich noch eine der harmlosesten Schlagzeilen. Dass ich mit Auffinden der Leiche erneut als Tatverdächtiger die Poleposition einnehmen würde, stand fest. Staatsanwalt und Kripo würden die eindeutigen forensischen Spuren an der Leiche als Indiz werten. Diesmal würde Staatsanwalt Güll zweifelsfrei Mordanklage erheben. Auch Traute konnte mir nicht helfen, meine Unschuld zu beweisen.

Das musste ich ganz alleine tun! Eine andere Chance sah ich im Moment nicht.

Höchste Zeit also für mich zu verschwinden!

Ich drehte mich auf den Bauch, um mich langsam unter den Surfsegeln hervorzuschieben. Vorsichtig ließ ich meinen Blick von links nach rechts huschen.

Nichts zu sehen.

Darauf bedacht, kein Geräusch zu machen, schob ich mich schwerfällig ins Freie hervor. Bei jedem Zentimeter, den ich vorwärtskroch, hatte ich das Gefühl, dass sich meine Kopfhaut vor Schmerzen kräuselte.

Als ich mich erst auf die Knie, dann, die Hände auf den Schenkel stützend, in Zeitlupe aufrichtete, musste ich einen Schrei unterdrücken, als mir ein gleißender Schmerz durch die Rippen fuhr. Was hatte die Frau sich nur dabei gedacht, mich derart zu malträtieren, dass ich mir möglicherweise einen Großteil der Rippen gebrochen hatte?

Leicht schwankend setzte ich einen Fuß vor den anderen. Meter für Meter näherte ich mich der Außenkante der Container. Ich würde jetzt so schnell wie möglich von hier verschwinden, mich in meinen Käfer schwingen und heimfahren. Oder besser noch: zu Uz' Tochter Claudia, die hoffentlich wie so oft ärztlichen Notdienst hatte. Ich wusste ja, dass sich Rippenbrüche meist lediglich als Prellungen herausstellen, die jedoch äußerst schmerzhaft sind.

Wenn Claudia mich dann verarztet haben würde, wäre ein kühles Bier im »Rettungsschuppen« genau das Richtige, um mich mit der Welt zu versöhnen.

Aber es kam ganz anders.

Vorsichtig schob ich den Kopf um die Ecke des Metallcontainers.

Die Luft war rein.

Schnell schob ich mich für einen Moment zwischen den Containern hervor. Vor mir lag die Drachenwiese.

Ich atmete auf, trat aber ein paar Schritte zurück in den Durchgang, um in Deckung zu bleiben.

Hastig steckte ich meine beiden Zeigefinger zwischen die Lippen und zuckte vor Schmerz zusammen, als ich die aufgeplatzte Unterlippe berührte.

Ich ließ einen durchdringenden Pfiff ertönen und musste nur ein paar Sekunden warten, bis Motte im Spalt zwischen den Containern auftauchte.

Wild hechelnd stürmte er auf mich zu. Fast hätte er mich vor Begeisterung umgerannt.

»Hey?«, lachte ich leise. »Du kommst ja richtig in Wallung. Ich sollte dich wohl öfter mal Leute in Schach halten lassen.«

Zwei Sekunden gönnte ich uns, um mich bei Motte für seine gelungene Rettungsaktion zu bedanken. Dankbar tätschelte ich seinen Rücken und wandte mich um.

Mit weit aufgerissenen Augen starrte mich eine Sechsjährige an.

Ich starrte mit nicht weniger weit aufgerissenen Augen zurück.

Wir sahen uns beide zwei Sekunden an.

Dann entlud sich der Schreck des kleinen Mädchens lautstark in einem hysterischen Kreischen, dessen hohe Töne mir durch Mark und Bein fuhren.

»Psst!«, machte ich, tat einen Schritt auf den Schreihals zu und hob beruhigend meine blutbefleckten Hände, was ich besser nicht gemacht hätte.

Das Kreischen des Mädchens stieg um mehrere Oktaven an und konnte gut mit dem durchdringenden Heulen einer Alarmanlage mithalten. Mir war klar, dass weder meine blutende Unterlippe noch meine blutbefleckten Hände gute Voraussetzungen waren, um ein hysterisch kreischendes Kind zu beruhigen.

Also blieb nur eins. Nix wie weg!

»Bleib!«, rief ich Motte scharf das Kommando zu, das er noch gut aus seiner Hundeausbildung kannte.

Mein Kommando war laut genug, um das ohrenbetäubende Geheul der Sechsjährigen zu durchdringen. Gleichzeitig setzte ich mich hastig in Bewegung, denn am hinteren Ende des Durchgangs war der hünenhafte Sveni aufgetaucht.

»He! Stehen bleiben!«, brüllte er.

Ich dachte nicht daran, sondern spurtete los.

Gegen den sportlichen Zwanzigjährigen hatte ich keine Chance. Er hätte mich binnen weniger Sekunden eingeholt. Gegen Motte wiederum hatte der Hüne keine Chance. Dass ich mich auf Motte blind verlassen konnte, wusste ich. Auch wenn der Dicke normalerweise meist das Gegenteil von dem machte, was er gerade sollte, gehorchte er in brenzligen Situationen aufs Wort und war auf den Punkt präsent. So auch jetzt.

Drohend fletschte er seine Zähne und knurrte Sveni entgegen, der den schmalen Gang zur Hälfte durchlaufen hatte und jetzt wie angewurzelt stehen blieb. Das Gekreische des Kindes hielt unvermindert an, und es tat mir in der Seele leid, der Kleinen einen solchen Schreck eingejagt zu haben.

Bevor ich mir noch mehr Vorwürfe machen konnte, lief ich weiter und erreichte das Ende des Durchgangs, wo ich fast mit der Mutter des hysterisch kreischenden Kindes zusammenstieß, die ihrerseits nach einem Blick auf meine blutbefleckte

Erscheinung in das Gekreische ihres Nachwuchses einstimmte: nur lauter und erwachsener.

Mit ebenso schreckgeweiteten Augen wie die Kleine starrte sie mich an.

Talent vererbt sich, schoss es mir durch den Kopf, obwohl ich weiß Gott andere Probleme hatte, als ironische Geistesblitze zu durchdenken.

Ich musste verschwinden – und zwar schnell!

»Das war wirklich nicht gewollt«, beteuerte ich hastig.

Schreckensbleich und mit erhobenen Händen, als hätte sie zu viele schlechte Krimis gesehen, presste sich die Mutter mit dem Rücken an den Container, als ich mich an ihr vorbeischlängelte. Aus den Augenwinkeln sah ich einen etwa zwölfjährigen Jungen, der ein Handy hochhielt. Wahrscheinlich fotografierte er die Szene.

»Kaufen Sie der Kleinen ein Eis. Das wird wieder«, riet ich ihr, bevor ich losspurtete.

Sie starrte mich mit offenem Mund an, folgte dann ihrem Mutterinstinkt und stürmte noch immer kreischend in den Durchgang, wo sie hoffentlich ein weiteres Hindernis für den blonden Hünen bildete, wenn Motte von ihm abließ.

Obwohl mich mein Fluchtinstinkt quer über die Wiese Richtung Deichtreppe und damit auf dem schnellsten Weg zu meinem Auto treiben wollte, tat ich genau das Gegenteil. Denn ohne nachzudenken, wusste ich, dass ich mit meinem blutigen Gesicht, über die Drachenwiese rennend, ebenso unauffällig war wie die sprichwörtliche Tarantel auf der Sahnetorte.

Aus vollem Lauf heraus schlug ich einen Haken nach rechts und lief dicht an der Hecke entlang, die das Schwimmbad einzäunte. Glücklicherweise kam mir lediglich ein junges schwules Liebespaar entgegen, das so sehr mit sich beschäftigt war, dass mich die beiden überhaupt nicht wahrnahmen.

Als ich die Rückseite des »Hauses des Gastes« erreicht hatte, lehnte ich mich schwer atmend an die Hauswand. Obwohl ich regelmäßig joggte und eigentlich ganz gut trainiert war, hatten mich Stress, Schmerz und Anstrengungen der letzten Minuten stark gefordert.

»Ich bin zu alt für diesen Scheiß«, keuchte ich und wischte mir mit der Hand über die Stirn.

Angewidert sah ich auf meine blutverschmierte Handfläche. Kein Wunder, dass das Kind so hysterisch geschrien hatte, als es mich sah. Ich musste einen schrecklichen Anblick bieten.

Ich gönnte mir noch ein paar tiefe Atemzüge und ging dann zügig, aber unauffällig genug im Schutz der hohen Hecke weiter. Da sich auf der Seeseite des »Hauses des Gastes« eine große Terrasse mit Außengastronomie befand, die bei dem sommerlichen Wetter mit Sicherheit gut bevölkert sein würde, steuerte ich die Deichseite des lang gezogenen Gebäudes an. Ich wusste, dass sich hinter den Parkplätzen auch Toiletten und Waschräume befanden.

Als ich mich jedoch dem Parkplatz näherte, sah ich Scharen von Schülern, die aus zwei Reisebussen ausstiegen und Richtung Imbiss und Toiletten strömten. Da ich mit Sicherheit mit meiner momentanen Erscheinung für einen mittleren Aufruhr sorgen würde, blieb ich stehen und überlegte fieberhaft, wie ich mein Gesicht schnellstmöglich in einen ansehbaren Zustand versetzen könnte, um unbemerkt zu verschwinden.

Mein Blick fiel auf ein geparktes Wohnmobil mit Bad Segeberger Kennzeichen. Das Fahrzeug schien abgesperrt zu sein, da die große Panoramawindschutzscheibe mit einem Sonnenschutz abgehängt war. Vermutlich besaßen die Inhaber einen größeren Hund, denn auf dem Boden neben der seitlichen Eingangstür stand eine entsprechende Wasserschüssel für Vierbeiner.

Ich hoffte inständig, dass niemand, der mich kannte, etwas davon mitbekam, was nun folgte.

Mit schnellen Schritten hinkte ich über den Parkplatz und kniete mich neben die rote Wasserschüssel. Der Trinknapf war zwar benutzt, wovon das trübe Wasser und ein paar tote Fliegen zeugten, die auf der Wasseroberfläche schwammen, aber noch gut gefüllt. Mit der hohlen Hand schöpfte ich das Wasser aus dem Napf und fuhr mir quer durchs Gesicht.

Widerwillig verzog ich das Gesicht, aber der Zweck heiligt bekanntlich die Mittel.

Nachdem ich den Wassernapf leer geschöpft hatte, kippte ich mir den Rest über den Kopf. Man soll ja nichts verkommen lassen.

»Unmöglich«, ließ sich eine rundliche Frau vernehmen, die in knallroten Bermudas an mir vorbeiwatschelte. »Säuft den Viechern das Wasser weg.«

Ich verzichtete auf einen Kommentar und sah die Frau nur kurz an, während ich eine Fliege ausspuckte und die Schüssel zurück an ihren Platz stellte. Die Frau sah mich mit spitzem Mund an, der ihr das Aussehen einer überdimensionalen Stechmücke verlieh, und schlug einen weiten Bogen um mich. Da sie aber nicht gleich aufschrie, hatte meine unappetitliche Aktion offenbar Erfolg gehabt.

Erleichtert erhob ich mich und ging schwerfällig zurück zur Hecke. Mit zwei Fingern im Mund stieß ich einen durchdringenden und für den Adressaten mit Sicherheit hörbaren Pfiff aus. Meine Unterlippe begann wieder zu bluten. Ich hoffte nur, dass die Wunde nicht genäht werden musste.

Ich brauchte nicht lange zu warten, bis Motte um die Ecke der Hecke gestürmt kam. Die Aktion hatte ihm offenbar großen Spaß gemacht, denn er wedelte begeistert mit seinem Schweif. So begeistert hatte ich ihn das letzte Mal gesehen, als mir eine Fünfzehn-Kilo-Packung Trockenfutter aufgeplatzt war und der Inhalt sich über die ganze Küche verteilt hatte.

»Das hast du gut gemacht«, lobte ich ihn und wuschelte

ihm einmal kräftig durchs Fell. »Jetzt müssen wir aber von hier verschwinden.«

Da meine Unterlippe wieder blutete, wollte ich niemanden auf mich aufmerksam machen. Also ignorierte ich den gepflasterten Fußweg und wählte den direkten Weg über den Deich. Erstaunlich munter trottete Motte hinter mir her.

Während ich den Deich auf der einen Seite hochlief, um ihn auf der anderen Seite wieder hinunterzustapfen, kreisten meine Gedanken so wild wie die Möwen über der Fischbude am Hafen.

Wieso war die blonde Frau, die der toten Julia so sehr ähnelte, auf mich losgegangen?, war die erste Frage, die mich beschäftigte, auf die ich aber auch gleich eine logische Antwort fand.

Die Ähnlichkeit zwischen den beiden Frauen bestand in erster Linie in der Haarfarbe und der auffälligen Frisur. Schon beim zweiten Blick waren mir Unterschiede in den Gesichtszügen aufgefallen.

Die Frau jobbte offensichtlich in der Surfschule und war auf mich aufmerksam geworden, da ich als Unbekannter in dem Schuppen mit den sicherlich teuren Surfbrettern herumstrolchte. Das Blut in meinem Gesicht, das wohl versehentlich dorthin geraten war, als ich mir in Gedanken übers Gesicht fuhr, während ich das Surfbrett inspizierte, hatte ihren Argwohn erregt, und sie hatte das Richtige getan und nach kollegialer Verstärkung gerufen. Über ihre Art, mich zu Boden zu bringen, um mich dort anschließend provokant und selbstgefällig zu attackieren und zu verletzen, würden wir noch zu reden haben.

Das Thema war für mich noch nicht erledigt!

Viel wichtiger jedoch war die Frage nach dem Toten, den ich unter dem Stapel ausgemusterter Surfsegel gefunden hatte: Wer war das Opfer und wieso hatte man ihn umgebracht? Wer war der Täter? Handelte es sich möglicherweise um denselben Mörder, der Julia erdrosselt hatte?

Auch wenn ich bislang keine Verbindung zwischen den beiden Mordopfern sah, konnte das möglich sein.

Falsch!, dachte ich grimmig und wich einem Hundehaufen am Fuß des Deichs aus. Natürlich gibt es eine Verbindung. Die Surfschule.

Die Frau aus dem Tretboot hatte in derselben Surfschule gearbeitet, in der ich auf den toten Mann gestoßen war. Ich glaubte nicht, dass es sich dabei um Zufall handelte.

Ebenso wenig glaubte ich, nachdem ich quasi über den Toten gestolpert war, daran, dass der Mann mit dem Musketierbart sich so eilig aus dem Staub gemacht hatte, weil er seine Fähre noch erreichen wollte.

»Der Typ hängt da mit drin!«, sagte ich zu Motte und hielt ihn am Halsband fest, da wir gerade einer dösig vor sich her cruisenden Trikergruppe begegneten, die feststellte, dass es sich hier gar nicht um die Umgehungsstraße handelte. Lautstark diskutierten die lederbejackten Fahrer über das Motorengeknatter hinweg gemeinsam mit ihren Beifahrerinnen über die gute alte Zeit, als sie noch nicht von Navis in die Irre geführt wurden, sondern sich ganz klassisch trotz ADAC-Karte verfahren hatten.

Zügig humpelnd umging ich die Gruppe und schlug instinktiv die Richtung zum Hafen ein, wobei ich den direkten Weg entlang des Deiches mied. Ich suchte mir einen Weg auf der Rückseite der Privatklinik Norddeich und gelangte wenig später auf die Strandstraße, wo ich meinen Käfer abgestellt hatte.

Nachdem Motte es sich auf dem Rücksitz bequem gemacht hatte, klappte ich das Stoffverdeck zu und verriegelte es von innen mit zwei kleinen Metallverschlüssen. Ächzend ließ ich mich auf den Fahrersitz fallen und zog die Tür ins Schloss.

Und jetzt?, dachte ich und schloss erschöpft die Augen. »Was jetzt?«

In der Ferne erklang Sirenengeheul.

Erschrocken fuhr ich in meinem Sitz hoch. Ich musste verschwinden und zwar ziemlich schnell!

Die Frage war nur: wohin?

Das Sirenengeheul war das sichere Zeichen dafür, dass der Tote unter den Surfsegeln gefunden worden war. Die Zeugenbefragung würde eine Zeit dauern. Wenn der Junge, bei dem es sich wahrscheinlich um den Sohn der aufgeregten Mutter handelte, mit der ich fast zusammengestoßen war, mich fotografiert hatte, würde es sehr schnell gehen, bis ich als vermutlicher Täter zur Fahndung ausgeschrieben war. Das hieß, dass ich den Käfer nicht mehr benutzen konnte, da die Polizei mit Sicherheit auch eine Kfz-Fahndung ausgeschrieben hatte.

Natürlich hätte ich auch am Tatort bleiben und versuchen können, der Polizei zu erklären, wie die Blutspuren an meine Hände gekommen waren und ich den Toten gefunden hatte.

Purer Zufall, die Herren Kommissare, dachte ich spöttisch.

Dem Trio Mackensen, Freud und Staatsanwalt Güll würde es mit Sicherheit eine wahre Freude sein, mich wieder einzubuchten. Da mich diesmal auch Traute Lenzen nicht wieder einfach nach Aktenlage entlassen könnte, würde mein diesmaliger Aufenthalt im Emder Untersuchungsgefängnis deutlich länger andauern als der letzte.

Wenn ich auf eigene Faust ermittelte, käme ich schneller voran, weil ich keine Zeit verlor, in der Zelle meine Unschuld zu beteuern. Irgendwann würde man mich mit Sicherheit auch wieder laufen lassen, aber die Tage in Untersuchungshaft könnten sehr lang werden.

Möglicherweise kommt es sogar zu einer Anklage, dachte ich besorgt. Dann dauert es richtig lang.

Ich konnte es mir zwar nicht vorstellen, tatsächlich als Mörder des Mannes oder der Frau mit den Rastalocken verurteilt zu werden, weil ich es ja nicht gewesen war. Aber das hatten sich wahrscheinlich auch die ungezählten armen Teufel gedacht, die Justizirrtümern zum Opfer gefallen waren.

Ich würde auf eigene Faust weiter ermitteln.

Da ich aber eher der Gürtel-plus-Hosenträger-Typ bin und mir ein einziger Reservefallschirm nicht reichte, griff ich zum Handy. Mit dem Zeigefinger scrollte ich mich durch das Adressbuch und fand die wohlvertraute Nummer meiner alten Anwaltskanzlei, der ich nach Aussteigen aus dem Job noch immer als stiller Teilhaber angehörte.

Nach dreimaligem Klingeln ertönte am anderen Ende der Leitung die Stimme von Annie, mit der ich viele Jahre zusammengearbeitet hatte und die mir immer mit einem Strauß Rosen aus der Patsche geholfen hatte, wenn ich mal wieder den Hochzeitstag vergessen hatte und die Geschäfte längst geschlossen hatten, wenn ich mich auf den Heimweg machte.

»Anwaltskanzlei Bruckner, Hartmann, de Fries und Partner«, meldete sich die vertraute Stimme aus alten Tagen.

»Der Dritte von links«, sagte ich mit einem leichten Anflug von Wehmut, nur noch als Name meiner alten Kanzlei, die mir mal mein Leben bedeutet hatte, eine Statistenrolle zu spielen.

»Herr de Fries!«, rief Annie laut und die Freude in ihrer Stimme klang echt. »Sind Sie immer noch bei den Fischköppen?«

Ich lachte laut. Annie war ihr Geld wert. Laut, robust und direkt. Die beste Mitarbeiterin, die ich mir hätte wünschen können. Eine echte Berliner Schnauze.

»Moin, Annie.«

»Sie reden ja auch schon wie die da oben«, frotzelte die mittlerweile Fünfzigjährige. »Wie geht's Ihnen denn in Schlickhausen?«

Wir tauschten noch ein paar Albernheiten aus, bis ich

Annie bat, mich mit Luz Bruckner zu verbinden, dem Kollegen, dem ich damals meine Kanzlei übergeben hatte, nachdem ich mich nach einem Burn-out-Anfall auf offener Straße im strömenden Regen für ein Update meines bisherigen Lebens entschieden hatte.

Sekunden nachdem Annie mir auch weiterhin »gutes Überleben in der Wildnis Ostfrieslands« gewünscht hatte, meldete sich Luz Bruckner.

Im Anschluss an die üblichen Begrüßungsrituale und Fragen: »Wie geht's? Was gibt's Neues? Was macht der und jener und willst du nicht wiederkommen?« erklärte ich Luz das Dilemma, in dem ich steckte.

»Zweifacher Mordverdacht«, sagte Luz und schnalzte mit der Zunge. »Respekt. Hast du es nicht auch eine Nummer kleiner?«

Obwohl wir locker miteinander sprachen, tauschten wir schnell und professionell die Argumente aus und legten in nur zwei Minuten eine Strategie zu meiner Verteidigung fest.

»Und du bist sicher …?«, fragte Luz zum Abschied und ließ den Rest seiner Frage in der Luft hängen.

»Sicher bin ich sicher«, antwortete ich. »Zum gegenwärtigen Zeitpunkt schließe ich ein persönliches Gespräch mit der Polizei aus. Das übernimmst du.«

»Ich wollte nur noch mal gefragt haben«, lachte Luz leise. «Ich kenne doch deinen Dickschädel. Und seit du in Ostfriesland lebst, bist du noch sturer geworden.«

»Bringen Land und Leute mit sich«, stimmte ich in sein Lachen ein. »Mensch, Luz, tut gut, mal wieder mit dir zu quatschen.«

»Geht mir auch so«, erwiderte mein Kompagnon. »Sollten wir öfter machen. Nicht nur, wenn es brennt.«

Wir sprachen noch eine Zeit lang über dies und das und nahmen uns vor, bei Gelegenheit mal wieder zusammen essen zu gehen. Nachdem Luz mir versichert hatte, noch heute meine Stellungnahme zu den heutigen Vorfällen in Form einer eidesstattlichen Erklärung an die Emder Staatsanwaltschaft und Kripo zu verschicken, verabschiedeten wir uns herzlich voneinander.

Eine Kopie des Schreibens würde auch an Traute gehen, die Oberstaatsanwältin.

»Dann stimmt der Spruch also doch«, verabschiedete Luz Bruckner sich von mir: »Nordsee ist Mordsee.«

Nach dem Gespräch mit meinem Kompagnon blieb ich einen Moment regungslos sitzen und ließ mir noch einmal meine Strategie durch den Kopf gehen. Luz Bruckner betrieb meine alte Kanzlei ebenso erfolgreich wie ich. Er war ein genialer Strafverteidiger und hatte bislang die überwiegende Mehrheit seiner Prozesse gewonnen. Luz würde meine Stellungnahme an Staatsanwaltschaft und Kripo abgeben, in der ich meine Unschuld und den Grund für mein jetziges Handeln erklärte.

Unterdessen würde ich mir einen Unterschlupf suchen. Denn mir war klar, dass sich weder Güll noch Mackensen von einer Erklärung seitens einer Berliner Anwaltskanzlei beeindrucken lassen würden. Sie würden mich allein schon wegen der öffentlichen Wirkung ins Visier nehmen.

Ganz nach dem Motto: Lieber erst den Falschen jagen, als zuzugeben, dass man keinen blassen Schimmer hat, wer der oder die Mörder sind.

Aber an mir würden sie sich die Zähne ausbeißen!

– 11 –

Quietschend öffnete sich das große Eisengittertor, als ich es zur Seite schob.

Glücklicherweise hatte Uz auch heute aus lauter Bequemlichkeit darauf verzichtet, das Tor zum Trockendock abzuschließen.

Die Sonne ging gerade unter. Schnell warf ich einen Blick in die Runde. Die Luft war rein. Niemand war um diese Zeit im Osthafen zu sehen. Es war Zeit fürs Abendbrot und ein Feierabendbier.

Ich hätte mich jetzt auch gern im heimischen Garten mit ein paar Stullen und einem gut gekühlten Bier in meinen Strandkorb gehockt: Füße hoch und die sommerliche Pracht meines Bauerngartens genießen. Abgesehen von meinen prachtvollen Rosensträuchern, die ich überall im Garten gepflanzt hatte, weil ich von Rosen nie genug bekam, standen in meinen Beeten Stockrosen, Lupinen, Sonnenhut, Hortensien und eine Vielzahl anderer Zierblumen und Kräuter.

Heute allerdings blieb mein Garten sich selber überlassen – ich befand mich auf der Flucht.

Einen Tag kamen die Pflanzen auch gut ohne mein abendliches Sprengen aus. Spätestens morgen aber musste ich dringend den Garten wässern, wenn ich nicht Gefahr laufen wollte, dass die Pflanzen jämmerlich eingingen. Auf Thyra wollte ich mich lieber nicht verlassen, da sie meist unterwegs war. In Anbetracht der aktuellen Entwicklungen ging ich nicht davon aus, dass sie überhaupt einen Gedanken an den Garten verschwendete.

Ich passierte das Tor und ließ den Grauen langsam über das Gelände rollen. Hinter den Kajütfenstern der im Trockendock aufgebockten *Sirius* war es dunkel. Uz hatte auch schon Feierabend gemacht.

»So'n Schiet!«, fluchte ich leise vor mich hin, da ich gehofft hatte, meinen Kumpel noch im Dock anzutreffen.

Ich hätte mir gern die ganze Sache von der Seele geredet. Außerdem wäre mir auch wohler gewesen, wenn er sich mal meine Unterlippe angeschaut hätte, in der es mächtig pochte. Aber nun war es so, wie es war. Mit Sicherheit würde ich ihn jetzt nicht wieder zu Hause hochscheuchen und mit meinem Kram behelligen.

Morgen war auch noch ein Tag.

Am Ende des Geländes der kleinen Werft mit ihrem Trockendock befand sich ein Zaun, hinter dem lediglich ein Fußweg verlief. Dahinter kamen die Salzwiesen, die ein paar Hundert Meter weiter im Watt endeten. Abgesehen von einigen morgendlichen Joggern und gelegentlichen Radfahrern hätte ich es mir nicht einsamer wünschen können.

Links vom Trockendock befanden sich die Werksgebäude eines Betreibers von Offshore-Windparks mit einem Parkplatz für rund dreißig Pkw und ebenso vielen Mitarbeitern, mit denen wie auch mit dem nächtlichen Wachdienst ich rechnen musste. Rechter Hand lagen die Werkhallen für Turbinenbau, Wartung und Instandsetzung, die für die rund vierzig Quadratkilometer großen Windparks nördlich von Juist benötigt wurden.

Da die Hallen hoch liegende Fenster hatten, war ich in dieser Ecke der kleinen Zweimannwerft, deren Trockendock an Fischer mit schmalem Budget vermietet wurde, vor zufälligen Blicken geschützt.

Ich rangierte den Käfer dicht an eine Ansammlung wilder Haselnusssträucher, die fast drei Meter Höhe erreicht hatten, und gab Motte den Auftrag, auf den Wagen aufzupassen, was er mit einem müden Gähnen quittierte.

Schnell ging ich zur *Sirius* hinüber und suchte mir aus dem Materiallager, das Uz seitlich der Leiter aufgebaut hatte, die hoch zum Deck des Fischkutters führte, eine große blaue Plane, die für Malerarbeiten benutzt wurde.

Mühsam wuchtete ich mir die Plane auf die Schulter und ging zurück zum Käfer. Das verdammte Ding war ganz schön schwer.

Als ich den Käfer erreichte, war ich schweißgebadet. Ich gönnte mir nur eine kurze Verschnaufpause und breitete, noch immer schwer atmend, die Plane vor dem Oldtimer aus. Ich brauchte zehn Minuten, bis von meinem Wagen nichts mehr zu sehen war, außer einer großen blauen Beule in der äußersten Ecke des Trockendocks. Mit einer mannshohen Leichtmetallstange, die ich unter den Rand der Plane stellte, schaffte ich eine Art Eingang, der an den eines Wigwams erinnerte. Sollte ich gezwungen sein, schnell von der Bildfläche zu verschwinden, brauchte ich nur der Stange einen Tritt zu versetzen, sodass weder vom Käfer noch vom Fahrer und dessen dickem Hund etwas zu sehen war.

Ich flüsterte Motte ins Ohr, dass er sich jetzt ein ausgiebiges Nickerchen gönnen konnte, und ließ die Plane locker zu Boden fallen. Damit der Dicke ausreichend Frischluft bekam, klemmte ich zwei große Blecheimer seitlich unter die Plane.

Nachdem ich mich vergewissert hatte, dass der Käfer nicht zu sehen war, kehrte ich zum Materiallager zurück und griff mir von einem Stapel den Blaumann mit den weißen Farbspritzern, den ich trug, wenn ich Uz bei seiner Arbeit half.

Schnell schlüpfte ich in den farbverschmierten Blaumann und schnappte mir noch Uz' ebenso farbenfroh verzierte Basecap, die ich mir tief in die Stirn zog. Mit hochgeschlagenem Kragen und tief in die Stirn gezogenem Käppi machte ich mich auf den Weg zum gegenüberliegenden Fähranleger am Norddeich-Pier.

Der Spaziergang entlang der Kaimauer des Innenhafens tat mir gut. Meine Kopfschmerzen ließen nach und mein Kopf wurde frei. Da mir glücklicherweise um diese Zeit wenig Spaziergänger entgegenkamen, nutzte ich die Gelegenheit zu einem letzten Telefonat und rief Greta an.

»Moin. Hier ist der ›Rettungsschuppen‹. Wer ist da?«, meldete sich die pfundige Chefin des Greetsieler Restaurants gut gelaunt.

Nachdem ich ihren Gruß erwidert hatte, hielt ich mich nicht lange mit Erklärungen auf, sondern kam mit meiner Bitte, sich ein paar Tage um meinen Garten zu kümmern, gleich zum Punkt.

»Geht klar, Jan«, erwiderte sie fröhlich. »Kein Problem, mach ich doch gern für dich.«

Da man Gretas »Rettungsschuppen« als das hiesige Zentrum des ostfriesischen Buschfunks bezeichnen kann, in dem sich nach Feierabend Fischer und Einheimische auf ein Feierabendbier trafen und sich rege austauschten, konnte ich davon ausgehen, dass die Fahndung nach mir noch nicht herausgegeben war. Sonst hätte ich von Greta einiges zu hören bekommen. Lange konnte es aber nicht mehr dauern.

Wir wechselten noch ein paar Worte und ich beendete das Gespräch, da ich mein Ziel erreicht hatte – die Anlegestelle der *Frisia*-Fähre nach Norderney. Ich verlangsamte meine Schritte und schlenderte unauffällig Richtung Gangway. Die Fähre befand sich ebenfalls schon im Feierabendmodus. Weit und breit ließ sich niemand von der Besatzung sehen.

Schnell bückte ich mich unter dem weißen Absperrseil hindurch und ging mit ein paar schnellen Schritten die Gangway hoch. Kurz entschlossen schwang ich meine Beine wenig elegant über die Reling, da mir die Blessuren des Tages doch mehr zu schaffen machten, als ich zugeben wollte.

An Bord der *Frisia V* ging ich in die Knie und ließ meinen Blick schweifen.

Nichts zu sehen. Anscheinend hatte niemand meine Aktion bemerkt.

Vornübergebeugt huschte ich über das Deck und hockte mich auf die Sitzbank neben der Tür, die zum Unterdeck führte. Erfahrungsgemäß war dies ein beliebter Sitzplatz bei den Fahrgästen der Fähre. Und erfahrungsgemäß fand ein herrenloses Handy schnell einen neuen Besitzer.

Das Handy befand sich im Ruhemodus und konnte nur mit dem entsprechenden PIN-Code in Betrieb genommen werden. Schnell schob ich es hinter die Sitzbank. Da es sich um ein älteres Gerät handelte, auf dem ich nichts Nennenswertes außer ein paar Telefonnummern und Sprachnotizen gespeichert hatte, war es kein Verlust, mich davon zu trennen. Trotzdem war es ziemlich blöd, da ich nun niemanden mehr telefonisch erreichen konnte. Weil ich jedoch davon ausging, dass Uz morgen bei Sonnenaufgang im Trockendock auftauchen würde, musste ich nur die Nacht überbrücken, um mir sein Telefon auszuborgen, damit ich mich bei Luz Bruckner nach dem Stand der Dinge erkundigen konnte. Morgen würde ich auch Anna anrufen und ihr erklären, dass der Mann, mit dem sie immer öfter Tisch und Bett teilte, nicht der Mörder war, wie es wahrscheinlich auf der Titelseite der *OZ*, der *Ostfriesen-Zeitung*, in der Schlagzeile zu lesen war.

Das hatte bis morgen Zeit. Jetzt war es wichtig, das Handy

loszuwerden. Denn ich war mir sicher, sobald die Staatsanwaltschaft die Fahndung herausgab, würde eine der ersten Fahndungsmaßnahmen die Handyortung sein. Je nachdem, wann die Kripo die Ortung veranlasste, befand sich die *Frisia* dann vielleicht schon auf dem Weg nach Norderney und würde mir einen weiteren zeitlichen Vorsprung verschaffen. Einen Moment lang dachte ich an Thyra und mich überkam ein schlechtes Gewissen. Sie würde ich nicht anrufen. Ich ging davon aus, dass sie direkten Kontakt zu Mackensen hatte, und ich wollte meine Tochter nicht in die Verlegenheit bringen, dass sie mich auf Drängen von Mackensen zu überreden versuchte, mich zu stellen. Mir war klar, dass sie zwischen zwei Stühlen saß, aber da musste sie jetzt ebenso durch wie ich.

Schnell huschte ich über das Deck zurück zur Stelle der Reling, wo sich die Gangway befand, und schwang mich hinüber. Diesmal aber leider nicht unbeobachtet, wie ein Ruf aus dem Fenster des *Frisia*-Gebäudes deutlich machte.

»He!«, rief jemand quer über den Pier. »Was machen Sie denn da?«

Ohne den Kopf zu heben, warf ich einen kurzen Blick zu dem Gebäude, von wo der Ruf kam. Ich sah eine männliche Gestalt an einem der offenen Fenster stehen und in meine Richtung winken. Auch wenn der Mann sich beeilen und aus seinem Büro stürzen würde, war mein Vorsprung zu groß, als dass er mich einholen konnte. Das wusste auch er, weshalb er sich darauf beschränkte, den Hafen zusammenzubrüllen.

Es war nur eine Frage der Zeit, bis ihn jemand hören würde, der sich in meiner Reichweite befand; daher beeilte ich mich, zu verschwinden. Schnell humpelte ich die Gangway hinunter und machte mich in die entgegengesetzte Richtung meines eigentlichen Ziels aus dem Staub. Sobald ich aus der Sicht des noch immer laut brüllenden Fensterguckers verschwunden war, würde ich einen Umweg über die Hafenstraße machen müssen.

Ich hob die Hand zu einem Gruß und verschwand eilig.

Als ich das *Yacht-Zentrum Störtebeker* und damit die Hälfte meiner Wegstrecke erreicht hatte, war ich schweißgebadet, und obwohl mir die Basecap am Kopf klebte, behielt ich sie tief in die Stirn gezogen und gönnte mir nur ein paar tiefe Atemzüge, während ich mich vergewisserte, dass ich nicht verfolgt wurde.

Eine Viertelstunde später erreichte ich das Trockendock und drückte das schwere Eisentor erleichtert hinter mir ins Schloss. Jetzt endlich gestattete ich mir, die Kappe abzunehmen und in hohem Bogen auf einen leeren Eimer Rostschutzmittel zu werfen. Mühsam kletterte ich die Leiter zum Deck der *Sirius* hoch. Nachdem ich mich erneut über die Reling geschwungen hatte, tastete ich nach dem Schlüssel fürs Ruderhaus, der sich an seinem gewohnten Stammplatz hinter einem Tampen befand.

Knarrend schwang die Tür auf.

Ich hatte Glück im Unglück, dass die *Sirius* sich im Trockendock befand. Im vergangenen Herbst war Uz' Krabbenkutter nach einer Kollision mit dem stählernen Bug der dreißig Meter langen *Petra*, eines Greetsieler Muschelkutters, gekentert und auf den Boden der Nordsee gesunken. Dass es sich bei der Havarie nicht um einen Unfall, sondern um ein absichtliches Manöver vom alten Mattes Lürs gehandelt hatte, um die *Sirius* zu versenken, war eine andere Geschichte.

Wir hatten trotz des Unglücks unglaubliches Glück gehabt. Ich befand mich bei der Havarie an Bord der *Petra* und war über Bord gesprungen, um Uz aus der sinkenden *Sirius* zu befreien, was mir auch im letzten Moment gelang. Dieses Glück hatte Neuntöter nicht. Noch immer verspürte ich ein Unbehagen, wenn ich an Andreas Dorndreher dachte, der denselben Namen wie ein hiesiger Vogel trug – landläufig Neuntöter genannt – und der im vergangenen Jahr bei der Havarie von Uz' geliebter *Sirius* ertrunken war. Meine Anteilnahme angesichts seines dramatischen Todes hielt sich in Grenzen, denn er machte dem Namen Neuntöter mörderische Ehre

Glücklicherweise ist die Nordsee an dieser Stelle nicht sehr tief, gerade mal zehn Meter war die *Sirius* gesunken, bis sie auf Grund traf. Nicht allzu tief bei einer durchschnittlichen Tiefe der Nordsee von zweiunddreißig Metern, wie sie im Bereich der Küste und der Ostfriesischen Inseln üblich ist. In anderen Seegebieten beträgt die Durchschnittstiefe der Nordsee vierundneunzig Meter. Die *Sirius* hatte Glück gehabt.

Zwei Wochen später wurde der Krabbenkutter gehoben und nach Norddeich ins Trockendock gebracht.

Gemeinsam mit Onno hatte ich die Bergungsarbeiten überwacht, da Uz noch seine Verletzungen auskurierte. Nun war die *Sirius* gut ausgetrocknet und komplett überholt worden, sodass dem Stapellauf in der kommenden Woche nichts mehr im Weg stand. Da ich meinem Kumpel Uz so ziemlich in jeder freien Minute zur Hand gegangen war, kannte ich mich an Bord gut aus.

Aus dem Wandschrank kramte ich Konserven hervor. Uz hatte sogar ein paar Dosen Hundefutter für Motte im Vorrat, da wir beide Uz gern gemeinsam auf seinen Fangfahrten begleiteten. In der kleinen Kombüse unter Deck stellte ich ein Gulasch auf den Kocher und öffnete für Motte eine Dose Hundefutter. Da Uz auch Getränke im Vorrat hatte, gab es heute doch noch ein Feierabendbier.

Unser Abendessen in zwei zerkratzten Blechschüsseln balancierend, kletterte ich langsam die Leiter hinunter und verkroch mich zu Motte unter die blaue Plane, wo wir in trauter Zweisamkeit unser improvisiertes Mahl einnahmen.

Mit dem Bier in der einen und einer zerknitterten Selbstgedrehten, die ich in den Untiefen der Blaumanntaschen glücklicherweise gefunden hatte, in der anderen Hand lag ich auf dem harten Boden und lehnte meinen Kopf an Mottes Rücken.

Ich schaffte es gerade noch, die Kippe in die halb volle Bierflasche plumpsen zu lassen, wo sie zischend ausging, bevor mir die Augen zufielen wie ein paar Dammbalken bei Hochwasser.

– 12 –

»Moin!«

Unwillig brummend wälzte ich mich auf die Seite.

»Moin«, ertönte es erneut.

Ich gab einen unartikulierten Laut von mir, der Mottes nächtlichen Flatulenzen nicht unähnlich war, und quälte mich eine Viertelumdrehung weiter auf den Bauch.

»Wo ist denn nur das verdammte Kopfkissen?« Diese im Moment für mich elementare Frage interessierte mich mehr, als dass jemand in meinem Schlafzimmer mit etwas Spitzem in meinen malträtierten Rippen stocherte.

Mit geschlossenen Augen tastete ich über das vermeintliche Bettlaken.

»Steiniger Boden?« Hier stimmte etwas eindeutig nicht, meine müden grauen Zellen waren allerdings im Moment noch nicht in der Lage, diese Information mit meiner Suche nach meinem weichen Kissen in Übereinstimmung zu bringen.

Denn was hatten auch Steinchen und Kiesel in meinem Bett zu suchen?

Bevor ich dieser Frage auf den Grund gehen konnte, ertastete ich etwas Weiches, Wolliges – Motte. Mit einem leichten Tätscheln begrüßte ich den Dicken und nahm mir einmal mehr vor, ihm abzugewöhnen, es sich nachts an meinem Fußende bequem zu machen.

»Willst einen Tee?«, unterbrach eine mir wohlbekannte Stimme die Arbeit meiner Synapsen aufs Erfreulichste.

»Tee!« Ich klappte ebenso schnell meine Augen auf wie Motte, wenn ich mit der Packung Leckerlis raschelte.

Meine Augen benötigten einen Moment, um sich scharf zu stellen.

Der herrliche Duft eines Assamtees stieg mir in die Nase. Noch im Halbschlaf griff ich nach dem Becher heißen Ostfriesentee, den Uz mir unter die Nase hielt. Schon der erste Schluck des starken Schwarztees belebte meine Lebensgeister so intensiv, dass auch mein Denkapparat sich bereit erklärte, zum Dienst an Deck zu erscheinen.

Schlagartig fielen mir die Ereignisse der letzten achtundvierzig Stunden wieder ein – und zwar bewusster, als mir lieb war: die tote Anhalterin, meine Verhaftung, die Attacke der blonden Rastadoppelgängerin, der Tote unter dem Stapel Surfsegel und meine Querfeldeinflucht über die Drachenwiese.

Mir schmerzte jeder Knochen im Leib und ich fühlte mich ungewaschen und dreckig – was ich ja auch war. Glücklicherweise war der Boden durch die heißen Sommertage so aufgeheizt gewesen, dass ich mir keine Lungenentzündung geholt hatte. Der Zipfel der Abdeckplane, auf der ich mich zusammengerollt hatte, bot mir etwas zusätzlichen Schutz, sodass ich die Nacht auf dem harten Boden halbwegs überstanden hatte; abgesehen von meinen Kreuzschmerzen, die mir ein paar zusätzliche Besuche bei meinem Osteopathen einbringen würden. Meine Wärmflasche mit Ohren aber war Motte gewesen. Er hatte sich lang an meinem Rücken ausgestreckt und mich so vor der nächtlichen Kälte geschützt. Dankbar gab ich ihm einen Knuff in die Seite.

Am liebsten hätte ich mich wieder hingelegt und mir die

Bettdecke über die Ohren gezogen, aber ich lag ja nicht in meinem Bett und meine Bettdecke war im Moment unerreichbar für mich.

»Moin«, erwiderte ich den Morgengruß meines Freundes mit müder Stimme.

Uz hatte unter den Rand der Plane eine Dachlatte gestellt, sodass ein provisorischer Eingang entstanden war, der frische Luft und Licht in meine Zeltkonstruktion einließ. Frische Luft war auch dringend nötig. Motte und ich standen uns in puncto Ausdünstung in nichts nach, und auch der Käfer hatte in der Nacht seine eigene Duftmarke hinterlassen, eine ganz besondere Mischung aus Öl, Benzin, Metall und dem Geruch des Gummis der Weißwandreifen.

Statt mich zu fragen, wieso ich die Nacht gemeinsam mit Motte und meinem Käfer auf dem steinigen Boden der Schlitter-Werft im Norddeicher Osthafen verbracht hatte, zog Uz eine zusammengerollte Ausgabe der *Ostfriesen-Zeitung* aus der Seitentasche seines Blaumanns.

Schweigend streckte er mir die Zeitung entgegen.

»Schlimm?«

Ich sah ihn ebenso müde an, wie sich meine Stimme anhörte und ich mich fühlte.

»Sehr schlimm.«

Ächzend begab ich mich in eine sitzende Position, den Teebecher fest umklammert. Erst als ich es mir am Kotflügel meines Käfer halbwegs bequem gemacht hatte, griff ich nach der Zeitung, die Uz mir noch immer entgegenstreckte.

Mit der Vorahnung, dass dieser Morgen mir in nachhaltig schlechter Erinnerung bleiben würde, schlug ich die Zeitung mit einer Hand auf.

»ANWALT UNTER MORDVERDACHT!«, sprangen mich die schwarzen Lettern an, mit denen das großformatige grobkörnige Schwarz-Weiß-Foto getitelt war, das mich mit blutverschmiertem Gesicht und wie zum Angriff erhobenen Händen zeigte. Kein Wunder, dass das arme Kind gestern in hysterisches Gekreische ausgebrochen war.

Auch wenn ich geahnt hatte, wie die heutige Headline der *Ostfriesen-Zeitung* lauten würde, zuckte ich unangenehm berührt zusammen.

Benommen stellte ich den Teebecher auf den Boden und griff mit beiden Händen nach der Zeitung.

»*Norddeich.* Ist dieser Anwalt ein gesuchter Doppelmörder? Staatsanwaltschaft ermittelt«, las ich halblaut. »Anwalt im Ruhestand … vierundzwanzigjährige Julia Marten … erdrosselt … unter Mordverdacht festgenommen … freigelassen … der zweite Tote …«

»Achtundfünfzig Jahre. Peter R., Hotelier«, sagte ich leise und ließ die *OZ* langsam sinken. »Wieso musste ein Mensch auf so grausame Art sterben?«

Auf meine Frage erwartete ich ebenso wenig eine Antwort, wie Uz Anstalten machte, etwas zu sagen.

»Erschlagen.« Ich hatte die Zeitung wieder hochgenommen, um den Artikel zu Ende zu lesen, der allerdings inhaltlich nicht allzu viel zu sagen hatte, weil Kripo und Staatsanwaltschaft sich offenbar ziemlich bedeckt hielten.

»Thyra hat mich angerufen«, sagte Uz und hielt mir seine Thermoskanne zum Nachschenken hin, »viermal in einer halben Stunde.«

»Und?« Fragend sah ich Uz an und hielt ihm meinen Teebecher mit der kleinen Restpfütze hin.

»Ich hab's Handy ausgeschaltet.«

»Das meinte ich nicht.« Ungewollt lachte ich auf. »Was hat sie gewollt?«

Uz verzog seine Lippen zu einem Grinsen. »Dich retten.«

»Braves Kind«, erwiderte ich und wurde wieder ernst. »Du weißt, dass sie einen … neuen Freund hat?«

Langsam schüttelte er den Kopf mit seinem schlohweißen Haar, das ihn in Verbindung mit seinem weißen Rauschebart wie das fleischgewordene Klischee eines alten Seebären aussehen ließ. Ein Klischee, das er allerdings nur zum Teil erfüllte. Zwar war Uz Kutterkapitän; dies aber erst, nachdem er nach über vierzig Jahren als ostfriesischer Landarzt in Pension gegangen war und mit der *Sirius* seine neue Passion gefunden hatte.

»Nee. Weiß ich nicht.« Argwöhnisch zog Uz die Brauen zusammen. »Wichtig?«

»Tja«, machte ich und versuchte mich an einem neutralen Gesichtsausdruck.

»Dann muss es ja schlimm sein«, sagte Uz. »Bei dem Gesicht, das du ziehst.«

»Folkert Mackensen«, erwiderte ich und verzichtete aus Fairness meiner Tochter gegenüber auf jeglichen Kommentar.

Uz starrte mich einen Herzschlag lang an, um dann tief auszuatmen.

Wer jetzt erwartet hätte, dass wir uns lang und breit über unsere Aversion gegenüber Macke, wie wir den ehemals gelackten und seit letztem Jahr wie verwandelten Kommissar nannten, unterhielten, der täuschte sich.

»Was ist mit deinem Gesicht passiert?«, wechselte Uz das Thema.

Wir kannten uns beide lange und gut genug, um zu wissen, was der andere dachte, fühlte und nicht sagen wollte: besser als manches alte Ehepaar – ziemlich beste Kumpels eben.

»Ich bin einer sehr ungehörigen jungen Frau begegnet, die der Toten aus dem Sammelbecken verdammt ähnlich sieht und die über ein Aggressionspotenzial verfügt, wie ich es nur aus den wilden Stadtteilen Berlins und Frankfurts kenne«, antwortete ich, während ich noch an Mackensens Läuterung herumkaute.

Mackensens Verwandlung seit letztem Jahr war mir schon einige Male durch den Kopf gegangen. Den Grund dafür konnte ich mir nicht erklären – bis zum gestrigen Gespräch mit meiner Tochter.

»Thyra«, knurrte ich und meinte damit nicht besagte aggressive Frau.

»Deine Tochter hat einen guten Einfluss.« Uz hatte offenbar ähnliche Überlegungen angestellt und war zum selben Ergebnis wie ich gekommen.

Ich nickte, während ich im Geiste Mackensens Entwicklung mit der zeitlichen Schiene seiner Beziehung mit Thyra abglich, von der ich nun wusste, dass und seit wann sie existierte.

»Dann hat sie den Doc aber ganz schön lange im Dunklen tappen lassen«, sprach Uz die Erkenntnis aus, zu der ich in diesem Moment auch gekommen war.

Ich nickte, enthielt mich aber eines Kommentars.

»Müssen wir nicht vertiefen«, brummte Uz verständnisvoll. »Du bist den beiden fair gegenüber. Und deiner Tochter gegenüber loyal.«

»Na, du weißt ja …«, ich nickte gelassener, als ich mich fühlte, »zweite Chance … Menschen ändern sich und so …«

»Ja, vor allen Dingen *und so*«, erwiderte Uz sarkastisch. »So, genug davon! Jetzt werde ich dich erst einmal verarzten.«

Während Uz zu seinem alten Benz ging, um seine Arzttasche zu holen, die er aus vierzigjähriger Gewohnheit dankenswerterweise immer noch im Kofferraum spazieren fuhr, quälte ich mich mühsam auf die Beine und kroch unter der blauen Plane hervor.

Draußen tauchte die Sonne die Landschaft in frühmorgendliches warmes Licht. Ächzend streckte ich mich und machte ein paar halbherzige Dehnübungen. Zu sehr schmerzten mir Hüfte und Rippen, was von den Tritten der Frau aus dem Schuppen herrührte, ganz abgesehen von dem Brummschädel.

»Setz dich mal hin«, befahl Uz und stellte einen umgedrehten Blecheimer vor mich, den er vom Materialstapel mitgebracht hatte.

Ich tat, wie mir geheißen, und schloss die Augen, als ich mein Gesicht der Sonne entgegenstreckte.

»Ist ja wie im Feldlazarett«, sagte Uz fast gut gelaunt, während er sich über mich beugte. »Ein alter Farbeimer als Behandlungsstuhl und die Sonne als OP-Lampe.«

»Fehlt nur noch Captain Trapper«, erwiderte ich trocken in Anspielung an den schrägen Chirurgen aus dem alten *M.A.S.H.*-Film, einer zynischen Kriegssatire aus dem Jahr 1970.

»Dann bekämst du keine Naht, sondern eine nackte Geisha ins Krankenbett gelegt«, lachte Uz. »Die waren Anfang der Siebziger anders drauf als heute.«

»Muss das genäht werden?«, fragte ich unbehaglich, da mir alles, was mit Nadeln zu tun hatte, Schweißperlen auf die Stirn trieb, was für jemanden, der Tattoos entwarf, einen gewissen Widerspruch bedeutete.

Aber schließlich entwarf ich die Motive nur und stach sie nicht. Da durfte ich auch Nadeln hassen.

»Ich denke, dass ich die Lippe so hinbekomme«, beruhigte mich Uz, der gerade in seinem abgewetzten Arztkoffer herumkramte. »Wenn du nicht so viel sabbelst, könnte ein Wundkleber reichen.«

»Kann ich nicht versprechen«, nuschelte ich, während Uz mir einen Tupfer auf den Mund presste, um die Wunde zu desinfizieren.

»Halt die Klappe!«, befahl er barsch, ganz der bärbeißige Landarzt, der in Gummistiefeln auch mal dem Bauern hilft, wenn die Lieblingskuh kalbt.

Ich ließ also Uz schweigend an mir herumdoktern und machte mir unterdessen Gedanken, wie ich weiter vorgehen sollte.

Was tun?, dachte ich. Staatsanwalt und Kripo machen Jagd

auf mich. Mein Gesicht war – wenn auch ziemlich grobkörnig und verschwommen – in der Zeitung abgedruckt. In welche Richtung empfahl es sich zu ermitteln?

Ich hatte gerade einmal die Surfschule als Verbindung zwischen den beiden Morden. Das war wenig, zu wenig für einen vernünftigen Ermittlungsansatz. Was also konnte ich tun?

Mir einen falschen Bart ankleben und in der Surfschule in der Hoffnung herumtapern, zufällig über irgendwelche Hinweise oder Beweise zu stolpern?

»Quatsch!«, murmelte ich.

»Ich hoffe, du meinst nicht das, was ich gerade hier mache«, erwiderte Uz und hielt mir ein bedrohlich aussehendes Werkzeug unter die Nase, was entfernte Ähnlichkeit mit einem Gerät hatte, das man im Büro fürs Zusammenheften von Dokumenten benutzt.

»Was ist das?«, wollte ich wissen und verdrehte die Augen, um zu erspähen, was er gerade vorhatte.

»Ein Wundklammerer«, antwortete Uz und hielt das metallisch glänzende Teil prüfend gegen das Licht.

»Was hast du vor?« Vor Schreck riss ich meine Augen weit auf.

»Deine Platzwunde an der Augenbraue klammern.«

»Du willst mich zusammentackern?«, fragte ich entsetzt.

»Ich würde eher sagen, dass ich deine Wunde klammern will«, erwiderte Uz gleichmütig. »Aber im Ergebnis bleibt es sich gleich.«

Ergeben schloss ich die Augen und versetzte mich gedanklich an einen wunderbaren Strand an der Küste Portugals, an dem ich vor vielen Jahren mit meiner Frau Hand in Hand spazieren ging, als für uns die Welt noch in Ordnung war, und den ich schon lange einmal wieder besuchen wollte.

Warum also nicht jetzt, wo Uz den Wundklammerer ansetzte? Es hätte auch ein Trip durch die Wälder Papua-Neuguineas sein können. Egal wo. Nur weit weg von dem glänzenden Tacker mit den scharfen Zähnen, den Uz in der Hand hielt.

Ein paar Minuten später und um die Erfahrung reicher, dass Wundklammern unglaublicherweise nicht mehr wehtat als ein kleiner Pieks, atmete ich auf, als Uz mir auf die Schulter klopfte: »So, du Held. Wir sind fertig.«

Ich atmete auf.

»Danke dir, Uz«, sagte ich erleichtert. »Ich hätte nicht gewusst, was ich ohne deine Hilfe hätte machen sollen.«

»Lass gut sein«, winkte er ab. »Normaler Freundschaftsdienst. Punkt.«

Während Uz seine Utensilien in der rechteckigen Arzttasche verstaute, betrachtete ich sein Werk mit gemischten Gefühlen im Spiegel.

Er hatte gute Arbeit geleistet.

Die Unterlippe war mit einem speziellen hautverträglichen Kleber zusammengeklebt worden, der, nachdem die Wunde wieder zugewachsen war, von alleine abfallen würde, hatte mir Uz erklärt. Weniger schön sah die Platzwunde über der Augenbraue aus. Dort hatte sich ein dunkelblaues Hämatom gebildet. Wenn ich Pech hatte, würde es sich im Verlauf der nächsten Tage zu einem prachtvollen Veilchen auswachsen, was zur Folge hatte, dass mein Gesicht sich bei jedem, der mich sah, gut einprägte. Das könnte sich im schlimmsten Fall sehr positiv auf Fahndungsmaßnahmen der Staatsanwaltschaft auswirken; was wiederum sehr schlecht für mich wäre.

Ein weiterer Hingucker waren die weißen Klebestrips, die Uz zum Schutz der Wundklammern quer über der Platzwunde an der Augenbraue angebracht hatte. Die Wunde wurde somit zwar optimal zusammengehalten, war aber dummerweise optisch ziemlich auffällig. Ein Attribut, auf das ich gut und gern verzichten konnte.

Uz' spezieller Klingelton, die *Fanfare for the Common Man*

des Komponisten Aaron Copland, eines Weggefährten Leonard Bernsteins, riss mich aus meinen Betrachtungen.

»Für dich.« Uz reichte mir sein Handy.

Skeptisch sah ich ihn an.

Beruhigend deutete Uz mit dem Kinn auf das Handy, um mir zu signalisieren, dass ich das Gespräch unbesorgt entgegennehmen könne.

Mit gemischten Gefühlen streckte ich die Hand aus und griff nach dem Handy.

Wer mochte es sein, der mich über Uz' Handy versuchte zu erreichen? Thyra?

Oder vielleicht Anna, bei der ich mich sträflicherweise nicht mehr gemeldet hatte?

– 13 –

»Moin«, meldete ich mich gespannt.

»Ich bin's«, ertönte es zaghaft aus dem Lautsprecher des Handys. »Anna.«

Der berechtigte Schrecken meines schlechten Gewissens fuhr mir durch alle Glieder.

»Anna«, echote ich mehr erschrocken als erfreut. »Was gibt's?«

Zunächst erwiderte Anna nichts, sodass ich schon glaubte, sie sei in ein Funkloch gefallen. Dann aber gab sie mir mit scharfer Stimme die passende Antwort auf meine unrühmliche Begrüßung.

»Was es gibt?«, erklang ihre Stimme deutlich lauter als noch vor wenigen Sekunden. »DU fragst ernsthaft, was es gibt?«

Nach dieser Frage herrschte ein paar Sekunden Schweigen in der Leitung, das nur durch ein paar atmosphärische Nebengeräusche untermalt wurde.

Krampfhaft suchte ich nach einer Erklärung, die meine ungeschickte Begrüßung ausbügeln könnte. Aber Anna, die wundervolle Anna mit der flammendroten Haarmähne, kam mir zuvor, da ihr mein Schweigen offensichtlich zu lange dauerte.

»Mein lieber Jan«, sagte sie mit süffisantem, zuckersüßem Tonfall. »Dein Konterfei mit der Überschrift ›Anwalt unter Mordverdacht‹ schmückt seit heute Morgen die Titelseite der *OZ* in ganz Ostfriesland. Dein Gesicht hat sogar die Berichterstattung von dem Raubüberfall auf den Geldtransporter verdrängt. Und dir fällt nichts Besseres ein, als mich zu fragen, was es gibt?«

Ich räusperte mich verlegen. Sie hatte ja recht.

»Entschuldige«, bat ich. »Ich hatte gerade nicht mit deinem Anruf gerechnet und wusste nichts Besseres zu sagen. Und es tut mir auch leid, dass ich mich bislang nicht gemeldet habe.«

Meine Entschuldigung war keine leere Phrase, es tat mir wirklich leid, dass ich Anna nicht schon gestern angerufen hatte und mir zur Begrüßung nicht mehr als eine Floskel eingefallen war. Außerdem hatte sie allen Grund, sauer zu sein, wenn der Mann, auf den sie sich gerade einließ, sich nicht meldete und sie aus der Zeitung erfahren musste, dass die Polizei ihn als vermeintlichen Doppelmörder suchte. Triftige Gründe, mir ausreichend Zeit zu nehmen, um Anna ausführlich über die Geschehnisse zu informieren – denn Anna war mir wichtig.

Aufmerksam hörte Anna mir zu, und ich war dankbar, dass ich in ihr einen Menschen hatte, mit dem ich über wirklich alles reden konnte.

»Und du hast einfach dein Handy auf die Norderney-Fähre geschmuggelt?«, lachte sie amüsiert, als ich ihr den Grund nannte, weshalb ich mich abends nicht mehr gemeldet hatte. »Ganz schön clever von dir. Aber wie geht's jetzt weiter? Du kannst nicht ewig Katz und Maus mit der Kripo spielen.«

»Hab ich auch nicht vor«, erwiderte ich.

»Das wollte ich dir auch nicht geraten haben«, drohte sie mir mit gespielter Empörung. »Denn sonst könnte ich mir gar nicht mehr mit dir gemeinsam die Bettdecke über die Ohren ziehen.«

»Das alleine ist schon Grund genug, den Fall so schnell wie möglich aufzuklären«, lachte ich erleichtert darüber, dass Anna mir nach ihrer anfänglichen und durchaus verständlichen Verärgerung nichts mehr krummnahm.

Ich hab schon richtiges Glück mit ihr, dachte ich und spürte eine warme Welle von Zärtlichkeit in mir aufsteigen.

Wir tauschten noch ein paar pikante Frotzeleien aus, bevor wir wieder ernst wurden.

»Was wirst du tun?«, fragte Anna ohne den Versuch, ihre Sorge um mich zu verbergen. »Kann ich dir irgendwie helfen?«

Anna war ebenso bodenständig und pragmatisch wie offen und geradeaus in dem, was sie sagte.

»Im Moment weiß ich das selber noch nicht«, gab ich zu. »Ich muss mich erst einmal sortieren.«

»Hast du schon mit deiner Tochter gesprochen?«, wollte Anna wissen. »Sie hat ein paarmal bei mir angerufen. Sie denkt wohl, dass ich dich im Kleiderschrank versteckt habe.«

Ich seufzte.

Natürlich musste ich auch mit Thyra sprechen. Ich wusste allerdings schon, wie das Gespräch verlaufen würde. Sie würde mich mit Sicherheit vom Vernünftigsten und Naheliegenden überzeugen wollen – mich zu stellen. Dazu hatte ich aber nicht die geringste Lust. Ich wollte mich weder einer wer weiß wie langen Untersuchungshaft und einem Haftprüfungsverfahren unterziehen noch mich von Mackensen und Freud wechselweise verhören, provozieren und beruhigen lassen. Sollten die beiden sich doch ihre Guter-Bulle-böser-Bulle-Bälle zuwerfen, wie sie wollten, aber ohne mich!

»Du musst mit ihr reden«, hörte ich Anna ruhig, aber eindringlich sagen, die mich auch ohne Worte verstanden und mein Schweigen richtig gedeutet hatte. »Sie ist deine Tochter.«

»Das werde ich.«

Wir wechselten noch ein paar Worte, bevor wir uns verabschiedeten. Nachdenklich überquerte ich das Werftgelände und folgt dem verlockenden Duft von gebratenen Eiern. An Deck der aufgebockten *Sirius* hatte Uz in der Kombüse auf dem kleinen Gaskocher ein Frühstück für uns vorbereitet. Motte, der bereits von Uz versorgt worden war, lag bequem vor der Leiter, die an der *Sirius* lehnte, und schleckte genüsslich und geräuschvoll seinen Napf aus.

Ich machte einen großen Schritt über Motte hinweg und hangelte mich die Leiter hinauf an Deck des Krabbenkutters, wo mich Uz mit einer gewaltigen Portion Krabben mit Rührei und einer frisch aufgebrühten Kanne Ostfriesentee empfing.

Ohne viel Worte machten wir uns hungrig über unsere Mahlzeit her, die Uz in tiefen Blechtellern servierte. Als Besteck diente uns jeweils ein großer Löffel.

Schweigend genossen wir die Mahlzeit.

Mein zufriedenes Brummen ersetzte das sonst üblicherweise wortreiche Lob des Gastes an die Künste des Kochs. Bei uns in Ostfriesland bedarf es keiner Höflichkeitsfloskeln. Und schon gar nicht an Bord eines Krabbenkutters, egal, ob der sich nun bei Nebel und Regen auf Fangfahrt durch die Nordsee pflügt oder aufgebockt im Trockendock steht.

Mit fragendem Blick deutete Uz mit seinem Löffel auf die Pfanne, in der sich noch ein Rest Rührei befand. Ich lehnte dankend mit einem wortlosen Kopfschütteln ab, hielt aber meine Blechtasse hoch, als Uz nach der Teekanne griff.

Ich nahm einen vorsichtigen Schluck von dem dampfenden Ostfriesentee und lehnte mich mit einem wohligen Ächzen an die Wand der kleinen Kombüse.

»Oh mein Gott, war das gut!«, bedankte ich mich zufrieden bei Uz. »Danke. Du hast mir das Leben gerettet.«

»Nu übertreib mal nicht«, winkte Uz ab und griff in die Tasche, um erneut das Handy hervorzuziehen, das ich ihm zurückgegeben hatte, nachdem ich an Bord geklettert war.

»Schon wieder für dich«, sagte er mit einem Blick aufs Display und reichte mir das Gerät, ohne das Gespräch anzunehmen.

Ich verzog das Gesicht, was meine Unterlippe mit einem scharfen Schmerz quittierte, und griff nach dem Handy.

Thyra leuchtete mir der Name des Anrufers auf dem Display entgegen. Da ich mich nicht guten Gewissens weiter vor dem Gespräch mit meiner Tochter drücken konnte und wollte, nahm ich den Anruf an und hob das Handy ans Ohr.

»De Fries?«, fragte eine wohlbekannte Männerstimme.

»Mackensen?«, erwiderte ich perplex, als ich statt Thyras Stimme die des Kommissars vernahm. »Wieso rufen Sie unter der Nummer meiner Tochter Käpt'n Jansen an?«

»Weil ich vermutet habe, dass ich Sie heute bei Käpt'n Jansen erwische«, erwiderte er. »Und weil ich Sie sprechen muss.«

»Sie benutzen Thyras Handy, weil Sie wussten, dass ich das Gespräch annehme, wenn ich denke, dass meine Tochter mich sprechen möchte«, sagte ich mit düsterer Stimme, denn es traf mich sehr, dass Thyra dem Mann ihr Handy überlassen hatte, der mich jagte.

»Wieso sind Sie von dem Tatort geflüchtet, wo wir den Toten gefunden haben?«, fragte Mackensen im Ton des Ermittlers.

»Weil ich kurz vorher aus der Untersuchungshaft entlassen wurde, in die Sie mich trotz einer Beweislage gesteckt haben, die keine Festnahme rechtfertigte. Und weil ich stark davon ausgehen musste, dass Sie mich erneut in Untersuchungshaft nehmen würden, weil ich wieder in Verbindung mit einem Mordopfer stehe, dessen Blut ich sogar an meinen Händen hatte, weil ich quasi über ihn gestolpert bin«, erwiderte ich mit kalter Stimme. »Und das, Herr Kommissar, ist so ziemlich das Letzte, was ich mir wünsche.«

»Sich einer Festnahme zu entziehen, ist aber nun auch nicht die Lösung«, erwiderte Mackensen trocken, womit er bedauerlicherweise recht hatte. »Gerade Sie als Jurist sollten das wissen.«

Das Fatale an der ganzen Geschichte war der kurze zeitliche Abstand der beiden Morde. Und dass ich als Hauptverdächtiger galt, weil ich beide Male direkt am Ort des Geschehens gewesen war.

Wären Staatsanwaltschaft und Kripo personell anders besetzt gewesen, wäre deren Einschätzung wahrscheinlich eine andere gewesen. Es war schon ein Kreuz, wenn die offiziellen Ermittler durch widrige Umstände Gelegenheit bekamen, alte Rechnungen zu begleichen.

Aber alles »hätte, wenn und aber« brachte mich jetzt auch nicht weiter. Auch wenn es sicherlich nicht eine meiner klügsten Entscheidungen gewesen war, vom Tatort abzuhauen, musste ich jetzt die Suppe auslöffeln, die mir mein Dickschädel eingebrockt hatte. Wenn alle Stricke rissen, konnte ich mich immer noch der Staatsanwaltschaft stellen.

Doch so weit waren wir noch lange nicht.

Auch wenn ich im Moment unter Zugzwang stand, mich unsichtbar zu machen, und infolgedessen noch nicht angemessen die Vorfälle für mich analysieren konnte, sah ich einige Optionen, an denen ich ansetzen konnte. Aber damit musste ich mich später beschäftigen.

Jetzt musste ich schleunigst verschwinden.

Während Mackensen noch munter mit mir am Telefon plauderte, würde Freud im Hintergrund längst die Ortung von Uz' Handy veranlassen. Der einzige Grund, weshalb nicht jetzt schon die Streifenwagen vorfuhren, war wahrscheinlich der Umstand, dass der zuständige Richter keine Handyortung eines Unbeteiligten auf eine bloße Vermutung von Mackensen hin genehmigt hatte. Dadurch, dass ich das Gespräch angenommen hatte, war die Erteilung einer richterlichen Verfügung nur mehr eine reine Formsache.

Noch während ich Mackensen erklärte, weshalb ich keine Lust hatte, im Emder Untersuchungsgefängnis zu versauern, hatte ich Uz pantomimisch zu verstehen gegeben, dass ich verschwinden und sein Handy unterwegs im Gras liegen lassen würde. Er hatte mir zur Bestätigung kurz auf die Schulter geklopft und mir zugesehen, als ich einhändig, mit Mackensen telefonierend, die Leiter hinunterkletterte und mich mit einem Klaps auf den Hintern von Motte verabschiedete. Unten angekommen, hob ich die Basecap wieder auf, die ich gestern weggeworfen hatte. Ich konnte jetzt jedes bisschen Tarnung gebrauchen.

Ich musste alleine verschwinden. Uz würde sich um den Dicken kümmern. Mit Motte gemeinsam nützte mir auch die schönste Tarnung nichts, ein ausgewachsener Berner Sennenhund ist ziemlich auffällig.

»Sie wissen, dass Sie damit nicht lange durchkommen«, sagte Mackensen.

»Eine gewisse Zeit reicht mir schon«, entgegnete ich.

»Was haben Sie vor?«

»Den Mörder von Julia Marten finden!«

»Sie sind der Haupttatverdächtige«, stellte Kommissar Mackensen fest, und ich merkte sein Bemühen, mich am Telefon zu halten und in ein Gespräch zu verwickeln.

»Aber nicht der Mörder!«, gab ich zurück und überquerte einen schmalen Grünstreifen, als ich Richtung Kai lief.

Fieberhaft überlegte ich, wie ich auf dem schnellsten Weg von hier verschwinden konnte. Gestern noch war mir die kleine Werft im Norddeicher Osthafen als gutes, da abgelegenes Versteck erschienen. Mackensens Schachzug aber hatte aus dem abgelegenen Zufluchtsort eine Mausefalle gemacht. Denn der nördliche Teil des Hafens gegenüber dem Norddeich-Pier, der als Gewerbehafen mit vorgelagertem Jachtzentrum genutzt wurde, hatte im Grunde nur einen Zugang von der Landseite her. Die zipfelförmige Landzunge, auf der sich das Hafengelände und die Hallen der technischen Firmen befanden, war von zwei Seiten – vom Wasser des Hafenbeckens und der Fahrrinne der Norderney-Fähren – und von der Seeseite aus von einer ausgedehnten Wattlandschaft umgeben. Einzig die Tunnelstraße lag landeinwärts. Und genau von dort würden die Streifenwagen der Polizei und Mackensens dunkle Limousine angeschossen kommen.

Im gleichen Moment, als ich Uz' Handy im Vorbeigehen auf die Ladefläche eines weißen Nissan Pick-up fallen ließ, der an der Parkplatzzufahrt des Windradunternehmens verkehrswidrig stand, hörte ich von Weitem das charakteristische Flapp-Flapp eines Hubschrauberrotors, der von Land her herbeischwebte. Zwar konnte ich den Helikopter nicht sehen, und möglicherweise handelte es sich um einen ADAC-Hubschrauber, der auf dem Weg zu einer der Inseln war, weil es einem Urlauber schlecht ging. Aber auch wenn das gelegentlich vorkam, glaubte ich nicht an einen morgendlichen Zufall.

Obwohl es sinnlos war, schlug ich mir den Kragen des Blaumanns noch weiter hoch und zog die Basecap noch tiefer in die Stirn. Ich ging so schnell, wie es ging, ohne auffällig zu wirken, den Kai entlang.

Das Geräusch des Hubschraubers wurde lauter.

Das schnelle Laufen bekam mir nicht. Noch während ich auf die Spitze des dreieckig angelegten Hafengeländes zueilte, begann meine malträtierte Hüfte schmerzhaft zu protestieren. Ich hätte den Weg zwar abkürzen können, aber das wäre um vieles auffälliger gewesen, da das brachliegende Gelände von einem Zaun umgeben und, abgesehen von einigen Haufen Baumaterial, freies Gelände war. Mir blieb also nichts anderes übrig, als an den vereinzelt in den Parkbuchten abgestellten Fahrzeugen entlangzuhasten.

Jetzt sah ich den Hubschrauber als dunklen Punkt am strahlend blauen Himmel aus Richtung Norden-Norddeich einschweben. Noch konnte ich nicht erkennen, ob der Helikopter gelb war und es sich damit um einen Rettungshubschrauber des ADAC handelte.

Ich hatte außerdem nicht vor, so lange abzuwarten, bis ich dem Piloten zuwinken konnte. Schnell humpelte ich weiter und bog nach links Richtung Jachtzentrum ein. Seitlich von mir lagen die Norddeicher Fischkutter vertäut. Offenbar war ein Kutter von seiner Fangfahrt zurückgekehrt, denn am Kai stand ein weißer Kühltransporter, ein sogenannter Frischdienstkoffer, der den fangfrischen Fisch vom Kutter abholte und direkt zur Fischereigenossenschaft nach Norden brachte.

Mich durchfuhr eine Idee.

Rasch, aber unauffällig näherte ich mich dem Lkw, was zugleich den Vorteil hatte, dass mich der Aufbau des Kühltransporters vor den Blicken der Hubschrauberbesatzung schützte. Ich trat dicht an den Transporter heran und schob mich Richtung Heck. Vorsichtig spähte ich um den Aufbau des Fahrzeugs. Mein erster Eindruck hatte mich nicht getrogen. Der Kühltransporter hatte den Fang des Fischkutters verladen. Der Fahrer stand mit der Mannschaft des Kutters zusammen, die aus dem Käpt'n und seinem Matrosen bestand, und rauchte. Der Geruch des Zigarettenqualms drang bis zu mir herüber.

Das konnte dauern.

Angestrengt lauschte ich.

Das donnernde Motorengeräusch des Helikopters kam näher. Es handelte sich nur noch um Sekunden, bis der Hubschrauber über mir auftauchte. Fieberhaft überlegte ich, was ich tun konnte. Als ich mich gerade auf den Boden werfen und unter den Kühltransporter kriechen wollte, tauchte seitlich ein weißer Nissan Pick-up auf und rauschte einen Augenblick später an mir vorbei.

Es war der Wagen, auf dessen Ladefläche ich Uz' Handy hatte plumpsen lassen.

Im gleichen Moment erhöhte der Hubschrauber die Drehzahl seiner Turbine, sodass die Motoren aufheulten. Mein Blick ging ebenso hoch zum Himmel wie der des Käpitäns und des Matrosen, die mit dem Transporterfahrer einen Klönschnack hielten.

Der Helikopter stand einen Moment still in der Luft und schien den Abschnitt unter sich zu beobachten. Jetzt erkannte ich auch, um was für einen Helikopter es sich handelte. Die blau-weiße Lackierung mit der Aufschrift POLIZEI war unverkennbar. Mit einem dumpfen Dröhnen der Motoren legte sich die Maschine auf die Seite und ging in den Sinkflug.

Nun, die Ortung eines Handys ist nur dann effektiv, wenn sich das Handy in der Nähe des Gesuchten befindet. In meinem Fall befand sich das Handy auf dem Weg nach Norden.

Der glückliche Umstand, dass meine Finte Erfolg hatte, verschaffte mir etwas Luft.

Ich vermutete, dass der Nissan die Umgehungsstraße Richtung Norden angesteuert hatte. Der Polizeihubschrauber würde den Pick-up keine Sekunde aus den Augen lassen, ihn jedoch im Stadtgebiet nicht stoppen können. Vermutlich waren auch längst die Streifenwagen unterwegs. Bis die Polizei den Pick-up auf der Bundesstraße 72 gestoppt haben würde, gewann ich wertvolle Minuten. Auch die Überprüfung des armen Fahrers, der noch nichts von seinem Glück ahnte, und die Durchsuchung des Wagens würden eine gewisse Zeit in Anspruch nehmen.

Meine Chance, noch rechtzeitig zu verschwinden.

Fragt sich nur, wie, dachte ich; im gleichen Moment kam mir eine Idee.

Ich warf noch einen Blick Richtung Fischkutter, wo sich der Fahrer gerade ein paar Dokumente vom Käpt'n unterschreiben ließ. Das sah nach Aufbruch aus.

Während sich die Aufmerksamkeit des Fahrers und der Fischer auf das Unterzeichnen der Frachtpapiere konzentrierte, nutzte ich die Gelegenheit und huschte zur Heckklappe. Ich legte den Riegel um und öffnete die Tür einen Spalt.

Ein Schwall eisiger Luft schlug mit entgegen.

Trotz der hochsommerlichen Temperaturen hier draußen würde das eine ungemütliche Fahrt werden.

Aber welche Alternative hatte ich denn?

»Keine«, stellte ich lautlos murmelnd fest. »Also los!«

Ich stellte meinen Fuß auf die Stoßstange des Kühltransporters und stieß mich ab. Im Innern des Lkw war es eisig kalt. Momentan machte mir die Kälte noch nichts aus, da mein Körper von der Außentemperatur aufgeheizt war. Obwohl die Fahrt zur Genossenschaft nach Norden nicht allzu lange dauern würde, kamen mir erste Zweifel an der Sinnhaftigkeit meiner Idee.

Schnell sah ich mich im Innern des Kühltransporters um, der erstaunlich geräumig war. Der Fang des Kutters war in mehrere Dutzend rote Plastikboxen verpackt worden, die ordentlich in Reih und Glied aufgereiht und mit Transportgurten gesichert waren. Eine erste Eisschicht bedeckte die toten Meeresbewohner, die mich aus glasigen Augen anzustarren schienen.

Keine gute Idee, schoss es mir durch den Kopf, und ich machte hastig auf dem Absatz kehrt, um den Kühltransporter wieder zu verlassen.

»Bist wohl schon in Gedanken zu Hause bei deiner Süßen«, ertönte eine Stimme von draußen. »Du hast vergessen, die Heckklappe zu schließen.«

»Was?«, rief eine andere Stimme ungläubig.

Den Rest der Konversation konnte ich nicht mehr hören, da die Heckklappe mit einem lauten Knall ins Schloss fiel.

Scheiße!, dachte ich und stolperte über eine Fischkiste, als ich schnell zur Tür wollte, um mich bemerkbar zu machen.

Dann doch lieber von der Polizei verhaftet und von Mackensen verhört werden, als hier zwischen Hering, Scholle und Makrele zur Eismumie zu gefrieren. Hastig rappelte ich mich auf und stolperte Richtung Heckklappe, als sich der Kühltransporter bereits in Bewegung setzte und mich die Fliehkraft von den Beinen holte.

Ich ruderte nach Halt suchend mit den Händen in der Luft.

Vergebens.

Unsanft schlug ich der Länge nach auf dem Boden der Ladefläche auf, der durch abtropfendes Wasser aus den Kühlbehältern intensiv nach Fisch roch. Da ich nicht wie die Fischkisten mit Transportgurten gesichert war, schlitterte ich in der nächsten Kurve, die der Kühltransporter nahm, auf dem Bauch quer über die Ladefläche.

Mit dem Kopf schlug ich gegen eine Transportkiste, aus der mich ein Schwarm toter Heringe anstarrte, und schmeckte den Kupfergeschmack meines eigenen Blutes, als mir erneut die Unterlippe aufplatzte.

Sorry, Uz, fuhr es mir durch den Kopf, bevor ich das Bewusstsein verlor. Die Arbeit war umsonst.

– 14 –

»Was ist denn hier los?«, dröhnte ein Stimme.

Obwohl ich wie in Trance mit zu Sehschlitzen zusammengekniffenen Augen in das gleißend helle Rechteck der geöffneten Tür starrte, drangen die Worte des Fahrers, der gerade die Hecktür entriegelt hatte, nur langsam, ganz langsam in mein Bewusstsein.

An meinen Wimpern hingen kleine Eiskristalle, die im Sonnenlicht wie winzige Diamanten glitzerten.

Schwein gehabt!, flüsterte eine andere Stimme leise in mir, bei der es sich zweifellos um die meines Schutzengels handelte.

Diesmal hatte ich wirklich Glück gehabt.

Ich habe keine genaue Vorstellung, wie lange man auf der Ladefläche eines Kühltransporters ohne Erfrierungen durchhalten, geschweige denn überleben kann. Aber auch wenn ich die Temperatur im Innern des Transporters auf nur wenige Grad unter Null schätzte, hätte ich einen längeren Aufenthalt nicht heil überstanden.

»Was bist du denn für ein Idiot?«, wollte die dröhnende Stimme wissen, deren Besitzer sich gerade lautstark auf die Ladefläche des Tiefkühltransporters schwang. »Komm bloß raus hier, bevor du den Löffel abgibst.«

Meine Stimme versagte bei dem Versuch, ein halbwegs zivilisiertes *Moin* zu formulieren.

Ich spürte, wie sich zwei kräftige Hände unter meine Achseln schoben und mich rückwärts über die Ladefläche zerrten.

Viel zu helles Sonnenlicht überflutete mich.

Mit einem schmerzhaften Stöhnen kniff ich die ohnehin geschlossenen Augen noch fester zusammen, was ein Glück war, da ich mir sonst wahrscheinlich die zusammengefrorenen Wimpern ausgerissen hätte.

»Was hattest du denn in meinem Wagen verloren?«, wollte die Stimme wissen und zerrte mich noch ein Stück weiter. »Und wie bist du überhaupt da hinten reingekommen?«

»Warum hat das denn so lange gedauert?«, krächzte ich mühsam und seine Frage ignorierend.

Eine berechtigte Frage meinerseits, denn die Fahrt vom Kai des Norddeicher Osthafens zur Fischereigenossenschaft hatte wesentlich länger gedauert, als ich vermutet hatte. Normalerweise legte man die Strecke in zwei, drei Minuten zurück, da der Fischereibetrieb nur einen knappen Kilometer vom Osthafen entfernt lag.

»Weil vorn auf der Bundesstraße ein Hubschrauber gelandet ist und einen Rückstau verursacht hat«, erklärte der Fahrer, während er mich auf den Boden gleiten ließ. »Da wollten natürlich alle außen rum und schon ging nix mehr.«

Ich fühlte mich wie ein Eiszapfen. Vorsichtig begann ich meine Finger gegeneinander zu reiben.

»Und was hast du in meinem Wagen zu suchen?«, bohrte der Fahrer nach und warf mir eine kratzige, nach Schmierfett riechende Wolldecke über die Schultern, die er rasch hinter dem Sitz des Fahrerhauses hervorgezogen hatte.

Aufmerksam musterte er mich.

»Ich … ich musste mich verstecken«, antwortete ich wahrheitsgemäß.

»Wegen des Hubschraubers?«

»Ach wo.« Vorsichtig schüttelte ich den Kopf. »Lass dich nie mit einer verheirateten Frau ein.«

»Aah …«, machte der Fahrer und nickte vielsagend, »… kenn ich. Gab's Ärger?«

Bedächtig nickte ich. »Konnte mich noch gerade eben verdrücken.«

»Hast aber trotzdem ganz schön was abbekommen«, lachte der Fahrer und ging ein zweites Mal zum Fahrerhaus. Er öffnete die Tür und holte aus der Seitenablage eine Thermoskanne heraus, deren Deckelbecher er abschraubte, als er sich mir wieder zuwandte.

»Hier.« Er reichte mir den dampfenden Becher, den er vollgegossen hatte. »Trink. Bringt dich wieder auf Vordermann.

Mit zitternden Händen griff ich nach dem Thermosbecher. »Danke.«

»Nicht dafür«, lachte er gut gelaunt. »Trink in Ruhe deinen Kaffee. Ich lad mal kurz ab.«

Der heiße Kaffee wirkte Wunder. Die Vormittagssonne tat ein Übriges, um mich aufzutauen und wieder aufzuwärmen.

Mit jedem Schluck kehrten meine Lebensgeister zurück. Als ich den Becher geleert hatte, ließ ich die stinkende Wolldecke zu Boden sinken und erhob ich mich schwerfällig aus dem Schneidersitz.

Bedächtig machte ich ein paar Dehnübungen und hörte meine Gelenke begeistert knacken.

Einen ratternden Rollwagen vor sich herschiebend, kam der Fahrer um die Ecke gebogen und nickte anerkennend.

»Ah. Schon wieder fit.«

Er lud die letzten Plastikkisten Fisch aus und stapelte sie auf den Rollwagen.

»Wo musst du hin?«, wollte er wissen, als er mit dem Rollwagen neben mir stehen blieb.

»Greetsiel«, antwortete ich, ohne zu überlegen, denn ich hatte mir noch keine Gedanken machen können, was ich als Nächstes tun würde.

»Passt«, nickte der Fahrer. »Ich muss gleich hoch zum Hafen, einen Fang Miesmuscheln abholen. Ich kann dich mitnehmen, wenn du willst.«

»Danke«, sagte ich erleichtert, denn ich hatte mir schon den Kopf zerbrochen, wie ich von hier unbemerkt wegkäme. »Du hast was gut bei mir.«

Es dauerte nur ein paar Minuten, bis der hilfsbereite Fahrer wieder auftauchte.

»Na, denn los«, forderte er mich auf und wies auf die Beifahrertür. »Es sei denn, du willst lieber wieder hinten mitfahren.«

Ich verzog das Gesicht. »Nee, lass mal lieber.«

Rumpelnd setzte sich der Kühltransporter in Bewegung und schlug die gleiche Strecke ein, die ich für gewöhnlich mit dem Käfer nahm.

Während der Lkw zügig die Deichstraße entlangfuhr, plauderte der Fahrer munter drauflos. Ein bestimmtes Thema hatte er nicht: Wetter, Tagespolitik, gebürtige Herkunft – er stammte übrigens aus dem Rheinland und sah sich noch immer als rheinische Frohnatur –, er plauderte über alles, was ihm gerade in den Sinn kam. Ich war nicht traurig über sein gesteigertes Mitteilungsbedürfnis. Zum einen war ich dankbar, dass er mich überhaupt mitnahm, und zum anderen brauchte ich nichts zur Konversation beizutragen.

Die ganze Fahrt über machte ich mich auf dem Beifahrersitz möglichst klein. Ich wusste nicht, in welchem Umfang die Polizei ihre Fahndung nach mir betrieb, rechnete aber mit einem großen Aufgebot.

»Da haben sie letztens ein Mädel umgebracht«, bemerkte der Fahrer und zeigte aus dem Fenster, als er kurz vor der Brücke über das Leybuchtsieler Sammelbecken den Fuß vom Gas nahm und abbremste, weil ein großes Wohnmobil entgegenkam. »Erwürgt! Das muss man sich mal vorstellen.«

Ich brauchte mir das überhaupt nicht vorzustellen. Noch immer hatte ich das Bild der toten Julia klar und deutlich vor Augen.

»Schrecklich«, sagte ich mehr zu mir, als dass ich seine Bemerkung kommentieren wollte.

Mein Blick ging hinüber zum Sammelbecken, dessen dunkelgrüne Wasseroberfläche mir bedrohlich vorkam, was sonst nie der Fall gewesen war, wenn ich die Stelle passierte. Mit Sicherheit würde ich nie wieder hier vorbeifahren können, ohne an die junge Frau zu denken.

Den Rest der Strecke starrte ich gedankenverloren aus dem Beifahrerfenster und gab gelegentlich ein zustimmendes Brummen von mir, wenn der Fahrer mich begeistert von der Seite ansah, weil er gerade eine Anekdote von sich gegeben hatte, deren Sinn sich mir allerdings nicht erschloss, weil ich nicht richtig zuhörte.

Als der Fahrer den Transporter abbremste, um nach rechts in die Mühlenstraße einzubiegen, bat ich ihn, mich gleich hinter der Abzweigung bei dem Hauptparkplatz abzusetzen.

Nachdem ich mich nochmals für seine Hilfe bedankt hatte, kletterte ich aus dem Lkw und hob zum Abschied kurz die Hand. Fast schon wie aus alter Gewohnheit schlug ich mir den Kragen des Blaumanns hoch, der mittlerweile stark nach Fisch aus dem Transporter stank. Ich ging die Mühlenstraße entlang und wandte den Kopf ab, als ich an der roten Mühle vorbeikam, vor der eine kleine Urlaubergruppe über ihren touristischen Beutezug im Mühlenladen diskutierte.

Als ich die Tankstelle passierte, sah ich die Titelseite der *Ostfriesen-Zeitung*, die mit anderen Tageszeitungen in einem Drahtständer steckte. Der kurze Blick auf die Titelseite reichte aus, um mich meinen Schritt beschleunigen zu lassen.

Mit hochgeschlagenem Kragen und gesenktem Kopf trat ich hinter Holgers Laden in seinen Open-Air-Verkaufsstand ein, der mit allerlei eisernen Dekorationsstücken für den heimischen Garten bestückt war.

Ich wich ein paar Kunden aus, die sich die diversen Rankhilfen und Rosenspaliere anschauten.

»Wie willst du das Ding denn im Auto unterbringen?«, fragte eine Frau mittleren Alters den neben ihr stehenden Mann in roten Shorts, die so gar nicht zu den hellblau geringelten Socken passen wollten, die aus seinen Sandalen herausschauten.

Ich zwängte mich an dem Mann vorbei, der nachdenklich einen tiefen Zug aus seiner Elektrozigarette nahm, und verschwand hinter der »Alten Müllerei«, in der Holger seinen Laden betrieb.

Leicht außer Atem lehnte ich mich gegen die Backsteinmauer und gönnte mir ein paar tiefe Atemzüge, um mich zu beruhigen. Auch wenn ich weit und breit keinen Streifenwagen gesehen hatte, fühlte ich mich von allen Seiten angestarrt und beobachtet. Ich hatte eindeutig nicht die Abgebrühtheit mancher Gewaltverbrecher, trotz Fahndung in aller Seelenruhe durch die Gegend zu spazieren und sich in einer Pizzeria von einem Sondereinsatzkommando festnehmen zu lassen.

Mit den Fingerknöcheln klopfte ich dezent, aber im Laden noch hörbar gegen die hölzerne Hintertür.

Da ich im Vorbeigehen gesehen hatte, dass Holgers Laden wie meist von Urlaubern bevölkert war, richtete ich mich auf eine längere Wartezeit ein, bis er an der Hintertür nachschauen würde, wer etwas von ihm wollte. Bei Holger zählte noch der alte Spruch vom Kunden, der König ist.

Ich wartete ein paar Minuten und klopfte erneut mit den Knöcheln gegen das Holz.

Diesmal schien Holger sich gerade in dem Moment auf der anderen Seite der Tür befunden zu haben, denn nur wenige

Sekunden, nachdem ich geklopft hatte, drehte sich der Schlüssel geräuschvoll im Schloss und Holger streckte den Kopf durch den Türspalt.

Holger musterte mich kurz von Kopf bis Fuß und schien über mein Aussehen nicht im Geringsten schockiert zu sein.

Er schaltete schnell.

»Na schön, dass du auch endlich mal auftauchst!«, rief er laut und stieß die Hintertür auf.

Bevor ich michs versah, zog er mich in den Laden und griff nach einem großen Karton, der hinter seinem Verkaufstresen stand.

Holger packte mir die Pappkiste auf die Schulter, sodass mein Gesicht verdeckt war, und dirigierte mich durch den schmalen Gang am Tresen vorbei Richtung Holztreppe, die zu seinem Dachboden führte.

»Bring das mal nach oben«, kommandierte er mich Richtung Treppe. »Du kennst dich ja aus. Ich komm gleich nach.«

Vorsichtig, um nichts umzuwerfen, schritt ich zwischen ein paar kunterbunten Schafen hindurch, die in dieser Saison ein Verkaufshit waren, und stieg die schmalen Holzstiegen hoch. Den Karton balancierte ich auf der Schulter und presste mein Gesicht eng an die Pappe, sodass die Kunden, die geduldig an der Kasse standen und darauf warteten, ihre Souvenirs zu bezahlen, mein Gesicht nicht erkennen konnten.

Mit dem Ellbogen drückte ich die Klinke der hölzernen Tür mit den gläsernen Butzenscheiben hinunter und die Tür auf. Eilig verschwand ich aus dem Blickfeld der Kunden und stellte den Karton auf dem nächstbesten Karton ab, der mir im Weg stand. Und hier oben auf dem Dachboden standen eine Menge Kartons herum.

Ich suchte mir meinen Weg zwischen den Kisten hindurch Richtung Dachfenster. Erleichtert ließ ich mich auf einem Stapel großer Schachteln nieder, auf denen der Schriftzug *Hong*

Kong Sale prangte, und spähte durch das handtuchbreite Dachfenster.

Unter mir lag die Mühlenstraße.

Von meinem Standort aus konnte ich den Verlauf der Straße fast bis hoch zum Tretbootverleih überblicken.

Tretboot!

Schmerzlich berührt verzog ich das Gesicht und zuckte im gleichen Moment zusammen, als meine Unterlippe erneut aufplatzte. Der Temperaturwechsel zwischen Kühltransporter und sommerlichen achtundzwanzig Grad hatte dem Kleber, mit dem Uz die Wunde verschlossen hatte, nicht gutgetan.

Während mir das Blut übers Kinn lief, durchsuchte ich hastig die Taschen meines Blaumanns. Vergeblich. Ich fand nichts darin, was ich als halbwegs steriles Verbandsmaterial benutzen konnte.

Mein Blick fiel auf den vor mir stehenden Karton.

Mit beiden Händen riss ich ihn auf und sah meine Hoffnung auf Verpackungsmaterial erfüllt. Ich griff mir einen großen Bogen Seidenpapier, mit dem die kunstvollen Schnitzarbeiten vor Beschädigungen geschützt wurden, knäuelte ihn zusammen und drückte mir das Papier gegen die Lippe.

Ein hässlicher Schmerz zog mir von der Wunde quer übers Gesicht.

Erschöpft ließ ich mich zwischen dem Heer von Pappkartons auf den Boden sinken und sah mit einem Anflug von Frustration durch das Dachfenster in den strahlend blauen Himmel über Greetsiel.

Ich musste wohl einen Moment eingenickt sein, denn ich hatte Holgers Schritte auf der Holztreppe nicht gehört, als er die Stiegen hochkletterte.

»Moin, Jan«, hörte ich ihn sagen und öffnete blinzelnd meine Augen.

»Moin«, brummelte ich und setzte mich auf.

»Du siehst ja aus wie Chris Jericho, der mit seiner großen Klappe Mickey Rourke herausforderte, als der als Zuschauer bei einem Wrestlingkampf saß und dann aber nach zwei Schlägen ausgeknockt war«, witzelte Holger und wies mit dem Zeigefinger auf die Wundstrips, die meine Wunde über der Augenbraue zusammenhielten. »Und da bist du auch noch undicht.« Er zeigte auf meine Unterlippe.

»Danke dir, Holger!«, sagte ich verschlafen. »Ich …«

»Alles gut«, unterbrach er mich und wedelte meinen Dank mit der Hand fort. »Du kennst mich und weißt, dass ich extrem konservativ und merkwürdig bin. Also, entspann dich. Ich weiß, was los ist. Du kannst hier oben bleiben.«

»Danke!«, sagte ich hartnäckig, denn bei aller Freundschaft war es nicht alltäglich, dass ein Kumpel einen unter Mordverdacht stehenden Flüchtigen bei sich auf dem Dachboden versteckt. »Du hast was gut bei mir.«

»Darauf komme ich bei Gelegenheit gern zurück«, grinste Holger und richtete seinen Finger auf meinen Mund. »Aber mit deiner Lippe müssen wir was machen, sonst läuft das Blut noch durch die Decke in den Laden.«

»Ganz so schlimm wird's ja wohl nicht werden«, widersprach ich, war mir aber im Klaren darüber, dass sich ein Arzt um meine Lippe kümmern musste.

»Soll ich Uz holen?« Holger sah mich fragend an.

Ich schüttelte den Kopf. »Nein, besser nicht.«

Möglicherweise wurde Uz von der Kripo überwacht, weil die Kripo hoffte, dass ich wieder bei ihm auftauchen würde. Anders sah es bei seiner Tochter Claudia aus. Ich konnte zwar nicht mit Sicherheit ausschließen, dass Mackensen auch sie überwachen ließ, weil ich vielleicht dort unterschlüpfen würde. Aber wenn es danach ging, alle möglichen Freunde von mir zu überwachen, bei denen ich Unterschlupf finden könnte, müssten sie halb Greetsiel überwachen.

»Ruf Claudia an«, sagte ich entschlossen.

Ich musste es drauf ankommen lassen, wenn ich nicht Gefahr laufen wollte, mir eine fette Blutvergiftung einzuhandeln, weil die Lippe immer wieder aufplatzte und blutete.

»Bin gleich wieder da«, versprach er und verschwand zwischen den Kisten.

Da ich wusste, dass Holger kein Freund von Handys war und Claudia von seinem alten Festnetztelefon mit Wählscheibe unten aus dem Laden anrufen würde, stellte ich mich auf eine längere Wartezeit ein. Ich lehnte mich gegen ein paar Kartons und harrte weiter aus.

Doch schon kurz darauf tauchte Holgers Kopf an der Treppe auf.

»Geht klar! Sie kommt!«, rief er mir über die Kartons hinweg zu und verschwand sogleich wieder, weil unten Kunden warteten.

Müde legte ich meinen Kopf gegen einen Karton und schloss die Augen.

War das richtig, was ich gerade tat? Sollte ich nicht besser vernünftig sein, zur Polizei gehen, meine Aussage machen und mich darauf verlassen, dass man meine Unschuld erkannte?

Und dabei wochenlang im Untersuchungsgefängnis vor mich hin schmoren?, dachte ich und schüttelte den Kopf. Nein danke. Ohne mich!

Ich war mir sicher, dass Thyra mir genau diese Empfehlung geben würde – mich zu stellen.

Beim Gedanken an meine Tochter stieg ein bitteres Gefühl in mir auf. Es war ganz schön clever von Mackensen gewesen, mich unter Thyras Nummer bei Uz anzurufen.

Was wäre gewesen, wenn Uz sich am Telefon gemeldet hätte?, dachte ich. Hätte Mackensen dann Thyra Uz fragen lassen, ob sie mich mal sprechen könnte, während der Fahnder, der ihren Vater jagte, neben ihr stand?

Es knabberte ganz erheblich an mir, dass Mackensen mit dem Handy meiner Tochter telefoniert hatte. Ganz kurz schoss mir der hässliche Begriff *Verrat* durch den Kopf, den ich aber mit aller Gewalt beiseiteschob.

Meine Tochter würde mich niemals vorsätzlich verraten.

Davon war ich absolut und unumstößlich überzeugt. Mit Sicherheit war sie in Sorge um mich und wollte mir nur helfen. Und wenn sie Mackensen half, war das ihre Sichtweise und kein Verrat. Ich durfte mich bei der Bewertung der Situation nicht von meiner Kränkung leiten lassen, sondern musste objektiv bleiben. Sonst würde ich Thyra gegenüber unfair urteilen und handeln.

Aber wenn das hier vorbei war, würde ich mit Thyra reden müssen.

Noch während ich darüber nachdachte, fielen mir die Augen zu.

Irgendwann weckte Holger mich unsanft mit einem scharfen: »Sssss!«

Unwillig schlug ich die Augen auf.

»Claudia ist da«, sagte Holger, der wieder den Kopf durch die Öffnung des Dachbodens gesteckt hatte. »Komm mit nach unten.«

Da ich auf dem heißen Dachboden eingenickt war, brauchte ich einen Moment, um mich zu sortieren, rappelte mich dann aber auf und folgte Holger die Treppe hinunter.

»Wir sind ungestört«, beruhigte mich Holger und zeigte auf das Schild am Eingang, das er mit großen Druckbuchstaben beschriftet hatte. »BIN ESSEN.«

Ich war gerührt, dass Holger meinetwegen dem Laden eine Mittagspause verordnet hatte. Etwas, was bei ihm normalerweise überhaupt nicht in die Tüte kam. Eher ließ Holger seinen Magen wie einen verhungerten Kettenhund knurren, als dass er auf nur einen Kunden verzichtete. Auch wenn dieser lediglich einen Minileuchtturm für einen Euro kaufte: Kunde war Kunde, lautete Holgers Devise.

Ich folgte Holger durch die Hintertür nach draußen, wo Claudia schon auf mich wartete.

Uz' Tochter Claudia, die seit einem Unfall vor vielen Jahren im Rollstuhl saß, war eine würdige Nachfolgerin der Arztpraxis ihres Vaters. Ähnlich pragmatisch wie ihr Vater, sah sie mich zwar besorgt an, als ich auf sie zuging, verzog aber keine Miene. Auch jegliches »Huch« und »Hach« war ihr erfreulicherweise fremd.

»Moin«, begrüßte sie mich und deutete auf einen Feldstuhl, den sie am Hinterausgang von Holger vor ihrem Notfallinstrumentarium hatte aufklappen lassen. »Setz dich doch.«

»Moin«, erwiderte ich, erleichtert, sie zu sehen, und folgte ihrer Aufforderung.

»Ich seh schon, was los ist«, stellte sie fest, als sie mir das blutbefleckte Seidenpapier abnahm und in eine Abwurfschale aus Pappe legte. »Uz hat mir außerdem schon alles erzählt.«

»Dann weißt du ja Bescheid.«

»Ja, ich weiß, dass du gesucht wirst«, antwortete sie völlig unaufgeregt, als sie meine Lippe inspizierte. »Und sonst geht's dir gut?«, fragte Claudia, während sie die Seidenpapierreste, die an der Wunde klebten, mit einem in steriler Kochsalzlösung getränkten Tupfer ablöste.

Ich zuckte vielsagend mit den Schultern, vermied es aber zu antworten, da ich mittlerweile das Gefühl hatte, als wären meine Lippen von einem dilettantischen Schönheitschirurgen bis zur Unkenntlichkeit mit Botox aufgespritzt worden.

Schweigend untersuchte Claudia die Lippe. »Tut mir leid für dich, aber wir müssen die Platzwunde nähen.«

»Nähen?« Erschrocken fuhr ich hoch. »Mit Nadeln?«

»Ohne Nadeln lässt es sich schwerlich nähen«, erwiderte sie trocken und drückte mich wieder zurück auf den Klappstuhl. »Das hätte Uz bei einer solchen Platzwunde eigentlich auch gleich machen können.«

»Er hat's geklebt«, widersprach ich schnell, da ich auf Uz' Handwerk nichts kommen lassen wollte.

»Da ich von deiner Abneigung gegenüber Nadeln und allem Spitzen, womit man stechen kann, weiß, verstehe ich die Entscheidung meines Vaters, dich so zu versorgen«, erklärte Claudia. »Es war aber vorauszusehen, dass das nicht halten wird. Doch er hat es zumindest versucht.«

Leise seufzend schloss ich die Augen und übergab mich Claudias fachkundigen Händen.

Die Einstiche, mit der Claudia die Naht entlang meiner Unterlippe setzte, spürte ich kaum, da sie mir zuvor großzügig ein Lokalanästhetikum aufgetragen hatte. Ich wusste, dass ich mit meinen Verletzungen bei Claudia in guten Händen war, deshalb hielt ich die Augen geschlossen und ließ sie gewähren.

»So, das sollte jetzt halten«, sagte Claudia einige Minuten später und betrachtete ihr Werk zufrieden. »Solche Platzwunden bluten meist sehr stark und lassen sich chirurgisch am besten mit der bewährten alten Nadel-und-Faden-Methode versorgen. Uz hat es gut mit dir gemeint, weil er deine Nadelphobie kennt.«

Claudia warf einen Blick auf ihre Uhr. »Ich muss gleich wieder los. Die Praxis ist voll. Ich kann die Patienten nicht allzu lange warten lassen.«

»Danke dir, dass du so schnell gekommen bist«, sagte ich erleichtert, als sie die Bügel ihrer Arzttasche zuschnappen ließ.

»Hier. Nimm«, sagte Claudia. Sie zog ein Handy aus ihrer Hosentasche und streckte mir das Gerät mit dem großen Display entgegen. »Du musst bei dem, was du tust, telefonieren können.«

»Kannst du das wirklich entbehren?«, wollte ich wissen und sah sie skeptisch an. »Ich verschleiße mittlerweile alle Handys eurer Familie.«

»Ja«, grinste Claudia. »Das kannst du haben, ich will's aber wieder zurück.«

»Wird gemacht«, versprach ich und nahm das schicke Gerät entgegen.

Claudia erklärte mir kurz die Funktionsweise des Handys und gab mir den Freischaltcode.

»Alles klar?«

Ich nickte. »Danke.«

Als wir uns zum Abschied umarmten, fiel mir noch etwas Wichtiges ein.

Ich griff in die Seitentasche meiner Cargohose und zog eine zerdrückte Pappschachtel hervor.

»Kann man feststellen, welche Apotheke das Medikament verkauft hat?«, fragte ich und hielt die Medikamentenpackung hoch, die der Mann mit dem Musketierbart auf der Drachenwiese verloren hatte, als er verdächtig eilig das Weite gesucht hatte und dabei mit dem Drachenpiloten kollidiert war.

Claudia hielt die Medikamentenpackung hoch und las eine Aufschrift auf der Seite.

»Sollte kein Problem sein«, sagte sie sehr zu meiner Freude. »Das ist ein verschreibungspflichtiges Herzpräparat, das man zur Behandlung von Herzinsuffizienzen einsetzt. Hier steht auch eine Chargennummer. Damit kann man die Lieferung an die jeweilige Apotheke nachvollziehen. Und da es sich um ein Digoxin handelt, sollte die Apotheke auch anhand der Rezepte und des Zeitraums den betreffenden Patienten herausbekommen können.«

»Ich wäre dir sehr dankbar, wenn du …«

»Gehört die Packung einem Verdächtigen?«, unterbrach Claudia mich mit einem schnellen Blick auf ihre Armbanduhr.

»Nun, zumindest hat der Mann, dem die Packung aus der Jackentasche gefallen war, sich zur fraglichen Zeit ziemlich schnell aus der unmittelbaren Nähe der Stelle entfernt, wo der Tote lag.«

»Ich kümmere mich drum«, versprach Claudia mir. »Das finde ich heraus. Ich ruf dich an, sobald ich etwas weiß.«

Claudia rollte zu ihrem Geländewagen, der für sie umgebaut und ausgestattet war. Routiniert klappte sie ein schmales Brett, ein sogenanntes Rutschbrett, neben dem Fahrersitz aus und zog sich mit einer fließenden Bewegung aus dem Rollstuhl hinüber auf den Fahrersitz. Ich wusste, dass Claudia sich nicht helfen lassen würde, weil sie keine fremde Hilfe benötigte. Daher sah ich ihr lediglich zu, wie sie mit zwei Handgriffen die Fußstützen am Rollstuhl ausklinkte und neben sich auf den Beifahrersitz legte, um den Rollstuhl mit einem Handgriff zusammenzufalten und in der Hebevorrichtung zu arretieren, die den Rollstuhl automatisch im Fond ihres Wagens verstaute, wo er einen sicheren Platz an der Stelle des ausgebauten Rücksitzes fand.

Mit einer herzlichen Umarmung verabschiedeten wir uns voneinander.

Nachdenklich sah ich Claudia nach, bis die Hecklichter ihres Wagens um die Ecke des Mühlenladens verschwunden waren.

Dann wandte ich mich langsam um und folgte Holger, der bereits ins Haus gegangen war. Im hinteren Bereich des Ladens hörte ich ihn herumkramen und Kartons aufreißen. Wahrscheinlich füllte er die Regale mit Nachschub für den Nachmittag auf.

Da ich Holger nicht in seiner Arbeit stören wollte, kletterte ich leise die Holzstiegen zu meinem Dachbodenversteck hoch.

Ich musste dringend Ordnung in meine Gedanken bringen und mir eine schlüssige Strategie einfallen lassen, wie ich weiter vorgehen wollte. Sosehr ich Holger als Freund schätzte, hatte ich nicht vor, mehr als eine Nacht bei ihm auf dem Dachboden zu verbringen. Wenn ich an mein gemütliches Bett dachte, war die schon eine Nacht zu viel.

Außerdem fehlte mir Mottes Schnarchen, wenn er quer vor dem Kühlschrank liegend pennte.

– 15 –

»Das ist ja ein prächtiges Veilchen«, begrüßte Holger mich am nächsten Morgen fröhlich grinsend, als er mit einem Tablett in der Hand zu mir hochkam.

Unter den Arm hatte er die Morgenzeitung geklemmt und die Klarsichthülle mit der alten Karte, die letztens auf der Haube seines Benz ausgebreitet war und deren Betrachtung Thyra unterbrochen hatte.

»Moin, Holli«, erwiderte ich und griff unbewusst an meine Augenbraue. »Sieht's so schlimm aus?«

»Kommt drauf an, was du unter schlimm verstehst«, sagte Holger und stellte das Tablett auf den großen Pappkarton, neben dem ich die Nacht verbracht hatte. »Frazier sah in Manila schlimmer aus.«

Die Zeitung legte er neben sich auf einen Stapel Kisten.

»Dem haben sie doch das Ohr abgebissen«, erwiderte ich und griff dankbar nach der dampfenden Teetasse, die Holger mir gerade eingeschenkt hatte.

»Muhammad Ali hat Joe Frazier besiegt, aber nicht gebissen«, korrigierte Holger mich, während er sich mir gegenüber ebenfalls auf einen Pappkarton niederließ. »Du meinst Mike

Tyson. Der hat Evander Holyfield ein Stück vom rechten Ohr abgebissen.«

»Hm«, machte ich nur mäßig interessiert, da Boxen nicht so mein Ding war.

»Ich hingegen meinte den legendären Kampf *Thrilla in Manila*. Ali hat gewonnen, aber meiner Meinung nach nur, weil der Trainer in der vierzehnten Runde …«

»Machst du heute den Laden nicht auf?«, wechselte ich abrupt das Thema, denn ich wusste aus langjähriger Erfahrung, dass Holger, wenn er erst einmal begann, von den legendären großen Boxkämpfen zu erzählen, nur noch schwer zu stoppen war.

»Doch, klar«, entgegnete Holger fast schon entrüstet darüber, dass ich es mir überhaupt vorstellen konnte, dass er seinen Laden einen Tag nicht öffnen würde. »Aber es ist ja noch früh am Tag. Es reicht, wenn ich in einer halben Stunde die Kartenständer an die Straße stelle und die Mädels zum Weiden rausbringe«, kicherte er in Anspielung auf die roten, grünen, gelben und brombeerfarbenen Schafe aus Kunststoff, die in dieser Saison Holgers absoluter Verkaufsschlager waren.

Mich wunderte nur, dass noch kein Gleichstellungsbeauftragter oder sonstiger Tugendwächter sich darüber aufgeregt hatte, dass die quietschbunten Schafe ausschließlich Frauennamen wie Bärbel, Tina oder Susanne trugen.

Nun, was nicht ist, kann ja noch werden, dachte ich und schnupperte genüsslich an der Tasse in dem Versuch, die Teemischung zu erkennen.

Aber so wie Uz' Matrose Onno das Geheimnis seines Pannfisches sorgsam hütet, machte Holger nur ein geheimniskrämerisches Gesicht, als ich nach der Mischung seines Tees fragte.

»Assam«, stellte ich zunächst fest, inhalierte dann eine Nase voll des würzig und doch blumig duftenden Aromas. »Sumatra?«, vermutete ich mit fragendem Blick über den Rand der Teetasse hinweg.

Holger erwiderte nur stumm meinen Blick.

»Oder vielleicht doch Afrika?«, sagte ich versonnen und trank langsam den ersten Schluck.

Bereits nach dem zweiten Schluck musste ich mir insgeheim eingestehen, dass Holger recht hatte: Im Gegensatz zu seinen Teekochkünsten war ich wirklich ein Banause.

Seit wir uns kannten, rümpfte Holger pikiert die Nase und nannte mich einen Banausen, wenn ich mir, anstatt das ostfriesische Teeritual zu zelebrieren, gelegentlich aus Bequemlichkeit einen Teebeutel in die Tasse hängte. Was das anbelangte, war Holger ostfriesischer als Otto.

Wenn ich aber dann, wie jetzt, den von Holger zubereiteten Tee trank, musste ich kleinlaut eingestehen, dass ich nie einen besseren Tee getrunken habe.

»Dein Tee ist wirklich unschlagbar«, gestand ich ein und konnte es mir nicht verkneifen, ihn eine Runde aufzuziehen. »Das sind aber keine Teebeutel, oder?«

»Du bist ein Banause«, entgegnete Holger erwartungsgemäß. »Die Dinger kommen mir nicht ins Haus!«

»Lass gut sein«, lachte ich. »Kleiner Morgenscherz.«

»Nicht einer deiner besten!«, gab Holger eingeschnappt zurück.

»Dein Tee ist unschlagbar gut«, sagte ich und prostete ihm mit der Tasse zu. »Ich kann dir das nur nicht jedes Mal sagen, sonst wirst du noch größenwahnsinnig.«

Holger brummelte etwas Unverständliches in seinen Viertagebartschatten, griff aber doch bereitwillig nach der Teekanne, um mir nachzuschenken, als ich meine leere Tasse absetzte.

»Bei deinem Toast sieht es allerdings anders aus«, sagte ich und verzog das Gesicht.

Es war ein echter Freundschaftsdienst, und ich war Holger

sehr dankbar dafür, dass er mich, ohne lang zu schnacken, auf seinem Dachboden versteckte. Ebenso dankbar war ich für den Morgentee und die Mühe, die er sich mit mir machte.

Sein Toast allerdings war eine echte Zumutung: verbrannt bis zur holzkohleähnlichen Konsistenz und mit etwas belegt, was mich zwar an Wurst erinnerte, aber von einer undefinierbaren Farbe war, die ich noch nie in der Wursttheke gesehen hatte.

Ich legte den angebissenen Toast zurück auf die Papierserviette, die Holger als Tellerersatz aufs Tablett gelegt hatte.

»Was ist denn mit dem Toast nicht in Ordnung?« Verständnislos sah Holger zuerst mich und dann die angenagte Presskohle an.

»Bisschen zu knusprig«, sagte ich und plante in Gedanken schon einen Abstecher zur nächsten Fischbude, wobei mich der Gedanke an Matjes zum Frühstück auch nicht sonderlich fröhlich stimmte. »Was hast du eigentlich auf den Toast geschmiert?«

»Das ist eine Eigenkreation«, verkündete Holger stolz.

»Wie eigen?«, fragte ich unbehaglich und sah den Toast wie ein exotisches Insekt an.

»Das ist … äh …«, Holger suchte nach den richtigen Worten, »so eine Art Labskaus.«

»Labskaus?«, wiederholte ich argwöhnisch und wich unwillkürlich ein Stück auf meinem Pappkarton zurück.

»Ja, nicht wirklich Labskaus«, räumte Holger ein. »Es is halt so 'ne Art. Also, Labskaus auf'n Toast wäre ja auch irgendwie komisch.«

»Bei dir wäre ich mir da nicht so sicher«, erwiderte ich trocken.

»Das ist so wie Labskaus, nur aus Wurst … oder sagen wir Wurstähnliches«, erging Holger sich in Ausführungen zu seiner Kreation.

Oh Gott, dachte ich. Das wird ja immer besser. Ich wollte nichts mehr von Holgers Lebensmittelexperimenten hören und winkte ab. »Lass gut sein, Holger. Ist nett von dir gemeint, aber mir ist Marmelade zum Frühstück lieber.«

Aber auch auf diese Ausrede hatte Holger eine passende Alternative parat. »Da hätte ich auch was in der Art. Selbst gemacht!«

»Nee, nee!«, winkte ich ab. »Wenn ich es mir recht überlege, habe ich heute keinen wirklichen Appetit. Ich nehme lieber noch einen Tee.«

»Ich muss gleich los.« Holger warf einen kurzen Blick auf seine Armbanduhr und goss erneut unsere Teetassen voll. »Aber vorher wollte ich dir noch etwas auf der Karte zeigen.«

Während Holger mit spitzen Fingern die Karte ausbreitete, nutzte ich die Gelegenheit, um einen schnellen Blick auf die *Ostfriesen-Zeitung* zu werfen.

Erleichtert amtete ich auf, mein Gesicht nicht mehr auf der Titelseite zu sehen. Ich hatte befürchtet, dass die Geschichte mehrere Tage lang von der Presse ausgeschlachtet werden würde. Schnell blätterte ich die Zeitung durch. Mir fiel ein Stein vom Herzen, als ich kein Foto von mir fand. Auch wenn ich für gewöhnlich die Schnelllebigkeit in den Medien bedauerte, war ich diesmal sehr erleichtert, nichts mehr über mich in der Zeitung zu lesen.

Die heutige Schlagzeile hatte den Überfall auf den Geldtransporter zum Thema. Das grobkörnige Foto auf der Titelseite zeigte einen dunklen Kastenwagen, offenbar der ausgeraubte Geldtransporter.

Schnell überflog ich den Artikel:

Zwei Tote – keine Beute
Raubüberfall auf Geldtransport

Norden. *Am Mittwoch überfielen drei maskierte Täter einen Werttransporter der in Hamburg ansässigen Firma*

Spirit auf dem Parkplatz eines Einkaufscenters in Norden. Der Überfall ereignete sich um die Mittagszeit. Die Täter gingen äußerst brutal und zunächst kaltblütig vor. Mit einem gestohlenen Lieferwagen blockierten sie die Abfahrt des Geldtransporters vom Kundenparkplatz eines großen Einkaufscenters. Einer der Täter bedrohte die beiden Fahrer mit einer Panzerfaust. Die beiden anderen Täter waren ebenfalls bewaffnet und richteten ihre Waffen auf die Köpfe von Fahrer und Beifahrer. Obwohl die Fahrer durch die Spezialscheiben des Transporters geschützt waren, erlitten beide durch den Überfall einen Schock, an dem der sechzigjährige Fahrer infolge eines Herzinfarktes noch im Fahrerhaus verstarb. Der unter Schock stehende Beifahrer versteckte sich im Fußraum des Fahrerhauses und reagierte nicht auf die Aufforderung der Täter, die Türen zu öffnen. Nach mehreren vergeblichen Versuchen der Täter, die hinteren Türen des Geldtransporters zu öffnen, gaben die Täter auf und flohen ohne jegliche Beute mithilfe eines bereitstehenden Fluchtwagens. Die Täter gaben keinen einzigen Schuss ab. Auch die Panzerfaust wurde nicht eingesetzt. Besonders tragisch ist der Tod einer jungen Radfahrerin, die vom Fluchtwagen der Täter gerammt wurde und noch an der Unfallstelle verstarb. Die sofort von der Polizei eingeleitete Ringfahndung blieb erfolglos. Die Täter verschwanden spurlos. Staatsanwaltschaft und Polizei ermitteln.

Langsam ließ ich die Zeitung sinken.

Der Wärter im Untersuchungsgefängnis hatte nicht übertrieben, als er den Raubüberfall als dickes Ding bezeichnet hatte. Ein Überfall mit zwei Toten war eine Sensation für ostfriesische Verhältnisse.

Das waren Amateure, dachte ich kopfschüttelnd. Überfallen mit einer Panzerfaust einen Geldtransporter und schaffen es nicht, die Fahrer zum Öffnen der Türen zu bewegen. Dann hauen sie ohne einen Cent ab und überfahren auf der Flucht eine unbeteiligte Radlerin.

Meiner Einschätzung nach würde es nicht lange dauern, bis man die Täter geschnappt hatte.

»Ich hab mir die halbe Nacht den Kopf zerbrochen, was das sein könnte«, hörte ich Holger sagen. Daher faltete ich die Zeitung zusammen und richtete meine Aufmerksamkeit wieder auf ihn und die Karte, die er vorsichtig ausbreitete. »Aber ich komme einfach nicht drauf.«

Wie schon beim ersten Mal fielen mir die Flecken auf der verblichenen Karte auf, die ich nunmehr für Blutflecken hielt.

»Das sieht mir auch auf den zweiten Blick stark nach Blut aus«, sagte ich und deutete mit dem Zeigefinger auf den größten Fleck.«

»Schon möglich«, entgegnete Holger. »Aber was soll's? Ob Blut, Öl oder Schmalz von der Stulle, ist doch wurscht. Die Karte ist dreißig Jahre alt.«

»Ganz so wurscht, wie du meinst, ist diese Frage doch nicht«, erklärte ich ihm. »Wenn sich irgendwann später herausstellen sollte, dass es sich wirklich um Blutflecken auf der Karte handelt, könnte dir die Polizei unbequeme Fragen stellen. Insbesondere dann, wenn das Blut in Zusammenhang mit einem Verbrechen steht.«

Holger lachte. »Mensch, Jan, dass du auch immer an das Schlimmste denken musst. Wenn das Blut sein sollte und es wirklich von jemandem stammt, der sich auf der Karte totgeblutet hat … du, das Ding ist dreißig Jahre alt. Der Mörder ist bestimmt schon an Altersschwäche gestorben.«

»Mach, was du denkst.« Resigniert schüttelte ich den Kopf. »Ich wollte dich nur drauf hingewiesen haben.«

»Mensch, Jan.« Jetzt schüttelte auch Holger den Kopf.

»Einmal Anwalt, immer Anwalt, ne? Mach dir nicht so'n Kopp. Und wenn es Blut wäre … das interessiert heute keinen Menschen mehr.«

»Du wolltest mir etwas auf der Karte zeigen?« Da ich Holgers Dickkopf kannte, wechselte ich das Thema und beugte mich näher über die Karte, um mir noch einmal die ausgeblichene und ehemals blaue Linie anzuschauen, die das größte Gebiet darauf markierte.

»Genau! Und zwar das hier!« Eifrig tippte Holgers Zeigefinger auf ein Symbol, das zwischen drei der dunklen Flecken lag und das mir bislang noch nicht aufgefallen war. »Was ist das?«

Ich beugte mich noch ein Stück vor, um besser sehen zu können.

Was Holger meinte, sah auf den ersten Blick wie ein mit einem Filzstift oder ähnlichem Stift gemaltes kleines Rechteck auf zwei Beinen aus, von denen das linke wie ein elegant ausgestelltes Bein und das rechte wie ein überbetontes L aussah, das einen kleinen Fußkick machte.

»Hat was von einem Tattoo«, sagte Holger und nickte wie zur Bestätigung seiner Überlegung energisch mit dem Kopf.

»Hm …«, machte ich und griff nach dem Handy, das Claudia mir überlassen hatte.

»Siehste!«, rief Holger aufgeregt. »Findest du auch, ne? Deshalb solltest du dir das ja auch mal ansehen. Du bist ja schließlich der Spezialist.«

»Danke für die Blumen«, antwortete ich und aktivierte die Handykamera. »Aber ich bin nicht sicher, ob es sich wirklich um ein Tattoo handelt. Man kann sich schließlich alles unter die Haut stechen lassen. Aber ich finde den Gedanken trotzdem gar nicht mal so abwegig.«

»Wieso?« Aufgeregt wippte Holger mit den Beinen.

»Weil dies vermutlich ein chinesisches Schriftzeichen ist«,

antwortete ich und machte Anstalten, die Karte zu fotografieren.«

»Was machst du da?« Holger hielt schützend beide Hände über die Karte, die er allerdings aufgrund ihrer Größe nur ansatzweise abdecken konnte.

»Ein Foto«, entgegnete ich und ließ die Handykamera sinken. »Krieg dich ein, Holli! Wenn du wirklich wissen willst, was das hier sein soll, muss ich ein Foto machen.«

»Für was oder für wen?« Argwöhnisch sah mich Holger an. Seine Hände hielt er noch immer schützend über die verblichene Karte.

»Ich würde das Foto einem Freund zeigen, der sich gut mit solchen Symbolen und Schriftzeichen auskennt.«

»Sascha?«

Ich nickte. »Scharfsinnig kombiniert, Doktor Watson.«

Sascha hatte einen kleinen Laden im Liek Gang, einer kleinen Gasse in der Ortsmitte von Greetsiel, in dem er seine Arbeiten ausstellte und verkaufte: Tusche- und Kohlezeichnungen kleiner maritimer Blickfänge, die durch ihre Detailtreue bestachen.

Ich wusste, dass Sascha sich sehr gut mit chinesischen Schriftzeichen auskannte, da sich unter den kunstvollen Tätowierungen, die seine Arme zierten und die er gern in bis zu den Achselhöhlen hochgekrempelten Shirts zur Schau stellte, diverse chinesische Symbole befanden.

Hinter Holgers Stirn arbeitete es angestrengt. Offenbar rang er mit sich selber darum, ob er seine kostbare Karte von mir fotografieren lassen oder sich lieber quer über den Pappkarton werfen sollte.

»Holli, was ist so Wertvolles an der Karte?«, fragte ich behutsam, denn ich wollte vermeiden, dass er sie wieder wie beim letzten Mal an sich riss wie ein wild gewordenes Eichhörnchen seine Lieblingsnuss.

Auch wenn ich im Moment andere Sorgen als Holgers ominöse Landkarte hatte, war ich doch neugierig, worum es bei dieser Karte überhaupt ging und was es mit den vermuteten Blutflecken auf sich hatte.

Holger begann sich umständlich am Hals zu kratzen. In seinem Kopf schien es noch immer zu rattern.

»Du hast letztens schon eine Andeutung gemacht«, erinnerte ich ihn an unser Gespräch in meiner Auffahrt, das von Thyra unterbrochen worden war.

Nur das Schaben von Holgers Knöcheln war zu hören, mit denen er sich über seine Bartstoppeln fuhr.

»Als du noch der Lütje Holli warst«, sagte ich und deutete mit meiner Hand die ungefähre Größe eines zehnjährigen Jungen an, »was habt ihr da angestellt?«

Während Holger noch immer mit sich rang, versteckte ich den Toast unauffällig unter der Serviette und begann Pläne für den heutigen Tag zu schmieden. Ich war mir ziemlich sicher, dass der Mann mit dem D'Artagnan-Bart Dreck am Stecken hatte. Nicht ohne Grund war er so Hals über Kopf über die Drachenwiese gehastet. Wäre er ein Zeuge gewesen, der über den Toten gestolpert war, hätte er mit Sicherheit direkt in der Surfschule Alarm geschlagen und wäre nicht wie der Mörder höchstpersönlich abgehauen.

Mörder?, dachte ich skeptisch. Konnte die Lösung so banal sein? Hatte ich die Flucht eines Mörders beobachtet?

Wenn meine Geschichte ein Krimi wäre, hätte die Story schon hier ihr Ende gefunden. Dann bräuchte ich nur darauf zu warten, bis Claudia den Namen der Apotheke herausgefunden hatte. Ich könnte dann der Polizei die Medikamentenschachtel nebst Angabe der Lieferapotheke und meiner Zeugenaussage präsentieren. Damit sollte es ein Leichtes für die Kripo sein, über die Apotheke den Namen des Mannes mit dem auffälligen Bart zu ermitteln.

Bumm! Und schon hatte man den Täter.

Aber nein. Ganz so einfach war es dann doch nicht. Da gab es ja noch die Tote mit den Rastazöpfen – Julia.

»Wir waren zu dritt«, riss mich plötzlich Holgers Stimme aus meinen Überlegungen. »Sascha, Bo und ich.«

»Sascha«, unterbrach ich Holger. »Sascha Vogt? Der mit dem Laden, dem ich das Foto mit dem chinesischen Schriftzeichen zeigen will?«

Holger nickte verdrießlich. »Genau der.«

»Wie alt wart ihr?«, wollte ich wissen.

»Bo und ich zehn. Sascha ein Jahr älter. Aber Bo war unser Anführer«, antwortete Holger erstaunlich bereitwillig; offenbar hatte er sich dazu entschieden, mir zu vertrauen. »Bo hat auch immer das Schlauchboot von seinem Vater besorgt.«

»Mit elf?«, fragte ich ungläubig.

Holger nickte. »Ja. Sein Vater war Krabbenfischer. Hier in Greetsiel. Wenn der rausfuhr, dann meistens für eine Woche.«

»Und in der Zeit hat sich euer Anführer das Schlauchboot seines alten Herrn unter den Nagel gerissen«, lachte ich.

»So alt war der *alte Herr* gar nicht«, schüttelte Holger den Kopf. »Wenn der uns erwischt hätte – nicht auszudenken. Der Alte hätte uns dreien den Arsch versohlt.«

»Was ihm ja zu der damaligen Zeit nicht zu verdenken gewesen wäre«, entgegnete ich. »Heute schlägt man keine Kinder, sondern geht pädagogisch an Erziehungsfragen heran.«

»Das wäre dem Alten auch heute noch egal«, lachte Holger. »Der hätte uns pädagogisch den Arsch vertrimmt. Ist aber nie passiert.«

»Was habt ihr mit dem Schlauchboot getrieben?«, wollte ich wissen. »Piraten gespielt?«

»Kinderkram«, winkte Holger verächtlich ab. »Wir sind hier langgefahren.«

Holger beugte sich konzentriert über die Karte und fuhr

mit dem Finger eine Linie nach, die entlang der Küstenlinie der Leybucht verlief.

»Siehst du, hier?« Holger tippte auf das vergilbte Papier. »Thyra hatte recht. Das sind Deiche. Das hier ist der Störtebekerdeich. Der Hauptdeich, mit dem die damals Leybuchtpolder eingedeicht haben.«

»Wann war das?«, fragte ich interessiert, denn Heimatkunde hatte mich schon immer gefesselt.

»Das war so Ende der Vierzigerjahre«, antwortete Holger. »Aber Mitte der Achtzigerjahre begannen die Vorbereitungen zum Bau des Neuen Störtebekerdeichs. Hier, siehst du?«

Ich gab ein zustimmendes Brummen von mir.

Holgers Finger fuhr eine etwas schmalere zweite Linie entlang. »Das hier ist der vorgelagerte Neue Störtebekerdeich.«

Holgers Finger fuhr über einen Fleck, unter dem eine Ziffer zu erkennen war.

»Sieht nach einem Datum aus«, sagte ich und kratzte mit dem Fingernagel vorsichtig an dem Fleck herum.

Bei der ersten Ziffer handelte es sich um eine 1 und bei der vierten offenbar um eine 5.

Ich befeuchtete meinen Zeigefinger und rubbelte vorsichtig an dem Fleck herum, bis ich erfolgreich die Zahl freigelegt hatte: *1985*.

»1985 …«, überlegte ich laut. »Das ist zweiunddreißig Jahre her.«

»Wie die Zeit vergeht.« Holger nickte versonnen.

»Und was hat die Bo-Bande mit dem Schlauchboot getrieben?«, fragte ich.

Holger sah mich verblüfft an: »Woher weißt du, wie wir uns genannt haben?«

»Reiner Zufall«, entgegnete ich. »Jungs in dem Alter geben sich meist einen Namen, wenn sie miteinander herumziehen. Treffen sich zwei zehnjährige Jungs, gründen sie eine Bande.«

»Was du alles weißt.« Noch immer verblüfft schüttelte Holger den Kopf. »Ja. Bo war unser Anführer. Also waren wir die Bo-Bande.«

»Schon klar«, grinste ich. »Bill Bo und seine Bande. Kenn ich auch noch. Das waren die wilden Kerle aus der Augsburger Puppenkiste. Und was hat eure Bo-Bande so getrieben?«

»Ach, dies und das.« Ein verschmitztes Lächeln umspielte Holgers Lippen. »Was Jungs halt so machen. Es gab ja keine Computer und so.«

»Glücklicherweise«, sagte ich und dachte mit leichter Wehmut an meine eigene Kinderzeit, in der Handys, Notebooks, Tablets und der ganze elektronische Kram keine Rolle gespielt hatten; plötzlich fühlte ich mich wie ein Fossil, das voll schmerzlicher Erinnerung an die gute alte Zeit dachte.

»Wir waren nach der Schule immer im Hafen«, erzählte Holger. »Wenn dann die Fischer nachmittags mit ihren Kuttern einliefen, haben wir von denen den Beifang geschnorrt.«

»Wieso denn das?«

»Weil …«, Holger grinste spitzbübisch, »… die Urlauber immer ganz verrückt nach Seesternen waren.«

»Und die habt ihr verkauft?« Ich grinste ebenfalls, denn mir war schon klar, was die Jungs abgezogen hatten.

»Na, klar.« Holger nickte begeistert. »Einen Seestern für fünfzig Pfennige. Das war damals 'ne Menge Geld.«

»Habt ihr die Seesterne denn auch ausgenommen?«, hakte ich nach. »Die stinken doch ganz schnell.«

Holgers Grinsen wurde noch breiter: »Nö, das war ja der Witz. Seesterne ausnehmen ist ganz schön eklig. Das haben wir nicht gemacht. Wir haben sie direkt vom Kutter geholt. Bo kannte ein paar Fischer. Die haben ihm die Seesterne immer beiseitegelegt. Eine Plastiktüte voll hat fünf Mark gekostet.«

»Wie viel Seesterne waren in so einer Tüte?«

Holger sah nachdenklich zur Decke und rechnete laut:

»Dreißig … vierzig, so um den Dreh. Ein paar mehr oder weniger. Wenn wir die verkauft haben, hatten wir nach Abzug des Fünfers und Bos Anteil als Anführer im Schnitt einen Zehner pro Nase.«

»Kein schlechter Schnitt für euch Bengel«, sagte ich anerkennend. »Und was war nun mit dem Schlauchboot?«

»Wir sind immer vom Greetsieler Hafen aus die Fahrrinne entlang zum Leysiel gefahren.«

»Du meinst das Siel entlang des Deichs?«, warf ich ein.

»Genau.« Holger nickte. »Das Leyhörner Sieltief. Dort sind wir dann immer zu den Deichbaustellen.«

»Was denn für Deichbaustellen?«, wollte ich wissen, da es für mich den Deich schon immer gab. So lange war ich dann doch noch nicht in Greetsiel, dass ich wusste, wann wo welche Deichanlagen gebaut worden waren.

»Die haben doch in den Achtzigerjahren angefangen, an dem Störtebekerdeich zu bauen«, antwortete Holger.

»Seid ihr auch den Störtebekerkanal längsgeschippert?«

»Nee.« Holger schüttelte den Kopf. »Den haben sie erst in den Neunzigern gebaut. Für uns war die Leyhörn total spannend.«

»Du meinst die Halbinsel mit dem Speicherbecken?«, fragte ich.

»Genau.« Holger nickte versonnen. »Das gab's ja vorher nicht. Als Leyhörn mit der Schleuse gebaut wurde, war das total spannend. Es gab da mehrere Baustellen. Auch oben am Norder Tief haben sie einen Deichschluss geplant.«

»Wo die tote Frau gefunden wurde?«, fragte ich wie elektrisiert.

Holger nickte. »Ja, schräg gegenüber an der Schleuse, wo du quer über den Parkplatz gefräst bist.«

Ich ersparte mir die Frage, woher Holger das schon wieder bis ins kleinste Detail wusste.

»Wir sind da immer hin, wenn die Bauarbeiter Feierabend hatten«, fuhr Holger fort. »Die hatten ihre Gerätschaften sehr gut verschlossen, die großen und teuren Maschinen haben die auch schon mal am Kran hochgezogen und dort hängen lassen. Idealer Diebstahlschutz. Stell dir mal vor, da baumelt eine komplette Werkbank oder ein Stromaggregat am Kran.« Holgers Augen leuchteten begeistert über die Kindheitserinnerung, die nun schon über dreißig Jahre zurücklag. »Aber manchmal haben die Bauarbeiter vergessen, die Tür zu ihrer Baubude abzuschließen. Oder sie haben ein Fenster offen stehen gelassen.«

»Und da seid ihr rein?«

Wieder nickte Holger. »Ja. Aber wir haben nicht geklaut! Das war Ehrensache.«

»Was habt ihr denn gemacht?«

»Wir haben … die Bauarbeiter hatten immer so ausklappbare Poster von nackten Frauen in ihren Spinden …« Holger wirkte ein bisschen verschämt, als er von seinen Jugendsünden erzählte.

»Ihr kleinen Spanner!«, lachte ich laut. »Ihr seid mit dem Schlauchboot von Greetsiel den Kanal entlanggetuckert, um ein paar nackte Mädels zu sehen?«

»Na hör mal!« Holger sah mich empört an. »Ich weiß ja nicht, wo du in dem Alter deine Kenntnisse erweitert hast. Hier bekamst du ja so was nicht zu sehen.«

»Jugend forscht.« Fast hätte ich mich am letzten Schluck Tee verschluckt, als ich losprustete. Auch wenn ich mich über Holgers jugendlichen Entdeckungsdrang amüsierte, musste ich ihm recht geben. Schließlich waren es die Achtzigerjahre gewesen, als Holger mit seiner Bande durch Ostfriesland strolchte. Da gab es noch kein Internet, und auch die Titelfotos der Illustrierten waren noch züchtiger gewesen als heutzutage. Ich erinnerte mich selber noch gut daran, dass ich als Erstes immer die Rubrik von Doktor Sommer gelesen habe, wenn ich mir die neue *Bravo* gekauft hatte.

»Und was hat jetzt die Karte mit euren vorpubertierenden Abenteuern zu tun?«, wollte ich wissen.

»Na ja …« Holger druckste leicht verlegen herum und nuschelte etwas Undeutliches, was wohl heißen sollte, dass sie die Karte irgendwo gesehen hatten.

Bevor ich nachhaken konnte, kam mir ein anderer Gedanke in den Sinn.

»Welches Baujahr hat dein Benz?«, fragte ich unvermittelt, weil mir gerade der Gedanke kam, dass die Karte im Zusammenhang mit den Deichen im Kofferraum versteckt worden war; wobei ich keine Idee hatte, wieso man eine solche Karte verstecken sollte.

»1985.« Holgers Kopf fuhr überrascht hoch.

»Na, welch ein Zufall«, sagte ich mit leichter Ironie und dem ziemlich sicheren Bauchgefühl, dass es eben doch kein Zufall war, dass Holgers 280 SLC Mercedes das gleiche Baujahr hatte wie die eingezeichnete Deichlinie des Neuen Störtebekerdeichs, dessen Bau zum gleichen Zeitpunkt vorbereitet wurde.

Dass obendrein die Karte so sorgfältig unter der Teppichverkleidung des Kofferraums versteckt worden war, dass sie erst zweiunddreißig Jahre später von dem neugierigen Holger entdeckt wurde, musste auch einen triftigen Grund haben.

»Aber welchen?«, murmelte ich nachdenklich.

»Welchen was?« Irritiert sah mich Holger an.

Ich überlegte noch ein paar Sekunden, bevor ich Holger antwortete. »Welchen Grund es gibt, dass sich jemand die Mühe macht, eine Karte so gut zu verstecken«, sagte ich. »Und es muss einen Grund dafür geben, dass dieser Jemand eine Karte mit dem geplanten Deichneubau wasserdicht in einer Klarsichthülle verpackt. Warum?«

»Vielleicht war der Bau noch geheim?«

»Nicht, wenn es stimmt, was du sagst und es wirklich 1985 war, als die Bauvorbereitungen begannen«, erwiderte ich. »Solche Pläne sind schon lange vorher fertig. Es existieren diverse Plankopien für Techniker, Statiker und ausführende Baufirmen. Außerdem würde es mich wundern, wenn die Baupläne nicht amtlich genehmigt werden mussten.« Ich schüttelte energisch den Kopf. »Da war nix mehr geheim.«

Ich beugte mich erneut über die Karte und sah mir die Markierung noch einmal gründlich an, die entlang der Küste ab dem Sammelbecken Leybuchtsiel bis zum Emder Hafen eingezeichnet war, um dann dem Jade-Ems-Kanal bis Aurich zu folgen, wo sie abknickte und quer zum südlichen Arm des Norder Tiefs und dann zum Leybuchtsiel verlief.

Mein Blick blieb an dem Registraturvermerk und der Legende der Karte hängen. Dann sah ich das Wort, das Thyra gesagt hatte.

»Deichacht«, las ich laut. »Weißt du, was das sein soll?«

»Keine Ahnung.« Holger schüttelte den Kopf.

»Niedersächsisches … Wasserver…«, las ich halblaut vor, während ich mühsam die verblichenen und teilweise von Blutflecken verdeckten Worte und Buchstaben zu entziffern versuchte.

»Dieses ›Kr‹ steht bestimmt für Krummhörn«, ließ sich Holger vernehmen.

»Da kannst du recht haben«, nickte ich. »Würde Sinn machen. Schließlich handelt es sich bei der Karte um das Gebiet der Krummhörn. Dieses Deichacht muss irgendetwas mit den Deichen zu tun haben. Ich schätze mal, dass es sich um eine Behörde handelt, welche die Deiche instandhält und bei Bedarf repariert.«

In diesem Moment klopfte es laut an der Ladentür unter uns.

Erschrocken fuhr ich zusammen.

»Ich muss runter.« Alarmiert von dem lauten Klopfen, sah Holger auf seine Uhr. »Mist! Ich müsste schon seit zehn Minuten den Laden offen haben.«

Hastig begann Holger, die alte Landkarte zusammenzulegen.

»Stopp!«, rief ich.

Erschrocken hielt er mitten in seiner Bewegung inne und sah mich irritiert an.

»Was denn?«

Ich maß dem chinesischen Zeichen jetzt eine höhere Bedeutung bei als noch vor ein paar Minuten. Denn was hatte ein solches Zeichen auf einem über dreißig Jahre alten Deichplan zu suchen, auf dem der zum damaligen Zeitpunkt geplante neue Störtebekerdeich eingezeichnet war?

»Wenn wir wissen wollen, was das für ein Zeichen sein soll – Tattoo, Glücksbringer oder was auch immer –, muss ich ein Foto machen«, sagte ich deshalb. »Das Ding wird sicherlich keine Werbung für ein chinesisches Lokal sein.«

Holger kniff seine Augen zusammen und sah mich skeptisch an. Es dauerte aber nur zwei Sekunden, bis er sich einen Ruck gab.

»Dann mach dein Foto«, brummte er widerstrebend. »Aber es darf nichts, rein gar nichts, nicht das kleinste Fitzelchen darf von der Karte zu sehen sein. Nur das Symbol, niemand darf das Geringste von der Karte erkennen. Und Sascha sowieso nicht.«

»Meinst du nicht, dass er das chinesische Symbol erkennt?«

Holger schüttelte den Kopf. »Ich denke nicht. Die Karte war ja schon damals ziemlich dreckig. Sascha und Bo haben sich mehr für die nackten Mädels interessiert als für die Karte. Die Karte war eher mein Ding.

»In Ordnung. Ich pass auf«, versprach ich. »Halt das Ding hoch.«

Nachdem ich ein paar Handyfotos von dem kleinen Symbol gemacht hatte, steckte ich Claudias Handy ein und deutete auf die Flecken, die ich für Blut hielt. »Auch wenn du mich für einen Spökenkieker hältst, ich kann ein paar Proben entnehmen und für dich checken lassen, ob das wirklich Blut ist. Ich brauche nur ein scharfes Messer und einen unbenutzten Briefumschlag.«

»Was hast du vor?« Vorsichtshalber legte Holger die Karte schnell zusammen, bevor mir noch etwas anderes einfallen konnte.

»Keine Panik, Holger«, sagte ich beruhigend. »Ich will nur ein paar Krümel von diesen Flecken hier abkratzen.«

»Wieso?« Argwöhnisch sah er mich an.

»Ich muss heute mit Dr. Tillmann sprechen«, erklärte ich. »Ich brauche Informationen.«

»Ist das nicht dieser Leichendoktor?« Holger verzog unangenehm berührt das Gesicht. »Und ist der nicht auch der Freund deiner Tochter?«

»Ja«, antwortete ich. »Tillmann ist Gerichtsmediziner in Emden.«

Ob er noch Thyras Freund war, ließ ich offen. Die Neuigkeit, mit wem Thyra seit geraumer Zeit liiert war, würde ohnehin schnell genug ihre Runde machen. Da reichte es schon, wenn sie sich einmal mit Mackensen Arm in Arm in der Öffentlichkeit zeigen würde. Ostfriesland ist ein Dorf.

»Und was willst du von dem Doc?« Holgers Argwohn stand ihm ins Gesicht geschrieben.

»Ich muss wissen, ob es schon Laborergebnisse gibt, die mich mit dem Toten aus Norddeich in Verbindung bringen. Und …«, ich zögerte kurz, bevor ich weitersprach, »… ich will wissen, wie der Staatsanwalt tickt, ob sie ernsthaft denken, dass ich mit dem Mord am Sammelbecken und dem Toten in der Surfschule etwas zu tun habe.«

»Du willst wissen, ob sie wirklich glauben, dass du der

Mörder bist, und deinen Kopf wollen oder ob sie erst einmal jemanden präsentieren wollen, damit die Öffentlichkeit beruhigt ist und es keinen Presserummel gibt«, sprach Holger ohne Umschweife meine Überlegungen aus.

»Du bringst es auf den Punkt, Holger.« Ich nickte zustimmend. »Und wenn ich zu Tillmann fahre, kann ich eine Probe von der Karte mitnehmen und ihn bitten festzustellen, ob es sich bei den Flecken um Blut oder Öl handelt. Dann wissen wir mehr.«

Ich war mir zwar nicht sicher, ob Tillmann überhaupt ansprechbar war, und falls ja, ob er mir diesen Gefallen tun würde, sagte das aber nicht zu Holger.

Wie ich Tillmann kannte, würde er ruhig und sachlich mit der Situation umgehen. Wir waren uns da beide ziemlich ähnlich: sich persönliche Probleme nicht anmerken lassen, ausblenden – böse Zungen würden es eher »verdrängen« nennen – und weiter funktionieren, was für den Moment die Dinge weiterlaufen lässt, aber nicht unbedingt von Vorteil für das eigene Gefühlsleben ist.

Doch auch wenn wir uns bisher blendend verstanden hatten, hieß das noch lange nicht, dass er nach Thyras Offenbarung noch ein Wort mit einem Angehörigen der Familie de Fries wechseln würde.

»Alles klar?« Auffordernd sah ich Holger an, der unschlüssig auf der ersten Stufe des Treppenabgangs stehen geblieben war, obwohl unter uns schon wieder an der Ladentür geklopft wurde. »Ich kann auch die Karte mitnehmen und sie ihm zeigen.«

»Niemals!« Holger richtete sich vor Entrüstung so abrupt auf, dass die Teebecher auf dem Tablett hochhüpften.

»Okay, okay«, beruhigte ich ihn. »Reg dich nicht auf, war nur ein Vorschlag.«

»Nicht dein bester bislang«, gab er zurück.

Ich ignorierte seine Bemerkung. »Dann eben nur die Probe«, sagte ich.

»Hm …«, machte Holger und sah mich skeptisch an. »Also … wenn ich ehrlich bin …«

»… würdest du die Karte lieber überhaupt nicht aus den Händen geben«, vervollständigte ich seinen Satz. »Ich kann dich verstehen, aber du solltest wirklich checken lassen, ob es sich um Blut handelt«, riet ich ihm. »Denn wenn es Blut ist, war es nicht wenig. Und das muss einen Grund haben. Und ich befürchte, dieser Grund wird kein guter gewesen sein.«

Holger stand noch immer unbeweglich auf der Treppe und starrte in die leeren Teebecher, als beabsichtige er, in den Teeblättern nach der Antwort zu suchen.

»Warum ist diese Karte so wichtig?«, setzte ich nach.

Holger hielt den Blick stur aufs Tablett gerichtet. Seinem Gesicht war deutlich anzusehen, dass er mit sich rang, ob er mit der Sprache rausrücken sollte.

»Hast du Angst, dass ich die Karte beschädige?«, wollte ich wissen.

Holger nickte stumm.

Ich sah ihn nachdenklich an.

Hinter Holgers Sorge musste mehr stecken. Er kannte mich gut genug, um zu wissen, dass ich sehr sorgfältig mit der alten Karte umgehen würde.

»Hast du Angst, dass ich etwas beschädige, das sich unter den Flecken befindet?«

Wieder nickte er, langsam und zögernd.

Noch immer nachdenklich musterte ich ihn.

»Warum ist diese Karte so wichtig?«, wiederholte ich meine Frage.

Einen Moment war es still.

Holger schien in sich hineinzuhorchen, ob er mir sein Geheimnis anvertrauen wollte. Dass er das getrost machen konnte, wusste er. Dafür kannten wir uns lang und gut genug. Er wusste aber vermutlich noch nicht, ob er sein Geheimnis teilen wollte. Da er aber mittlerweile zu der Erkenntnis gekommen war, dass er das Rätsel der alten Karte nicht alleine lösen konnte, oder zumindest erheblich länger dafür brauchen würde, wenn er alleine weiterrätselte, steckte er in einer Zwickmühle.

»Kinderkram«, sagte er schließlich mit verlegener Stimme.

»Kinderkram?« Ich hatte keine Ahnung, was Holger mit dieser Bemerkung meinte. »Was denn für Kinderkram?«

»Na ja … so eine Geschichte, die man sich als Kind ausdenkt«, druckste er mit wachsender Verlegenheit herum. »So Geschichten halt.«

»Ich dachte, ihr hättet euch nur für die Mädels interessiert.«

»Nicht nur.«

»Sondern?«

Holger zögerte einen kurzen Moment, bevor er sich einen letzten Ruck gab und mit der Sprache herausrückte. »Ein Piratenschatz.«

»Wie bitte?« Ungläubig sah ich Holger an.

»Guck mich nicht so an«, wehrte er ab. »Wir waren Kinder, gerade mal zehn! Da sieht alles wie ein Piratenschatz aus. Alles ist ein Abenteuer.«

»Ein Piratenschatz?« Ich glaubte meinen Ohren nicht zu trauen. Mir lagen schon ein paar ironische Worte auf der Zunge; als ich aber Holgers ernstes Gesicht sah, verkniff ich mir meine Bemerkung – was mir ausgesprochen schwerfiel, denn etwas Alberneres als einen Piratenschatz bei uns hier in Ostfriesland konnte ich mir nicht vorstellen.

Insbesondere nicht im Zusammenhang mit der Eindeichung der Leybucht.

Auch wenn ich nicht wusste, wann welche Deiche oder Kanäle gebaut worden waren, wusste ich dennoch, dass während der Bauarbeiten mehrere Jahrzehnte vergingen und unzählige Tonnen von Mutterboden bewegt und umgepflügt worden waren. Ich konnte mir nicht vorstellen, dass irgendwo irgendein einbeiniger Pirat seine Schatztruhe versteckt haben konnte.

Trotzdem bemühte ich mich, ein ernstes Gesicht zu machen, als ich Holger fragte: »Störtebeker und seine Mannen?«

Verlegen schüttelte Holger den Kopf.

»Käpt'n Flint«, murmelte er so undeutlich, dass ich ihn zuerst nicht verstehen konnte und noch einmal nachfragte.

»Käpt'n wer?«

»Flint«, wiederholte Holger zwar etwas lauter, dafür aber undeutlicher.

»Die Mutter aller Piratengeschichten«, erwiderte ich und lächelte versonnen, als Holger eine der Hauptfiguren aus dem Buch nannte, das ich selber im Licht der Taschenlampe unter der Bettdecke gelesen hatte: *»Die Schatzinsel«*.

»Aber Ostfriesland ist nicht die Skelettbucht«, gab ich zu bedenken und konnte mir den Anflug eines Grinsens nicht verkneifen.

Glaubte Holger noch immer an einen vergrabenen Schatz oder faszinierte ihn nur die romantische Erinnerung an seine frühen Entdeckungstouren?

»Ich weiß. Und Gretas ›Rettungsschuppen‹ ist nicht das Gasthaus ›Admiral Benbow‹«, gab Holger schlagfertig zurück. »Und ich bin nicht Jim Hawkins. Lach ruhig, Jan. Lach ruhig. Du kannst dich ja kaum noch halten.«

»Sorry, Holger«, entschuldigte ich mich mit betont ernster Miene. »Aber wenn es um Schatzkarten geht, kann ich schlecht ernst bleiben.«

»Wir waren Kinder!«, wiederholte Holger. »Zehnjährige Bengel. Und außerdem wurde damals in Emden eine Bank überfallen. Stand in allen Zeitungen, das war hier eine Sensation. Bankräuber müssen ja schließlich genauso wie Piraten ihre Beute verstecken.«

»Und ihr hattet sicher eine blühende Fantasie«, sagte ich. »Doch das war vor über dreißig Jahren. Wieso ist dir die Karte so wichtig? Ich meine – es ist eine Deichkarte und nicht die Karte, der der Lange John Silver hinterhergejagt ist.«

»Weil …«, Holger senkte die Stimme zu einem kaum noch wahrnehmbaren Flüstern, »… wie ich vorhin schon sagte … ich die Karte vor dreißig Jahren schon einmal gesehen habe.«

Ich starrte ihn ungläubig an. »Dann hast du ein Gedächtnis wie ein Indischer Elefant«, staunte ich.

»Die Karte lag in einem Spind«, wisperte Holger. »Einem grauen Blechspind.«

»Und der war unverschlossen?«, fragte ich skeptisch, denn ich konnte mir nicht vorstellen, dass die Bauarbeiter ihre persönlichen Spinde so einfach offen stehen ließen.

Holger schüttelte den Kopf. »Nein.«

»Ihr habt den Spind aufgebrochen?«

»Bo«, antwortete Holger. »Bo musste immer angeben. Er hat das Schloss mit einem Handtuch geknackt. Er wollte uns beweisen, was er drauf hatte.«

»Mit einem Handtuch.« Die Skepsis in meinem Gesicht nahm zu.

»Ein normales Handtuch zusammenlegen und unter dem Bügel durchziehen«, erklärte Holger wie aus der Pistole geschossen das kleine Einbrecher-Einmaleins. »Beide Enden auf die gleiche Höhe bringen und am unteren Ende zusammennehmen. Mit beiden Händen das Handtuch fassen und mit einem Ruck nach unten ziehen. Zack! Schloss offen.«

»Mit einem Ruck?«

»Kräftig!«, sagte Holger nachdrücklich. »Kräftig. Und dann mit einem Ruck. Verstehst du?«

»Hab ich kapiert«, versicherte ich. »Und so hat euer Bo den Spind geknackt?«

Holger nickte.

»Und in dem Spind lag diese Karte?« Ich zeigte mit dem ausgestreckten Zeigefinger auf die Karte, die Holger in die blinde Klarsichthülle zurückgesteckt und unter den Arm geklemmt hatte.

»Jo.« Holger schnalzte nervös mit der Zunge. »Ich bin mir sicher, dass diese hier die Karte war. Schließlich habe ich sie selber auseinandergefaltet.«

»Wieso?« Ich gab mir Mühe, Holgers Erzählung Glauben zu schenken, musste mir aber eingestehen, dass es mir nicht wirklich gelang. »Wieso kannst du dich nach über dreißig Jahren an eine Karte erinnern, die du zufällig in einer Bauarbeiterhütte an einer Deichbaustelle gesehen hast?«

Holger sah mit entrücktem Blick an meiner Schulter vorbei direkt in die Vergangenheit, als er mit seinen Freunden vor diesem Spind stand und sein aufregendstes Abenteuer erlebte.

»Das Kreuz«, flüsterte er leise. »Es war das Kreuz. Genauso wie auf der Schatzkarte von Käpt'n Flint.«

»Aber …«, wandte ich ebenso leise flüsternd ein, »auf dieser Karte ist kein Kreuz.«

»Tja.« Abrupt wechselte Holger die Lautstärke und sprach mit normaler Stimme weiter: »Und genau das kapier ich nicht.«

»Vielleicht handelt es sich doch um eine andere Karte«, schlug ich als Erklärungsversuch vor. »Die Dinger werden sich sicherlich ziemlich ähnlich sehen.«

»Vielleicht.« Jetzt lachte auch Holger, wenn auch nur kurz und trocken und ohne lustig zu finden, was er sagte. »Vielleicht hat den Ostfriesentee auch ein Schweizer erfunden.«

»Ach, Holger«, seufzte ich. »Ich meinte doch nur …«

»Ich weiß, was du meintest, Jan«, unterbrach mich Holger. »Wie kann sich der Lütje Holli nach über dreißig Jahren an so 'ne olle Karte erinnern.«

»Hm«, machte ich und zuckte zur Bestätigung mit den Schultern.

»Kann er!«, rief Holger mit selbstbewusster Miene. »Jawohl. Das kann er!«

Mit beiden Händen hielt er jetzt das Tablett so fest umklammert, dass das Teegeschirr zu klappern begann.

Ergeben hob ich die Handflächen Richtung Dachgiebel als Zeichen, dass ich keine Einwände hatte.

»Instinkt, Jan«, wieder wechselte Holger in einen konspirativen Flüsterton. »Glaub mir, das ist reiner Instinkt.«

Dieser Argumentation hatte ich nichts entgegenzusetzen.

»Okay«, erwiderte ich, ohne auch nur einen der vielen pragmatischen Gründe anzuführen, die gegen das Erkennen einer bestimmten Deichkarte sprachen, die er als zehnjähriger Dreikäsehoch einmal kurz gesehen hatte. »Gehen wir davon aus, dass du ein Erinnerungsvermögen hast, mit dem du bei *Wetten, dass ...?* hättest auftreten können ...«

»Die Sendung gibt's gefühlt seit Jahrzehnten nicht mehr«, entgegnete Holger trocken. »Geht auch was anderes?«

Ich winkte ab. Mir stand nicht der Sinn nach Haarspaltereien.

»Gehen wir also einmal davon aus, dass du recht hast und es sich um ein und dieselbe Karte handelt – wobei ich auch kein Kreuz auf der Karte gesehen habe. Dann gestatte mir eine Frage: Glaubst du noch immer an einen Schatz?«

Holger sah mich mit einer Mischung aus eigener Skepsis und unbeirrbarer Überzeugung an, erwiderte aber nichts.

»Und wenn ja, wie sieht der aus?«, fuhr ich fort. »Gold, Silber, Diamanten? Es wäre zu schön, um wahr zu sein. Aber das wird es nicht.«

Ich seufzte und lächelte Holger mit dem verkrampft-unbehaglichen Blick eines Vaters zu, der seinem Sprössling erklären musste, dass die anderen Kinder recht hatten und die Geschichte mit dem Weihnachtsmann doch nicht so stimmte, wie man es ein paar Jahre lang erzählt hatte.

Aber ich war nicht Holgers Vater und ich bezweifelte, dass Holli jemals an den Weihnachtsmann geglaubt hatte. Wahrscheinlich hatte Lütje Holli eher versucht, dem Weihnachtsmann ein paar Rücklichter für seinen Rentierschlitten zu verkaufen.

»Ich bin keine zehn mehr«, erwiderte Holger mit ernstem Gesichtsausdruck. »Und ich glaube nicht an den Weihnachtsmann …«

»Sag ich doch«, murmelte ich.

»Hä?« Holger sah mich irritiert an. »Was meinst du?«

»Schon gut.« Ich winkte ab.

»Ich habe auch nie an den Weihnachtsmann geglaubt«, fuhr Holger fort. »Nicht an den Weihnachtsmann und auch nicht an Käpt'n Flint und seinen Piratenschatz. Das war eine tolle Abenteuergeschichte – mehr nicht!«

»Was denn?« Erstaunt sah ich ihn an, hatte ich doch angenommen, dass Holli eine Schatzsuche à la »der Lange John Silver« im Sinn hatte. »Woran glaubst du denn?«

Einen Moment war es still.

Ich lauschte dem kontinuierlich ziehenden Schmerz in meiner Unterlippe, der sich durch das morgendliche Quatschen bemerkbar machte.

»Ich glaube daran, dass es dieselbe Karte ist«, sagte Holger mit belegter Stimme. »Und ich glaube daran, dass dieses Kreuz etwas markiert, was zu suchen sich lohnt.«

»Den Piratenschatz?«, fragte ich und sah ihn nachsichtig an.

»Natürlich nicht!«, winkte Holger ab. »Aber irgendetwas ist dort!« Entschlossen, fast schon starrköpfig sah er mich an. »Und ich will wissen, was dort ist.«

»Dafür musst du das Kreuz aber erst einmal auf der Karte finden.«

»Das genau ist mein Problem«, gab Holger nun zu und bestätigte damit, was ich bereits vermutet hatte.

Holger ist auf Schatzsuche, dachte ich und kam nicht auf die Idee, ihn auszulachen. Ganz im Gegenteil. Auch wenn ich nicht an einen solchen Schatz glaubte, fand ich es rührend, dass Holger mit der Karte ein Stück Kindheit in den Händen hielt und der kleine Holli in ihm, der noch immer an den Schatz glaubte, sich weigerte, erwachsen zu werden.

Denn Holger meinte offenbar, zufällig die Karte wiedergefunden zu haben, auf der er vor über dreißig Jahren als Lütje Holli ein gemaltes Kreuz gesehen hatte, von dem er heute noch immer annahm, dass dort ein Schatz vergraben sei.

Dann will ich Peter Pan mal helfen, dachte ich schmunzelnd und zeigte auf die verblichenen Flecken. »Wenn sich tatsächlich dieses ominöse Kreuz auf dieser Karte befindet, wird es unter einem dieser Flecken sein.«

Holger nickte düster. »Darüber zerbreche ich mir schon die ganzen Tage den Kopf.«

»Wenn Tillmann analysieren kann, worum es sich bei den Flecken handelt, bist du ein Stück weiter. Denn wenn du weißt, was es ist, weißt du auch, wie man die Flecken vielleicht entfernen kann.«

»Du meinst … wie wenn man einen ollen Rembrandt restauriert und darunter etwas anderes zum Vorschein kommt, als man denkt?«

»Ja, so ungefähr«, nickte ich. »Auch wenn ich mich wiederhole und dir auf den Nerv gehe: Du solltest wirklich unbedingt checken lassen, ob es sich bei den Flecken auf der Karte um Blut oder um Öl handelt. Falls sich meine Vermutung bestätigen sollte und es tatsächlich Blut ist, musst du zur Polizei gehen«, mahnte ich eindringlich. »Du kommst sonst in Teufels Küche.«

»Habe ich nicht vor«, erwiderte Holger und schob entschlossen das Kinn vor. »Und deshalb wirst du auch nicht an der Karte herummanipulieren!«

»Sondern?« Misstrauisch sah ich ihn an, da ich nicht wusste, was er sich gerade ausgedacht hatte.

»Ich komm mit.« Entschlossen reckte Holger sein unrasiertes Kinn vor. »Wir fahren heute Nachmittag zusammen zu diesem Doktor. Dann kann er selber die Proben entnehmen und du musst jetzt nicht an der Karte herumschnitzen.«

»Und du kannst ihm dabei genau auf die Finger schauen«, erwiderte ich und wusste nicht genau, was ich von dem Vorschlag halten sollte.

Holger ging nicht auf meine Bemerkung ein, sondern sah mich weiter stur an.

Sehr glücklich fühlte ich mich bei seinem Vorschlag nicht. Aber ich sah, wie wichtig Holger diese ominöse Karte war. Er dachte ja momentan an nichts anderes mehr. Ich fühlte mich fast schon verpflichtet, ihm diesen Freundschaftsdienst zu erweisen, schließlich hatte auch er mir geholfen, ohne auch nur eine Frage zu stellen. Eine Hand wäscht die andere.

So einfach war das.

Wenn ich aber Tillmann um Informationen zum Stand der Mordermittlungen bat, ging das schon weit über einen normalen Freundschaftsdienst hinaus. Immerhin kompromittierte ich ihn und brachte ihn in Verlegenheit. Schlussendlich hatte ich mich dann doch dazu entschieden, ihn heute zu besuchen – obwohl ich von der Polizei gesucht wurde und er als Gerichtsmediziner Bestandteil der Ermittlungsbehörden war. Wenn Holger auf seinem Vorschlag beharrte, würde ich obendrein mit Holger im Schlepptau und einer dreißig Jahre alten Karte in der Gerichtsmedizin aufkreuzen. Spätestens dann hätte Tillmann allen Grund, mich rauszuschmeißen.

Auch wenn Tillmann keine Zeit hatte, sich Holgers Karte anzuschauen, musste ich mit ihm sprechen. Ich durfte dem aktuellen Stand nicht hinterherhinken, sondern musste der Staatsanwaltschaft möglichst ein Stück voraus sein. Sonst klickten für mich vielleicht die Handschellen, noch bevor ich dem wahren Mörder einen Schritt nähergekommen war.

»Ich komme mit!«, wiederholte Holger.

»In Ordnung«, lenkte ich ein. »Wie du willst. Hauptsache, wir wissen, worum es sich bei den Verfärbungen auf der Karte handelt.«

Wenn Tillmann meine Bitte abschlug, hatte ich mich zumindest um Holgers Anliegen bemüht. Und auch der Besuch bei Sascha sollte für mich kein Problem sein. Ich fühlte mich in meiner Aufmachung ziemlich sicher. Außerdem kannte ich in Greetsiel jeden Winkel, um mich im Notfall in Luft aufzulösen. Meiner Erfahrung nach war aufwendiges Versteckspielen aber nicht nötig. Am unauffälligsten war noch immer die Öffentlichkeit. Wenn ich mich unter die Touristen mischte, die Greetsiel in den Sommermonaten bevölkerten, würde ich weniger auffallen, als wenn ich nachts durch dunkle Gassen schlich.

Nachdem ich mit Holger einen Zeitpunkt um Mittag herum vereinbart hatte, an dem wir uns wieder treffen wollten, und er den Laden endlich aufgeschlossen hatte, stieg ich mit hochgeschlagenem Kragen und tief in die Stirn gezogener Mütze ebenfalls die Treppe hinunter und verschwand durch den Hinterausgang.

Von den anwesenden Kunden nahm mich niemand zur Kenntnis.

Geräuschlos zog ich die Tür hinter mir ins Schloss und überquerte die Wiese, an deren äußerem Ende Holgers Bungalow angrenzte. Der eingeschossige Flachbau war von einem Halbkreis knorriger alter Bäume umgeben, die ihr ausladendes Blätterdach schützend über das Gebäude zu legen schienen. Holger war so freundlich gewesen und hatte mir seinen Zweitschlüssel überlassen, damit ich mich in seinem Gästebad halbwegs für den Tag herrichten konnte.

Während ich die Wiese mit gemächlichen Schritten überquerte, um keinen Argwohn zu erwecken, warf ich einen Blick zum strahlend blauen Morgenhimmel empor. Auch der heutige Tag würde wieder ein Sommertag wie aus dem Bilderbuch werden.

An Holgers Haustür angekommen, warf ich einen unauffälligen Blick um mich, wobei mein besonderes Augenmerk der Mühlenstraße galt, die in rund fünfzig Metern Entfernung am Grundstück entlanglief.

Bis auf ein paar vereinzelte Frühaufsteher war niemand zu sehen.

Schnell schob ich Holgers Schlüssel ins Schloss. Geräuschlos drückte ich die schmucklose Eingangstür auf. In der dämmerigen Diele benötigte ich einen Moment, bis sich meine Augen an das Halbdunkel gewöhnt hatten. Da ich schon öfters bei Holger zu Besuch war, wusste ich, wo sich das Gästebad befand.

Ich schaltete das Licht ein und wagte einen Blick in den Spiegel.

»Ach du Scheiße«, knurrte ich, als ich mein verpflastertes Ebenbild im Spiegel musterte. »Das geht ja gar nicht!«

Ein in allen Regenbogenfarben leuchtendes Veilchen zierte die Region rings um mein rechtes Auge. Kleine weiße Strips hielten die kaum sichtbare Narbe an meiner Augenbraue zusammen.

Ich verzog mein Gesicht, als ich vorsichtig die Haut rund um meine Augen abtastete. Die Unterlippe war angeschwollen und sah ebenfalls alles andere als normal aus. In den Stoppeln meines mittlerweile Sechstagebartes klebte verkrustetes Blut.

Schnell stieg ich aus dem nach Fisch stinkenden Blaumann und betrat die kleine Duschkabine, wo ich nach der Flasche Duschgel griff, die in der Seifenablage stand.

Ich drehte den Wasserhahn auf und hielt mein Gesicht unter das lauwarme Wasser, das mit weichem Strahl aus dem Duschkopf auf mich herabregnete. Behutsam spülte ich mir das getrocknete Blut aus Gesicht und Bart. Nachdem ich eine Weile regungslos unter dem lauwarmen Wasser gestanden hatte, drehte ich die Temperatur hoch und ließ mir von dem heißen Wasser meine verspannten Rückenmuskeln massieren.

Es war nun bereits die zweite Nacht gewesen, in der ich nicht in meinem Bett, sondern auf dem harten Boden des Werftgeländes und dem nicht minder unbequemen Holzboden von Holgers Dachboden geschlafen hatte. Auch wenn Holger mich freundlicherweise mit zwei Wolldecken und einem Sofakissen versorgt hatte, spürte ich nach den beiden Nächten auf hartem Untergrund so ziemlich jeden Muskel meines Körpers.

Das heiße Wasser tat gut.

So gut, dass ich mich nur schwer dazu durchringen konnte, mein ausgiebiges Duschbad mit einem kalten Guss zu beenden, um meine Lebensgeister wieder vollends aufzuwecken.

Prustend trocknete ich mich ab und war erleichtert, dass sich im weißen Frotteehandtuch keine Blutflecken mehr zeigten. Auch die Schmerzen an Unterlippe und Augenbraue hatten nachgelassen.

Mit der flachen Hand wischte ich den vom heißen Wasserdampf beschlagenen Spiegel ab und betrachtete mein Spiegelbild. Für die Ereignisse der letzten achtundvierzig Stunden sah ich jetzt erstaunlich gut aus. Ich fühlte mich auch erstaunlich fit.

Das Veilchen würde sicherlich noch eine ganze Weile mein Auge zieren.

»Zu dumm«, befand ich und tastete vorsichtig die Schwellung ab, die über Nacht deutlich zurückgegangen war.

Die Strips an der Augenbraue und das blaue Auge waren ziemlich auffällig. Auch die genähte Unterlippe sah bunt und lädiert aus. Insgesamt war mein Gesicht momentan eindeutig zu auffällig, um damit unbemerkt durch die Gegend spazieren zu können.

Glücklicherweise hatte ich ja noch die Basecap.

Da ich weder frische Wäsche noch andere Kleidung hatte, um mich zu tarnen, stieg ich wieder in die nach Fisch stinkenden Klamotten, die ich zum Lüften an die Tür gehängt hatte. Nach der wohltuenden Dusche empfand ich den Fischgeruch als noch penetranter als zuvor. Ich verzog das Gesicht und stieg voller Widerwillen in den müffelnden Blaumann.

Ich verließ das Bad und ging in die Küche, wo ich auch gleich fand, was ich suchte. Holger pflegte seine Sonnenbrille stets an eine kleine Wandlampe neben dem Kühlschrank zu hängen, und wie erhofft war sie dort auch.

»Sorry, Holger«, murmelte ich halblaut, als ich nach der Spiegelbrille griff, die frappant der Pilotenbrille ähnelte, die vor nicht allzu langer Zeit Kommissar Mackensens Markenzeichen gewesen war.

Ich warf einen prüfenden Blick in den Spiegel und war zufrieden, als mir der verdrießlich aussehende Mann mit der schnöseligen Sonnenbrille entgegensah. Letztere verdeckte zusammen mit der Basecap das Veilchen und die gestrippte Augenbraue komplett.

Nur die Unterlippe war nicht zu übersehen.

Doch wenn ich den Kopf gesenkt hielt, würde man mir sicherlich keinen zweiten Blick schenken.

Was auch gut war, denn heute steht mir der Sinn wirklich nicht nach Flirten, dachte ich sarkastisch, als ich die Tür hinter mir zuzog und mich auf den Weg machte.

– 16 –

Bevor ich den Laden betrat, hatte ich von der anderen Straßenseite aus durch die Schaufensterscheibe gespäht, wie die Lage in Saschas Geschäft war: ob er alleine war oder sich Touristen bei ihm umschauten. Nachdem ich ein paar Minuten im Schatten einer Toreinfahrt gewartet und den Eingang beobachtet hatte, verließen zwei Frauen den Laden und schlenderten Hand in Hand Richtung Mühlenstraße.

Meiner Beobachtung nach musste sich jetzt nur noch Sascha im Laden befinden. Unauffällig, aber zielstrebig überquerte ich die schmale Gasse mit dem treffenden Namen Liek Gang und betrat den kleinen Laden.

Soweit ich mich erinnern konnte, hatte Sascha seinen Laden vor vier Jahren eröffnet, als er aus Nordrhein-Westfalen, wo er viele Jahre als selbstständiger Industriefotograf gearbeitet hatte, in seine alte Heimat zurückkehrte: Greetsiel.

Sein Laden diente ihm gleichzeitig als Werkstatt, Fotolabor, Atelier und Verkaufsraum, wo er seine Tuschezeichnungen und Fotoarbeiten ausstellte und verkaufte. Ich schätzte seinen Stil des Minimalismus sehr, und seine Arbeiten zeugten davon, dass er ihn ständig weiterentwickelte und neuen Impulsen folgte.

»Moin«, ertönte Saschas Stimme aus dem hinteren Teil des Ladens, wo er an einem großen Holztisch saß und arbeitete.

Er legte seine Tuschfeder beiseite und stand auf, um mich nach meinen Wünschen zu fragen, da er mich für einen Kunden hielt.

»Was darf's sein?«, fragte er und kam freundlich lächelnd auf mich zu.

»Moin, Sascha«, begrüßte ich ihn und schob den Schirm meiner Kappe hoch, damit er mein Gesicht erkennen konnte.

»Jan?« Überrascht sah Sascha mich an, lächelte aber noch immer, als er seine Hand ausstreckte, um mich zu begrüßen. »Was machst du denn hier – und …«, er sah mich demonstrativ von oben nach unten an, »… wie siehst du aus, bist du unter die Hafenarbeiter gegangen? Bei dem Aroma, das du verbreitest, könnte das gut sein. Und die Sonnenbrille trägst du wahrscheinlich nicht nur wegen der Morgensonne.«

Mit einem gequälten Grinsen ergriff ich seine Hand und schüttelte sie zur Begrüßung. »Sorry, Sascha«, erwiderte ich. »Ich rieche heute wirklich nicht gerade frühlingsfrisch.«

»Nee, eher, als hättest du neuerdings einen Job in der Fischfabrik«, stimmte Sascha mir zu. »Aber wenn ich an die Zeitung von gestern denke …«, er zögerte kurz, bevor er weitersprach, »… dann hast du im Moment ganz andere Probleme.«

Ich schätzte Saschas offene und direkte Art sehr. Deshalb suchte ich auch nicht nach Ausflüchten oder langen Erklärungen.

»Ja, ich weiß«, antwortete ich mit der gleichen Offenheit. »Ich bin gestern zufällig über eine Leiche gestolpert und …«, einen Moment suchte ich nach den richtigen Worten, »… die Umstände brachten es mit sich, dass man mich für den Mörder hält.«

Sascha sah mich schweigend an.

In seinem Blick erkannte ich ein starkes Interesse, mehr von den von mir erwähnten Umständen zu erfahren. Aber er fragte nicht nach. Neugier war noch nie eine Eigenschaft gewesen, die ich mit ihm in Verbindung gebracht hätte. Eher das professionelle Interesse eines Fotografen, der mit Leidenschaft technische Motive ins Visier nahm und wissen wollte, wieso etwas so war, wie es war, oder wie etwas funktionierte.

»Aber du warst es … natürlich nicht«, stellte er statt einer Frage fest.

»Natürlich nicht«, bestätigte ich und erwiderte seinen Blick.

»Und …«, fragte Sascha zögernd, »… was ist mit der Toten oben vom Sammelbecken, bist du über die auch gestolpert?« Unverwandt sah er mich mit ausdruckslosem Blick an.

»Nein«, antwortete ich, ohne lange nachzudenken, denn wieso hätte ich die Vorkommnisse auch schönreden sollen. »Die Frau habe ich als Anhalterin mitgenommen …«, ich brach ab und seufzte schwer, »… das ist eine lange Geschichte, Sascha. Ich erzähl sie dir ein anderes Mal. Wenn das alles vorbei ist. Im Moment hab ich es ziemlich eilig.«

Saschas Blick wurde intensiver und – kälter.

Fast eine Minute sagte keiner von uns beiden etwas.

So langsam kam mir Saschas Reaktion – gelinde gesagt – merkwürdig vor. Es musste Freunden und Bekannten als eine unfassbare Sensation vorkommen, wenn mein Konterfei auf der Titelseite der *Ostfriesen-Zeitung* abgedruckt war und die Schlagzeile mich als Tatverdächtigen nannte. Neugierige Fragen und aufgeregtes »Huch« und »Hach« wären eine normale Reaktion gewesen. Saschas schweigendes Interesse, das ich nur in seinen Augen zu erkennen glaubte, hatte eine andere Qualität. Und damit meinte ich nicht nur seine professionelle Sichtweise auf die Dinge, da steckte mehr dahinter.

»Ich kannte Julia«, unterbrach er endlich das Schweigen. »Willst du einen Kaffee?«

Ohne eine Antwort abzuwarten, drehte er sich auf dem

Absatz um und ging zurück zu seinem Arbeitstisch, an dessen Ende eine kleine Kaffeemaschine stand, deren Glaskanne zur Hälfte gefüllt war.

»Mit Milch?«, fragte er über die Schulter hinweg, ohne mich anzusehen.

»Schwarz«, antwortete ich mit belegter Stimme.

Ich hatte natürlich nicht wissen können, dass Sascha die Tote gekannt hatte. Zwar kannte hier bei uns in Ostfriesland so ziemlich jeder jeden. Aber bei der Vielzahl von Saisonarbeitskräften bezog sich das eher auf Einheimische. Und dass es sich bei der Toten nicht um eine Einheimische handelte, dessen war ich mir ziemlich sicher.

Mit einem kurzen Blick durch die Schaufensterscheibe überzeugte ich mich davon, dass im Moment keine Kunden im Anmarsch waren, sodass wir unser Gespräch ungestört vertiefen konnten.

Ich nahm meine Kappe ab und folgte Sascha zu seinem Arbeitsplatz.

»Schwarz«, sagte Sascha und hielt mir einen dampfenden Kaffeebecher entgegen, ohne mich anzusehen. »Und heiß.«

»Danke.«

Dankbar nahm ich den Becher entgegen und schloss genüsslich die Augen, als mir der Kaffeeduft in die Nase stieg. Sascha war kein Teetrinker, sondern ein Koffeinjunkie. Den ganzen Tag über stand bei ihm die Kaffeemaschine unter Dampf und neben seinen Malutensilien fand sich immer ein Kaffeebecher. Wenn Kunden im Laden waren, stand der Kaffee auch schon mal eine Stunde oder länger herum, was Sascha aber in keiner Weise störte: heiß, kalt, abgestanden oder frisch aufgebrüht – egal. Hauptsache, Koffein und schwarz.

Ich hatte Glück.

Der Kaffee, den Sascha mir gereicht hatte, war frisch und mit einer Prise Salz und Zimt veredelt: ein Genuss!

»Oh Mann!«, seufzte ich, als ich den Kaffeebecher absetzte. »Der ist richtig gut.«

Ein Lächeln flog über Saschas Gesicht. »Du weißt doch. Tee trinke ich nur …«

»… wenn ich krank bin oder mir den Magen verkorkst habe«, vollendete ich seinen üblichen Spruch auf die ihm häufig gestellte Frage, wieso er denn als Ostfriese keinen Tee mochte.

»Exakt.« Sascha nickte und hob seinen Kaffeebecher, um mir zuzuprosten.

Ich nahm noch einen Schluck von dem heißen Gebräu und setzte mich auf den metallenen Klappstuhl, auf den Sascha deutete.

»Woher … kanntet ihr euch?«, fragte ich ohne Umschweife.

»Vom Kiten.«

»In Norddeich?«

Sascha nickte. »Ja.«

Das flüchtige Lächeln war längst aus seinem Gesicht verschwunden und hatte einem harten Zug Platz gemacht.

»War sie …«, ich zögerte kurz und sah Sascha prüfend über den Rand meines Kaffeebechers an.

»… meine Freundin?«, kam Sascha mir zuvor und sprach meine Befürchtung aus. »Nein. Sie war nicht meine Freundin. Sie gehörte Steve.«

Die Verbitterung in seiner Stimme war unüberhörbar, obwohl er sich Mühe gab, neutral zu klingen.

»Sie … gehörte … Steve?«, wiederholte ich Saschas Worte langsam und machte zwischen jedem seiner Worte eine kleine Pause, um zu verdeutlichen, wie befremdlich ich seine Aussage fand.

Wie kann ein Mensch einem anderen gehören? Welches Menschenbild liegt einer solchen Sichtweise zugrunde?, dachte ich, obwohl ich natürlich wusste, dass es diese Typen gab und schon immer gegeben hatte.

»So hat er sie jedenfalls behandelt«, erwiderte Sascha.

Dem konnte ich nur zustimmen. Ich kannte weder Julia zu Lebzeiten noch diesen Steve gut. Aber das kleine Intermezzo auf der Landstraße, als ich von dem schwarzen Range Rover abgedrängt worden war, hatte mir einen Einblick in Steves Sichtweise gegeben.

Über den Rand des Kaffeebechers hinweg beobachtete ich Sascha.

Seine Augen hatten jetzt den gleichen harten Ausdruck angenommen wie seine zu einem schmalen Strich zusammengekniffenen Lippen. Deshalb kam seine nächste Frage nicht überraschend. Ich hatte sie fast schon erwartet.

»Hast du … sie gesehen?«, fragte er mit tonloser Stimme. »Ich meine … als sie …«

»Ja«, entgegnete ich, ohne ihn ausreden zu lassen; ich wusste ohnehin, was er fragen wollte.

»Und … wie sah sie aus?« Saschas Stimme war so leise geworden, dass sie mehr einem Flüstern glich.

»Friedlich«, log ich. »Sie sah aus, als würde sie schlafen.«

Wieder schwiegen wir. Vermutlich rang Sascha gerade mit sich, ob er meiner Lüge glauben sollte, denn dass es sich bei meiner Antwort um eine solche handelte, war uns beiden klar. Niemand, der erdrosselt worden war, würde friedlich schlafend aussehen.

»Sie ist erwürgt worden«, sagte Sascha, wie um meinen Gedanken zu bestätigen. »Mit deinem Pullover.«

Ich spürte einen dicken Kloß im Hals und versuchte, ihn mit einem großen Schluck Kaffee hinunterzuspülen, was mir nicht gänzlich gelang.

»Ja«, sagte ich und räusperte mich geräuschvoll. »Ich hatte ihr meinen Pullover zum Überziehen geliehen. Ihr war kalt.«

Obwohl Sascha sich große Mühe gab, seinen steinernen Gesichtsausdruck unverändert beizubehalten, sah ich das kaum wahrnehmbare Mienenspiel, das sich unter seiner blassen Haut abzeichnete.

Er litt.

Wenn Sascha vom Tod der Frau sehr stark berührt war – was deutlich zu sehen war –, drängte sich zwangsläufig die Frage auf, in welcher Beziehung er zu der Toten gestanden hatte.

»Sie ist mir in Norddeich vors Auto gesprungen«, begann ich von der verhängnisvollen Begegnung auf der Deichstraße zu berichten. »Sie bat mich, sie mitzunehmen. Normalerweise nehme ich keine Anhalter mit. Aber was hätte ich machen sollen? Sie wirkte gehetzt. So, als würde sie verfolgt. Was ja auch der Fall war, wie sich kurz darauf herausstellte.«

»Sag ich doch. Sie gehörte ihm«, sagte Sascha leise, als ich die Begegnung mit Kai und Steve schilderte, die mich mit dem SUV abgedrängt hatten, und wie Steve aufgetreten war.

»Diesen Eindruck hatte ich auch«, stimmte ich ihm zu und schilderte, wie Steve mit Julia umgegangen war und Motte seinen Versuch unterbunden hatte, die Beifahrertür zu öffnen.

Ein kurzes Lächeln huschte über Saschas Gesicht, als ich ihm erzählte, wie Motte dem machohaften Surflehrer mit der obercoolen Frisur eine spezielle Sabbergesichtsmaske verpasst hatte.

»Ich habe den gesamten Parkplatz abgesucht«, beschrieb ich das Geschehen auf dem Parkplatz des Bootsverleihs am Norder Tief, nachdem mir Julia ins Lenkrad des Käfer gegriffen hatte und wir quer über den Lorenzweg geschlingert waren, um kurz vor der Böschung des Sammelbeckens Leybuchtsiel zum Stehen zu kommen.

»Moin, moin!«, ertönte es plötzlich von der Eingangstür her, als zwei Pärchen Fahrradtouristen auf der Suche nach Souvenirs den Laden betraten und unser Gespräch unterbrachen.

Schnell fischte ich mein Basecap von der Arbeitsplatte und zog mir die Mütze mit einer Handbewegung in die Stirn.

»›Moin‹ heißt das hier bei uns«, erwiderte Sascha, dessen Stimme sich unter dem Eindruck meiner Erzählung rau wie die Oberfläche einer verrosteten Ankerkette anhörte. »Alles andere ist Gesabbel!«

Schwerfällig erhob er sich von seinem Schreibtischstuhl, auf dem er gehockt war, und begrüßte seine Kunden mit Handschlag, wie er es für gewöhnlich tat.

»Was sucht ihr denn?«, hörte ich ihn sagen, während ich mein Gesicht abwandte und das Kinn in der Hand abstützte. Die Kaffeetasse, in deren Henkel ich meinen Zeigefinger geschoben hatte, verdeckte mein Gesicht zusätzlich, als ich einen Schluck daraus nahm.

Mit halbem Ohr hörte ich Saschas Kundengespräch zu und ließ dabei meinen Blick über den Arbeitsplatz wandern. Offenbar war Sascha gerade damit beschäftigt gewesen, eine Bilderserie von sechs postkartengroßen Tuschezeichnungen anzufertigen, deren Thema »Granat« war.

Die Nordseekrabbe, die »rotes Gold der Nordsee« oder auch »Granat« genannt wurde, begründete Greetsiels Standort und Ruf als romantischer Hafen mit eigener Krabbenkutterflotte. Mitbringsel mit Krabben- und Krabbenkuttermotiven wurden von den Urlaubern sehr gern gekauft.

Da Sascha nicht nur von seinen sehenswerten und genial fotografierten Industrie- und Technikmotiven leben konnte, fertigte er demzufolge regelmäßig einen Vorrat an postkartengroßen Tuschezeichnungen mit derart typischen Motiven an: Krabben, Kutter, der Pilsumer Leuchtturm und das Greetsieler Wahrzeichen: die Zwillingswindmühlen. Wobei er Letztere auch in allen möglichen Variationen und Jahreszeiten in Form stimmungsvoller Postkarten anbot.

Eine unter dem großen Zeichenblock hervorlugende Zeichnung weckte meine Aufmerksamkeit.

Nachdem ich mich mit einem kurzen Seitenblick vergewissert hatte, dass Sascha noch mit seinen Kunden beschäftigt war, hob ich mit spitzen Fingern die Seiten des großen Zeichenblocks an.

Meine spontane Vermutung bestätigte sich, als ich die Zeichnung einer Karte vor mir sah, die derjenigen von Holger ähnelte. Auf den ersten Blick erkannte ich, dass es sich bei der vor mir liegenden Karte nicht um eine Originalkarte handelte. Diese hier war nachgezeichnet worden und zwar sehr lückenhaft: Ein Großteil der umliegenden Ortschaften und Straßen fehlte gegenüber Hollis Karte. Es handelte sich hierbei eher um eine Skizze als um eine maßstabsgerechte Landkarte; dennoch waren bereits auf den ersten Blick Details zu erkennen, die mir bekannt vorkamen, weil ich sie erst vor Kurzem mit Holger besprochen hatte.

Genauer besehen wirkte die Zeichnung wie eine Skizze, die Sascha aus dem Gedächtnis angefertigt hatte. Nach dem, was Holger über die Aktivitäten seiner alten Kinderbande erzählt hatte, und unseren Diskussionen über die alte Karte, auf die er in seinem Benz gestoßen war, konnte ich ganz eindeutig darauf schließen, dass Sascha hier versuchte, aus seiner Erinnerung das aufs Papier zu bringen, was auf Holgers Karte zu sehen war. Wobei mich Saschas Erinnerungsvermögen ebenso sehr überraschte wie das von Holger, dem es in nichts nachzustehen schien.

Warum aber zeichnete Sascha Holgers Karte nach?

Zufall?

Selbst wenn es sich bei Saschas Bemühen, eine Gedächtnisskizze anzufertigen, um einen zeitlichen Zufall handeln sollte, musste er doch genau den gleichen Gedanken haben wie Holger – dass es sich lohnen würde, an der mit einem Kreuz markierten Stelle nachzuschauen. Denn wozu sonst dieser Aufwand?

Einen entscheidenden Haken hatte die Sache allerdings: Auch auf Saschas Skizze fehlte das Kreuz. Was wiederum bedeutete, dass Sascha genauso wenig wie Holger wusste, wo es sich befand. Das war aber nicht der einzige Unterschied zwischen Holgers Karte und Saschas Skizze. Da ich noch vor einer knappen Stunde ausführlich mit Holger über seine Karte diskutiert hatte, erkannte ich den Unterschied zwischen dem Original und Saschas Gedächtnisskizze sehr genau.

Der Deichverlauf war ein anderer. Außerdem wich die Küstenlinie vom Leybuchtpolder ebenso wie der Straßenverlauf der Hauptstraße deutlich im Maßstab und in diversen Details vom Original ab: Es fehlten einige Straßenzüge, und das Sammelbecken Norder Tief entsprach nicht der Originalkarte, das Becken lag auf der Skizze zu weit von der Straße weg. Hätte die Länge der Parkplatzzufahrt der Längenangabe auf der Skizze entsprochen, wäre ich mit meinem Grauen nicht erst kurz vor dem Ufer des Auffangbeckens zum Stehen gekommen, sondern hätte den Wagen entspannt abbremsen können.

Und nicht nur das Kreuz fehlte auf der Skizze, sondern auch das chinesische Schriftzeichen. Falls er von den Markierungen wusste. Falls nicht, brachte es mich zu der Ausgangsfrage zurück: Warum dieser Aufwand? Nostalgie, Zufall oder Langeweile? Keine dieser Möglichkeiten zog ich ernsthaft in Betracht.

Also waren Holger und Sascha unabhängig voneinander zum gleichen Zeitpunkt auf der Suche nach »Käpt'n Flints Schatz«.

Das Klingeln von Saschas alter Registrierkasse riss mich aus meinen Betrachtungen.

Noch während Sascha seine Kunden verabschiedete, die mit einem in Packpapier eingeschlagenen großen Paket, in dem sich der Form nach vermutlich ein Bild befand, den Laden verließen, schob ich die handgezeichnete Kartenskizze zurück unter die Blätter des Zeichenblocks.

In dem Moment drängelte sich Leonie, Saschas zehnjährige

Tochter, an den Kunden vorbei, die vor dem Ladeneingang stehen geblieben waren und über ihren Einkauf plauderten.

»Papa!«, rief das Mädchen mit dem blonden Pferdeschwanz und stürmte auf ihren Vater zu. »Darf ich mit Cleo nach Norddeich fahren? Cleos Papa fährt uns.«

»Langsam, Leonie«, bremste Sascha seine aufgeregte Tochter sachte aus. »Was willst du in Norddeich?«

»Surfen, mit Wanda!« Aufgeregt sprang Leonie von einem Bein aufs andere und winkte mir schnell zu, als sie mich am Arbeitstisch ihres Vaters erkannte: »Hallo, Jan! Wo ist Motte?«

»Der liegt zu Hause und schläft«, behauptete ich, weil es ja im Grunde egal war, wo Motte pennte: bei Uz auf der Werft oder zu Hause vorm Kühlschrank.

»Das macht er ja immer«, lachte Leonie vergnügt und zog Sascha am Arm, um ihrer Bitte Nachdruck zu verleihen: »PAPA! BITTE! Du hast es mir versprochen.«

»In Ordnung, meinetwegen«, gab sich Sascha geschlagen. »Aber nur gucken, hörst du! Deine erste Stunde gibt es erst zu deinem Geburtstag.«

Leonie zog ein langes Gesicht, das aber schon eine Sekunde später einem fröhlichen Lachen wich, weil ihr bewusst wurde, dass ihr Vater den Ausflug erlaubt hatte.

Nachdem Leonie zappelnd die väterliche Dosis an Ermahnungen erhalten hatte, stürmte sie aus dem Laden und winkte mir zum Abschied fröhlich zu: »Grüß Motte von mir!«

Sascha sah seiner Tochter lächelnd hinterher, bis sie aus seinem Blickfeld verschwunden war.

»Noch Kaffee?« Er griff nach der Kaffeekanne und hielt sie einladend hoch.

Ich nickte und hielt ihm meinen Becher hin. »Gern.«

»Julia war dickköpfig«, fuhr Sascha übergangslos an dem Punkt fort, an dem die Kunden unser Gespräch unterbrochen hatten.

Es war schön, Sascha und Leonie zuzuschauen. Ich lächelte versonnen und dachte an meine eigene Tochter, die ich leider nicht in Leonies Alter erleben durfte. Sascha hatte eine ruhige und liebevolle Art, mit seiner Tochter umzugehen, und ich wusste, dass er alles dafür tat, was ihm als alleinerziehendem Vater nur möglich war, um seine Tochter glücklich aufwachsen zu lassen.

Ich erwiderte nichts, sondern nahm stattdessen einen Schluck von dem nachgeschenkten Kaffee. Wenn Sascha von sich aus erzählte, konnte das nur gut sein.

»Ich glaube dir, dass du nichts für ihren Tod kannst«, sagte Sascha und sah mit gesenktem Blick in seinen Kaffeebecher. »Ich glaube dir auch, dass du sie überall gesucht hast. Wenn Julia wollte, machte sie sich unsichtbar. Niemand konnte sie dann finden. Irgendwann tauchte sie wieder wie von selbst auf. So, als sei nichts geschehen.«

»Diesmal hat es ihr nichts genützt, sich unsichtbar zu machen«, sagte ich mit bitterer Stimme und sah an Saschas Schulter vorbei auf einen leeren Bilderrahmen, der an der Wand hinter ihm hing. »Ich … hätte weitersuchen müssen … dann würde sie vielleicht …«

»Noch leben?« Saschas Augen füllten sich mit Tränen. »Vergiss es! Julia war Eventkünstlerin. Sie konnte mit ihrer Umgebung verschmelzen oder sich ins Rampenlicht stellen. Ganz, wie sie wollte und wann sie es wollte. Und wenn du sagst, dass sie wie vom Erdboden verschluckt war, dann glaube ich dir das. Ihr hattet Streit. Sie wollte nicht mit dir reden und sie wollte nicht gefunden werden.«

»Ich hätte …«, setzte ich zu einer Erwiderung an, wurde aber erneut von Sascha unterbrochen.

»Nein. Hättest du nicht!« Traurig schüttelte er den Kopf. »Du hättest die ganze Nacht suchen können. Gefunden hättest du sie trotzdem nicht.«

Saschas Worte wirkten wie Balsam. Die Schuldgefühle und die ständig kreisenden Gedanken, dass ich die junge Frau hätte retten können, wenn ich länger oder intensiver nach ihr gesucht hätte, verloren an Gewicht und drückten meine Schultern nicht mehr wie eine Zentnerlast nach unten.

»Aber der Mörder hat sie gefunden«, sagte ich.

»Zufall«, entgegnete Sascha. »Ich glaube nicht, dass jemand sie gesucht hat. Ich glaube eher, dass sie ihrem Mörder zufällig über den Weg gelaufen ist.«

»Falscher Ort, falsche Zeit?«

»Das ist gut möglich.«

»Du denkst also nicht, dass Steve mit ihrem Tod zu tun hat?«, sprach ich den Verdacht aus, den ich vom ersten Moment an gehegt hatte.

»Nein!« Sascha schüttelte energisch den Kopf. »Steve? Niemals!«

»Wieso?«, entgegnete ich. »So wie er sie behandelt hat, würde ich ihm einiges zutrauen. Du sagst doch selber, dass er der Meinung war, sie sei sein Eigentum.«

»Das hat damit nichts zu tun«, wehrte Sascha ab. »Steve ist ein Macho. Selbstverliebt und arrogant. Aber er hätte niemals …« Abrupt brach Sascha ab und hob den Kopf.

Er sah mich mit erstauntem Blick an, als wunderte er sich über unser Gespräch.

»Lassen wir das«, beendete er seine Ausführungen und machte ein fast schon schuldbewusstes Gesicht, als bereute er sein Urteil über den Surflehrer.

»Ihr seid befreundet?«, wollte ich wissen.

»Befreundet ist zu viel gesagt. Wie gesagt, wir kennen uns vom Kiten.« Sascha zuckte mit den Schultern. »Wie man sich halt so in der Szene kennt.«

In diesem Moment betraten erneut Kunden den Laden.

Sascha stellte den Kaffeebecher neben seinen Zeichenblock.

Wie beiläufig griff er nach einem Rahmen, der mit weißer Leinwand bezogen war, und legte ihn auf den Zeichentisch. Fast so, als wolle er den Zeichenblock und die nach wie vor zwischen den Blättern herauslugende Kartenskizze verbergen.

»Sorry, Jan«, seufzte er. »Aber du siehst ja – die Pflicht ruft.«

»Haben Sie etwas, wo die ›Grüne Mühle‹ drauf ist?«, rief einer der Kunden, ein älterer Mann mit Ziegenbart. »Soll ein Geschenk werden.«

»Ja«, rief Sascha zurück. »Rechts von Ihnen. Das ganze Regal steht voll.«

Zu mir gewandt raunte er mit säuerlichem Grinsen: »Die Bilder beißen den gleich.«

»Ich will dich auch nicht länger aufhalten«, versicherte ich und stand ebenfalls auf. »Ich wollte nur fragen, ob du vielleicht weißt, was dieses Schriftzeichen bedeutet. Du bist doch Fachmann in solchen Fragen.«

Schnell zog ich Claudias Handy aus der Tasche des Blaumanns und rief das Foto mit dem chinesischen Schriftzeichen auf, das ich von Holgers Karte abfotografiert hatte.

Zunächst schien sich ein Schatten über Saschas Gesicht zu legen, als er auf das Display sah, der aber einen Sekundenbruchteil später dem Ausdruck gespannter Aufmerksamkeit wich. Sein Kiefer spannte sich an, während seine Augen gleichzeitig einen Screenshot von dem Foto zu machen schienen.

»Woher hast du das?«, fragte er mit betont ruhiger Stimme, in der unterschwellige Anspannung lag.

»Was bedeutet dieses Zeichen?«, ignorierte ich seine Frage und sah Sascha ebenso gespannt an, wie er noch immer auf das Display starrte. »Kennst du das?«

»Was soll das hier kosten?«, rief der Mann mit dem Ziegenbart und schwenkte ein postkartengroßes Tuschbild der »Grünen Mühle« über dem Kopf.

»Steht doch drauf«, knurrte Sascha ungehalten. »Machen Sie doch die Augen auf!«

»Wie bitte?«, ertönte es von der Tür her. »Ich hab Sie nicht verstanden!«

Saschas Schroffheit überraschte mich. Ich kannte ihn eigentlich immer als cool und entspannt. Seine unfreundliche Antwort hatte mit dem Schriftzeichen zu tun, dessen Foto ich ihm noch immer unter die Nase hielt.

Aber warum?

»So wird das aber nichts mit dem Preis für Kundenfreundlichkeit«, sagte ich trocken. »Wofür steht das Zeichen?«

»Wie teuer ist das denn nun?«, tönte es erneut von der Tür her.

Sascha zögerte noch einen Moment, bevor er mir sagte, was das Zeichen für eine Bedeutung hat. »Freundschaft.« Er löste den Blick vom Display und sah mich vielsagend an. »Es heißt Freundschaft, Jan.«

»Also, wenn Sie jetzt nicht kommen, gehen wir«, lamentierte der Mann mit dem Ziegenbart.

Sascha warf mir einen letzten forschenden Blick zu, bevor er sich abwandte und seine Aufmerksamkeit den Kunden zuwandte.

Ich schaute ihm nach, bis er den quengelnden Mann erreicht hatte.

»Freundschaft«, wiederholte ich leise.

– 17 –

»Jan!«, hörte ich eine Stimme aufgeregt rufen. »Jan! Bleib doch mal stehen!«

Erschrocken zuckte ich zusammen. Bitte nicht jetzt!, dachte ich verzweifelt.

Eigentlich hätte ich mich über diese Stimme freuen und Anna freudestrahlend in die Arme nehmen und herumwirbeln müssen. Stattdessen wäre ich am liebsten im Erdboden versunken, was auch mit unserem letzten Telefonat zu tun hatte.

Mit gesenktem Kopf drehte ich mich langsam um. Was hätte ich auch sonst tun sollen? Davonlaufen?

Auch wenn mir das am liebsten gewesen wäre, ging das natürlich nicht. Schließlich läuft man nicht vor der besorgten Frau davon, die noch immer nicht wirklich wusste, weshalb der Mann, mit dem sie immer öfter das Bett und den Frühstückstisch teilte, von der Polizei als Tatverdächtiger in zwei Mordfällen gesucht wurde.

Anna war tough genug, um mir nicht um den Hals zu fallen. Mitfühlend musterte sie mich mit einem kurzen Blick, bevor sie mich unauffällig am Arm packte, um mich mitzuziehen.

»Geh einfach weiter«, raunte sie mir zu, während sie sich dicht an mich drängte. »Keine Angst, ich fall dir nicht um den Hals.« Sie rümpfte die Nase. »Dafür stinkst du auch zu sehr.«

Ich tat, was sie sagte, und setzte meinen Weg die Mühlenstraße entlang fort. Nach dem Abstecher zu Sascha hatte ich mich auf den Rückweg zu Holgers Laden begeben.

»Was machst du hier?«, fragte ich, noch immer überrascht, und sah sie ebenfalls von der Seite an.

Ich wunderte mich natürlich darüber, Anna um diese Zeit in Greetsiel über den Weg zu laufen. Eigentlich hätte ich sie auf ihrem Hof vermutet, da sie normalerweise um diese Zeit eine Menge zu tun hatte. Schließlich betrieb Anna gemeinsam mit ihrem Bruder eine ziemlich große Landwirtschaft. Da blieb nur selten Zeit für einen Stadtbummel.

Unsere Blicke trafen sich.

Anna erwiderte meinen Blick mit einer Mischung aus Wut und Besorgnis. Im Moment überwog ihre Sorge.

»Ich habe dich gesucht«, antwortete sie. »Du siehst ganz schön mitgenommen aus.«

»Du hast mich gesucht?«, fragte ich verblüfft.

»Stell dir nur vor«, erwiderte sie ironisch. »Nach unserem Telefonat hatte ich keine Ruhe mehr. Ich musste einfach los und dich suchen.«

»Du bist verrückt!«

Im gleichen Moment, als mir meine unbedachte Bemerkung spontan herausrutschte, tat sie mir leid, und unverzüglich meldete sich mein schlechtes Gewissen. Schließlich waren Anna und ich das, was man landläufig ein Paar nennt. Obwohl ich mir den Status noch nicht richtig eingestanden hatte. Das war die altbekannte Sache mit dem gebrannten Kind, welches das Feuer scheut: Man könnte sich ja aufs Neue verbrennen. Eine berechtigte Angst, denn das Leben ist nicht glatt wie eine Autobahn; überall können einem Schlaglöcher begegnen, die einen vielleicht aus der Bahn werfen. Oder, um ein Bild zu benutzen, das uns Küstenbewohnern näher ist: Nicht immer ist die See glatt und ruhig, jederzeit kann das Wetter umschlagen, die See rau und stürmisch werden. Riesenwellen, Untiefen; die See ist nicht nur wie das Leben – sie ist das Leben: wunderschön und unvorhersehbar.

»Ja. Das bin ich wohl.« Annas Augen funkelten mich wütend an. »Ich bin vor Sorge um dich fast verrückt geworden!«

Ihre Worte machten mich verlegen. Ich war es einfach nicht mehr gewohnt, dass sich eine Frau, die nicht meine Tochter war, Sorgen um mich machte.

»Entschuldige, Anna …«, sagte ich beklommen, denn es tat mir leid, dass ich sie nicht schon gleich heute Morgen angerufen hatte, sondern mich stattdessen mit Holger, seiner Karte und mir selber beschäftigt hatte. »Ich … hätte dich anrufen sollen.«

»Das hättest du wohl!«, gab sie wütend zurück.

»Es war alles ein bisschen viel und …« Verlegen suchte ich nach den richtigen Worten, um mein Versäumnis zu erklären, brach aber ab, weil uns plötzlich ein Rudel Radfahrtouristen entgegenkam, obwohl wir uns in der Fußgängerzone befanden.

Mit einem schnellen Satz brachten wir uns im Hauseingang einer Boutique in Sicherheit.

Verstohlen drückte ich meinen Ellbogen gegen Annas Unterarm. Mehr Annäherung traute ich mich nicht. Denn ich würde mit Sicherheit die Blicke der Passanten auf uns ziehen, wenn ich in meinem farbverschmierten, stinkenden Blaumann die attraktive Frau in dem apfelgrünen Sommerkleid in den Arm genommen hätte.

Mit ihren flammend roten Haaren zog Anna ohnehin schon viele bewundernde Blicke der Passanten auf sich, wobei es sich vorwiegend um Männer handelte, die sich den Hals nach ihr verdrehten.

Anna hingegen scherte sich nicht um die Aufmerksamkeit, die sie auf uns zog, als sie ihre Arme um meinen Hals legte und mich küsste.

Annas Lippen ließen mich meine lädierte Unterlippe vergessen. Welcher Mann denkt noch an seine Wehwehchen, wenn eine Frau wie Anna sich an ihn schmiegt und ihre Lippen öffnet?

Ich nicht!

Unser Kuss hätte noch endlos lang dauern können, aber Anna brachte mich schneller, als mir lieb war, zurück auf den Boden der Tatsachen, als sie ihre Lippen von meinen löste und mir zärtlich ins Ohr flüsterte: »Du Mistkerl stinkst wie eine Fischsuppe, die zu lange auf dem Herd gestanden hat.«

»Ich kann dich auch gut leiden«, kalauerte ich und zog sie erneut an mich.

»Lass mich los«, keuchte Anna leicht atemlos, presste sich aber eng an mich, anstatt sich gegen meine Umarmung zu wehren. »Die Leute gucken schon.«

»Egal«, erwiderte ich und küsste sie leidenschaftlich, wobei ich mich über meine eigene Leidenschaft wunderte.

»Jetzt ist aber gut!«, kicherte sie mit geröteten Wangen und stemmte ihre Arme gegen meine Brust. »Du wirst von der Polizei gesucht. Benimm dich gefälligst wie ein Verbrecher auf der Flucht und knutsch nicht mitten in der Fußgängerzone herum.«

»Schon gut, schon gut.« Widerwillig löste ich meinen Klammergriff. »Entschuldige, aber …«

»Wenn du es jetzt wagst, dich für deine Leidenschaft zu entschuldigen, hau ich dir ein zweites blaues Auge, du Mistkerl«, warnte Anna mich mit blitzenden Augen. »Dieses Kompliment lasse ich mir nicht mehr nehmen.«

Ich ließ meine Arme sinken und warf einen unauffälligen Blick Richtung Fußweg.

Auch wenn uns einige der Spaziergänger interessiert zu beobachten schienen, blieb alles ruhig: kein aufgeregtes Stimmengewirr oder Rufe wie: »Haltet ihn!«, kein Blaulicht und keine Sirenen.

Erleichtert atmete ich auf.

»Du siehst wirklich leicht ramponiert aus«, stellte Anna fest. »Aber zumindest hat dich jemand fachmännisch zusammengeflickt. Uz?«

»Auch«, bestätigte ich ihre Vermutung. »Aber die Naht hat Claudia gemacht.«

»Sieht gut aus.«

Da ich wusste, dass Anna bei unkomplizierten und oberflächlichen Verletzungen, wie sie bei Rindern üblich sind, die Tag und Nacht auf der Weide verbringen, der Einfachheit halber und aus Kostengründen öfter mal selber Hand anlegt und eine Wundnaht setzt, wusste ich ihr pragmatisches Urteil zu schätzen, obwohl ich mich nicht als Ochse fühlte – zumindest im Moment nicht.

»Komm mit«, sagte Anna und griff nach meiner Hand.

»Die Leute …«, widersprach ich halbherzig, ergriff aber gleichzeitig ihre warme Hand. »Ich bin schließlich auf der Flucht.«

»Komm!« Anna ließ sich von meiner Widerrede nicht beirren und zog mich in die Straße, die hinter »Simon's African Shop« entlanglief.

Am Rand der Hecke, die das angrenzende Grundstück umgab, blieb Anna stehen und sah sich nach allen Seiten um.

»Die Luft ist rein«, flüsterte sie und legte ihre Arme um mich.

Annas Körper war warm und weich. Als ich mein Gesicht in ihrem Haar vergrub, konnte ich Wind und Sonnenschein darin riechen. Mit geschlossenen Augen genoss ich diesen Moment und hätte Anna am liebsten den ganzen Tag im Arm gehalten. Aber leider lösen sich Probleme nicht von alleine auf, nur weil man die Augen fest zusammenkneift.

Widerwillig öffnete ich meine Augen und warf vorsichtshalber einen Blick um uns, bevor ich mich entspannte.

Es war niemand zu sehen.

Was aber auch nichts bedeutete. Hinter jeder Butzenscheibe der rundum liegenden Häuser und jedem Paar Sonnenbrillengläser der gemächlich vorbeischlendernden Touristen verbarg sich möglicherweise ein aufmerksamer Leser der *Ostfriesen-Zeitung*, der nur in die Innentasche seiner Jacke greifen musste, um mit seinem Handy der Polizei den entscheidenden Hinweis zum aktuellen Aufenthaltsort des flüchtigen »Doppelmörders« zu geben. Heutzutage war es für die Polizei ein Leichtes, einen Verdächtigen zu jagen, sie brauchte nur ein Fahndungsfoto im Internet zu veröffentlichen. Meist stellten sich die Verdächtigen nach kurzer Zeit, weil sie den Fahndungsdruck nicht aushielten. Mein Foto war am Vortag zwar »nur« in der *Ostfriesen-Zeitung* abgedruckt gewesen. Doch auch wenn ich mich ein Stück weit damit beruhigen konnte, dass die Titelseite bereits nach ein paar Tagen vergessen sein würde, weil eine Schlagzeile die nächste jagt und das Foto zudem grobkörnig und nicht von bester Qualität war, musste ich auf der Hut sein.

»Jetzt erzähl!«, forderte Anna mich auf; ihre Augen musterten mich aufmerksam. »Was ist eigentlich los? Wieso springt mich dein Foto an, wenn ich morgens nach dem Ausmisten des Schweinestalls eine Pause mache und die Zeitung zur Hand nehme? Ich habe vor Schreck die Kaffeetasse fallen lassen.«

»Einer der Gründe, weshalb ich auf der Flucht bin.«

»Wieso treibst du dich dann am helllichten Tag auf der Mühlenstraße herum, anstatt dich irgendwo zu verstecken, wenn du schon auf der Flucht bist?«, fuhr sie mich an.

»Ich wollte Holger einen Gefallen tun«, entgegnete ich und tippte mir an den Schirm der Mütze, die ich mir tief ins Gesicht gezogen hatte. »Außerdem habe ich mich getarnt.«

»Ja, eine tolle Tarnung«, erwiderte Anna ironisch. »Ich hab

dich auch nur am Geruch erkannt. Und warum kümmerst du dich um Holgers Kram, wenn du selber knietief in der Scheiße steckst?«

Anna drückte sich mitunter erfrischend direkt aus.

»Er lässt mich auf seinem Dachboden schlafen. Deshalb wollte ich ihm einen Gefallen tun, während ich auf Claudias Anruf warte. Untätiges Rumsitzen und Warten liegt mir nicht.«

»Erzähl mir jetzt, was los ist!«, forderte sie mich auf.

»Das ist eine lange Geschichte«, erwiderte ich und strich Anna eine flammend rote Haarsträhne aus dem Gesicht.

»Die Zeit nehme ich mir!«

Da ich wusste, dass Anna sich nicht mit halben Sachen abspeisen lassen würde und ich ihr ohnehin eine Erklärung schuldig war, schilderte ich ihr die ganze Geschichte von dem Zeitpunkt an, als mir die Frau mit den Rastazöpfen vors Auto gelaufen war.

»Es ist kaum zu glauben«, sagte Anna leise und fuhr mir mit ihren Fingerspitzen gleichermaßen besorgt und zärtlich übers Gesicht, »... so etwas hier bei uns.«

»Bei uns werden schließlich nicht nur Milchkühe geklaut«, lachte ich leise.

»Davor würde ich auch warnen«, erwiderte Anna und reckte kampfeslustig ihr Kinn nach vorne. »Die Schrotflinte liegt neben meinem Bett.«

»Oh«, raunte ich ihr leise ins Ohr. »Dann muss ich ja in Zukunft aufpassen.«

»Nur wenn du mich vernachlässigst«, flüsterte Anna drohend und sah mich augenzwinkernd an. »Dann gnade dir Gott!«

»Niemals!«, entgegnete ich.

»Wie geht es jetzt weiter?« Anna lehnte ihren Kopf an meine Brust. »Warum stellst du dich nicht?«

Zärtlich strich ich mit den Fingern durch ihre rote Mähne. Mein Blick wanderte über Annas Schulter die Gasse entlang.

Wir hatten Glück. Momentan ließ sich niemand sehen, was aber mit Sicherheit nicht lange währen würde.

»Ich warte auf Claudias Rückruf in der Hoffnung, dass sie Erfolg hatte und den Patienten ermitteln konnte, dem die Medikamentenschachtel gehört …«, sagte ich. »Und dann statte ich dem Herrn einen Besuch ab.«

»Denkst du, es war dieser Mann, der Richter umgebracht hat?«

»Richter?«, erwiderte ich irritiert und pustete eine von Annas Haarsträhnen zur Seite, die mich im Gesicht kitzelte. »Welcher Richter denn?«

»Peter Richter«, antwortete Anna und löste sich aus meiner Umarmung. »Das Opfer. Der Tote unter den alten Surfsegeln war Peter Richter.«

Als Anna den Namen aussprach, fiel mir der Artikel mit meinem Foto ein. Dort wurde das Opfer erwähnt.

»Peter R., Hotelier«, nickte ich. »Stimmt. Hatte ich gestern in der Zeitung gelesen.«

»Ja, genau. Er besaß zwei Hotels«, erzählte Anna. »Eins hier in Norddeich und das andere in Greetsiel. Und dann ist da noch das neue Projekt am Neudeicher Rott.«

»Wo ist das?«

»Wenn du aus Norddeich rausfährst …«, erklärte Anna mir und zeichnete die Strecke mit dem Zeigefinger in die Luft, »… die Deichstraße weiter …«

»Etwa da, wo mir die junge Frau vors Auto gesprungen ist?« Missmutig verzog ich den Mund.

»Genau.« Zur Bestätigung stach Anna den Zeigefinger in die Luft. »Da weiter geradeaus, am Nordsee-Camp vorbei.«

»Dort, wo sich der Wohnmobilpark befindet?«, fragte ich.

Anna nickte. »Noch ein Stück weiter hoch, ein paar Hundert Meter.«

»Aber da ist doch nix«, warf ich ein. »Nur Acker auf der linken und Watt auf der rechten Seite.«

»Stimmt, noch nicht. Im Moment steht da nur der alte Tidje-Hof, oder zumindest das, was nach dem Brand vor zwei Jahren noch übrig ist«, erwiderte Anna. »Da wird aber bald was sein. Und zwar ein Hotel, viele Sterne, künstlich angelegter Privatstrand, weißer Sand und – ein Zaun. Peter Richters Lebenswerk.«

Energisch schüttelte ich den Kopf.

Ich kannte den Küstenabschnitt, da ich hier schon ein paarmal entlang des Deiches gejoggt war. Eine sehr idyllische Strecke. Auf der einen Seite die Nordsee: mal Wasser oder Wattenmeer, je nach Tide. Auf der anderen Seite Wiesen und Felder, viel Raps, dazwischen ein Bauernhof und vereinzelte Ferienhäuser. Natur pur. Und da wollte Richter eine luxuriöse Hotelanlage hinbauen?

»Das kann doch gar nicht sein!«, behauptete ich im Brustton der Überzeugung. »Soll nicht die ganze Ecke Naturschutzgebiet werden?«

»Sollte«, nickte Anna. »Seit einiger Zeit nicht mehr. Zumindest nicht das Stück zwischen Neudeicher Rott und Westermarsch II. Da kommt diese Anlage hin.«

»Wann?«

Anna zuckte mit den Schultern. »Weiß ich auch nicht so genau. Ich hatte nur in der Zeitung gelesen, dass Richter Schwierigkeiten mit seinen Investoren hatte. Irgendetwas hat mit der Finanzierung nicht hingehauen.«

»Und jetzt ist er tot«, murmelte ich nachdenklich.

»Ja, jetzt ist er tot«, wiederholte Anne mit ernster Miene. »Und du denkst, der Typ, den du über die Drachenwiese hast weglaufen sehen, war der Mörder von Peter Richter?«

»Das weiß ich nicht«, entgegnete ich und zuckte mit den Achseln. »Ich weiß nur, dass ich nicht der Mörder bin. Und dass der Typ genau dort zwischen den Schuppen hervorkam, wo ich später über den Toten gestolpert bin.«

»Das sieht wirklich nicht nach einem Zufall aus«, stimmte Anna mir zu. »Du musst zur Polizei!«

Ich schüttelte den Kopf.

»Nein«, antwortete ich, obwohl ich wusste, dass Anna im Grunde recht hatte.

Aber ich war mir sicher, dass Güll mir das Leben verdammt schwer machen würde. Ich würde auf unbestimmte Zeit im Untersuchungsgefängnis verschwinden. Wer weiß, vielleicht fand die Staatsanwaltschaft zudem Indizien oder Zeugenaussagen, denen ich nichts entgegenzusetzen hatte, und ich wurde am Ende tatsächlich für einen Mord verurteilt, den ich nicht begangen hatte.

Ich war nicht bereit, auch nur das kleinste Risiko einzugehen, das der Staatsanwaltschaft eine Möglichkeit geben würde, mich einzubuchten. Spätestens wenn die forensischen Untersuchungen an dem toten Peter Richter abgeschlossen waren, würde Staatsanwalt Güll mich erneut festnehmen lassen müssen. Denn an dem Toten und am Tatort gab es jede Menge Spuren von mir: Hautpartikel, Blut von meiner aufgeplatzten Unterlippe und Augenbraue, Kleidungsfasern und so weiter. Außerdem hatte mich das Kind fotografiert. Was wollte man denn mehr? Forensische Beweise und das Tatortfoto vom Verdächtigen obendrein.

Geradezu perfekt für eine Anklageerhebung.

Abgesehen von dem, was ohnehin auf mich zukam, war jede Sekunde im Knast eine Sekunde zu viel. Schließlich war ich Anwalt und stand für gewöhnlich auf der Außenseite der Zellentür. Meine einzige Chance, dem drohenden Verfahren und dem damit verbundenen Gefängnisaufenthalt zu entgehen, lag darin, selber den Täter zu überführen.

»Wieso nicht?«, entgegnete Anna.

»Weil ich nicht auch nur eine Sekunde noch einmal in einer Zelle sitzen werde«, antwortete ich mit dumpfer Stimme.

»Das wirst du auch nicht, wenn du zur Polizei gehst«, argumentierte sie schlagfertig. »Du hast nichts getan.«

»Als ich ein Versteck suchte, habe ich nicht sofort erkannt, dass der Mann tot war. Ich habe im Reflex die Arme hochgerissen und ihn abgewehrt. Deshalb gibt es mit Sicherheit Gewebespuren von mir an dem Toten«, erklärte ich. »Außerdem haben mich Zeugen gesehen: das kleine Mädchen, die Mutter und dann der Junge, der ein bestimmt nicht sehr vorteilhaftes Foto von mir gemacht hat, auf dem ich wie ein blutverschmierter Zombie aussehe.«

»Gerade deshalb musst du dich stellen«, beharrte Anna. »Du bist unschuldig. Die Ermittlungen werden ergeben, dass du nichts getan hast. Stell dich, Jan!«

Anna sah mich beschwörend an. In ihren Augen erkannte ich große Sorge und Angst um mich.

Dennoch schüttelte ich stumm den Kopf. Meine Entscheidung war getroffen, was sie auch in meinem Blick lesen konnte.

»Du bist und bleibst ein Dickschädel«, gab Anna auf und legte mit einem leisen Seufzer ihren Kopf an meine Brust. »Tu, was du tun musst. Aber was sage ich da, meinen Rat kann ich mir auch schenken. Das machst du ohnehin.«

»Sobald ich weiß, wer der Typ ist, den ich auf der Drachenwiese habe weglaufen sehen, bin ich der Lösung einen großen Schritt näher«, behauptete ich optimistischer, als ich mich fühlte, denn ich mochte nicht so recht an die einfache Lösung glauben, dass der Typ mit dem Musketierbart auch der Mörder war.

Aber warum eigentlich nicht?

Nicht immer gab es den berühmten Unbekannten. Viele Täter wurden durch Kommissar Zufall oder unspektakuläre Beweise und Zeugen überführt: der Nachbar, der mit dem

Hund Gassi geht; ein Spaziergänger auf dem Nachhauseweg; ein Knöllchen, das ein Alibi platzen lässt; oder das berühmte Blitzerfoto, das den Mörder auf der Flucht überführt. Warum also nicht auch der unverbesserliche Anwalt im Ruhestand, der das Herumschnüffeln nicht sein lassen kann und dem Mörder auf der Norddeicher Drachenwiese über den Weg läuft?

»Hoffen wir das Beste«, sagte Anna leise an meinem Ohr, während sie mich fest umklammerte.

»Und damit mir die Wartezeit nicht zu langweilig wird, helfe ich Holger bei einer Sache, die ihm wichtig ist«, sagte ich betont entspannt, als wäre es das Selbstverständlichste der Welt, von der Polizei als Haupttatverdächtiger in zwei Mordfällen gesucht zu werden.

»Kann ich dir helfen?« Anna schmiegte sich noch enger an mich, was in mir den Wunsch auslöste, sie hinter den nächsten Strandkorb zu ziehen, anstatt einem Mörder hinterherzujagen.

Ich schüttelte den Kopf. »Danke, im Moment nicht.«

»Ich könnte mich auch noch mal in der Surfschule umschauen«, schlug sie vor. »Vielleicht entdecke ich ja etwas, was wichtig ist und dich entlastet.«

Wieder schüttelte ich den Kopf, diesmal allerdings energischer. »Nein, auf keinen Fall!«, sagte ich bestimmt. »Das will ich selber machen.«

»Du?« Annas Kopf ruckte hoch. »Spinnst du? Wie willst du das denn anstellen?«

Da ich die Frage zumindest vorerst nicht beantworten konnte, murmelte ich etwas davon, dass sich schon ein Weg finden würde.

Resigniert schüttelte Anna den Kopf. »Ich geb's auf. Du musst selber wissen, was du tust. Was hast du jetzt vor?«

Es tat mir in der Seele weh, Anna zu beunruhigen. Aber ich sah keine andere Möglichkeit, meine Unschuld zu beweisen, als mich um die Angelegenheit selber zu kümmern. Mich bequem in eine Zelle setzen und Staatsanwaltschaft und Kripo in aller Seelenruhe an einem Beweiskonstrukt basteln zu lassen, das mich tatsächlich hinter Gitter bringen konnte, war nicht mein Ding.

»Ich bin mit Holger verabredet«, sagte ich, ohne auf Einzelheiten einzugehen, da mir nicht der Sinn nach langen Erklärungen zu Holgers Anliegen stand, das mit meinen eigenen Problemen nichts zu tun hatte.

Anna war sensibel genug, um zu merken, dass ich nicht reden wollte. Sie zog mich eng an sich.

»Wenn du Hilfe brauchst, du weißt, wo du mich findest«, flüsterte sie mir sanft ins Ohr. »Ich bin immer für dich da.«

»Danke«, flüsterte ich ebenso leise in Annas Haar. »Wenn ich nicht mehr weiß, wo ich schlafen soll, klopf ich bei dir ans Fenster. Vielleicht machst du mir ja auf.«

Mit einem Ruck riss sich Anna von mir los. Ihre Augen funkelten wütend, als sie mir mit der flachen Hand vor die Brust schlug.

»Einen Teufel werde ich tun!«, fuhr sie mich an. »Ich dachte, ich wäre die Frau an deiner Seite und nicht der Notnagel, zu dem du unter die Bettdecke schlüpfst, wenn du nicht weiterweißt.«

»Uff«, machte ich erschrocken über ihren Wutausbruch. »Entschuldige, Anna, so war das nicht gemeint …«

»Doch«, gab sie wütend zurück. »Genauso hast du das gemeint! Du machst dein Ding. Genauso, wie du es immer gemacht hast: als einsamer Wolf auf der Pirsch.« Annas Stimme klang gefährlich leise, als sie einen Schritt zurücktrat und ihre Hände in die Hüften stemmte. »Und wenn du mit deinem Latein am Ende bist, klopfst du bei mir an, um deine Wunden zu lecken.«

»Ach …«, sagte ich abwehrend und machte einen Schritt auf sie zu. »Ganz so ist es auch nicht.«

»Doch!«, erwiderte sie mit kühler Stimme. »Genau so. Ist dir die Bedeutung von Begriffen wie *Partnerschaft* oder *füreinander da sein* überhaupt bewusst? Mensch, Jan! Ich bin deine Partnerin! Zumindest denke ich, dass ich das bin.« Annas provozierender Blick musterte mich prüfend, bevor sie mich weiter zusammenstutzte. »Du bist nicht mehr allein! Vergiss das nicht.«

Ist das so?, dachte ich, während ich Anna schweigend ansah. Bin ich der einsame Wolf, der, ohne einen Gedanken an andere zu verschwenden, seine Ziele verfolgt? Ichbezogen? Rücksichtslos? Unmerklich schüttelte ich den Kopf, denn so sah ich mich dann doch nicht. Ich hatte mich immer für einfühlsam und empathisch gehalten. Allenfalls gedankenlos, dachte ich.

»Eins muss der einsame Wolf wissen, wenn er loszieht.« Annas Stimme hatte sich zu einem Flüstern abgesenkt. »Er wird geliebt.«

– 18 –

Nachdem ich mich von Anna mit einem leidenschaftlichen Kuss verabschiedet hatte, machte ich mich auf den Weg zur »Alten Müllerei« gegenüber der »Grünen Mühle« am Ortseingang von Greetsiel, wo Holger schon ungeduldig auf mich wartete.

»So langsam fängst du aber wirklich an zu stinken«, rümpfte Holger zur Begrüßung die Nase und verzog das Gesicht. »Ich hab noch ein paar gute Anziehsachen im Fundus, da kannst du etwas von haben.«

Nachdem Holger mir erklärt hatte, dass ihm Klamotten noch nie wichtig waren, und ich festgestellt hatte, dass er seine Kleidung schon seit Jahrzehnten immer im Sechserpack von Sonderangeboten kaufte, war die Auswahl nicht besonders groß. Zumal Holger ein schmales Handtuch war und ich keine Chance hatte, den Bund einer der zehn gleichen Cordhosen zu schließen.

Da aber Holger auch nie etwas wegwarf, wurde ich dann tatsächlich in einer alten Seemannskiste fündig. Ich wollte gar nicht wissen, wer das verwaschene groß karierte Hemd und die blauen Drillichhosen vor gefühlten hundert Jahren getragen hatte: Ob Opa oder Uropa, war mir im Moment auch egal. Hauptsache, die Klamotten passten und stanken nicht nach

Fisch. Dafür stank ich jetzt nach Mottenkugeln und dem Flair von Generationen von Hausstaubmilben.

Zur Bestätigung nieste ich lautstark.

»Schönheit«, kommentierte Holger gut gelaunt meinen Niesanfall.

Ich brummte ein kaum verständliches »Danke« in den Jackenärmel, den ich mir automatisch vor Mund und Nase gehalten hatte, was nicht klug war, da das Mottenpulver postwendend den nächsten Niesanfall auslöste.

»Da ist ein freier Parkplatz!«, machte ich Holger auf eine schmale Lücke zwischen Hecke und einem weißen Dienstwagen der Gerichtsmedizin aufmerksam, der dort abgestellt war.

Ohne auf meinen Hinweis zu achten, fuhr Holger weiter, bis er am äußersten Ende des Parkplatzes einen Abstellplatz gefunden hatte, der nicht nur frei, sondern auch ohne Rangieren zu befahren war.

Holger stellte den Motor seines Mercedes ab und zog gefühlvoll die Handbremse an.

»So. Das hätten wir.« Zufrieden sah er mich an.

»Warum hast du nicht den freien Parkplatz am Eingang genommen?«, wollte ich wissen.

»Zu eng, zu nah, zu auffällig«, antwortete Holger und deutete mit dem Kinn zur Haube seines Cabrios. »Außerdem nehme ich nie einen Parkplatz, bei dem ich mehr als einmal rangieren muss.«

»Snob«, spottete ich.

»Wat mutt, dat mutt!«, erwiderte Holger. »Das ist ja schließlich ein Luden-Benz. Da parkt man nicht erst umständlich ein. Der King is coming!«, strahlte er. »Verstehste?«

»Dich verstehen?«, brummte ich. »Das habe ich schon lange aufgegeben.«

»Apropos King«, meinte Holger und zeigte mit dem Autoschlüssel auf mich. »Meine Brille steht dir fast noch besser als Opas Mütze. Solltest du öfters tragen.«

»Ich überleg's mir«, feixte ich. »Aber dann musst du mir deinen Luden-Benz leihen. Soll ja standesgemäß sein.«

In diesem Stil flachsten wir miteinander, während wir wie zwei reguläre Mitarbeiter des Gerichtsmedizinischen Instituts zu dem zweigeschossigen Backsteingebäude spazierten.

Mittlerweile hatten wir den gläsernen Eingang der Gerichtsmedizin erreicht, den wir im sprichwörtlichen Sinne links liegen ließen und die Gebäudeecke ansteuerten, hinter der wir zielstrebig verschwanden. Wenige Meter weiter sah ich schon den Hinterausgang der Gerichtsmedizin in Form einer grau lackierten Doppeltür aus Metall.

Sekunden später erreichten wir die Hintertür. Bereit zum Anklopfen, legte ich meine Fingerknöchel gegen das Metall, das sich aufgrund der sommerlichen Temperaturen aufgeheizt hatte.

»Wie spät?«, fragte ich im Flüsterton, während ich mit scharfen Augen die Umgebung inspizierte.

»Mooooment«, antwortete Holger mit Blick auf seine Armbanduhr. »Gleich ist es so weit.«

Ich verharrte mit erhobener Hand in meiner Position.

Eine gewisse Nervosität konnte ich nicht leugnen, während ich auf Holgers Zeichen wartete. Was ja auch kein Wunder war. Schließlich stand ich gerade als gesuchter Haupttatverdächtiger in zwei Mordfällen an der Hintertür zur Höhle des Löwen – dem Gerichtsmedizinischen Institut der Stadt Emden, wo Staatsanwaltschaft und Kripo ein und aus gingen. Es hätte mich nicht gewundert, wenn mir auf mein Klopfen hin Staatsanwalt Güll oder Kommissar Mackensen die Tür geöffnet hätten.

»Jetzt!« Holger stach seinen Zeigefinger in die Luft.

Das Klopfen, das meine Fingerknöchel auf der Metalltür erzeugten, hallte laut in meinen Ohren. Für meinen Geschmack viel zu laut. Aber Tillmann hatte sicherlich gewusst, was er sagte, als er mir vorschlug, ihn eine Stunde später in der Pathologie aufzusuchen – hoffte ich zumindest. Ich vertraute darauf, dass Tillmanns Kollegen sich tatsächlich zu dem verabredeten Zeitpunkt zur Geburtstagsmittagspause eines ihrer Kollegen trafen und Tillmann sich alleine in der Gerichtsmedizin befand.

Also unterdrückte ich das unbehagliche Gefühl, jeden Moment jemandem über den Weg zu laufen, der mich erkennen konnte, was im schlimmsten Fall Güll oder Mackensen sein konnten.

Ich war Tillmann dankbar, dass wir uns so kurzfristig, und ohne dass er Fragen stellte, in seinem Institut treffen konnten. Jetzt setzte ich auf unser gutes und vertrauensvolles Verhältnis und hoffte, dass er mir einige Informationen geben würde, die mir weiterhalfen.

Was Holger und seine Karte betraf, hoffte ich ebenfalls auf Tillmanns Entgegenkommen. Wenn er sich ein paar Minuten Zeit nahm, würden wir heute noch wissen, ob es sich bei den Flecken tatsächlich um Blut handelte, ohne dass Holger seine geliebte Karte aus den Augen lassen musste. Auf diesem Weg hätte ich zwei Fliegen mit einer Klappe geschlagen.

Tillmann hatte nicht sonderlich überrascht gewirkt, als ich ihn vor einer Stunde anrief und fragte, ob er Zeit für mich hätte.

Mir kam es fast vor, als hätte er schon auf meinen Anruf gewartet. Wahrscheinlich rechnete er damit, weil er glaubte, ich wolle ihn anbohren, um Neuigkeiten im Fall der toten Julia Marten zu erfahren. Wobei er mit dieser Vermutung nicht falschlag, denn natürlich brannte ich darauf, mehr über die beiden Morde zu erfahren, in denen ich als Tatverdächtiger gehandelt wurde.

Ich mochte den Pathologen mit der aus der Mode gekommenen Afrolookfrisur, deren ungewöhnliche Karottenfarbe seine Erscheinung unverwechselbar machte. Er war ein wirklich netter und umgänglicher Zeitgenosse, der mich mit seinen ausgelatschten Dockers und den Ghost-Busters- oder Peace&Love-Shirts immer an einen Hippie der Sechzigerjahre erinnerte, obwohl die andere Klamotten getragen hatten. Tillmann hatte eindeutig Hippieblut in seinen Adern, wovon auch sein Musikgeschmack zeugte: Janis Joplin, Iron Butterfly oder Joan Baez. So wie Uz während der Fangfahrten auf seinem Kutter über Bordlautsprecher Johnny Cash und Johnny Winter hörte, erklangen in Tillmanns Obduktionsräumen *Voodoo Child* von Jimi Hendrix oder *Walk on the Wild Side* von Lou Reed. Ein für zart besaitete Gemüter höchst verstörendes Szenario, wenn der Gerichtsmediziner mit den orangefarbenen Haaren zu den Klängen von *Piece of My Heart* von Janis Joplin die Knochensäge ansetzte.

In der Vergangenheit waren wir uns häufig begegnet, denn einem Mordermittler läuft der zuständige Gerichtsmediziner gewissermaßen zwangsläufig über den Weg. Und in Sachen Mord hatte ich in den vergangenen Jahren öfter mit Tillmann zu tun gehabt, als mir lieb war. Obwohl ich mich im selbst gewählten Ruhestand befand, brachten es der Zufall und die mörderischen Geschicke Ostfrieslands mit sich, dass ich mich unversehens in Mordfälle verwickelt und als juristischer Vertreter eines Angehörigen oder des Betreffenden selber wiederfand.

Diesmal aber konnte ich mich praktischerweise gleich selber verteidigen – ich war der Hauptverdächtige.

Streng genommen durfte Tillmann natürlich überhaupt nicht mit mir sprechen, er hätte mir ja Ermittlungsergebnisse oder Interna verraten können – worauf ich selbstverständlich aus war. Aber ich setzte auf unsere gute Beziehung, denn zwischen dem dürren Pathologen und mir hatte sich in den letzten Jahren eine Art Freundschaft entwickelt. Abgesehen davon musste ich eine Zeit lang davon ausgehen, dass Tillmann mein Schwiegersohn werden würde. Aber auch wenn wir uns prächtig verstanden, war ich von dieser Vorstellung zugegebenermaßen wenig begeistert, was weniger an seinem skurrilen Aussehen, sondern eher an meiner väterlichen Verlustangst lag, die Tochter an einen anderen Mann zu verlieren. Was natürlich falsch gedacht war, denn schließlich verliert man als Vater nicht eine Tochter, sondern gewinnt einen Schwiegersohn dazu. Seit Tillmanns rotweinseligem Anruf im letzten Herbst, der in gewissen Verständigungsschwierigkeiten zwischen ihm und Thyra begründet war, hegte ich mittlerweile ein schwiegerväterliches Verständnis für seine Probleme mit meiner Tochter, sodass wir wie selbstverständlich nach seinem dritten Glas Rotwein zum »Du« übergegangen waren.

Hinter der Metalltür näherten sich Schritte.

Obwohl ich sicher war, dass es Tillmanns Schritte waren, spannte ich meine Muskeln unbewusst an.

»Nervös?«, fragte Holger hinter mir.

»Ein bisschen«, gab ich zu, ohne meinen Blick von der Tür zu wenden. »Man weiß ja nie …«

Die graue Tür schwang auf.

»Moin, Tillmann«, sagte ich erleichtert, als sein Karottenkopf im Türspalt erschien.

Obwohl wir uns seit seinem rotweinseligen nächtlichen Anruf duzten, nannte ich ihn noch immer beim Nachnamen. Tillmann Theo zu nennen, fühlte sich für mich fremd an, und ihm schien es noch gar nicht aufgefallen zu sein. Herr Lehmann aus dem gleichnamigen Roman von Sven Regener wurde auch nie anders als beim Nachnamen genannt.

»Ja … äh … moin«, stotterte der Pathologe und sah irritiert zwischen Holger und mir hin und her, ohne Anstalten zu machen, uns hineinzulassen.

Es dauerte zwei Sekunden, bis er mich erkannte.

»Jan?«, fragte er ungläubig und riss die Augen auf, während sein übergroßer Adamsapfel einen Hüpfer machte.

»Lässt du uns rein?«, fragte ich mit einem nervösen Blick über seine Schulter.

»Ja … äh … ja, klar.« Tillmann trat zur Seite, sodass ich mich mit Holger im Schlepptau an ihm vorbeidrücken konnte.

Schnell und geräuschlos drückte Tillmann die Tür hinter uns ins Schloss.

Ich musterte ihn kurz.

Tillmann sah bleich und übernächtigt aus. Sein Gesicht machte einen unendlich traurigen Eindruck und um seinen Mund schienen sich ein paar zusätzliche kleine Kerben eingegraben zu haben. Er wirkte noch dünner, als er ohnehin schon gewesen war, und die grüne OP-Kleidung, die er bei seiner Arbeit trug, schlackerte traurig um seine dürre Gestalt, die der eines großen Vogels immer ähnlicher wurde.

»Das ist Holger von der ›Alten Müllerei‹ in Greetsiel. Holger, das ist Doktor Tillmann, Chefpathologe hier in der Gerichtsmedizin«, stellte ich die beiden einander vor und vermied es, auf Tillmanns Gesichtsausdruck einzugehen; dafür war später noch Zeit, wenn wir die Gelegenheit bekamen, unter vier Augen miteinander zu sprechen.

Wir gaben uns kurz die Hände.

»Ich habe dich im ersten Moment nicht erkannt«, sagte Tillmann und schüttelte staunend den Schädel. »Wie siehst du denn aus. Warst du im Time-Tunnel oder hast du die Kleiderkammer des Altenheims geplündert?«

Bevor Holger zu einem Vortrag über die Vergänglichkeit von Mode und die Qualität jahrzehntealter Drillichhosen ansetzen konnte, winkte ich ab: »Ich kam in den letzten beiden Tagen nicht dazu, mich umzuziehen. Und da war Holger so nett und hat mir mit ein paar Sachen aus seinem Fundus ausgeholfen.«

»Genau«, bestätigte Holger. »Jan stank wie ’ne alte Fischreuse. Jetzt müffelt er nur ein bisschen nach Mottenkugeln.«

Zur Bestätigung seiner Ausführungen nieste ich zweimal kräftig.

»Schönheit«, wünschte mir Holger.

Tillmann sah zuerst Holger und dann mich an, verzichtete aber auf eine Bemerkung.

»Kommt mit«, forderte er uns stattdessen auf und setzte sich in Bewegung.

Gehorsam folgten wir dem Gerichtsmediziner den Gang entlang, bis wir an einer Hygieneschleuse stehen blieben. Tillmann gab einen mehrstelligen Code in ein kleines Terminal ein, das rechts neben der metallenen Schiebetür an der Wand angebracht war.

Mit leisem Brummen glitten die beiden Flügel der automatischen Tür auseinander.

Die typischen Ausdünstungen der Gerichtsmedizin empfingen uns mit geballter Intensität. Unwillkürlich öffnete ich den Mund, um nicht durch die Nase atmen zu müssen, trotzdem stach mir die Mischung aus Reinigungs- und Desinfektionsmittel, Formaldehyd und der spezifische, mehr oder weniger schwach-süßliche Geruch nach Verwesung in die Nase.

»Da war mir ja der Fischgestank noch lieber«, ließ sich Holger mit angestrengter Stimme vernehmen.

»Hier, nehmt das.« Tillmann zog eine kleine Tube aus der Tasche seiner grünen OP-Hose und streckte sie uns entgegen.

»Was ist das?«, fragte Holger argwöhnisch.

»Eine chinesische Mentholsalbe«, antwortete Tillmann. »Das könnt ihr euch unter die Nase schmieren. Aber ganz dünn, nur einen Hauch.«

Ich lehnte dankend ab. Auch wenn mir der Geruch der Pathologie zuwider war, wollte ich mir nicht dieses Zeugs unter die Nase schmieren.

»Ooh«, stöhnte Holger neben mir, der Tillmanns Angebot,

ohne lange zu zaudern, angenommen hatte. »Da habe ich wohl ein bisschen zu viel erwischt. Das wird total kalt.«

»Nur einen Hauch, hatte ich gesagt.« Tillmann sah Holger tadelnd an.

»Hölle! Ist das scharf«, keuchte Holger und wischte sich hektisch die Rinne über der Oberlippe ab, was aber nur zur Folge hatte, dass er die Mentholsalbe großflächig verteilte und noch lauter zu jammern begann.

»Im Saal sind Waschbecken«, sagte Tillmann und deutete mit dem Daumen hinter sich. »Da hilft nur Wasser und Seife.«

Während Holger immer heftiger zu schnaufen begann, eilten wir durch den weiß gekachelten Gang, bis wir eine weitere automatische Tür erreichten. Tillmann hielt seine Hand an einen Fingerabdruckscanner, worauf sich diese Tür ebenfalls vor uns öffnete.

»Spitzentechnologie«, sagte er stolz und machte eine einladende Handbewegung Richtung Innenraum. »Jetzt auch bei uns in Ostfriesland.«

Ergeben seufzte ich und trottete Tillmann hinterher.

Das kalte, grelle Deckenlicht des Obduktionssaals blendete mich fast schmerzlich. Aus einem kleinen mobilen Lautsprecher erklangen die psychedelischen Orgelklänge von Iron Butterflys *In-A-Gadda-Da-Vida*.

Ich hasste Orte wie diesen.

Schon immer hatte ich die kalten weiß gekachelten Sektionsräume der Gerichtsmedizinischen Institute und Pathologien gehasst. Wenn es sich irgendwie vermeiden ließ, hatte ich stets einen großen Bogen um Obduktionsräume gemacht. Als ich mit meiner Kanzlei stetig erfolgreicher wurde, fanden sich immer wissbegierige junge Kollegen, die mir diese Besuche, sofern sie notwendig wurden, abnahmen.

Den heutigen Besuch bei Tillmann konnte ich leider niemand anderem aufs Auge drücken. Schließlich ging es um

Privates wie Holgers Karte und die Frage, ob es sich bei den vermutlich jahrzehntealten Flecken um Ölflecken oder tatsächlich, wie ich es vermutete, um Blutflecken handelte – und um ein paar andere wichtige Informationen. Eine Obduktion oder eine Leichenschau stand Gott sei Dank nicht auf dem Programm.

Hinter mir keuchte Holger: »Wo ist Wasser?«

»Dort drüben.« Tillmann zeigte zur Fensterseite des Saals, wo sich gegenüber von zwei chromblitzenden metallenen Seziertischen mehrere Waschbecken befanden. »Die beiden rechten.«

Wortlos und tränenblind hastete Holger in die gewiesene Richtung.

Tillmann wandte sich mir zu. Wir sahen uns einen Moment stumm an, bis er beschloss, mit dem Wichtigsten zu beginnen: Thyra!

»Sie hat's mir gesagt.« Tillmanns Stimme klang mit einem Mal brüchig, als er mit dem herausrückte, was ihm seit unserer Ankunft im Gesicht geschrieben stand.

»Verstehe«, erwiderte ich und sah ihn besorgt an. »Wie geht's dir?«

Tillmann zuckte einmal kurz mit seinen knochigen Schultern, die durch den OP-Kittel wie abgenagte Hühnerknochen hervorstachen.

»Wie soll es mir wohl gehen, Jan?«, sagte er voller Bitterkeit. »Scheiße geht's. Ich nehme schneller Körperfett ab als meine Kunden, wenn ich sie obduziere – dreieinhalb Kilo in zwei Tagen.«

»Wann hast du das letzte Mal etwas gegessen?«

»Gestern irgendwann, irgendwas.« Gleichgültig zuckte er mit den Achseln.

Tillmanns Aussehen bereitete mir wirklich Sorgen. Ich weiß aus eigener Erfahrung, wie schmerzhaft und elendig qualvoll es ist, von einer Frau verlassen zu werden. Insbesondere dann, wenn ein anderer Mann im Spiel ist und man diesen obendrein noch kennt.

Diese Gefühle kannte ich sehr gut. Einen kurzen Moment lang musste ich an Traute denken. Ich hatte unter der Trennung von ihr sehr gelitten. Mir war es lange Zeit genauso wie Tillmann ergangen. Ich konnte sehr gut nachvollziehen, wie er sich fühlte. Auch ich hatte nach der Trennung von ihr zu wenig gegessen, dafür zu viel getrunken und geraucht.

Natürlich hatte nicht nur ich gelitten. Traute war es ebenfalls schlecht gegangen. Schließlich hatten wir uns nicht getrennt, weil wir uns nicht mehr liebten, sondern weil sie ein dunkles Geheimnis hatte, von dem ich nichts ahnte, als ich mich auf unsere Beziehung eingelassen hatte: Traute hatte masochistische Neigungen, die sie mir aus Angst, mich zu verlieren, verschwiegen hatte. Ihre Befürchtung hatte sich bewahrheitet, denn als ich im einschlägigen Milieu ermittelte und ihr zufällig auf einer sogenannten dunklen Party begegnete, trennten sich schlussendlich unsere Wege. Mir liegt halt mehr der Kaminabend mit Rotwein als Kettengerassel und Peitschenknallen.

»Ich rauche zu viel. Ich trinke zu viel. Wenn das so weitergeht, kann ich mich demnächst zu denen dort legen«, sagte Tillmann sarkastisch und deutete mit dem Kopf hinter sich, wo zwei metallene Obduktionstische standen, auf denen jeweils der Umriss eines Körpers unter dem weißen Abdecktuch zu erkennen war.

Mein Blick folgte seiner Kopfbewegung.

Als ich die beiden mit Tüchern abgedeckten Leichen sah, versuchte sich mein Magen wie üblich in solchen Situationen auf Haselnussgröße zusammenzuziehen, was ihm natürlich nicht gelang und mich gequält aufstöhnen ließ.

»Was hat sie dir gesagt?«, fragte ich schnell und wandte meinen Kopf von den Metalltischen ab. »Habt ihr telefoniert?«

Tillmann schüttelte den Kopf. »Nein. Thyra ist hierhergekommen.«

Kein guter Ort, um seinem Freund zu sagen, dass Schluss ist, dachte ich. Aber was ist schon ein guter Ort für eine solche Nachricht?

»Sie war ehrlich zu mir.« Tillmann gab einen kläglichen Ton von sich, der wohl ein Seufzen werden sollte. »Ich hab's eigentlich schon länger geahnt. Sie war ja schon öfters mal nachts unterwegs, und ich wusste nicht, wie ich sie erreichen konnte.«

»Sie war meist bei einer Freundin«, sprang ich Thyra bei, da ich mich gut erinnern konnte, das Gleiche wie Tillmann gedacht zu haben, wenn morgens ihr Bett unberührt war. »Sie hat sich vor einiger Zeit intensiv um die Angehörige eines Mordopfers gekümmert.«

»Aber nicht nur!« Tillmann atmete schwer ein. »Hat sie mir auch alles erklärt. Sie hat mir gesagt, dass du dir ebenso schon Gedanken gemacht hast.«

Tillmann hatte recht. Auch ich hatte vermutet, dass sie ihre Nächte mit einem Mann verbrachte, bei dem es sich nicht um Tillmann handelte. Allerdings hatte ich den smarten Kommissar Freud im Verdacht, der sich im letzten Sommer sehr für Thyra zu interessieren schien. Mackensen hatte ich zu keinem Zeitpunkt auf dem Schirm gehabt.

»Du wusstest aber auch nicht, dass es …«, Tillmann verzog das Gesicht, als habe er in etwas Ungenießbares gebissen, bevor er den Namen seines Nebenbuhlers aussprach, »… sich um Mackensen handelte.«

»Nie!« Energisch schüttelte ich den Kopf. »Damit hatte ich nie gerechnet. Nein, Theo, ich wusste das auch nicht, dass …« Vorsichtshalber brach ich ab, bevor ich etwas sagen konnte, was nicht der Loyalität meiner Tochter gegenüber entsprach.

Ich hatte versprochen, fair zu sein. Also würde ich auch fair bleiben und mir jegliche despektierlichen Aussagen über Thyras neuen Freund verkneifen. Wobei ich schon bei dem Begriff »Freund« mit den Zähnen knirschen musste. Allein die Vorstellung, dass Mackensen und Thyra … ich zwang mich sofort, an etwas anderes zu denken.

»Nein, Theo«, sagte ich gequält. »Ausgerechnet Mackensen … das habe ich mir nicht vorstellen können.«

»Gibt's hier keine Handtücher oder so?«, rief Holger vom Waschbecken her.

»Und was machst du jetzt?« Mitfühlend sah ich Tillmann an und ignorierte Holgers Rufen.

»Na, was wohl?« Tillmann fuhr sich mit der Hand über sein stoppeliges Kinn. »So weiter wie gewohnt: rauchen, trinken, Leute aufschneiden … das Übliche halt.«

»Urlaub«, riet ich. »Wie wäre es mit Urlaub? Mal einfach raus und auf andere Gedanken kommen.«

Tillmann schüttelte traurig den Kopf. »Nicht für mich. Wenn ich am Strand sitze und nichts zu tun habe, werde ich vollkommen verrückt und kann an nichts anderes denken als an Thyra. Außerdem fang ich mir gleich einen Sonnenbrand ein. Kein Wunder bei meinem Hauttyp.«

»Und der Haarfarbe«, frotzelte ich.

»Hallo!«, meldete Holger sich lautstark. »Was ist jetzt mit einem Handtuch, kann ich von den Dingern hier auf dem Stapel was nehmen?«

»Nee!«, erwiderte Tillmann ungerührt. »Das sind Leichentücher.«

Holger gab ein unartikuliertes Geräusch von sich, als er drei Schritte zurücksprang.

Tillmann seufzte und schüttelte den Kopf. »Die beiden rechten Waschbecken, habe ich gesagt. Da hängt auch der Handtuchspender. Links waschen wir das Zeug, das wir während der Obduktion brauchen.«

»Mensch«, jammerte Holger. »Das muss einem doch gesagt

werden! Ich habe mich hier gewaschen – in so ’nem Totenbecken.«

Einfach mal zuhören, Holli!, dachte ich und musste trotz allen Mitgefühls für Tillmanns Liebeskummer und Holgers fataler Waschbeckenwahl grinsen.

»Ich fass hier gar nichts mehr an«, schimpfte Holger, während er mit verkniffenem Gesichtsausdruck einem medizinischen Gerät auswich, als er auf uns zuhastete. »Können wir jetzt endlich mal auf die Karte sehen?«

– 19 –

Zu dritt standen wir um einen gläsernen Leuchttisch herum und schauten auf die verblichene Karte, die Holger vorsichtig ausgebreitet hatte.

Nachdem Tillmann Holger den hell beleuchteten Arbeitstisch zugewiesen hatte, an dem er seinen »Schatz« ausbreiten konnte, beruhigte Holger sich ebenso schnell, wie er sich aufgeregt hatte.

»Das hier ist das gute Stück, von dem ich dir am Telefon erzählt habe«, sagte ich zu Tillmann, während Holger andächtig mit spitzen Fingern die Knickfalten glattstrich.

Obwohl Tillmann mit vor der Brust verschränkten Armen dastand, betrachtete er aufmerksam die Karte. Seine Augen schienen in einen unsichtbaren Analysemodus verfallen zu sein und jedes noch so kleine Detail einzuscannen.

Als Tillmann bei den verblichenen Flecken auf der Karte anlangte, veränderte sich sein Gesichtsausdruck ohne Übergang. Die traurige Miene des an Liebeskummer leidenden Verlassenen wich dem konzentrierten Interesse des Forensikers.

»Das ist interessant«, murmelte Tillmann und trat einen Schritt näher an den Arbeitstisch heran, um sich vorzubeugen. »Sehr interessant.«

Mein Gedanke, dass ihn ein dreißig Jahre altes Rätsel auf andere Gedanken bringen würde, war also gar nicht so verkehrt gewesen.

Auch ich beugte mich jetzt neugierig über die Karte.

Hier unter klinischen Lichtverhältnissen konnte ich deutlich mehr Details erkennen als beim ersten Betrachten auf der Motorhaube des Benz oder beim zweiten Mal, als Holger mir die Karte auf seinem Dachboden gezeigt hatte.

Auch wenn die Farben verblichen waren und die Flecken eine undefinierbare Farbe angenommen hatten, sah die Karte für ihr Alter noch sehr gut aus. Erst jetzt fielen mir die starken Knicke auf, an denen die Karte in sechs rechteckige Teile gefaltet wurde. An einigen Stellen der scharfen Falze war das Papier – offenbar vom häufigen Wiederzusammenfalten – zerfasert und nahezu aufgelöst. Auch die vielen kleinen Löcher an den vier Ecken, bei denen es sich vermutlich um die Einstichstellen von Reißnägeln handelte, waren mir bislang nicht aufgefallen. Die Karte war offensichtlich häufig in Gebrauch gewesen.

»Du hast recht, Jan«, ließ sich Tillmann vernehmen, der jetzt noch tiefer vornübergebeugt wie ein Jagdhund das Papier abschnüffelte. »Das könnte Blut sein … aber auch Öl, Kaffee oder sonst irgendetwas.«

»Sag ich doch«, feixte Holger grinsend. »Jan muss immer gleich ans Schlimmste denken.«

»Auch wenn ich aufgrund des Alters der Karte nur mutmaßen kann, worum es sich bei diesen Flecken handelt, vermute ich genau wie Jan, dass es sich um Blutflecken handelt«, fuhr Tillmann fort und richtete sich auf.

Ich warf Holger einen vielsagenden Blick zu, während der Pathologe kurz zu einem der Nachbartische ging, um mit einem beleuchteten Vergrößerungsglas, verschiedenen Plastikröhrchen und einem Einmalskalpell in der Hand zurückzukehren.

»Ich werde von drei verschiedenen Stellen der Karte Proben

nehmen«, kündigte Tillmann an. Er stellte seine Gerätschaften auf den beleuchteten Glastisch und beugte sich wieder über die Karte.

»Wie jetzt?« Holger fuhr aus seiner gebückten Stellung hoch, in der er ebenfalls am Papier geschnüffelt hatte, und sah Tillmann durchdringend an. »Mit 'nem Skalpell?«

»Keine Sorge«, beruhigte ihn Tillmann. »Ich bin es gewohnt, sehr sorgfältig zu arbeiten. Bisher hat sich noch niemand beschwert.«

»Wie auch?«, erwiderte Holger mit skeptischem Blick. »Ihre Kunden sind ja alle tot.«

Erneut richtete Tillmann sich auf. Mit einem vernichtenden Blick sah er Holger an: »Jan zuliebe verzichte ich auf geschmorte Ochsenbäckchen mit Selleriemousseline an Pilz-Lauch-Gemüse und Sauce bourguignonne.«

»Hä?« Holgers Blick wanderte verständnislos zwischen Tillmann und mir hin und her.

»Wenn wir nicht gerade seine fachliche Unterstützung in Anspruch nehmen würden, wäre Theo jetzt mit seinen Kollegen beim Essen«, übersetzte ich pragmatisch, ohne zu erwähnen, dass Tillmann im Moment ohnehin keinen Bissen hinunterbekommen hätte.

»Kein profanes Essen«, korrigiert Tillmann mich. »Das Geburtstagsmenü eines sehr geschätzten Kollegen. Zum Abschluss Schokoladengâteaux mit Bourbonvanilleeis.« Er machte Anstalten, seine OP-Handschuhe wieder auszuziehen, die er sich vor einer Minute übergestreift hatte, als er seine Gerätschaften holte. Er warf einen demonstrativen Blick auf die an der gegenüberliegenden Wand hängende große Uhr, deren Sekundenzeiger lautlos tickte.

»Wenn ich es mir recht überlege«, fuhr er mit süffisantem Lächeln fort, »schaffe ich noch die Hauptspeise – wenn ich mich beeile.«

Jetzt fiel auch bei Holger der Groschen. »Schon gut. Schon gut«, entschuldigend hob Holger die Hände. »Das ging jetzt nicht gegen dich! Ich meine …«, Holger deutete mit dem Kopf zu den abgedeckten Obduktionstischen, »… die sind doch tot. Oder?«

Tillmann presste die Lippen zusammen und sah Holger finster an.

»Entschuldige, Theo«, versuchte ich die Gemüter zu beruhigen. »Holger meint das nicht böse. Er ist halt manchmal …«

»Extrem konservativ merkwürdig«, unterbrach mich Holger mit breitem Grinsen.

Tillmann sah Holger einen Moment ausdruckslos an, bevor sich ein wenn auch verkniffenes Grinsen auf seinem Gesicht breitmachte.

»Extrem konservativ merkwürdig«, wiederholte Tillmann mit leichtem Kopfschütteln. »Da muss man erst mal drauf kommen.«

»Also dann, Holger.« Betont aufgeräumt klatschte ich in die Hände. »Kann es denn jetzt losgehen? Wir wollen dem freundlichen Doktor doch nicht seine Zeit stehlen?«

»Ja, also …«, räusperte Holger sich umständlich, »… es wäre schön, wenn … ich meine, der gute Doc kann dann ruhig seine Proben entnehmen. Die Karte wird sich ja auch nicht beschweren.«

»Holger«, mahnte ich mit scharfem Blick.

Tillmann hatte offenbar genug von der Diskussion und stand schon wieder über die Karte gebeugt. Mit geübtem Handgriff entfernte er die Hülle des Skalpells und machte sich an die Arbeit, die nicht länger als zwei Minuten dauerte.

Gebannt schauten wir zu, wie er mit kleinen Bewegungen des Skalpells Proben von den Flecken nahm. Die kaum wahrnehmbaren Partikel ließ er in verschiedene Glasröhrchen rieseln.

»So«, sagte er zufrieden. »Das war's auch schon.«

»Das war alles?«, staunte Holger und sah ungläubig auf die Karte, auf der keine sichtbare Veränderung zu erkennen war. »Du könntest auch 'ne *Mona Lisa* restaurieren.«

»Hab ich bereits«, sagte Tillmann trocken, ohne mit der Wimper zu zucken, während er mit den Glasröhrchen in der Hand zu einem benachbarten Arbeitsplatz ging, auf dem diverse Laborgeräte standen.

»Hat er echt?«, raunte Holger mir verstohlen zu, während er seinen Blick nicht von der Landkarte lösen konnte.

»Quatsch«, antwortete ich. »Er ist nur extrem konservativ humorlos.«

Ich überließ Holger seinem Kartenstudium, bei dem auch er dank des grellen Deckenlichts neue Dinge entdeckte, und folgte Theo zu dem Labortisch.

Er hatte die Glasröhrchen in eine Art Halterung aus Draht gestellt und gab gerade mit einer Pipette eine wässerige Messlösung hinzu. Nacheinander verschloss er die sogenannten Küvetten und schob die Erste von ihnen in eine leuchtende Vertiefung des auf dem Tisch stehenden kleinen grauen Laborgeräts, eines Photometers.

Ich kannte die labortechnische Untersuchungsmethode und das Prinzip eines Photometers: Eine konstante Lichtquelle sendet ihr Licht durch die wässerige Messlösung, wobei eine lichtempfindliche Photozelle die Menge des Lichts messtechnisch erfasst, die aufgrund ihrer Färbung nicht absorbiert wurde.

»Das ist ein Spektralphotometer«, erklärte Tillmann. »Damit analysiere ich …«

»Geschenkt, Theo«, winkte ich ab. »Das Prinzip kenne ich, aber die Funktionsweise habe ich mir noch nie merken können.«

»Aber wieso?«, erwiderte Tillmann betont unschuldig. »Das ist eine simultane Hochgeschwindigkeitsmessung, die mit Cooled Double Detection sowie der Split-Beam-Technologie arbeitet …«

»Klugscheißer!«, sagte ich trocken.

»Die andere Probe läuft dann durch das Atomabsorptionsspektrometer«, fuhr Tillmann unbeeindruckt fort. Offenbar brauchte er im Moment die Überspitzung, um seine Gedanken von Thyra abzulenken. »Simultane Multielementanalytik, Molekülbanden und so weiter. Aber das kennst du ja alles.«

Ich ignorierte seinen fachlichen Rundumschlag, den er mir um die Ohren haute, wie ein verlassenes Kind seine geliebten Bauklötze mit den Füßen durch die Gegend kickt.

Wir Männer sind so, wenn wir Liebeskummer haben.

»So schlimm?« Ich legte ihm die Hand auf die Schulter.

»Schlimmer«, antwortete er tonlos.

Abrupt wandte er sich seinen Messgeräten zu.

Seine Schultern begannen zu zucken. Mit dem Unterarm wischte er sich durchs Gesicht, während diverse Lichter an dem grauen Hightechgerät zu leuchten begannen.

»Es wird besser«, behauptete ich. »Es hört irgendwann auf wehzutun.«

»Wann?«, schluchzte er unterdrückt und die Verzweiflung in seiner Stimme kratzte so rau wie brüchige Kreide an der Tafel.

»Irgendwann«, antwortete ich leise. »Es hört irgendwann auf.«

Ich fühlte mich hilflos, weil ich Tillmann weder aufmuntern noch irgendwie sonst seinen Schmerz über die Trennung von Thyra lindern konnte. Ratlos klopfte ich sacht gegen seine knochige Schulter und wandte mich ab, um zurück zu Holger zu gehen, der noch immer tief über den Leuchttisch gebeugt stand.

»Die sind hinter dir her«, wechselte Tillmann abrupt das Thema, als ich zwei Schritte gemacht hatte.

Ebenso abrupt blieb ich stehen und drehte mich ein zweites Mal, um ihn anzusehen.

»Güll«, stellte ich fest, weil mir das ohnehin klar war.

Tillmann drehte sich ebenfalls und suchte meinen Blick. Mit dem Handrücken fuhr er sich noch einmal kurz über die Augen, bevor er nickte. »Ja. Die Staatsanwaltschaft und … Mackensen.«

»Schon klar«, entgegnete ich. »Und, was haben sie?«

»Du weißt …«, setzte er an und wurde gleich von mir unterbrochen.

»… dass du eigentlich nicht mit mir reden darfst«, sprach ich das aus, was er mir gerade sagen wollte. »Ja, ich weiß, Theo. Umso dankbarer bin ich, dass du mich nicht hängen lässt. Sind denn die Laborergebnisse überhaupt schon fertig?«

Er nickte. »Ja, sind sie.«

»Und?« Auffordernd sah ich ihn an.

Einen Moment zögerte er noch, was absolut verständlich war. Abgesehen davon, dass es sich um vertrauliche Ermittlungsergebnisse handelte, war er schließlich der zuständige Gerichtsmediziner und ich der Haupttatverdächtige in einem Mordfall.

Es waren schon Leute für weniger fristlos gefeuert worden. Deshalb wartete ich geduldig, bis er antwortete.

Endlich gab er sich einen Ruck. »Die Spuren sind eindeutig. An Julia Marten wurden Faserspuren und Haare festgestellt«, berichtete er im sachlich-professionellen Tonfall.

»Was ja auch kein Wunder ist«, entgegnete ich. »Schließlich wurde sie mit meinem Pullover erdrosselt. Allerdings frage ich mich, welche Haare du gefunden hast?« Demonstrativ fuhr ich mir mit der flachen Hand über meine millimeterkurzen Resthaare, die nicht länger waren als mein Viertagebart.

»Auch kurze Haare sind im forensischen Sinne Haare«, grinste er kurz, wurde aber im gleichen Moment wieder ernst. »Unter zwei ihrer Fingernägel wurden deine Haar- und Hautpartikel festgestellt.«

»Was einen guten Grund hat«, erklärte ich, ohne zu zögern.

»Als sie mir ins Lenkrad griff, habe ich sie am Handgelenk gepackt …« Ich zögerte kurz, zog dann aber den gekrempelten Hemdsärmel noch ein Stück höher und deutete auf die Kratzer: »Hier, die sind von Julia Marten. Die hat sie mir verpasst, als ich ihren Griff ans Lenkrad abwehrte.«

»… womit sich die leichten Hautverfärbungen und Druckstellen erklären, die ich an ihrem Handgelenk festgestellt habe«, referierte Tillmann im Ton eines ermittelnden Staatsanwalts. »Sie können von der von dir beschriebenen Rangelei stammen. Sie können aber auch Abwehrspuren eines Angriffs sein.«

»Können«, wiederholte ich bitter. »Oder auch nicht. Ich bin unschuldig, Theo. Du musst mir glauben!«

»Ich glaube dir, Jan«, fuhr Tillmann. »Sonst würde ich nicht mit dir reden. Du wärst noch nicht einmal hier. Aber ganz egal, ob ich dir glaube oder nicht, entscheidend ist, was der Staatsanwalt aus den vorliegenden Ergebnissen macht. Und da sind wir wieder bei dem, was ich eingangs sagte: Die sind hinter dir her!«

»Das habe ich befürchtet, Theo«, gestand ich ein. »Genau das habe ich befürchtet. Deshalb bin ich auf der Suche nach dem Mörder.«

»Dann kannst du den Mörder von Peter Richter gleich mit suchen«, empfahl Tillmann trocken. »Denn auch an diesem Tatort wurden Spuren von dir festgestellt. Blutspuren. Das haben die Laboruntersuchungen eindeutig nachgewiesen.«

»Das ist ebenfalls nicht verwunderlich. Ich habe geblutet«, erklärte ich. »Und das nicht zu knapp. Diese blonde Kampfmaschine aus der Surfschule hat mir die Unterlippe und Augenbraue blutig getreten.«

Tillmann nickte und setzte sich in Bewegung. Sein Ziel waren die abgedeckten Obduktionstische, die ein paar Meter von uns entfernt im kalten Licht standen.

Ich wusste, dass er wusste, wie sehr ich Obduktionen hasste.

Aber entweder interessierte Tillmann meine Abneigung nicht, oder er war der Meinung, dass dies der Preis war, den ich für seine Informationen zahlen musste.

Wie in Zeitlupe setzte ich mich in Bewegung. Aber sosehr ich mich auch bemühte, betont langsam zu gehen, irgendwann war auch ich die fünf Meter gelaufen.

»Bist du bereit?«, fragte Tillmann mich, der am Kopfende des metallenen Sektionstisches stand.

Ich nickte matt. Mein Magen fühlte sich an, als hätte ich Crushed Ice zum Frühstück gehabt.

Mit einer Handbewegung schlug Tillmann das grüne Abdecktuch zur Seite, sodass der darunter liegende Leichnam bis zum Bauchnabel frei lag.

Der Tote war nackt und bis auf den klaffenden Spalt zwischen seinen buschigen Augenbrauen unversehrt. Frisch gewaschen und mit gereinigten Wunden lag er friedlich auf dem kalten Metall und wartete geduldig auf seine Obduktion. Was hätte er auch sonst tun sollen?

»Peter Richter. Achtundfünfzig Jahre alt. Hotelier«, rapportierte Tillmann, ganz Gerichtsmediziner. »Todesursache: Gewalteinwirkung mit einem zehn bis zwölf Zentimeter langen scharfen Gegenstand, vermutlich eine Axt, Eispickel oder etwas in der Art.«

»Eispickel?«, fragte ich verdutzt. »Im Hochsommer?«

Tillmann zuckte die Achseln. »Die Wunde ist nicht so spezifisch, dass ich sagen könnte, dies oder jenes war die Tatwaffe. Es war jedenfalls etwas Scharfkantiges, wie beispielsweise ein Eispickel. Es kann auch ein Armeekampfmesser gewesen sein. Die Dinger eignen sich ja alle auch zum Schädeleinschlagen. Aber wie auch immer, Jan. Am Tatort wurden Blut- und Faserspuren festgestellt, die zweifelsfrei von dir stammen.«

Auch wenn ich davon ausgegangen war, dass Spuren von mir am Tatort und an der Leiche gefunden werden würden, fühlte es sich noch mal anders an, es aus dem Mund des zuständigen Gerichtsmediziners zu hören.

Ich merkte plötzlich, dass mein Mund wie ausgedörrt war. Es war ein ziemlich übles Gefühl, auf der anderen Seite des Gesetzes zu stehen – auch oder gerade weil man wie ich unschuldig war. Deshalb blendete ich jetzt meine Befindlichkeit hinsichtlich meiner Aversion gegenüber Obduktionen aus und ergänzte Tillmanns Vorstellung des Toten: »Zwei Hotels. Eins hier in Norddeich und das andere in Greetsiel. Und das neue Projekt am Neudeicher Rott.«

»Du bist offenbar schon emsig bei deinen Nachforschungen«, erwiderte Tillmann.

Statt ihm zu antworten, trat ich einen Schritt näher an den Toten heran. Mein Interesse an dem, was ich auf dem Unterarm des toten Peter Richter entdeckt hatte, überwog mein Unbehagen.

»Das ist ja interessant«, sagte ich leise und beugte mich vor.

»Ein Tattoo«, sagte Tillmann. »Irgendetwas Chinesisches. Ist für die Ermittlung nicht relevant.«

»Freundschaft«, wiederholte ich Saschas Worte. »Sieh mal einer an. So schnell sieht man sich wieder.«

»Wie bitte?« Tillmann trat jetzt ebenfalls dicht an mich heran. »Ich werde verrückt …« Er kniff die Augen zusammen und beugte sich zu dem Tattoo hinunter. »Das ist doch …«

»Genau«, sagte ich nicht weniger überrascht als Tillmann. »Das ist das gleiche Symbol wie auf Holgers Karte. Was hat das zu bedeuten? Freundschaft«, wiederholte ich. »Dieses Tattoo bedeutet Freundschaft.«

»Du bist der Fachmann.« Tillmann fuhr sich nachdenklich mit beiden Händen durch sein wirr abstehendes Haar. »Wie auch immer, und ohne jetzt einen Zusammenhang zwischen diesem Zeichen auf der alten Karte und dem Tattoo des toten

Peter Richter erkennen zu können, haben wir deine DNA an dem Toten nachweisen können.«

»Ich sag's gern noch einmal, Tillmann«, erwiderte ich gedankenverloren. »Ich wollte mich in der Surfschule ein bisschen umschauen, da habe ich Blut an einem Surfbrett entdeckt und wurde dabei von dieser blonden Furie überrascht. Sie trat mir die Unterlippe blutig und noch einiges mehr, doch als sie ihren Kollegen, einen skandinavischen Hünen, zu Hilfe rief, gelang es mir dank der Hilfe von Motte abzuhauen.«

»Deinem Hund?«

»Ja.« Ich nickte. »Meinem besten Kumpel! Ohne Motte wäre ich aus der Nummer nicht mehr rausgekommen. Ich bin in den nächstbesten Gang zwischen den Schuppen reingerannt und habe mich unter einen Stapel ausgemusterter Surfsegel gerollt. Dort lag der Tote versteckt. Aus den Augenwinkeln habe ich ihn für einen Angreifer gehalten …«

»Einen Angreifer?«, fragte Tillmann ungläubig. »Unter den Segeln?«

»Glaub mir, Tillmann, mit der Adrenalindosis, die ich im Körper hatte, ist jeder ein Angreifer. Egal ob er tot ist oder eine Axt in der Hand hält. Ich habe instinktiv die Arme hochgerissen, um den vermeintlichen Angreifer abzuwehren. Dabei habe ich meine Blutspuren hinterlassen. Schlecht für mich, aber nicht zu ändern.«

»Verstehe«, sagte Tillmann nachdenklich, »aber hättest du nicht …«

»Moment mal.« Mit einer Handbewegung unterbrach ich ihn. »Wie zum Teufel konntest du einen DNA-Abgleich machen? Ich habe dir keine Gewebeproben gegeben.«

»Hausdurchsuchung«, erwiderte er knapp und sachlich, während er das Tuch wieder über den Toten deckte. »Die Staatsanwaltschaft hat Proben bei dir zu Hause entnehmen lassen: Zahnbürste, Handtücher und so'n Kram. Du kennst das ja.«

Tillmanns sachliche Erklärung, dass die Kripo bei mir zu Hause gewesen war und Proben entnommen hatte, traf mich wie ein Fußtritt in die Magengrube. Ich stöhnte unterdrückt auf, als mein Kopfkino bei dem Stichwort »Hausdurchsuchung« einsetzte: Kommissar Freud, wie er die Socken in meinem Wäschekorb durchwühlte, Mackensen, der mit süffisantem Grinsen die Lektüre auf meinem Nachttisch studierte, Staatsanwalt Güll, der die Labortechniker dabei beaufsichtigte, wie sie in meinem Badezimmer Rasierklingen und Wattestäbchen aus dem Mülleimer herausfischten.

»Hausdurchsuchung«, wiederholte ich matt. »Ich verstehe.«

»Ja«, bestätigte Tillmann. »Angeordnet von der Staatsanwaltschaft, durchgeführt von der Kripo und ...«

»Hör bitte auf!«, unterbrach ich ihn schroff. »Ich will mir das nicht vorstellen müssen.«

Tillmann sah mich einen Moment verständnislos an, bis auch bei ihm der Groschen fiel, was es bedeutete, wenn die Staatsanwaltschaft mit ihrem Gefolge in die Intimsphäre eines Menschen eindrang.

»Ist das alles, was sie haben?«, wechselte ich das Thema und sah Tillmann abwartend an, ob er noch weitere Argumente zücken würde, was er aber nicht tat.

»Wenn du mit ›sie‹ die Staatsanwaltschaft und Kripo meinst, darfst du nicht vergessen, dass auch ich Bestandteil der ermittelnden Behörden bin.« Tillmanns Stimme klang angespannt, als er auf den Umstand hinwies, dass er gerade gegen einen ganzen Sack von Bestimmungen und Gesetzen verstieß, die ihn Kopf und Kragen kosten konnten. »Ja, Jan. Das ist erst einmal alles, was *wir* haben.«

»Keine Sorge, Tillmann«, entgegnete ich und sah den Pathologen ernst an. »Ich weiß, in welcher Mannschaft du spielst. Und deshalb möchte ich mich auch bei dir entschuldigen. Ich hätte dich im Grunde gar nicht in die Sache hineinziehen dürfen.«

»Es ist schon okay, Jan«, erwiderte er mit müdem Lächeln. »Du hast mich angerufen und gefragt, ob ich dir bei einem Problem mit einer alten Karte helfen könne. Und du hast mich dabei darauf hingewiesen, dass die Kripo dich als Tatverdächtigen sucht. Ich habe dir trotzdem ohne zu zögern angeboten vorbeizukommen. Ich habe natürlich auch gewusst, dass du wissen willst, wie die Ermittlungen stehen. Ich schlafe ja schließlich nicht auf einem Baum. Wobei ich mich natürlich frage, weshalb dir diese olle Karte so wichtig ist. Du hast ja schließlich im Moment andere Probleme, als dich um eine alte Deichkarte zu kümmern.«

»Du weißt, dass das eine Deichkarte ist?«, erwiderte ich verblüfft.

»Ja.« Tillmann sah mich an, als ob es das Normalste überhaupt war, dass er wusste, worum es sich bei der dreißig Jahre alten Karte handelte. »Ich lebe schließlich an der Küste.«

»Ich lebe auch an der Küste und wusste nicht, dass das eine Deichkarte ist.«

»Nicht so bescheiden, Jan«, widersprach Holger, der von hinten an uns herangetreten war. »Wir hatten uns das auch schon gedacht.«

»Ja, schon. Vermutet, aber nicht gewusst«, entgegnete ich. »Wir leben auch an der Küste und haben trotzdem nicht *gewusst*, was eine Deichkarte ist. Im Gegensatz zu Tillmann, der offenbar eine Wikipedia-Version auf zwei Beinen ist.«

Bescheiden winkte Tillmann ab. »Mit dem Thema haben wir uns mal auf einem Ärztekongress beschäftigt. Da ging es um Katastrophenschutz und ärztliche Notversorgung bei Sturmfluten und Land unter. Da haben sie uns so ähnliche Karten an die Wand gebeamt. Ich fand's interessant.«

»Weißt du, was eine *Deichacht* ist?«, fragte ich Tillmann.

Der schüttelte den Kopf. »Nein, keine Ahnung. Da hört es dann schon auf mit dem wandelnden Lexikon.«

»Gibt's schon ein Ergebnis?«, fragte Holger ungeduldig. »Ob nun Blut, Öl oder was auch immer – ich würd's gern wissen.«

Tillmann wandte sich seinen Hightech-Laborgeräten zu und nickte. »Ja, die Proben sind durchgelaufen.«

Auch ich sah jetzt an den beiden Geräten diverse grüne Lichter leuchten. Gemeinsam mit Holger folgten wir Tillmann zum Labortisch und sahen ihm zu, wie er an dem größeren Gerät auf einen kleinen Knopf drückte, woraufhin das Gerät einen schmalen Papierstreifen ausdruckte.

»Normalerweise bekomme ich die Laborergebnisse direkt auf meinen Rechner«, erklärte Tillmann und deutete zum Ende des Raums, wo hinter einer Glastür Tillmanns hell erleuchtetes Büro lag. »Aber in diesem Fall möchte ich lieber keine digitalen Fingerabdrücke hinterlassen. Deshalb euch zu Ehren auf die gute alte Art und Weise.«

Tillmann hielt die Hand unter den Streifen und las die ersten Werte bereits während des Druckvorgangs ab. Mit einer lässigen Handbewegung riss er den dünnen Papierstreifen ab und hielt ihn Holger hin, der neugierig danach griff.

»Und?« Holger wedelte Tillmann mit dem Ausdruck hinterher, der von dem zweiten Gerät ebenfalls einen schmalen Papierstreifen abriss, den der Apparat ausgespuckt hatte.

»Bingo!«, sagte Tillmann.

»Was heißt das?« Holgers Ungeduld ließ ihn von einem Bein aufs andere treten.

»Jan hatte recht.« Tillmann hielt den zweiten Papierstreifen hoch. »Blut. Und zwar menschliches Blut mit der Blutgruppe A Rhesus positiv. Nicht gerade selten, hat ungefähr ein Drittel der Menschen in Deutschland.

»Was für'n Schitt«, stöhnte Holger und ließ sich auf einen

runden Drehhocker fallen, der neben dem Labortisch stand. »Das hat mir gerade noch gefehlt.«

»So schlimm ist das doch nicht«, versuchte ich ihn zu beruhigen. »Du meldest das der Polizei und damit ist der Fall für dich erledigt.«

»Ja klar«, schnaubte er. »Und was, denkst du, macht die Polizei mit der Karte?« Wütend sprang Holger von seinem Hocker hoch, den zerknüllten Papierstreifen ließ er achtlos zu Boden fallen und stapfte wütend zurück zu dem Leuchttisch, wo seine geliebte Karte lag.

»Du musst doch nicht sofort zur Polizei!«, rief ich ihm hinterher. »Die Karte lag dreißig Jahre in einem Kofferraum, da kann sie ruhig noch ein paar Tage warten.«

»Und warum sollte ich die Karte überhaupt untersuchen lassen?«, gab er ungehalten zurück.

»Damit du keinen Ärger mit der Polizei bekommst und jetzt zumindest weißt, wie du die Flecken bearbeiten kannst, um das Kreuz zu finden.«

»Ein Kreuz? Eine Schatzkarte!« Tillmann klatschte begeistert in die Hände. »Schatzsuche habe ich als Kind schon geliebt.«

»Siehste!« Entrüstet sah mich Holger an. »Das hab ich jetzt davon. Du und deine Ideen!«

»Hu hu«, machte Tillmann und zog eine alberne Grimasse, als er versuchte, wie ein grimmiger Schatzsucher auszusehen. »Schon streiten sich die Piraten um die Schatzkarte. Das riecht nach Pulverdampf.«

Was für Kindsköpfe, dachte ich und folgte Tillmann kopfschüttelnd zum Leuchttisch, wo er sich ebenfalls über die Karte beugte.

Holgers Nase schwebte nur wenige Zentimeter über der Karte. Offensichtlich hatte etwas seine Aufmerksamkeit geweckt.

»Hast du was Neues entdeckt?«, fragte ich, als ich mich ihm gegenüber hinstellte und mit meinem Blick seinem Zeigefinger folgte, der den Lauf des Störtebekerkanals nachzeichnete.

Bedächtig wiegte Holger den Kopf.

»Ich bin mir ziemlich sicher, das Kreuz hier gesehen zu haben.« Nachdenklich tippte er auf eine Stelle des Kanals, der parallel zur Greetsieler Straße verlief.

»Wie sicher bist du dir?« Skeptisch sah ich ihn an.

»So sicher, wie man sich nach so langer Zeit sein kann, wenn man eine alte Landkarte wiederfindet.«

»Ha!« Tillmanns Begeisterung war kaum noch zu bremsen. »Eine echte Schatzkarte mit dreißig Jahre alten Blutflecken, einem unsichtbaren Kreuz und einem Schatz.«

»Woher weißt du, dass die Karte dreißig Jahre alt ist?« Überrascht sah ich von der Karte hoch zu Tillmann.

»Das Alter der Karte weiß ich nicht«, antwortete er und schwenkte den Papierstreifen aus dem Analysegerät. »Aber ich denke, wenn das Blut dreißig Jahre plus ist, dürfte die Karte ebenso alt sein.«

»Hilft mir jetzt auch nicht weiter«, maulte Holger.

»Aber vielleicht das!« Mit einem Fingerdruck veränderte Tillmann die Farben des Leuchttisches, der jetzt in einem fluoreszierenden kalten Blau erstrahlte. »Schwarzlicht.«

Überrascht trat ich an den Leuchttisch heran.

Die Karte erstrahlte im sprichwörtlich neuen Licht. Jede Faser und jedes Staubkorn waren wie durch Zauberhand sichtbar geworden und leuchteten in dem ultravioletten Licht weiß auf. Die Flecken auf der Karte, die von Tillmann als Blut analysiert worden waren, leuchteten ebenfalls weiß.

»Normalerweise benutzen wir in der Forensik Luminol in Natronlauge und eine verdünnte Wasserstoffperoxidlösung, um versteckte Blutspuren sichtbar zu machen. In diesem Fall ist das Hämoglobin als Bestandteil des Blutes nach dreißig Jahren so stark verblichen, dass auch sichtbar wird, was sich unter dem Blut verbirgt.«

»Wow«, hauchte Holger andächtig, als Tillmann mit der Spitze eines Stiftes auf eine Stelle der Karte deutete, wo der Störtebekerkanal eine Linkskurve macht, seinen Lauf als Begleiter der Greetsieler Straße ändert und ab dieser Stelle dem Verlauf der Landstraße Am Leydeich folgt.

»Et voilà«, sagte Tillmann sichtlich zufrieden mit seinem Zauberkunststück. »Das gesuchte Kreuz, der vergrabene Schatz.«

Tillmanns Zauberkunststück ließ uns verstummen. Kein Laut war zu hören. Andächtig starrten wir auf ein leicht schief aufgemaltes kleines Kreuz. Auch wenn die Farbe undefinierbar war, tippte ich auf einen Kugelschreiber, mit dem jemand Holgers »Schatz« markiert hatte.

»Wie hast du …«, ungläubig schüttelte ich den Kopf, »… das sichtbar machen können?«

»Abgesehen davon, dass es sich um eine forensische Meisterleistung handelt, war auch etwas Glück im Spiel.« Tillmann strahlte mit breitem Grinsen.

»Glück?«, echote ich und hob den Blick, um ihn fragend anzuschauen. »Wieso Glück?«

»Nun.« Tillmann machte eine kreisende Bewegung mit dem Stift und zeichnete in der Luft einen dem Kreuz gegenüberliegenden verblichenen großen Blutfleck nach. »Das Blut ist damals nicht frisch und auf direktem Weg auf die Markierung getroffen – dann hätten wir nach so langer Zeit mit keinem forensischen Kunststück der Welt eine Chance gehabt, das Kreuz sichtbar zu machen. Nun, das Blut war schon etwas angetrocknet, als die Karte zusammengefaltet wurde, und beim Zusammenlegen wurde der Fleck dummerweise genau auf die kreuzförmige Markierung gedrückt. Das Blut hat dabei zwar die Markierung überdeckt, sodass man sie nicht mehr sehen konnte, ist aber wegen des angetrockneten Zustands nicht komplett in die Papierfasern eingedrungen. Et voilà! Wir können also mit der Schatzsuche loslegen.«

»Von wegen: et voilà«, knurrte Holger. »Hier geht gar nichts los!«

»Wer hat das Kreuz gefunden?« Tillmann hob wie ein Professor den Zeigefinger, um dann demonstrativ auf seine Brust zu tippen.

Holger schüttelte energisch den Kopf.

»Kein Grund zur Sorge«, sagte Tillmann beschwichtigend. »Mich interessiert der Schatz in keiner Weise. Ich finde lediglich die Suche wahnsinnig spannend. Davon habe ich schon als Kind geträumt.«

»Dann träum mal weiter«, erwiderte Holger ungehalten und begann die Karte zusammenzurollen.

»Vielleicht braucht ihr auf eurer Schatzsuche einen Arzt?«

»Ihre Patienten sind alle tot«, gab Holger zurück. »Außerdem höre ich immer ›ihr‹.«

»Sucht Jan denn nicht mit?« Verwundert sah Tillmann mich an.

»Holger weiß doch gar nicht, wonach er sucht«, erwiderte ich. »Er hat die Karte als Kind gesehen und dachte damals, dass dort ein Schatz vergraben ist.«

»Aber genau das ist doch das Spannende!«, strahlte Tillmann. »Außerdem lasse ich euch hier nicht raus, wenn ihr mich nicht mitnehmt.«

Holger sah Tillmann mit finsterer Miene an, bevor er sich abwandte und Richtung Ausgang stapfte.

Unbeeindruckt sah Tillmann Holger hinterher.

»Verdammt!«, rief dieser nach wenigen Sekunden. »Warum geht die Scheißtür nicht auf?«

Wir sahen Holger zu, wie er mit beiden Händen die metallene Automatiktür abtastete, um ihr zum Schluss seiner Inspektion wütend einen Fußtritt zu versetzen.

»Wo ist der verdammte Türgriff?« Aufgebracht fuhr Holger herum.

»Es gibt keinen«, erwiderte Tillmann gelassen und streckte erneut seinen Zeigefinger in die Luft. »Fingerabdruckscanner …«

Holger sah ein paar Sekunden wie hypnotisiert auf Tillmanns Zeigefinger, um dann die Schultern sinken zu lassen, als habe jemand die Luft aus ihm herausgelassen.

»Nur suchen!«, sagte er und sah Tillmann scharf an.

»Nur suchen!«, bestätigte dieser mit einem seligen Lächeln auf den Lippen.

– 20 –

»Vorsicht!«, rief ein kleiner Junge und raste mit hochrotem Gesicht auf seinem Fahrrad an mir vorbei.

Mit einem raschen Schritt zur Seite brachte ich mich in Sicherheit.

Nachdem wir verabredet hatten, uns morgen früh bei Holger zu treffen, um uns zu dritt auf die Suche nach der auf der Karte mit einem Kreuz gekennzeichneten Stelle zu machen, bat ich Holger, einen Umweg zu fahren und mich in Norddeich abzusetzen.

Auf Holgers verdutzte Frage, was ich denn um Himmels willen jetzt in Norddeich wolle und ob ich der Kripo unbedingt die These beweisen müsse, dass es den Täter immer wieder zurück an den Tatort ziehe, entgegnete ich, jedem noch so kleinen Hinweis nachgehen zu wollen.

Mir war natürlich bewusst, dass es ziemlich leichtsinnig war, mich zurück an den Fundort des toten Hoteliers zu begeben, der möglicherweise auch der Tatort war, und mich dem Risiko auszusetzen, erkannt zu werden.

Der Drang, mich genauer in der Surfschule umzuschauen, ließ mir jedoch keine Ruhe. Die Alternative, stattdessen im Halbdunkeln von Holgers Dachboden auf die morgige Verabredung mit Tillmann und Holger zu warten, war keine echte Alternative.

Ich war mir inzwischen sicher, dass der Schlüssel für beide Morde, sowohl an Julia Marten als auch an Peter Richter, in der Surfschule zu finden war.

Holger hatte mich auf meinen Wunsch hin am Lesesaal Norddeich abgesetzt. Wir hatten uns mit einem kurzen Kopfnicken voneinander verabschiedet. Die Mütze von Holgers Opa tief in die Stirn gezogen, ging ich zielstrebig Richtung Deich, hinter dem der künstlich angelegte Strand lag.

Nachdem ich auf dem Deichweg dem kleinen Radler mit einem Ausfallschritt ausgewichen war, zog ich mir Hemd, Schuhe und Socken aus. Bei den hochsommerlichen Temperaturen wäre ich unweigerlich aufgefallen, wenn ich hochgeschlossen am Strand entlangspaziert wäre. Mit bloßem Oberkörper und barfuß fiel ich nicht weiter auf.

Gemächlich schlenderte ich den schmalen Sandweg zwischen den Grünflächen entlang, die den »Nordsee-Strand« landwärts umrahmten. Mittlerweile war es Nachmittag geworden, die Sonne war weitergewandert und die Hitze zwar noch immer groß, aber nicht unerträglich. Von der See wehte ein mittlerer Wind. Mit dem Sand unter den Füßen, den Sonnenstrahlen im Gesicht und dem charakteristischen Geruch des vor mir liegenden Wattenmeeres in der Nase stellte sich bei mir sofort ein intensives Gefühl von Freiheit ein.

Um die Idylle zu vervollständigen, fehlte mir nur noch der Strandkorb. Und genau den schnappte ich mir in der hintersten Reihe.

Ein paar vergessene Schwimmflügel und eine Flasche Sonnencreme zeugten von den regulären Mietern des weißen Strandkorbes, von denen glücklicherweise weit und breit niemand zu sehen war. Es war die Zeit kurz vorm Abendbrot, und der Strandkorb, in dem ich mich jetzt genüsslich ausstreckte, war nicht der einzige, der frei war. Viele der Urlauber, von denen der überwiegende Teil aus Familien mit mindestens zwei Kindern bestand, waren bereits auf dem Heimweg zu ihren Unterkünften.

Ich hatte zwei Äpfel, zwei Müsliriegel und eine Literflasche Mineralwasser von Tillmann geschnorrt. Hungrig machte ich mich über mein karges Mahl her. Als ich den letzten Apfelstrunk zerkaut und mir die letzten Krümel der Müsliriegel von der Brust geklaubt hatte, schloss ich meine Augen und hielt mein Gesicht der untergehenden Sonne entgegen.

Das wütende Gekreisch zweier Möwen ließ mich hochschrecken.

Anlass des lautstarken Gezankes war eine Bananenschale, die einer der Strandbesucher achtlos liegen gelassen hatte und an der die beiden Möwen jeweils in entgegengesetzter Richtung zerrten.

Der Stand der Sonne sagte mir, dass ich eingenickt sein musste. Von der Abendflut war noch nichts zu sehen. Aber der Wind hatte aufgefrischt. Zeit für mich zum Aufbruch.

Als ich mir das Hemd überstreifte, merkte ich, dass ich mir während meines Nickerchens einen leichten Sonnenbrand eingefangen hatte. Meine Haut war ein wenig gerötet und brannte unangenehm. Ich ignorierte das Brennen und machte mich auf den Weg zur Surfschule.

Entspannt wie ein Urlauber spazierte ich den Strand entlang. Da auch der angrenzende Weg entlang der Rasenfläche zwischen Freibad und Uferweg angenehm warm war, verzichtete ich darauf, die Schuhe anzuziehen.

Als Schutz vor der untergehenden Sonne hielt ich meine Hand zusätzlich zur Sonnenbrille vor meine Augen und sah Richtung Surfschule. Schon von Weitem sah ich, dass ich mit meiner Vermutung, eine in der Abenddämmerung verlassene Anlage vorzufinden, vollkommen falschlag. Auf der lang gezogenen Wiese tummelten sich eine Menge Leute, die den Sportlern bei einer Art Yoga für Surfer zuschauten. Kinder spielten auf der Wiese und auch einige Hunde tollten herum.

Was nun? Einen Moment war ich ratlos, als ich die vielen Menschen sah.

Ich hatte gedacht, dass die Surfschule normale Ladenöffnungszeiten hatte und um diese Zeit geschlossen sein würde. Fehlanzeige. Eigentlich hatte ich mich auf dem Gelände ein bisschen umschauen und den Fundort des Toten in Augenschein nehmen wollen. Wenn es sich ergeben hätte, wäre mir auch die Gunst eines offen stehenden Fensters oder unverschlossenen Lagerraums willkommen gewesen, um herumzuschnüffeln.

So aber wuselten jede Menge Leute auf dem Rasen vor der Surfschule herum. Wie es rund um die Gebäude aussah, konnte ich von meinem jetzigen Standort nicht erkennen.

Nun, wenn das so ist, wird einer mehr oder weniger auch nicht auffallen, dachte ich mit hartnäckigem Optimismus.

Mit Holgers großer Sonnenbrille auf der Nase, welche die Hälfte meines Gesichts und das Veilchen verdeckte, und Opas Gebirgsjägermütze – oder was für eine Funktion auch immer dieses Teil vor fünfzig Jahren gehabt haben sollte – fühlte ich mich gut getarnt. Wenn ich nicht gerade dem blonden Kickboxmonster oder dem Surferboy über den Weg laufen würde, standen meine Chancen ziemlich gut, mich unter die Leute mischen und unauffällig umschauen zu können. Selbst Personen, denen ich schon begegnet war – und den Leuten von der Surfschule war ich es bislang nur ein einziges Mal –, würden mich kaum auf den ersten Blick wiedererkennen. Dafür sorgten bereits die Klamotten aus Holgers Kleiderfundus.

Entschlossen machte ich mich auf den Weg.

Je näher ich der Anlage kam, umso optimistischer wurde ich. Jeder der Freizeitsportler war mit irgendetwas beschäftigt und hatte kein Auge für zufällig vorbeischlendernde Fußgänger. Die Yogagruppe entspannte sich bei einer Übung, die anderen beschäftigten sich mit ihren Sportgeräten oder hielten die Schnüre von Kiteschirmen in den Händen.

Für mich interessierte sich niemand.

Ich näherte mich der Surfschule von der Seeseite her. Kurz vor dem lang gezogenen, mit Holz und Glas verkleideten Windschutz der Sonnenterrasse wich ich einer Gruppe Surfschüler aus, die rote Segel auf dem Rasen vor sich stehen hatten, die sich im auffrischenden Wind aufblähten.

Unauffällig warf ich einen Blick in die Runde.

Niemand nahm von mir Notiz. Während ich meinen Blick an den Glasscheiben des Windschutzes entlangwandern ließ und versuchte, die dahintersitzenden Leute zu erkennen, schlenderte ich an dem Gebäude entlang. Von den Leuten hinter dem Glas kannte ich niemanden. Es handelte sich überwiegend um junge Leute, die entspannt Drinks schlürften oder angeregt miteinander plauderten. Die meisten von ihnen machten einen sorglosen, gut gelaunten und entspannten Eindruck.

Die Atmosphäre wirkte auf mich wie eine Studentenparty oder ein lockeres Après-Ski-Treffen, nur mit dem Unterschied, dass die Leute hier keine dicken Skianzüge, sondern T-Shirts, Bikinis und eng anliegende, matt schimmernde Gummianzüge trugen.

Am Ende der Windschutzwand angekommen, bog ich rechts ab und fand mich auf der Seite wieder, an die die Drachenwiese grenzte. Rechts von mir lagen die Schuppen mit dem Gang, in dem ich mit dem toten Peter Richter unter einer Segelplane gelegen hatte.

Surfsegel, verbesserte ich mich ironisch. Sorry, Tillmann.

Betont unauffällig ging ich an der Rückseite der Schuppen entlang, in denen sich Surfbretter, Umkleideräume und Vorratsräume befanden, wie ich bei meinem letzten Besuch feststellen konnte. Als ich die Surfschule halb umrundet hatte, bog ich erneut ab und betrat den Innenbereich auf offiziellem Weg.

Auch der Innenbereich war von Sportlern und Kindern bevölkert. Seitlich von mir war neben einer Galerie von Fahrradständern ein langer Holzbalken angebracht, auf dem zwei Kitesurfer hockten und nass glänzende Neoprenanzüge durch eine große Wassertonne mit einer leicht schäumenden Reinigungslösung zogen, um sie anschließend in einer anderen Waschschüssel auszuspülen.

Rechts von mir befand sich vor dem Eingang eines Schuppens eine Holzkonstruktion mit mehreren straff gespannten Schnüren, an denen Gummianzüge zum Trocknen aufgehängt waren. Die vor Nässe glänzenden Surfanzüge sahen aus wie leere Kokons, aus denen die weißen Larven der Surfschüler geschlüpft waren.

Ich setzte mich in ausreichendem Abstand, um nicht in ein Gespräch verwickelt zu werden, auf den Holzbalken und beobachtete das bunte Treiben.

Auf der mir gegenüberliegenden Seite der Anlage befand sich ein holzverkleidetes eingeschossiges Gebäude mit verglaster Eingangstür, in dem offenbar das Büro und ein Verkaufsraum der Surfschule untergebracht waren. Es herrschte ein reges Kommen und Gehen von Personen unterschiedlichen Alters.

Nachdem ich dem Trubel eine ganze Weile zugeschaut hatte, erhob ich mich und schlenderte an den Schuppen entlang, um unauffällig ins Innere spähen zu können.

Plötzlich zuckte ich zusammen.

Aus dem Bürogebäude trat die blonde Kickboxerin, mit der ich eine unheilvolle Begegnung gehabt hatte. Neben ihr ging eine durchtrainiert wirkende dunkelblonde Frau mit flotter Kurzhaarfrisur, die in ihrem ärmellosen schwarzen Neoprenanzug mit den neongelben Seitenstreifen, die von ihren Achseln bis hinunter zu den Fesseln verliefen, einen sehr sportlichen und selbstbewussten Eindruck machte. Offensichtlich handelte es sich bei der Frau um eine Surflehrerin.

Die beiden jungen Frauen plauderten angeregt miteinander, als sie direkt auf mich zukamen.

Mit einem schnellen Schritt verschwand ich zwischen den schwarzen Gummikokons, die zum Trocknen in der Sonne hingen, und begann an einem der Surfanzüge, der zufälligerweise meine Größe zu haben schien, herumzufummeln, um den Eindruck postsportlicher Aktivität zu erwecken.

»Das musst du unbedingt ausprobieren, Wanda«, sagte die Blonde, deren Ähnlichkeit mit der Toten aus dem Tretboot mich erneut verblüffte. »Das ist hammergeil!«

Die Frau mit dem Namen Wanda lachte begeistert.

Ich sollte nicht mehr erfahren, was die Kickboxerin so »hammergeil« fand, denn beide verschwanden hinter mir in dem Schuppen.

Erleichtert atmete ich aus. Zu früh, stellte ich im gleichen Atemzug fest.

Aus dem zweiten Schuppen, in dem sich die Umkleideräume befanden, traten zwei Männer heraus, die mir wohlbekannt waren: Kai, der Kleinere der beiden Surflehrer, die mich vor zwei Tagen von der Straße gedrängt hatten, und Sascha, mit dem ich vor ein paar Stunden noch Kaffee getrunken hatte. Auch heute trug der Surflehrer mit dem Zopf marineblaue Shorts und ein gleichfarbiges Polohemd mit dem Aufdruck *Surfschule Norddeich*.

Keiner der Männer bemerkte mich, da sie angestrengt miteinander diskutierten.

Sascha machte ein verdrießliches Gesicht, während der athletische Surflehrer mit beiden Händen gestikulierte und gleichzeitig beschwörend auf ihn einredete. Sie blieben am Eingang des Schuppens stehen, in dem sich die Umkleideräume befanden. Der Surflehrer mit dem Zopf legte mit Nachdruck seine

Hand auf Saschas Schulter und redete weiter leise auf ihn ein.

Was er Sascha so eindringlich zuflüsterte, schien diesem überhaupt nicht zu gefallen, denn plötzlich schüttelte Sascha wütend den Kopf. Mit einer Handbewegung fegte er die Hand des Surflehrers von seiner Schulter und wandte sich ab.

»Hey!«, rief Kai ihm mit hysterischem Ton hinterher, als Sascha mit finsterem Gesicht auf mich zugestapft kam. »Wir müssen noch mal suchen!«

Einen Atemzug, bevor Sascha auf gleicher Höhe mit mir war, hatte ich mir einen der schwarzen Neoprenanzüge gegriffen und hielt mir das unförmige Teil vors Gesicht, als würde ich das Innere auf Feuchtigkeit überprüfen. Ich hatte keine Ahnung, ob es surfertypisches Verhalten war, seinen Kopf in das Innere eines Gummianzugs zu stecken, was mir aber im Moment völlig egal war. Wichtig war nur, dass Sascha mich nicht erkannte.

Allein für die Information, dass der Surflehrer und Sascha sich nicht nur kannten, sondern auch mit unverkennbar konträren Meinungen ein offensichtlich wichtiges Thema heftig miteinander diskutierten, hatte sich mein Ausflug in die Surfschule gelohnt.

Um was geht es, worüber streitet ihr euch?, dachte ich, während ich gleichzeitig angewidert das Gesicht verzog, weil der Anzug im Innern stank wie ein nasser Hund, wobei ich Motte nicht Unrecht tun wollte.

»Warte doch mal!«, hörte ich den Surflehrer halblaut zischen, als er erneut seine Hand auf Saschas Schulter legte, der wütend herumfuhr.

»Fass mich nicht an!«, fuhr Sascha sein Gegenüber an.

»Dann warte doch mal«, erwiderte Kai.

Beide Männer standen jetzt einen knappen Meter neben mir, und es war nur eine Frage des Moments, bis sie mich entdeckten. Oder sich zumindest wundern würden, wieso der Typ mit den viel zu weiten Drillichhosen die ganze Zeit seinen Kopf in einen nassen Neoprenanzug steckte.

Zur Tarnung drückte ich den Neoprenanzug fest an mich und setzte mich langsam Richtung Umkleideräume in Bewegung.

»Dann lass uns …«, der Surflehrer warf mir kurz einen irritierten Blick zu, als er aus den Augenwinkeln meine Bewegung wahrnahm, schenkte mir aber weiter keine Beachtung, da ich bereits aus seinem Blickfeld verschwunden war, und fuhr dann beschwörend fort, »… in Ruhe mit ihm reden und einfach fragen.«

»Quatsch!«, entgegnete Sascha und schüttelte unwillig den Kopf. »Das ist ein totaler Dickschädel, der wird kein Wort sagen. Außerdem wäre das Steves Sache, sich darum zu kümmern.«

»Steve kannst du vergessen«, entgegnete der Surflehrer. »Der ist vollkommen fertig. Der säuft und kifft sich nur noch zu nach der Sache mit seinem Vater und der Kleinen. Und das nach Ankündigung.«

»Krass«, stimmte ihm Sascha zu. »Das ist aber auch extrem krass. Erst wird die Freundin umgebracht und am Tag drauf der Vater erschlagen. Und dann noch bei euch hier im Laden.«

Ich traute meinen Ohren nicht, was ich da hörte: Steve, der Surflehrer, der mich einen alten Sack genannt hatte, war nicht nur der Freund der toten Julia Marten gewesen, sondern auch der Sohn des erschlagenen Hoteliers?

Wie gebannt hörte ich weiter zu, als der Surflehrer sagte: »Steve bekommt keinen klaren Satz mehr auf die Reihe.«

»Der Dreckskerl hat sie scheiße behandelt«, fuhr ihn Sascha wütend an. »Als ob sie sein Eigentum gewesen wäre.«

»Das war nicht immer ganz astrein«, pflichtete der Surflehrer ihm bei. »Aber du hast das ja auch ziemlich eng gesehen, seit ihr …«

»Hör auf!«, sagte Sascha kalt und machte einen drohenden Schritt auf sein Gegenüber zu.

»Okay, okay.« Beschwichtigend hob der Surflehrer beide Hände. »Lass uns doch wenigstens versuchen, mit ihm zu reden.«

Wieder schüttelte Sascha den Kopf. »Er würde nur noch hellhöriger werden. Holger ist ein Fuchs!«

»Holger?« Wie elektrisiert fuhr ich zusammen und hob den Kopf.

Was hatte Holger mit den beiden zu tun? Und was meinte Sascha damit, wenn er sagte, dass Holger ein Fuchs sei?

Jetzt war mein Jagdtrieb geweckt!

Bevor einer der beiden doch noch auf mich aufmerksam werden konnte, machte ich mich aus dem Staub und verschwand, so schnell dies unauffällig ging, in den Schuppen. Seitlich neben der Tür blieb ich im Halbschatten stehen und reckte meinen Hals, um das Gespräch weiter zu belauschen.

Leider konnte ich nicht mehr verstehen, was der Surflehrer zu Sascha sagte, da hinter mir eine Stimme ertönte.

»Gehst du auch mit raus?«

Überrascht drehte ich den Kopf.

Neben einem offen stehenden Holzspind stand ein etwa zehnjähriger Junge mit einem mopsigen Bauch und versuchte, sich in einen viel zu kleinen Neoprenanzug hineinzuquetschen. Seine nicht unbeträchtliche Wampe war dem Jungen allerdings im Weg, sodass er den engen Anzug nicht hochgezogen bekam.

»Na klar«, nickte ich geistesabwesend, weil ich mich auf die Wortfetzen des Gesprächs zwischen Sascha und Steve konzentrierte, das allerdings abrupt endete, als die Kickboxerin mit ihrer Begleiterin aus dem angrenzenden Schuppen trat.

Erneut presste ich mein Gesicht eng an den Türrahmen und spähte nach draußen, wo sich die beiden jungen Frauen gerade zu Kai und Sascha gesellten.

»Deine Gruppe wartet«, sagte die Blonde, deren Name mir in dem Moment einfiel, als sie sich an den Surflehrer wandte. »Du musst los, sonst wird es knapp mit der Flut.«

»Vici«, hatte sie voller Panik gesagt, als Motte es sich auf ihr bequem gemacht hatte. »Victoria Illner.«

Sie würde sich nicht sonderlich freuen, mich hier zu wiederzusehen.

»Ja, gleich«, erwiderte Kai und raunte Sascha mit gesenkter Stimme eine letzte Bemerkung zu, bevor er sich seinen beiden Kolleginnen zuwandte. »Kann losgehen.«

»Ach«, ließ sich der Junge hinter mir vernehmen. »Da draußen ist Wanda. Die kann mir sicher helfen.«

Bevor ich den Jungen von seiner Idee abbringen konnte, war er auch schon mit seiner viel zu engen Gummipelle an mir vorbeimarschiert, um sich draußen vor den beiden Frauen aufzubauen und ihnen sein Leid zu klagen.

»Mann, Mann, Mann«, flüsterte ich tonlos. »So hatte ich mir meinen Abstecher in die Surfschule nicht vorgestellt: Erst rauschte ich fast mit einem der Surflehrer und Sascha zusammen, und jetzt kam gleich auch noch die Kickboxfurie in die Umkleide.«

Hektisch sah ich mich nach einer Fluchtmöglichkeit um. Vergebens.

Der Schuppen war aus massivem Holz gebaut, es gab weder Fenster noch eine zweite Tür. Das Mobiliar bestand aus mehreren Reihen Holzspinden, wie sie in Umkleidekabinen von Sportstätten üblich sind. Holzspinde wahrscheinlich wegen der unmittelbaren Nähe zum Meer. Erstaunlich, über welche Nebensächlichkeiten man sich Gedanken macht, obwohl man gerade vor einer mittleren Katastrophe steht.

»Dann lass uns mal nachschauen, ob wir nicht noch einen passenden Anzug für dich finden«, hörte ich eine der Frauen sagen. »Wir haben noch ein paar Anzüge im Spind. Ich glaube, einer davon wird dir passen.« Deutlich erkannte ich die Stimme der blonden Victoria, die sich gemeinsam mit ihrer Kollegin Wanda und dem dicken Jungen dem Schuppen näherte.

Ihre Schritte kamen unaufhaltsam näher. Jeden Moment konnten die beiden Frauen den Schuppen betreten. Nicht auszudenken, welchen Aufstand es auslösen würde, wenn die Kickboxerin mich erkannte. Schließlich wurde ich als Tatverdächtiger des Mordes am Vater eines der beiden Inhaber – wie ich gerade erfahren hatte – gehandelt.

Im günstigsten Fall konnte ich abhauen.

Im ungünstigsten Fall beherrschte die Kollegin der Blonden ebenfalls Kampfsporttechniken und würde die Kickboxerin dabei unterstützen, dort weiterzumachen, wo Motte ihrer Attacke auf mich ein Ende gesetzt hatte. Wenn dann auch noch Sveni, der skandinavische Hüne, ins Spiel kam, bräuchte ich auf dem Weg in den Knast keinen Polizei-, sondern einen Krankenwagen.

Nach der völlig überzogenen Attacke der blonden Victoria vergeudete ich an die Möglichkeit einer gewaltlosen Diskussion erst gar keinen Gedanken. Die Blonde hatte gnadenlos und vollkommen unbegründet ihre kampfsporttaktische Überlegenheit ausgespielt. Ich hatte in ihren Augen gesehen, dass es ihr Spaß gemacht hatte, mich zusammenzutreten.

Warum auch immer.

Ich musste etwas tun!

Was auch immer.

Mit fliegenden Fingern knöpfte ich mir das Hemd auf und riss es mir vom Oberkörper. Barfuß war ich schon. Ich brauchte nur den Gürtel zu öffnen, damit die Drillichhose zu Boden fiel. Blitzschnell stieg ich aus der Hose und streifte mir mit einer ebenso schnellen Bewegung die Boxershorts von den Hüften.

In dem Moment, als die beiden Frauen mit dem Jungen im Schlepptau den Schuppen betraten, beugte ich mich zu einem

Holzschemel hinunter, auf den ich den von draußen »ausgeliehenen« Surfanzug geworfen hatte, und streckte den beiden Frauen meinen nackten Hintern entgegen.

Meine nackte Kehrseite erzielte genau den Effekt, den ich mir erhofft hatte.

»Oh!«, erklang es zweistimmig, wobei eine der Frauen schlagfertig meinte: »Der blanke Hans.«

»Kann man sich denn nicht mal in Ruhe umziehen«, brummte ich unwirsch und fummelte an dem Neoprenknäuel herum, das ich vor mir liegen hatte.

»Sorry!«, sagte die Frau hastig. »Wir wollten nicht stören. Wir warten draußen.«

»Da möchte ich auch drum gebeten haben«, knurrte ich zurück.

So schnell, wie die beiden Frauen aufgetaucht waren, verschwanden sie auch wieder.

Ich atmete vor Erleichterung auf und ließ mich auf den Schemel sinken. Den Neoprenanzug hielt ich mir vor den Bauch, um meine Blöße zu bedecken.

»Na toll«, maulte der Junge und zerrte an seiner Gummipelle herum. »Und ich komm hier nicht mehr raus.«

Dann geh lieber Fußball spielen!, hätte ich dem übergewichtigen Bengel gern gesagt, riss mich aber zusammen und vertröstete ihn: »Ich bin gleich fertig, dann könnt ihr nach deinem Surfanzug schauen.«

Auch wenn ich es meinem Allerwertesten zu verdanken hatte, dass es zu keiner neuen Konfrontation mit der Kickboxerin gekommen und ich noch unerkannt geblieben war, saß ich nackt in diesem Umkleideschuppen fest.

Mein Blick fiel auf eine Wäscheleine, an der ein paar Kleidungsstücke baumelten. Ein Teil stach mir ins Auge: eine Art Badekappe, aus dem gleichen Material wie der Surfanzug.

Wie ich war, stand ich auf und ging zur Wäscheleine. Ich

überlegte kurz, denn mir war eine Idee gekommen, wie ich hier unerkannt verschwinden und gleichzeitig weiter Informationen sammeln konnte. Es musste klappen, denn eine andere Möglichkeit gab es nicht.

Ich griff nach der Badekappe, die sich sehr weich anfühlte, und wechselte sie gegen die Mütze von Holgers Opa aus. Bei der Kappe handelte es sich offenbar um eine wasserdichte und wärmende Kopfbedeckung, die man beim Surfen tragen konnte, was mir beim zweiten Blick auch als sehr sinnvoll und logisch erschien. Schließlich war ich nicht der einzige Mann mit einer Frisur in der Länge eines Viertagebartes. Außerdem waren die Surfer nicht nur im Hochsommer aktiv, sondern nutzten auch gerade die Winde des Frühjahrs oder Herbstes, wenn die Luft- und Wassertemperaturen stark absanken. Die Neoprenanzüge schützten die Surfer vor Salzwasser und Wärmeentzug, endeten aber am Hals. Folglich waren Mützen wie diese, mit Kinnriemen und sogar einem Schirm wie der meiner Basecap, der die Augen vor der blendenden Sonne ebenso wie vor Wasserspritzern schützte, für Surfer nicht unüblich.

Sollen sie doch denken, was sie wollen!, dachte ich und zog mir die Kappe über beide Ohren.

Perfekt!

Die dunkelblaue Neoprenmütze reichte mir bis in den Nacken, tief in die Stirn und beschattete sogar meine Augen. Zufrieden schob ich mir noch Holgers überdimensionale Sonnenbrille auf die Nase und hatte somit mein Gesicht bis auf wenige Quadratzentimeter verdeckt.

Natürlich sah es seltsam aus, dass der Rest von mir nackt war.

Ich hockte mich wieder auf den Holzschemel, griff mir den Neoprenanzug, der neben mir lag, und versuchte, in den nassen und nach Hund riechenden Anzug zu steigen.

»Oh, mein Gott!«, stöhnte ich gequält und zog mir das

zwar elastische, aber widerspenstige Neopren über die Waden. »Muss das Ding denn so eng sein?«

»Das ist gar nicht so einfach«, tröstete der Junge mich, während er noch immer versuchte, den weit auseinanderklaffenden Reißverschluss seines Anzugs über seinem Bauch zuzuziehen.

Der Herausforderung musste ich mich eine halbe Minute später selber stellen, als ich es zwar geschafft hatte, in den Anzug zu gelangen, der wie eine kalte, nasse und müffelnde zweite Haut an meinem Körper klebte, vorne aber noch offen war.

»Dauert es noch lange?«, ertönte von draußen eine Frauenstimme. »Wir müssen uns beeilen, sonst bekommen wir Probleme mit der Flut.«

»Bin gleich so weit!«, rief ich betont fröhlich und unterdrückte einen Fluch, als ich mir mit dem Reißverschluss eine Reihe Brusthaare einklemmte.

Nach einigem Hin und Her war es mir tatsächlich gelungen, mich in diese zähe Gummipelle hineinzuquetschen. Da es mir ähnlich wie dem Jungen ging und ich meine ganz persönliche Wampe mit mir herumtrug, verzog ich bei dem Blick in den stumpfen Wandspiegel, der an einem der Spinde hing, gequält das Gesicht.

Ich hatte eine verblüffende Ähnlichkeit mit der sprichwörtlichen Presswurst. Da auch das Baucheinziehen keine optische Verbesserung zur Folge hatte, atmete ich resigniert aus. »Fertig.«

»Dann kann ich ja Wanda holen«, sagte der Junge erfreut.

»Meinetwegen«, erwiderte ich erschöpft.

»Na, alle Blößen bedeckt?«, fragte mich die Frau in dem blau-gelb gestreiften Surfanzug, als sie den Schuppen betrat.

Ich nickte matt.

Aus den Augenwinkeln beobachtete ich die schlanke Silhouette der Frau, als sie dem Jungen einen geräumigeren Surfanzug aus einem der Spinde heraussuchte, und hoffte drauf, dass sie möglichst schnell wieder verschwand.

Diesen Gefallen tat sie mir allerdings nicht. Ganz im Gegenteil.

»Na denn mal los, ihr beiden!«, forderte sie uns auf, als der Junge den Reißverschluss des größeren Neoprenanzugs erfolgreich zugezogen hatte.

Ich sah sie irritiert an, was sie aber aufgrund meiner Sonnenbrille nicht sehen konnte.

»Wir müssen los!«, mahnte sie mich. »Die Flut kommt pünktlich.«

Mir dämmerte, dass die Surflehrerin mich für einen Schüler der Gruppe hielt, die gleich zum Unterricht aufbrechen würde.

Mein erster Impuls war, mithilfe einer Ausrede dankend abzulehnen und mich schnellstmöglich aus dem Staub zu machen. Aber jede Ausrede von mir wäre unglaubwürdig gewesen, denn schließlich hatte ich mich gerade in die Surfermontur hineingequält. Warum sollte ich das tun, wen ich nicht zum Surfen wollte? Das ergab überhaupt keinen Sinn.

Also nickte ich nur ergeben und erhob mich langsam von meinem Schemel.

– 21 –

»Komm hier herüber!«, rief mir der Surflehrer mit dem Zopf zu.

Notgedrungen folgte ich seiner Aufforderung, da meine Taktik der gemächlichen Schritte nicht aufgegangen war. Ich hatte gehofft, durch mein betont langsames Gehen etwas Abstand zur Gruppe zu bekommen, um mich bei der erstbesten Gelegenheit absetzen zu können.

Da aber die blonde Kickboxerin auf die Surfschüler aufpasste wie ein Hütehund auf seine Lämmer, machte sie Kai auch gleich ein Zeichen, als ich endlich das Schlusslicht der Gruppe wurde und den Gedanken, verschwinden zu können, ergeben beiseiteschob.

»Moin, ihr beiden«, begrüßte uns der Surflehrer, als ich gemeinsam mit dem Jungen den unteren Streifen der Drachenwiese erreichte, wo das Ufer endete und die Nordsee begann. »Ich bin Kai. Und wie heißt ihr?«

»Moin«, erwiderte ich die Begrüßung und nannte gleich meinen Namen. »Jan heiße ich.«

»Und mein Name ist Leo«, sagte der Junge aufgeregt. »Das ist die Abkürzung von Leonhard.«

»Fein. Schön, dass ihr heute hier seid«, sagte Kai und wies

mit dem ausgestreckten Arm zu einer Gruppe, die aus etwa zehn Teilnehmern bestand. »Die Gruppe da drüben geht jetzt raus. Das sind die Fortgeschrittenen. Wanda, meine Freundin, leitet den Kurs.«

»Gehen wir da mit?«, fragte Leo schnell.

Der Surflehrer schüttelte den Kopf. »Nein. Wir drei bleiben unter uns. Ihr beide wollt heute ja nur mal schnuppern.«

»Genau!«, erwiderte ich und bemühte mich, mir den Grad meiner Begeisterung nicht anmerken zu lassen. »Nur schnuppern, mehr nicht.«

Allzu viel kann mir bei der Unterrichtsstunde ja nicht passieren, dachte ich beruhigt. Die wollen ihre Kunden schließlich nicht verschrecken. Außerdem habe ich immer noch die Möglichkeit, mich herauszureden und zu verkrümeln.

Auch wenn mich der Schnupperkurs kalt erwischt hatte, war das nicht weiter schlimm. Ganz im Gegenteil. Denn selbst wenn ich Gefahr lief, von der Kickboxerin oder dem Surflehrer doch noch erkannt zu werden, bot sich mir damit eine ideale Möglichkeit, mich umzusehen und ein paar Worte mit dem Surflehrer zu wechseln, um ein Gefühl dafür zu bekommen, was er eigentlich für ein Typ war. Wenn er schon einmal mit mir zu tun hatte, konnte ich ihn vielleicht in ein Gespräch verwickeln und ein paar zusätzliche Informationen aus ihm herauskitzeln.

»Finde ich aber öde«, moserte der Zehnjährige und zog einen Flunsch. »Den Schnuppertag habe ich doch schon in den letzten Ferien gemacht.«

»Ja, ich weiß …«, erwiderte der Surflehrer und überraschte mich mit der Sensibilität, mit der er auf den Jungen einging. »Aber du weißt ja, was dein Opa gesagt hat. Heute erst noch mal schnuppern. Dann kannst du ab morgen in den Einsteigerkurs. Aber jetzt fangen wir erst einmal an. Ich gebe euch eine kleine Einweisung ins Gerät, und wir lassen einen Kite steigen, danach gehen wir noch eine knappe Stunde raus, damit ihr ein Gefühl bekommt, wie sich Kite und Bar im Wasser anfühlen.«

»Bar?«, fragte ich verständnislos. »Was heißt das?«

Der Surflehrer lachte. »Das ist die Stange, mit der man den Kite lenkt, die Kitebar oder einfach nur Bar genannt. Das zeige ich euch gleich alles. Zuerst steigt aber erst mal hier rein. Die sollten euch passen.«

Der Surflehrer hielt jedem von uns einen breiten Gürtel entgegen, der mit seinen Schnüren und Ösen einem Geschirr ähnelte, wie es Bergsteiger tragen.

»Das sind Sitztrapeze«, erklärte Kai. »Ihr steigt mit beiden Beinen in den Gurt, ähnlich wie wenn ihr eine Hose anzieht, und dann schließt ihr das obere Teil wie einen Gürtel.«

Erneut musste ich den Bauch einziehen, als ich den Gürtel anlegte.

Nachdem ich erfahren hatte, dass die sogenannte Bar eine Steuer- und eine Backbordseite hat, die schwarz und rot gekennzeichnet sind, und die Safety Leash praktisch die »Notbremse« am Kite ist, die den Surfer vollständig vom Lenkdrachen trennt, damit er nach einem Sturz nicht von seinem Kite übers Wasser gezogen werden kann, übten wir eine Weile trocken mit dem am Himmel schwebenden Schirm. Auch wenn ich wusste, dass eine enorme Kraft in Lenkdrachen stecken muss, war ich dennoch überrascht, als ich an der Reihe war, die Bar zu übernehmen.

»So!«, rief der Surflehrer nach ein paar Minuten. »Für den ersten Eindruck sollte das reichen. Jetzt sollten wir los, sonst wird es zu knapp, bis die Flut aufläuft.«

Nachdem wir nach Anweisung den Übungskite zusammengefaltet hatten, legte der Surflehrer mit wenigen Handgriffen einen deutlich größeren und imposanteren Kite aus. Der Junge und ich hielten den Schirm, der ähnliche Ausmaße wie ein

Gleitschirm hatte, an den Enden hoch. Binnen weniger Sekunden schwebte der neongrüne Kite majestätisch am Himmel.

»Auf geht's!«, rief uns der Surflehrer zu. »Wir gehen jetzt ein Stück raus.«

Er warf einen prüfenden Blick zu dem seitlich im Wind über uns stehenden Schirm und stapfte los. Mit einer spielerisch leicht aussehenden Handbewegung übte er Zug auf die Bar aus, woraufhin der Lenkdrachen mit einer eleganten Kurve reagierte. Ohne sichtbaren Kraftaufwand dirigierte der Surflehrer den Schirm, der ihm folgsam fünfundzwanzig Meter über unseren Köpfen schwebend folgte. Wenn der Surflehrer uns nicht vorher die Anzahl, Anordnung und Länge der Leinen erklärt hätte, wäre ich mit meiner eigenen Schätzung wahrscheinlich ziemlich danebengelegen. Hier draußen im Watt waren Entfernungen sehr schwer einzuschätzen, egal ob im Watt, auf See oder am Himmel.

Ich warf dem Jungen einen skeptischen Blick hinterher, als der voller Tatendrang loslief, um dem Surflehrer begeistert ins Watt zu folgen. Deutlich weniger begeistert setzte ich mich ebenfalls in Bewegung. Mein Tatendrang hielt sich in Grenzen.

Langsam folgte ich den beiden.

Bereits mit dem ersten Schritt versank ich bis über die Knöchel im Schlick. Ich war froh, dass Wanda mir, bevor wir losgegangen waren, ein paar gebrauchte Surfschuhe gegeben hatte mit dem Hinweis, dass es sich damit besser laufen lassen würde. Mit Joggingschuhen hat man im Watt keine Chance, mehr als ein paar Meter weit zu kommen, bevor der Schlick einem die Schuhe auszieht, egal, wie fest man sich die Schnürsenkel gebunden hat. Und barfuß ins Watt zu gehen, konnte heikel werden. Es hatte sich schon so manch unvorsichtiger Wattläufer mit von Muscheln oder scharfkantigem Treibgut aufgeschlitzten Füßen in der Notaufnahme des Emder Krankenhauses wiedergefunden.

Wanda hatte etwas gut bei mir.

Je weiter wir ins Wattenmeer hinausliefen, umso tiefer sank ich bei jedem Schritt ein. Erleichtert stellte ich nach ein paar Metern fest, dass mir der Schlick aber nie höher als bis zur Wade reichte. Was allerdings schon anstrengend genug war, da ich die Füße bei jedem Schritt mühsam aus dem grauen Schlamm ziehen musste.

Um nicht über jeden Schritt nachzudenken, ließ ich meinen Blick übers Watt bis hin zur Wassergrenze schweifen, wo das Wasser während der Ebbe mit seinem Rückzug stoppte.

Es war ein wunderschöner Sommerabend und der Sonnenuntergang würde auch heute wieder atemberaubend sein. Der Wind war frischer geworden und die Luft roch nach Salz und Watt, ideal zum Kitesurfen.

Ich hoffte nur, dass wir weder zu weit rauslaufen noch zu spät umkehren würden. Auch wenn Holgers Dachboden mich nicht sonderlich lockte, campierte ich lieber zwischen Pappkartons, als dass ich hier draußen an eine Boje geklammert die nächste Ebbe abwartete. Da allerdings weit und breit keine Bojen zu sehen waren, war Letzteres schon von daher keine ernsthafte Alternative.

»Oh, mein Gott.« Ich kniff die Augen zusammen und sah angestrengt zum Ufer zurück, das mir erschreckend weit entfernt erschien. »Wie weit sind wir denn draußen?«

Die Menschen am Ufer waren so klein geschrumpft, dass ich sie nur noch als vage Silhouetten erkennen konnte.

Schwer atmend blieb ich stehen und legte eine kurze Verschnaufpause ein.

Da Kai weit vor mir lief und keine Anstalten machte, stehen zu bleiben, wagte ich es, mir für einen Moment die Neoprenmütze vom Kopf zu ziehen. Erleichtert hielt ich mein Gesicht in die von seewärts wehende kräftige Brise, die mein erhitztes Gesicht wohltuend kühlte.

Herrlich!

Unter dieser verdammten Mütze hatte ich geschwitzt, als hätte mein Kopf die ganze Zeit über in einer finnischen Trockensauna gesteckt. Mit der Hand wischte ich mir über die schweißnassen Haarstoppeln, während ich gleichzeitig unseren Surflehrer im Auge behielt, damit er mich nicht ohne meine Tarnkappe zu sehen bekam.

Meine Sorge war unbegründet.

Mit einer Leichtfüßigkeit, als würde er über eine Blumenwiese spazieren, lief der Surflehrer ungebremst durch das Watt auf die Wasserkante zu und lenkte dabei den über uns schwebenden neongrünen Schirm.

Ich gönnte mir noch ein paar Sekunden Verschnaufpause, bevor ich mir die Surfmütze wieder über den Kopf stülpte. Ächzend zog ich meinen Fuß aus dem Schlick und machte den nächsten Schritt. Diese Schnupperstunde gestaltete sich deutlich anstrengender, als ich ursprünglich angenommen hat. Doch was hätte ich anderes tun sollen, als mich als Surfschüler auszugeben? Aus der Nummer in dem Umkleideschuppen wäre ich ansonsten nicht heil herausgekommen. Morgen würde ich wahrscheinlich den Muskelkater meines Lebens haben.

Bei dem Gedanken an den Rückweg wurde mir mulmig. Ein paar Meter weiter hatte ich den zehnjährigen Leo eingeholt. Dem Jungen ging es nicht viel anders als mir.

»Ziemlich anstrengend«, schnaufte ich, als ich keuchend bei ihm ankam.

Mit hochrotem Kopf nickte er. »Ja, das ist schon krass.«

Seine Begeisterung am Kitesurfen hatte sich durch unsere kräftezehrende Wattwanderung ziemlich abgekühlt. Die Anstrengung war ihm deutlich anzusehen, als er stehen blieb und ebenfalls nach Luft schnappte.

»Kommt, Leute!«, rief Kai uns über die zunehmende Brandung hinweg. »Ein paar Meter haben wir noch.«

Der Junge sah mich mit leichter Verzweiflung an, er konnte ebenso wie ich kaum noch die Beine heben.

»Na los!«, munterte ich ihn auf. »Wir haben es ja gleich geschafft.«

»Dann will ich aber surfen!«, forderte der Junge und verzog das Gesicht.

Seite an Seite stapften wir weiter durch den grauen Schlick. Es dauerte noch ein paar Minuten, bis wir die Grenze erreicht hatten, bis zu der die Ebbe das Wasser gedrängt hatte.

Hier begann das offene Meer.

»Na, da seid ihr ja«, begrüßte uns unser Surflehrer. »Geht ganz schön in die Beine, was?«

»Das kannst du wohl meinen.« Schwer atmend stützte ich mich mit beiden Händen vornübergebeugt auf meine Knie auf. »Wie oft machst du das am Tag?«

»Je nachdem, wie viel Kurse wir am Tag haben und wann Tide ist«, antwortete Kai, der bis zu den Oberschenkeln im Wasser stand. »In der Regel habe ich pro Tag drei Kurse, das heißt also sechsmal Wattwandern.«

»Sechs Mal?«, rief Leo ungläubig.

»Ja«, lachte der Surflehrer. »Das macht stramme Oberschenkel.«

»Heute auch?«, fragte der Junge mit vor Staunen großen Augen.

Kai schüttelte den Kopf. »Nein. Heute war ich noch gar nicht draußen. Deshalb habe ich euch Schnupperschüler auch von Wanda übernommen. Die musste noch wo hin.«

Eine größere Welle schwappte mir bis unters Knie. Ich warf einen argwöhnischen Blick aufs blaugraue Wasser.

Kai bemerkte meine Skepsis und bestätigte meinen Gedanken: »Kommt rein, wir haben nicht mehr so viel Zeit. Es dauert nicht mehr lange und die Flut läuft auf. Wir haben auch noch den Rückweg vor uns.«

»Wie steil geht's hier runter?«, wollte ich wissen, als ich der Aufforderung des Surflehrers folgte und vorsichtig weiter ins Wasser schritt.

»Hier vorne fällt der Grund nur sachte ab«, antwortete er. »Aber so nach zwanzig Metern wird's schnell richtig tief.«

Gemeinsam mit Leo folgte ich Kai noch ein paar Meter ins Wasser, bis dieser stehen blieb, zufrieden am Bar zog und das Kite eine elegante Acht fliegen ließ.

Wir standen jetzt bis zu den Hüften im Wasser, wobei dem Zehnjährigen aufgrund seiner Größe das Wasser bereits bis zum Bauchnabel reichte, sodass nur noch die Hälfte seines Sitztrapezes zu sehen war.

»Perfekt!«, rief er und lachte uns zu.

Der Surflehrer winkte den Jungen dicht an sich heran und hielt ihm auf dessen Brusthöhe das Bar hin.

»Gut festhalten und nicht vergessen: rechts ist die schwarze Seite und links die rote!«

Mit einer schnellen Handbewegung hakte Kai einen Gurt, der von der Mitte der Lenkstange herabhing, in einen Karabinerhaken ein.

»So, du bist jetzt mit dem Kite verbunden. Halt gut fest!«

Mit ernster Miene hielt der Junge die Griffe des Bar fest umklammert.

»Das hier ist die Safety Leash.« Der Surflehrer zog eine kleine schwarze Rundstrippe durch eine Öse, die er uns bei der Trockeneinweisung gezeigt hatte, und wies auf einen signalroten Schieber, auf dem sich ein weißer Pfeil befand. »Wenn du in eine Gefahrensituation kommst, einmal dran ziehen, hier in Pfeilrichtung.« Kai deutete mit dem Finger auf den weißen Pfeil, der in die vom Körper abgewandte Richtung des Jungen wies.

»Ich weiß«, sagte Leo lässig wie ein Surfprofi, »und dann einfach das Bar loslassen, damit ich nicht mitgeschleift werde.«

»Du hast es drauf, Kumpel.« Kai klopfte dem Jungen anerkennend auf die Schulter. »Und jetzt fliegen wir mal ein paar Achten.«

Leo verfügte über das sportliche Talent eines Zehnjährigen, der sich voller Begeisterung auf eine neue Herausforderung stürzt und diese mit Bravour meistert.

Nicht ganz so bravourös gelangen mir meine Steuermanöver, nachdem Leo und ich uns abgewechselt hatten und ich den Zug des über mir schwebenden Kites an meinem Sitztrapez spürte.

Hatte ich zuvor gehofft, mit dem Surflehrer ein paar Worte zu wechseln und ihn unauffällig auszuhorchen, gab ich diese Idee spätestens in dem Moment auf, als sich die Kraft des Windes über den Schirm auf meine Lenkstange übertrug. Ich musste mich gehörig konzentrieren, um Kais Anweisungen folgen zu können, ein Frage-und-Antwort-Spiel kam nicht in Betracht.

So langsam begann mir das Spiel mit dem Kite allerdings Spaß zu machen. Der Kite reagierte sehr direkt und kraftvoll auf meine Lenkbewegungen, und die Kräfte, die auf ihn einwirkten, spürte ich deutlich in den Armen.

»Jetzt flieg eine Acht!«, rief der Surflehrer hinter mir. »Zieh die schwarze Seite zu dir heran!«

Mit einer scharfen Kurve reagierte der neonfarbene Schirm auf meine Lenkbewegung, allerdings zu scharf. Der Schirm kippte bedrohlich zur Seite ab.

»Nicht so viel. Gib wieder etwas nach!«, kommandierte Kai hinter mir. »Und zieh links mehr an!«

Obwohl ich mir Mühe gab, alles in der richtigen Reihenfolge zu machen, die der Surflehrer mir zugerufen hatte, schmierte der Kite in scharfem Tempo nach rechts ab und klatschte auf die Wasseroberfläche. Auch die Leinen klatschten aufs Wasser. Langsam fiel der neongrüne Schirm in sich zusammen.

»Platsch!«, schrie Leo, der mir wie gebannt beim Lenken zugeschaut hatte.

»Der liegt im Bach«, stellte auch der Surflehrer fest und watete durch das Wasser auf mich zu. »Aber das macht nichts.«

Kai übernahm das Bar und klinkte sich mit dem Karabinerhaken in den Befestigungshaken des Gurtes ein, der mittig von der Lenkstange baumelte.

»Das haben wir gleich«, sagte er. »Geht ihr mal vor zum Kite. Jeder nimmt eine Ecke und dann haltet ihr die Schirmkante auf mein Kommando hoch.«

Gehorsam stapften wir die Leinen entlang, bis wir nach fünfundzwanzig Metern den auf der Wasseroberfläche dümpelnden Schirm erreicht hatten. Der Kite war nicht komplett in sich zusammengesunken, sondern wölbte sich über einer großen Luftblase, was ihn irgendwie traurig aussehen ließ.

Wie uns aufgetragen, packten Leo und ich den Schirm an den beiden äußeren Ecken und warteten auf Kais Kommando. Während der Surflehrer die Leinen des Kite spannte, um sie zu ordnen, sah ich aus den Augenwinkeln einen dunklen Punkt, der schnell näher kam.

Dann geschah alles gleichzeitig.

»Jetzt hoch!«, rief uns Kai zu und hob das Kitebar.

Leo und ich hoben den Schirm hoch.

Eine Windbö fuhr unter den Schirm, der sich mit gewaltiger Kraft aus unserem Griff befreite und pfeilschnell in den Abendhimmel schoss.

Im gleichen Moment, als sich der neongrüne Kite über uns aufblähte, schoss ein schwarzer Jetski so knapp an unserem Surflehrer vorbei, dass die aufschäumende Bugwelle Kai überrollte.

»Arschloch!«, hörte ich Kai brüllen, während er aus dem schäumenden Wellental auftauchte und dabei noch immer das Kitebar in beiden Händen hielt.

Diesem drastischen Fluch konnte ich nur zustimmen, denn es war lebensgefährlich, wenn einer dieser Freizeitrennfahrer mit dem hochmotorisierten Wassermotorrad so dicht an Badegästen oder Surfern vorbeiraste. Verboten war es obendrein.

Ich beobachtete, wie der Jetskifahrer einen Bogen fuhr und wendete.

Dann nahm er mit hoch aufschäumendem Antriebsstrahl erneut Kurs auf uns. Das schwarze Renngerät sah bedrohlich aus, wie es sich uns zum zweiten Mal mit voller Kraft näherte.

Der Fahrer trug einen Neoprenanzug und eine Surfmütze, die meiner stark ähnelte. Er hatte zudem eine Augenschutzbrille aufgesetzt, sodass von seinem Gesicht nicht das Geringste zu erkennen war. Was bei der Geschwindigkeit und der Schnelle der sich überstürzenden Ereignisse ohnehin Zufall gewesen wäre.

Kurz bevor sich der Jetski mit seinem halb aufrecht stehenden Fahrer auf gleicher Höhe mit unserem Surflehrer befand, realisierte ich, was gleich geschehen würde.

Vor meinen Augen geschah ein Mord!

Mit aufheulendem Motor schoss der Jetski heran.

»Weg!«, brüllte ich, so laut ich konnte. »Hau ab! Der fährt dich um!«

Ob der Surflehrer sich nun aufgrund meiner Warnung mit einem Hechtsprung vor dem Bug des Jetskis rettete oder weil er selber gemerkt hatte, dass der Fahrer es auf ihn abgesehen hatte, vermochte ich nicht zu beurteilen.

Was aber auch egal war. Hauptsache, er hatte die Attacke überlebt.

Zumindest vorerst.

Erneut wendete der Jetskifahrer sein Gefährt.

Diesmal schneller und in einem deutlich engeren Wendekreis. Der Fahrer saß nicht zum ersten Mal auf einem dieser Sportflitzer, so viel stand schon einmal für mich fest.

»Hau ab, Kai«, brüllte ich dem prustend aus dem Wasser auftauchenden Surflehrer zu. »Zur Kante. Schnell!«

Leo und ich standen nur ein paar Meter von der Wattkante entfernt, die immer stärker von der auflaufenden Flut vereinnahmt wurde. Kai musste die fünfundzwanzig Meter zu uns schaffen, um sich vor dem offenbar sehr entschlossenen Angreifer in Sicherheit zu bringen.

Helfen konnte ich ihm nicht. Womit denn auch? Sollte ich mit Wasser spritzen oder dem Angreifer ein paar Wattwürmer hinterherwerfen?

»Leo«, sagte ich zu dem Jungen neben mir, der das Geschehen wie gebannt mit großen Augen verfolgte. »Verschwinde aus dem Wasser. Schnell!«

»Aber … ich …«, stammelte der Zehnjährige verstört, »… wohin soll ich?«

Ich drehte mich schnell zu dem Jungen herum. »Leo«, sagte ich eindringlich. »Sieh mich an!«

Offenbar hatte meine Stimme sein Bewusstsein erreicht, denn Leo wandte mir den Kopf zu und sah mich mit großen Augen an.

»Du verschwindest jetzt ganz schnell hier aus dem Wasser«, sagte ich eindringlich. »Dann läufst du, so schnell du kannst, zurück zum Ufer.« Ich sah Leo scharf an. »Kapiert?«

Mit bleichem Gesicht und zitternden Lippen sah mich der Junge an und nickte mechanisch.

»Leo?«, sagte ich scharf.

Leo zuckte zusammen. Sein Blick wurde klarer.

»Hast du mich verstanden?«

»Ja, Jan«, antwortete er und sah mich mit wacheren Augen an als noch vor wenigen Sekunden.

»Du verschwindest jetzt von hier und läufst zum Ufer. Dort

rennst du in die Surfschule und sagst einem der Leute, die dort arbeiten, Bescheid. Die sollen uns helfen und die Polizei rufen. Verstanden?«

Leo nickte. »Mach ich. So schnell ich kann.«

»Klasse, Kumpel«, lächelte ich ihn an und bemühte mich, ruhig zu wirken, was gar nicht so einfach war, da ich im Hintergrund das hochtourige Motorenheulen des Jetskis herannahen hörte. »Los jetzt!«

»Will der Kai totmachen?«, fragte Leo mit bebenden Lippen.

»Ja, das will er.« Ich nickte. »Aber ich helfe ihm. Und jetzt hau ab! Wir brauchen Hilfe!«

Leo nickte kurz und ernst. Dann drehte er sich um und pflügte so rasant durch das Wasser, dass links und rechts von ihm Fontänen hochspritzten.

Ich hoffte inständig, dass er schnell genug an Land gelangte, um Hilfe zu holen. Wenn aber der Jetskifahrer seine feigen Attacken in der gleichen Intensität fortsetzte, käme jede Hilfe zu spät.

Obwohl ich mit bloßen Händen und meiner unbändigen Wut nicht viel bis gar nichts gegen den Angreifer ausrichten konnte, stürmte ich los.

Ich war nur etwa zwei Meter weit gekommen, als der Jetski erneut so dicht an dem Surflehrer vorbeibrauste, dass ich nur noch auf den Aufprall wartete. Aber erneut hatte sich Kai mit einem Sprung kopfüber in das graue Wasser der Nordsee retten können.

Das Wasser spritzte wild um mich herum auf, während ich mich auf den Surflehrer zubewegte. Von Laufen konnte bei dem an dieser Stelle schon brusttiefen Wasser keine Rede sein. Der Surflehrer war noch etwa fünf Meter von mir entfernt, als der Fahrer sein Renngerät ein letztes Mal auf uns zusteuerte.

Ein dumpfes Geräusch ertönte, als der Jetski den Oberkörper des Surflehrers mit voller Wucht rammte.

»Nein!«, schrie ich verzweifelt.

Mit weit ausgebreiteten Armen schlug Kai kopfüber auf der Wasseroberfläche auf.

Er versank sofort.

Der Jetskifahrer verabschiedete sich mit einem demonstrativen Aufheulen seiner hochtourigen Maschine und drehte ab. Im gleichen Moment tauchte der Oberkörper des Surflehrers wie der Rücken eines Wals aus dem grauen Wasser auf, um dem Jetski zu folgen.

Schon nach wenigen Metern bemerkte der Fahrer, dass sich eine Leine des Kite an der hochstehenden Lenksäule seines Gefährts verfangen hatte. Er drosselte den Motor und ließ den Jetski treiben, während er sich seitlich hinkniete, um die Lenksäule von der Kiteleine zu befreien, was ihm mit wenigen Handgriffen gelang.

»Verschwinde!«, brüllte ich den Fahrer an, dessen vermummter Kopf sich mir zuwandte. »Hau ab, du Dreckskerl!«

Einen Sekundenbruchteil starrte mich die vornübergebeugte Gestalt auf dem Jetski an – die nicht unbedingt ein Mann sein musste, wie ich gerade bemerkte. Der Figur nach konnte es durchaus auch eine sportlich trainierte Frau sein. Als sich die Gestalt aufrichtete und die Leine, die sie gelöst hatte, zurück ins Wasser warf, war ich mir sogar sicher, dass es sich um eine Frau handelte, auch wenn die weiblichen Rundungen unter dem Neoprenanzug kaum sichtbar waren.

Wasser spritzte auf.

Kai musste zu Bewusstsein gekommen sein, denn plötzlich begann er mit den Armen zu schlagen, um sich über Wasser zu halten. Auch wenn er begriffen haben sollte, in welcher Todesgefahr er sich befand, schien er offenbar nicht in der Lage zu sein, zu schwimmen oder abzutauchen, um sich in Sicherheit zu bringen.

Die Fahrerin ließ den Motor ihres Jetskis erneut demonstrativ aufheulen und gab Gas. Das Gefährt beschrieb abermals einen großen Bogen, um zu wenden. Noch bevor sie erneut Kurs auf den im Wasser treibenden Surflehrer nehmen konnte, wusste ich, was sie vorhatte.

Sie wollte ihn vor meinen Augen ein zweites Mal überfahren.

Mir kam noch nicht einmal der Gedanke, dass auch ich mich in Lebensgefahr befand. Denn nichts könnte den Angreifer daran hindern, auch mich über den Haufen zu fahren.

Mit aller Kraft pflügte ich durch das Wasser auf den Surflehrer zu.

Mit beiden Händen fischte ich die Schnüre auf, die ich erwischen konnte, und holte sie ein. Als ich plötzlich Widerstand spürte, zog ich mit aller Kraft an ihnen.

Der Jetski hatte gewendet. Der Antrieb des Motorrads spie eine steile Wasserfontäne aus.

So stark, wie ich nur konnte, zog ich an den Leinen und kam mir wie Spencer Tracy in dem legendären Film *Der alte Mann und das Meer* vor, als dieser mit einem riesengroßen Marlin den Fang seines Lebens machte, der zugleich zum Kampf seines Lebens wurde.

Der Jetski schoss heran und kam immer näher.

Ich holte die Leinen mit fast übermenschlicher Kraft ein.

Es war ein Wettlauf mit dem Tod.

Sekunden später tauchte der Surflehrer nur wenige Meter von mir entfernt mit dem Gesicht nach unten an der Wasseroberfläche auf.

Der Jetski rauschte mit hoch aufschäumender Bugwelle knapp an uns vorbei.

Ich schluckte eine Portion Salzwasser, was mein Magen prompt mit einem Würgereflex quittierte. Vor Schmerz krümmte ich mich zusammen, als sich mein Magen umzustülpen drohte, sich aber glücklicherweise eines Besseren besann.

Stöhnend richtete ich mich auf.

So schnell ich konnte, zog ich Kai an den Schnüren zu mir, während ich gleichzeitig die letzten Meter durch das brusthohe Wasser auf den Surflehrer zupflügte. Ich fasste ihn mit beiden Händen und drehte ihn auf den Rücken. Dabei stellte ich fest, dass sein rechter Oberarm wie der Arm einer Marionette hin und her schlackerte, so als wären die Fäden durchgeschnitten oder ein zusätzliches Gelenk eingebaut worden. Vorsichtig fuhr ich mit der Hand über das eng anliegende Neopren und ertastete auch gleich die Bruchstelle, wie ich vermutet hatte. Der hautenge Surfanzug übernahm in diesem Fall glücklicherweise die Funktion einer halbwegs stabilisierenden Schiene. Trotzdem dürfte der Oberarmbruch ziemlich schmerzhaft sein.

Aber der Surflehrer war nicht mit dem Armbruch davongekommen. Aus einer hässlichen Platzwunde am Kopf sickerte Blut, was kaum zu sehen war, da es von den Wellen direkt von der Stirn gespült wurde. Das sah mir nach einer zusätzlichen Gehirnerschütterung aus.

Der Surflehrer musste schnellstens in ein Krankenhaus!

Mit einem Handgriff löste ich die Safety Leash aus.

»Kai!«, rief ich und beugte mich zu ihm hinunter, um zu hören, ob er atmete.

Ich hörte ein schweres Röcheln, als wäre ihm Wasser in die Luftröhre gelaufen. Mir war, als hätte ich ein Déjà-vu, als ich den Kopf des Surflehrers über Wasser hielt. Schon einmal hatte ich voller Verzweiflung den Kopf eines Menschen über Wasser gehalten, um ihn vorm Ertrinken zu bewahren. Damals hatte es sich um meine Tochter gehandelt, um deren Leben ich in einem tobenden Sturm gekämpft hatte.

Manchmal wiederholen sich Dinge im Leben. Wobei im Moment zumindest kein Sturm tobte.

»Kai!«, rief ich erneut und gab dem Surflehrer ein paar

leichte Schläge ins Gesicht, um ihn ans Weiteratmen zu erinnern.

Ein kurzes, aber lautes Röcheln war die Antwort.

Mit beiden Händen fasste ich den Surflehrer unter den Achseln und zog ihn hinter mir her, als ich langsam rückwärts Richtung Strand stapfte. Mit einem lauten Platscher versank ich im Wasser, als ich an dem aufsteigenden Rand der Wattkante ausglitt und rücklings umfiel und untertauchte.

Laut prustend tauchte ich wieder auf.

Das salzige Nordseewasser war mir in Mund und Nase gelaufen und notgedrungen hatte ich erneut eine kräftige Ladung Salzwasser geschluckt. Mein Magen krampfte sich zusammen, als ich die Brühe im Schwall von mir gab.

Ich röchelte, würgte und kotzte gleichzeitig.

Jeder, der schon einmal unfreiwillig in der Nordsee untergetaucht ist und Salzwasser schlucken musste, weiß, wovon ich rede, als ich mich von Magenkrämpfen geschüttelt krümmte. Dennoch griff ich instinktiv wieder nach dem Kopf des Surflehrers und hielt ihn über Wasser.

Ich ließ mich nach hinten fallen und stieß mich strampelnd und mehr oder weniger rutschend im Schlick ab, um uns beide zumindest für einen Moment auf dem Schlick in Sicherheit zu bringen.

Irgendwie schaffte ich es, den Surflehrer mit mir ziehend, aus dem Wasser heraus auf den Schlick zu rutschen. Da die Flut auflief, konnte die Verschnaufpause, in der ich halb auf dem Rücken liegend, halb zur Seite gedreht die letzten Reste Salzwasser aushustete, nur von kurzer Dauer sein.

»Kai.« Mit der flachen Hand tätschelte ich das schlickverschmierte Gesicht des Surflehrers. »Bist du noch da?«

Ein krächzendes Röcheln signalisierte mir, dass Kai sich noch unter den Lebenden befand.

Mühsam wälzte ich mich herum und quälte mich hoch

auf die Knie. Mit zusammengekniffenen Augen sah ich zum Ufer.

Von Leo keine Spur.

Auch von niemand anderem.

Hatte denn niemand mitbekommen, was sich hier abspielte? Sonst hatten die Leute doch immer ihre Augen dort, wo es etwas zu sehen gab. Warum nicht hier und heute?

War der winzige Punkt, der sich kurz vor dem Ufer zu bewegen schien, der Junge? Oder handelte es sich nur um eine Sinnestäuschung, hoffnungsvoll hervorgerufen durch die Anstrengung und das in meinen Adern pulsierende Adrenalin?

Ich gab es auf, danach zu spähen, ob Hilfe im Anmarsch war.

Die Flut wartete nicht.

Schon wieder umspülte uns das auflaufende Wasser.

Schwerfällig erhob ich mich. Ein letztes Mal strengte ich meine Augen an und ließ sie suchend über den hellgrauen Schlick wandern, der sich vor mir unendlich weit auszubreiten schien, bevor er an der dünnen Küstenlinie endete. Aber vergeblich.

Wir waren auf uns alleine gestellt.

Ein Blick in das mit Schlick verschmierte Gesicht des Surflehrers sagte mir, dass von *wir* keine Rede war: *Ich* war alleine auf mich gestellt. Der Surflehrer war zu stark verletzt, um aus eigener Kraft zurück ans Ufer laufen zu können. Mit der rechten Hand packte ich Kai am Nacken seines Neoprenanzugs und zog ihn der Einfachheit halber wie einen Schlickschlitten hinter mir her, während ich Richtung Ufer stapfte.

Das sah vielleicht im ersten Moment aus, wie wenn ein Höhlenbewohner seine Beute hinter sich her in seine Behausung schleift, war aber für den Surflehrer die bequemste und schmerzfreieste Art des Transportes.

Ich warf einen besorgten Blick über die Schulter zum Wasser. Die auflaufenden Wellen mahnten mich zur Eile.

Die Flut kannte keine Gnade.

Wenn wir hier im Watt nicht elendig ersaufen wollten, musste ich mich beeilen. Einen Herzschlag lang spürte ich Panik in mir aufsteigen, ließ diese aber nicht zu, sondern rief fieberhaft nach allen Optionen, mit denen ich uns retten konnte. Leider meldete sich nur eine: durchhalten und weitermachen.

Die Möglichkeit, den Surflehrer mit seiner schweren Kopfverletzung und seinem röchelnden Atem angesichts der drohenden Flut hier im Watt zurückzulassen, zog ich keine Sekunde in Betracht. Niemals würde ich einen Verletzten alleine seinem sicheren Tod überlassen, sondern jeden Strohhalm ergreifen, um uns zusammen in Sicherheit zu bringen.

Wir würden es beide gemeinsam zurück an Land schaffen, oder … Ich ließ meinen Blick entschlossen zuerst zum Ufer und dann zu der immer stärker auflaufenden Flut wandern. Oder keiner von uns.

Meterweise kämpfte ich mich Richtung Ufer.

Immer den Körper des Surflehrers hinter mir her schleifend. Die Muskeln an den Innenseiten meiner Oberschenkel waren hart wie Treibholz. Jeder Schritt schmerzte und zehrte an meiner Kraft.

Verbissen ging ich weiter, bis ich völlig außer Atem eine Verschnaufpause einlegen musste.

Vorsichtig ließ ich den Oberkörper des Surflehrers in den Schlick sinken. Als ich mich erschöpft neben ihn in einer Pfütze niedersinken ließ, öffnete er die Augen und sah mich wie nach einem Vollrausch an.

»Erkennst du mich?« Besorgt beugte ich mich zu ihm.

Er wollte nicken, zuckte aber im gleichen Moment vor Schmerzen zusammen.

»Bleib ruhig liegen«, forderte ich ihn auf. »Du hast eine hässliche Platzwunde auf der Stirn und ich tippe auch auf eine Gehirnerschütterung.«

Kai antwortete mit einem lauten Husten. »Oh Scheiße«, röchelte er mit schmerzverzerrtem Gesicht. »Das Ding hat mich voll erwischt.«

»Du hast auch noch einen Armbruch, rechter Oberarm«, klärte ich ihn auf. »So viel zu den schlechten Neuigkeiten.«

»Das war kein Unfall.« Der Surflehrer hustete wieder und verzog erneut vor Schmerzen das Gesicht.

»Keine zwei Meinungen«, erwiderte ich. »Seh ich genauso. Das war ein kaltblütiger Mordversuch!«

»Mit Ankündigung«, sagte er mit bitterer Stimme mehr zu sich selber als zu mir gewandt. »Und ich Idiot dachte, das sei ein blöder Scherz.«

Nichts geschieht ohne Grund, dachte ich schon fast philosophisch. Hätte es keinen Mordanschlag gegeben, lägen wir nicht hier im Schlick und der Surflehrer hätte sich zu dieser Bemerkung nicht hinreißen lassen.

Wenn es eine Ankündigung gab, steckte mehr hinter dieser ganzen Geschichte. Ich witterte eine heiße Spur.

Auch wenn uns die Flut im Nacken saß, musste ich die Gelegenheit für ein paar Fragen nutzen. Eine solche Gelegenheit kam so schnell nicht wieder.

Ich wusste zwar im Moment noch nicht genau, was genau ich wissen musste, und fragte deshalb ins Blaue hinein. »Habt ihr deshalb gestritten?«

»Wer?«, entgegnete er irritiert.

»Du und Sascha«, antwortete ich. »Ihr habt euch vorhin gestritten.«

Stöhnend drehte der Surflehrer mir sein schlammverschmiertes Gesicht zu und sah mich verständnislos an. »Wer bist du?«

»Der Fahrer von dem Käfer, den ihr von der Fahrbahn abgedrängt habt und der als Mörder von Julia Marten verdächtigt wird.«

»Verstehe.« Seine Augen zuckten kurz, als er sich mich ins Gedächtnis rief. »Du kamst mir gleich so bekannt vor, trotz deiner Aufmachung mit Mütze und Sonnenbrille. Was willst du von mir?«

»Surfen lernen«, entgegnete ich trocken.

»Das glaubst du doch selber nicht.«

»Stimmt«, gab ich zu. »Ich glaube, das ist kein Sport für mich. Viel zu anstrengend.«

Kai lachte kurz auf, um im gleichen Moment unterdrückt zu stöhnen. »Oh, verdammt«, fluchte er und begann erneut zu husten.

Ich wartete ab, bis er sich von seinem Hustenanfall erholt hatte, um seine Bemerkung aufzugreifen. »Welche Ankündigung hast du für einen blöden Scherz gehalten?«

»Wir müssen los«, meinte Kai erschrocken, als just in diesem Moment eine erste Wasserzunge nach seinen Beinen leckte.

Ich erschrak ebenfalls, als ich hochsah.

Die Flut kam. Und sie kam schnell.

Die auflaufenden Wellen schickten erste Ausläufer, die durch die tiefsten Stellen des Schlicks liefen, um sich gleich wieder zurückzuziehen. Mit der nächsten Welle wurden die Ausläufer länger und breiter.

Stück für Stück eroberte sich das Meer sein Territorium zurück.

Wir durften nur für ein paar Stunden in dieser wundervollen Welt des Wattenmeeres Gäste sein. Die See erinnerte uns gerade nachdrücklich daran, dass unsere Besuchszeit beendet war.

»Welche Ankündigung?«, wiederholte ich ungerührt meine Frage.

Der Surflehrer presste die Lippen aufeinander.

Mit unbewegtem Gesicht sah ich ihn an. Die verspiegelte Sonnenbrille verbarg meine Augen.

Die nächste Welle schickte ihre Vorhut. Eine erste Wasserzunge leckte an den Beinen des liegenden Surflehrers entlang bis zu den Hüften und zog sich wieder zurück.

Ich hätte jetzt bluffen und ihn ein letztes Mal auffordern können, mir zu antworten, um mich dann zu erheben und lässig davonzugehen, während er hilflos hier in der stetig steigenden Flut liegen blieb.

Wäre es in diesem Moment um Leben und Tod gegangen, wie es einmal bei der Entführung meiner Tochter der Fall war, hätte ich genau das getan. So aber erhob ich mich, legte ihm den verletzten Arm sacht auf den Bauch und forderte ihn auf, diesen mit der gesunden Hand festzuhalten. Dann hob ich vorsichtig seinen Oberkörper an und packte ihn erneut am Kragen, um weiter durch den wadentiefen Schlick zu stapfen.

Als ich nach einer Weile mühsam den Kopf hob, um zu schauen, ob wir uns wenigstens ein paar Meter dem Ufer genähert hatten, erkannte ich die Umrisse von zwei Gestalten, die sich uns in schnellem Tempo näherten.

Behutsam ließ ich Kais Oberkörper wieder in den Schlick sinken und kniete mich erleichtert neben ihn.

»Es ist Hilfe unterwegs«, sagte ich mit vom Salzwasser rauer Stimme. »Das dürften deine Kollegen sein.«

Ich setzte mich seitlich von dem Verletzten auf den Boden und schob ihm meinen Oberschenkel unter den Kopf, damit er bequemer lag. Dann warteten wir gemeinsam auf die Retter, die uns wild entschlossen entgegengestapft kamen.

Mittlerweile hatte die Abenddämmerung eingesetzt. Die untergehende Sonne ließ das auflaufende Wasser und das bis zum Ufer reichende Wattenmeer in intensiven Gelborangetönen aufflammen und bescherte uns einen dramatischen Sonnenuntergang. Obwohl der neben mir liegende Surflehrer nur knapp einem heimtückischen Mordanschlag entgangen war und ich als Tatverdächtiger in zwei Mordfällen gesucht wurde, lag eine friedliche Stimmung über der uns umgebenden Natur. Nur ein paar Möwen segelten über uns, die, von ihrer Abendmahlzeit gesättigt, offenbar zu faul waren, um zu kreischen.

»Ihr werdet das Liebste verlieren, wie ihr das Liebste genommen habt«, sagte Kai unvermittelt mit düsterer Stimme in die Idylle hinein.

Überrascht hob ich den Kopf.

Ich hatte ja mit allem gerechnet, aber nicht damit, dass der Surflehrer mir wie nebenbei die bereits angedeutete Mordankündigung verraten würde.

»Ich habe diese Drohung nicht ernst genommen«, sagte er mit leiser Stimme, während er in den flammenden Sonnenuntergang sah.

»Wieso?«

»Weil …« Er stockte kurz, bevor er fortfuhr. »… ich hab zwar viel Scheiß gemacht. Ich werde mit Sicherheit auch Ärger bekommen, richtig fetten Ärger. Aber ich habe niemals jemanden umgebracht.«

»Wieso umgebracht?«, fragte ich, obwohl ich wusste, was Kai meinte, doch ich wollte die Bestätigung aus seinem Mund hören.

»… das Liebste genommen habt«, zitierte er einen Halbsatz aus der Mordankündigung. »Damit kann doch nur gemeint sein, das jemand jemanden umgebracht hat. Und ich habe niemals jemandem Schaden zugefügt …« Er hielt inne, um seine begonnene Aussage konkreter zu fassen. »Zumindest keinen körperlichen. Ich meine …« Er brach ab, als ob ihm gerade etwas bewusst geworden wäre, was er eigentlich nicht wahrhaben wollte.

Während ich die Retter platschend näher kommen hörte, kam mir ein ungeheuerlicher Verdacht.

Konnte es sein …?

Ungläubig schüttelte ich den Kopf und sah den Surflehrer durchdringend an, der an meinem Oberschenkel lehnte und in den Sonnenuntergang sah, während erneut Wasserzungen an seinen Unterschenkeln entlangliefen.

»Habt ihr den Geldtransport überfallen, bei dem es zwei Tote gab?«

Meine unvermittelte Frage kam so brutal offen wie überraschend – für Kai ebenso wie für mich. Denn der ungeheure Gedanke war mir gerade erst in den Sinn gekommen, als der Surflehrer über seine eigenen Gedanken gestolpert war. Und nachdem er gesagt hatte, dass der Anschlag auf ihn einer Ankündigung folgte.

Kai hatte schon an Land im Gespräch mit Sascha von einer Ankündigung gesprochen, nach der wenig später Steves Freundin Julia Marten und dessen Vater Peter Richter ermordet worden waren.

Das ist kein Zufall!, dachte ich entschieden. Steve, Kai und Sascha hängen gemeinsam in einer Sache mit drin, die einen Doppelmord und einen Mordanschlag zur Folge hatte, die vorher angekündigt worden waren.

Ihr werdet das Liebste verlieren, wie ihr das Liebste genommen habt.

Bei dem Überfall auf den Geldtransport in Norden hatte es zwei Tote gegeben: den Fahrer, der an einem Herzinfarkt gestorben war, und eine unbeteiligte Radfahrerin, eine junge Frau.

Beide Tote hatten Angehörige. Sie waren also Ehemann, Vater, Tochter, Frau, Geliebte gewesen. Grund genug für jemanden, sich an den Tätern zu rächen, die den Tod Unbeteiligter als Kollateralschaden billigend in Kauf genommen hatten.

»Wart ihr das?«, fragte ich erneut, obwohl ich in den letzten Sekunden, bevor uns die Retter erreichten, keine Antwort erwartete.

Schweigend starrte der Surflehrer in die untergehende rotgoldene Sonne, die ebenso brannte wie meine Frage auf eine Antwort – die leider nicht kam.

»Moin«, ertönten die Stimmen der beiden Männer, die uns zu Hilfe geeilt waren.

»Moin«, erwiderte ich matt, ohne den Blick von Kai zu nehmen, der im Sonnenuntergang die Antwort auf meine Frage zu suchen schien.

– 22 –

»Das gibt's doch nicht!«, entfuhr es mir, als ich den Kopf hob und in das breite Grinsen des vor mir stehenden Hünen sah: »Björn Eisenseite!«

Ich hatte nicht damit gerechnet, hier im ostfriesischen Wattenmeer von einem hünenhaften Wikinger gerettet zu werden. Ob der vor mir stehende Berg Mensch tatsächlich ein Nachfahre der legendären Krieger war, wusste ich natürlich nicht.

Aber zumindest sah er genauso aus: riesig, breitschultrig, das Gesicht von einem wilden blonden Bart umrahmt, der Schädel an den Seiten kahl geschoren bis zu einem schmalen Streifen glatt gezogener Haare, die von der Stirn zum Hinterkopf liefen, von wo sie in einem Zopf endeten, der dem Hünen bis zwischen die Schulterblätter herabbaumelte. Der Zopf war kunstvoll geflochten und in Abständen von etwa zehn Zentimetern mit einem Lederband umwickelt.

Der Vergleich mit einem der Hauptdarsteller aus der Wikingersaga *Vikings* kam mir nicht von ungefähr in den Sinn. Das wusste auch mein Retter, der mir mit breitem Grinsen die ausgestreckte Hand entgegenhielt.

»Das höre ich öfter«, lachte er dröhnend und deutete mit

dem Kopf hinter sich, wo der Zweite auftauchte. »Und das ist Ragnar Lodbrok.«

»Nicht zu fassen«, staunte ich, als ich den Begleiter des vor mir stehenden Riesen erblickte, der der Hauptfigur aus dem Wikingerepos, dessen Fan ich war und von dem ich bislang keine Folge versäumt hatte, wie aus dem Gesicht geschnitten schien: genau der gleiche lange Bart und die kunstvollen Tattoos, die den kahl rasierten Schädel des durchtrainierten hageren Mannes bedeckten.

»Keine Angst«, lachte der Hüne gutmütig. »Wir kommen zwar aus Norwegen, aber wir sind nicht auf Raubzug. Wir verdienen unsere Brötchen als Surflehrer. Mein Name ist Sven und das ist Ole.«

»Moin«, begrüßte mich der andere mit dem kahl rasierten Schädel auf vollkommen untypisch norwegische Art. »Wir müssen uns beeilen. Die Flut kommt.«

»Ein durchaus berechtigter Hinweis«, erwiderte ich erleichtert, da bereits eine größere Welle meine Oberschenkel umspülte. »Mein Gott, was bin ich froh, euch zu sehen!«

Obwohl mir ein riesiger Stein vom Herzen gefallen war, als die beiden Männer auftauchten – denn alleine wäre der Rückweg kaum zu schaffen gewesen –, war mir mehr als mulmig zumute.

Bei dem gutmütigen Hünen handelte es sich nämlich um besagten Sveni, der von der wild gewordenen Kung-Fu-Amazone aus dem Schuppen zu Hilfe gerufen wurde und vor dem ich mich unter den ausgemusterten Surfsegeln neben dem toten Peter Richter versteckt hatte. Glücklicherweise hatte der Hüne mich nicht gesehen und wusste demzufolge auch nicht, wem er gerade die Hand schüttelte.

Und so soll es auch bleiben!, nahm ich mir vor, während ich mich mit steinhart verkrampften Oberschenkelmuskeln und zusammengebissenen Zähnen auf die Füße quälte.

Nachdem die beiden Wikinger aus einem Tuch, das sie bei sich führten, einen Tragering gerollt hatten, nahmen sie Kai in ihre Mitte und halfen ihm, sich auf den Ring zu setzen. Gemeinsam lüpften sie die Tragevorrichtung auf passende Höhe und trugen ihn wie ein Fliegengewicht zwischen sich. Zur Stabilisierung legte Kai seinen unverletzten linken Arm um die Schultern von Sveni.

Ich musste auf den komfortablen Trageservice verzichten, weil ich mich, wenn auch mühsam, auf eigenen Beinen fortbewegen konnte.

»Wir müssen uns beeilen«, mahnte Ole. »Die Flut kommt rasch, zu rasch für meinen Geschmack.«

Mich beschlich eine zunehmende Panik, als ich auf die Wellenkämme schaute, die sich nur wenige Meter hinter uns brachen und als Wasserzungen auf uns zuliefen.

»Nichts wie weg!«, stimmte ich zu.

Während ein grandioser flammend roter Sonnenuntergang unsere Flucht vor der Flut wie ein Bühnenbild umrahmte, hasteten wir auf das noch immer schier unerreichbar erscheinende, weit entfernte Ufer zu. Nachdem ich mich mehrere Meter dem Tempo der beiden Hünen angepasst hatte, musste ich mir die bittere Wahrheit eingestehen, dass ich mit ihnen nicht Schritt halten konnte, obwohl sie Kai auf dem Tragering zwischen sich trugen, der sicherlich nicht weniger als achtzig Kilo wog.

»Hey!«, rief ich dem Trio atemlos hinterher. »Wartet!«

Wie auf Kommando blieben Sven und Ole stehen und wandten mir synchron ihre Köpfe zu. Fragend blickten sie zu mir herüber.

»Moment, wartet«, keuchte ich und beeilte mich, zu den beiden aufzuschließen.

Wir standen momentan zwar noch immer im Watt, aber die Flut rückte unerbittlich und präzise wie ein Uhrwerk vor. Nicht mehr lange, und das Wasser würde meine Beine umspülen. Der

Schnupperkurs hatte sich zu einem Wettlauf mit dem Tod entwickelt.

Auch wenn ich keineswegs hier an der Küste Norddeichs ersaufen wollte, sah ich nur eine Möglichkeit.

»Die Flut kommt«, sagte ich deshalb zu den beiden Nordmännern. »Es wird knapp. Deshalb – nehmt keine Rücksicht. Lauft, so schnell ihr könnt, mit Kai ans Ufer. Ich bin zu langsam, ich bremse euch aus.«

»Wir lassen dich nicht zurück!«, entgegneten beide wie aus der Pistole geschossen.

Ich schüttelte den Kopf, denn diese Reaktion hatte ich bereits erwartet. »Das tut ihr ja auch nicht. Ihr geht nur schon mal vor. Ich komme nach, in meinem Tempo«, erklärte ich. »Ihr seid einfach schneller ohne mich. Wenn ihr das Ufer erreicht habt, packt ihr Kai in einen Krankenwagen und holt mich ab.«

Skeptisch sahen mich die beiden an.

»Habt ihr in der Surfschule ein Boot?«, wollte ich wissen.

Sveni nickte eifrig. »Ja, ein Schlauchboot mit Außenborder.«

»Na denn. Worauf wartet ihr noch?«, erwiderte ich mit schiefem Grinsen, da mir mehr als mulmig war bei dem Gedanken, hier draußen alleine gegen die Flut anrennen zu müssen. »Das ist dann mein Taxi.«

»Er hat recht«, befand Ole. »Wir sind alleine schneller. Und je schneller wir am Ufer sind, desto eher sind wir mit dem Schlauchboot zurück.«

»Bist du dir sicher?« Sveni sah mich stirnrunzelnd an.

»Sicher bin ich mir sicher«, entgegnete ich betont zuversichtlich. »Haut schon ab. Ich komme klar.«

Die beiden Hünen sahen mich einen Moment lang regungslos an und nickten dann zustimmend.

»Wir sehen uns«, sagte Ole.

»Wir sind gleich wieder da«, versprach Sveni.

»Haut ab!«

Während sich die beiden Wikinger wie auf Kommando umdrehten, um mit erhöhtem Tempo Richtung Ufer weiterzustapfen, wandte Kai mühsam den Kopf in meine Richtung.

»Danke!«, rief er mir zu. »Danke, dass du mich rausgefischt hast, bevor der Typ mich plattgemacht hat.«

»Passt schon«, entgegnete ich lapidar und winkte ab. »Und jetzt haut ab!«

Ich sah dem Trio hinterher und setzte mich mit schmerzenden Muskeln und kraftloser als eine ausgelutschte Apfelsinenschale ebenfalls wieder in Bewegung.

Eine Welle, die es offenbar kaum abwarten konnte, mich von den Füßen zu reißen, suchte den ersten Kontakt und schlug an mir bis zu den Oberschenkeln hoch.

Ich beschleunigte meine Schritte, was bedeutete, dass ich mich bemühte, meine Füße noch schneller als bisher aus dem Schlick zu ziehen, um sie in die nächste Pfütze zu setzen. Aber egal, wie sehr ich mich auch bemühte – die Flut war schneller.

Bevor ich michs versah, stand mir das Wasser bis zu den Hüften.

Bei jedem Schritt musste ich mich nicht nur aus dem noch immer wadentiefen Schlick befreien, sondern zudem gegen den zunehmenden Wasserwiderstand anlaufen, was mich Kraft kostete, über die ich nicht mehr verfügte.

Auch wenn ich es mir nicht eingestehen wollte, bekam ich langsam, aber sicher Panik. Ein Blick aus den Augenwinkeln reichte, um mir zu zeigen, dass die Flut mich nicht nur eingeholt, sondern bereits überholt hatte.

Die nächsten Wellen trafen mich bereits in Höhe der Schulterblätter.

Ich gab es auf, meine Füße bei jedem Schritt aus dem Schlick zu ziehen, und begann zu schwimmen. Auch wenn ich es zu Fuß nicht mehr ans Ufer geschafft hatte, würde ich in dem Wasser zumindest nicht erfrieren, da ich den Neoprenanzug trug. Auch würde ich nicht ins offene Meer hinausgezogen werden, da auflaufende Flut und nicht ablaufende Ebbe war.

Gute Chancen also, den heutigen Tag lebend zu überstehen.

Das Problem war nur, dass ich kein allzu ausdauernder Schwimmer war. Auf kurzen Strecken kam ich zwar kraftvoll voran, Langstrecken dagegen waren so gar nicht mein Fall. Und die Entfernung zum Ufer war mehr als eine Herausforderung für mich.

Verbissen kämpfte ich gegen die Panikattacke an, ließ die kalte Angst, die nach mir griff, nicht zu und konzentrierte mich mit aller Macht darauf, heute Abend mit Motte am Deich zu sitzen, mit meiner geliebten Thyra Tee zu trinken, mit meiner wunderbaren Anna gemeinsam aufzuwachen, mit meinen Kumpeln Uz und Onno in Gretas »Rettungsschuppen« einen Köm zu trinken …

»Hey ho!«, ertönte plötzlich eine Stimme. »Halt durch. Wir sind gleich bei dir!«

Es brauchte einen Moment, bis ich begriff, was ich gerade hörte. Als ich dann aber kapierte, dass Rettung nun auch für mich nahte, drehte ich den Kopf in die Richtung, von wo der Ruf ertönt war. Das hätte ich besser sein lassen, denn die nächste Welle klatschte mir ins Gesicht, sodass ich erneut eine Ladung Salzwasser schluckte. Hustend und prustend verlor ich meinen Schwimmrhythmus. Das Salzwasser brannte mir in den Augen. Ich sah nichts mehr.

Hektisch begann ich um mich zu schlagen.

Kurz bevor ich absoff, packten mich starke Hände an den Armen und hielten mich über Wasser.

»Ganz ruhig«, sagte eine Stimme, die ich als die von dem hünenhaften Sven erkannte. »Wir haben dich.«

»Mensch, bin ich froh, euch zu sehen«, keuchte ich mühsam und klammerte mich an dem Seil fest, das als Haltevorrichtung um das Schlauchboot herumlief.

»Dann mal rein in die gute Stube«, scherzte Ole. Er und Sven packten mich jeweils unter einer Achsel, und bevor ich michs versah, hatten die beiden Nordmänner mich ins Schlauchboot gehievt. Erschöpft ließ ich mich gegen die Bordwand sinken.

Während Ole sich am Heck an die Pinne setzte und den Außenborder aufdrehte, deckte Sven mich mit einer silbrig glänzenden Wärmeschutzdecke zu. Obwohl ich eine Weile im Wasser gewesen war, fühlte ich mich nicht ausgekühlt, sondern noch immer von dem Wettlauf um mein Leben aufgeheizt.

Die Strecke, die mir vor ein paar Minuten noch unerreichbar schien, legte das Schlauboot in wenigen Minuten zurück.

Sachte glitt das Boot auf den Schlickstreifen am Ufer, den die Flut noch nicht erreicht hatte. Ole klappte den Außenborder hoch, während Sven sich aus dem Boot schwang und mir beim Aussteigen half.

»Kannst du alleine laufen?«, fragte der Norweger fürsorglich.

Ich nickte. »Ja, geht schon.«

»Dann geh schon mal hoch zur Schule. Vici ist im Büro, sie kümmert sich um dich«, sagte Sven zu mir. »Wir bringen das Schlauchboot in den Schuppen.«

»Danke, Jungs«, sagte ich und verabschiedete mich von den beiden mit einem matten Händedruck. »Das war wirklich Rettung in letzter Sekunde. Ihr habt was gut bei mir.«

»Ist doch selbstverständlich«, erwiderte Sven. »Außerdem hast du doch auch geholfen, Kai vor diesem Irren da draußen zu retten. Ohne dich wär's das für ihn gewesen.«

»Wo ist er jetzt?«, wollte ich wissen.

»Bereits auf dem Weg nach Norden, in die Ubbo-Emmius-Klinik«, antwortete Ole. »Solltest du vielleicht auch hin.«

»Alles gut«, winkte ich ab. »Ich trink gleich einen ordentlichen Tee und dann ist alles wieder im Lot.«

Ein Besuch im Krankenhaus hätte mir gerade noch gefehlt. Genauso gut könnte ich mich direkt bei der Polizeiwache melden.

Während die beiden Norweger das Schlauchboot schulterten und einen frei stehenden Schuppen ansteuerten, machte ich mich auf den Weg zur Surfschule. Ich dachte nicht im Geringsten daran, mich bei der blonden Kickboxerin zu melden.

Mit beiden Händen knüllte ich die Wärmeschutzfolie zusammen. Die glänzende Folie war viel zu auffällig und zog neugierige Blicke auf sich. Schlecht, um unauffällig zu verschwinden.

Langsam ging ich über den Rasen und spürte, wie das Leben in meine Beine zurückkehrte. Zwar schmerzten mir schon jetzt die Wadenmuskeln so sehr, dass ich lieber nicht an morgen dachte, aber mit jedem Schritt fühlte ich mich besser als beim Schlicktreten.

Ich näherte mich der Surfschule von der Seite und vermied es, der verglasten Terrasse zu nahe zu kommen. Es war zwar mittlerweile noch dunkler geworden, aber das Restlicht der Abenddämmerung würde ausreichen, um mich zu erkennen. Zwar herrschte nicht mehr der Trubel wie zuvor, aber noch immer hielten sich Surfer zum Plaudern und zu einem Sonnenuntergangsdrink auf der Terrasse auf.

Wie selbstverständlich schlenderte ich an den Gebäuden vorbei und verschwand in einem Gang zwischen den Schuppen. Mittlerweile kannte ich mich so gut aus, dass ich mich nicht lange orientieren musste. Mit wenigen Schritten stand ich am Schuppen, in dem sich die Umkleideräume befanden.

»Was für 'n Schitt«, fluchte ich leise, als ich sah, dass die Tür geschlossen war.

Mit einem kurzen Seitenblick in alle Richtungen überzeugte ich mich davon, dass die Luft rein war und keine Sonnenuntergangsromantiker zufällig vorbeispaziert kamen.

Ich legte meine Hand auf die Klinke und atmete erleichtert auf, als die Tür lautlos aufschwang. Schnell verschwand ich im Innern des Schuppens und zog die Tür hinter mir zu.

Es war stockfinster.

»Du bist ein Held, de Fries«, flüsterte ich mir selber zu, als ich merkte, dass ich noch immer Holgers Sonnenbrille auf der Nase hatte.

Als ich die Sonnenbrille abnahm, wurde es nur unwesentlich heller. Meine Augen gewöhnten sich aber zusehends an die Dunkelheit, sodass ich zumindest Umrisse erkennen konnte. Vorsichtig, um nirgendwo gegenzulaufen, tastete ich mich in Richtung des Stuhls vor, auf den ich meine Klamotten geworfen hatte, als mich die Surflehrerin Wanda zu dem Surfausflug aufgefordert hatte, von dem ich um Haaresbreite nicht zurückgekehrt wäre.

Ächzend setzte ich mich auf den Holzstuhl, nachdem ich mir das Schienbein an der Sitzkante schmerzhaft angestoßen hatte. Schwerfällig begann ich mir die schlickverschmierten Surfschuhe auszuziehen, was sich als nicht sehr einfach erwies.

Ich hatte meine Füße natürlich nicht, wie es üblich ist, draußen unterm Wasserhahn abgespült, weshalb meine Finger ständig an den Laschen der Klettverschlüsse abrutschten. Als ich endlich den ersten schlammverschmierten Schuh abgestreift hatte, war mein Fuß pitschnass.

»Von wegen wasserdicht«, brummte ich und machte mich daran, auch den zweiten Schuh loszuwerden.

War es schon schwierig, aus diesen eng anliegenden nassen Füßlingen herauszukommen, gestaltete es sich noch schwerer, den Neoprenanzug loszuwerden. Alleine mit den Händen an den Reißverschluss zu gelangen, war schon ein Kunststück für sich. Stück für Stück pellte ich mich aus dem Anzug, als es plötzlich zwischen meinen Klamotten, die ich vor dem Hinsetzen neben den Stuhl gelegt hatte, zu flimmern begann. Das Display meines Handys, beziehungsweise Claudias Handy, das sie mir geliehen hatte, erwachte zum Leben. Bis zu den Knien noch in der Neoprenhaut, fummelte ich das Telefon aus der Hosentasche der Drillichhose.

Asmus Wolfert, Norddeich, lautete der Text der Nachricht, die Claudia mir geschickt hatte. *Ruf zurück, wenn Du kannst. Claudi.*

Richtig, dachte ich. Claudia wollte ja versuchen herauszufinden, wer der Typ mit dem Musketierbart ist.

Aber was hieß bei Claudia eigentlich »versuchen«? Wenn Claudia etwas herausfinden wollte, dann fand sie das auch heraus. Und zwar innerhalb kürzester Zeit. Sie kannte sich im Internet und in den sozialen Medien so gut aus, dass mir manchmal unheimlich wurde, welche Informationen sie dort auf legalem Wege herausfischte. Zumindest ging ich davon aus, dass Claudias Wege legal waren.

Vor ein paar Jahren hatte ich von einem Verdächtigen heimlich ein Foto gemacht und Claudia gefragt, ob sie etwas über den Mann herauskriegen konnte. Binnen kürzester Zeit hatte sie mithilfe des Fotos und einer Software, die damals unter Insidern kursierte, Presseartikel, Namen und andere Fotos ausfindig gemacht. Eine Technik, die mich vor ein paar Jahren noch wie Science-Fiction oder Spielkram aus einem dieser Tom-Cruise-Filme anmutete, kam inzwischen schon fast wie selbstverständlich zum Einsatz: Gesichtsscanner, biometrische Passfotos oder Face ID der neusten Handys durch TrueDepth-Kamera-Technik.

Mit klammen Fingern wählte ich Claudias eingespeicherte Festnetznummer. Flink wie ihr Vater meldete sie sich nach dem zweiten Klingelzeichen.

»Jan?«, fragte sie, anstatt sich mit ihrem Namen zu melden.

»Moin, Claudi«, begrüßte ich sie flüsternd und kam ohne Umschweife zum Punkt; ich hatte keine Zeit zu verlieren. »Du hast den Namen. Ich danke dir.«

»Wie geht's dir, Jan?«, fragte Claudia sofort, ganz Ärztin, die sich um ihren Patienten sorgt.

»Alles gut«, erwiderte ich und tastete über meine Unterlippe, die ich in den letzten Stunden total vergessen hatte. »Nichts aufgeplatzt, alles hält.«

»Okay«, atmete Claudia hörbar erleichtert auf. »Dann bin ich zufrieden. Ja, ich habe den Namen.«

»Asmus Wolfert«, flüsterte ich.

»Genau«, erwiderte Claudia. »War überhaupt nicht schwierig. Wie ich dir schon bei Holger gesagt habe, war die Chargennummer auf dem Etikett aufgedruckt. Das Medikament stammt aus der Up-Huus-Apotheke in Norddeich. Ich kenne die Apothekerin. Susi hat mir dann den Namen des Patienten verraten: Asmus Wolfert.« Claudia zögerte einen Moment, und da ich ahnte, was sie zögern ließ, regte sich auch mein Gewissen, sie in Gewissenskonflikte gebracht zu haben.

»Sieh's einfach so, Claudi«, sagte ich deshalb. »Ich bin Anwalt – zwar ohne Mandat, wenn man davon absieht, dass ich mich gerade selber vertrete – und unterliege ebenso wie du der Schweigepflicht. Es ist natürlich nicht ganz astrein, dass du mir den Namen des Patienten sagst, aber auch kein …«

»Schon gut, Jan«, unterbrach Claudia mich. »Wir kennen uns gut und ich weiß um deine Integrität. Außerdem weiß ich, in welcher Notlage du dich befindest. Asmus Wolfert wohnt in Norddeich. Die genaue Adresse schicke ich dir gleich, dann brauchst du nicht nach einem Kugelschreiber zu suchen. Wie ich dich kenne, steckst du wahrscheinlich wieder bis zum Hals in irgendeiner misslichen Lage und kannst dir ohnehin nichts notieren.«

»Tja …«, erwiderte ich etwas kleinlaut und blickte auf

meine Beine, an denen noch immer die Neoprenpelle hing. »… sagen wir mal so: bis zu den Waden.«

»Wenn's kein ärztlicher Notfall ist, will ich es gar nicht wissen«, lachte Claudia leise. »Also, bei dem Medikament handelt es sich um ein hochdosiertes Digoxin, ein Herzglykosid, das unter anderem bei Herzinsuffizienz oder bei bestimmten Herzrhythmusstörungen verschrieben wird. Der Mann hatte bereits zwei Herzinfarkte. Der nächste kann sein letzter sein.«

Claudia erzählte mir noch ein paar weitere Einzelheiten, die sie von der ihr bekannten Apothekerin in Erfahrung gebracht hatte: Asmus Wolfert war Ende fünfzig, wie ich aufgrund seines Aussehens vermutet hatte, und nicht nur Geschäftsmann, sondern auch passionierter Jäger, Mitglied im Lions Club und engagierter Kommunalpolitiker.

»Er ist politisch sehr aktiv«, berichtete Claudia. »So wie ich gelesen habe, war er mal eine Zeit lang Bundestagsabgeordneter und musste sich aufgrund einer Herzoperation eine Auszeit nehmen. Schlecht für ihn, dass das kurz vor den Wahlen war. Jetzt will er es wohl noch einmal wissen und wieder zurück in den Bundestag.«

»So, so«, sagte ich trocken, nachdem Claudia ihren Bericht beendet hatte. »Geschäftsmann und ambitionierter Lokalpolitiker. Dann bin ich mal gespannt auf seine Erklärung, weshalb er sich so überstürzt von einem Tatort aus dem Staub gemacht hat.«

»Dann frag ihn doch auch gleich mal, wann er das letzte EKG hat machen lassen«, erwiderte Claudia trocken. »Seine Werte sind nicht so dolle.«

»Hast du …«, fragte ich ungläubig und schüttelte den Kopf. »Du hast.«

»Also pass auf«, mahnte mich Claudia. »Stress ihn nicht, wenn du mit ihm sprichst. Er hat Herzprobleme.«

»Ich gebe mein Bestes«, versprach ich. »Aber ich kann dir

nichts versprechen. Wenn Wolfert in den Mord verwickelt ist, hat er sich ohnehin in eine extrem schlechte Situation gebracht. Befragen werde ich ihn müssen«, sagte ich grimmig.

»Tu, was du tun musst«, sagte Claudia leise. »Aber pass bitte auf dich auf.«

Nachdem ich Claudia versichert hatte, dass kein Grund zur Sorge bestand, beendeten wir unser Gespräch. Unausgesprochen wussten wir beide, dass ich die Situation schöngeredet hatte. Es bestand durchaus mehr als ein Grund zur Sorge. Asmus Wolfert würde aller Wahrscheinlichkeit nach nicht freiwillig zugeben, dass er etwas mit dem Mord an Peter Richter zu tun hat.

Wieso auch?

Den Hauptverdächtigen gab es ja bereits.

Ich wartete einen Moment, bis Claudias Nachricht mit Wolferts Adresse kam.

»Kutterstraße«, las ich.

Wie es nicht anders von Claudia zu erwarten war, hatte sie mir auch gleich den Screenshot eines Kartenausschnitts beigefügt. Der Lokalpolitiker wohnte in einer kleinen Einfamilienhaussiedlung an der B 72 Richtung Norden. Zwischen der Bundesstraße und der Kutterstraße, die in einem rechteckigen Straßenverlauf die Siedlung umlief, lag ein großes Feld, das direkt an Wolferts Haus angrenzte.

Wie praktisch, dachte ich. Na denn, Herr Abgeordneter. Bis gleich.

– 23 –

Vorsichtig drückte ich die Tür des Schuppens auf. Weit und breit war niemand zu sehen. Der gelblich leuchtende Vollmond spendete ausreichend Licht, um erkennen zu können, dass sich im Innenhof der Surfschule niemand befand.

Außer mir.

Geräuschlos schob ich mich durch den Türspalt.

Nachdem ich mich am Telefon von Claudia verabschiedet hatte, zerrte ich mir mühsam den Neoprenanzug ganz vom Körper. Glücklicherweise fand ich in einem der offen stehenden Spinde ein altes Handtuch, das zwar muffig und zur Abwechslung nach Katze roch, dafür aber trocken war. Nachdem ich mich abgetrocknet hatte, stieg ich in die Klamotten aus Holgers Fundus, in denen ich mich mittlerweile schon heimisch fühlte.

Ein Blick auf die im Handy integrierte Uhr zeigte mir, dass es noch gar nicht so spät war, wie ich gedacht hatte. Es war noch immer eine humane Zeit, um Asmus Wolfert einen Besuch abzustatten und ihm auf den Zahn zu fühlen. Allerdings hätte ich auch kein Problem damit gehabt, ihn nachts um drei aus dem Bett zu werfen.

Die Adresse, die Claudia mir, gleich nachdem wir unser Telefonat beendet hatten, als Nachricht zugeschickt hatte, war nicht weit entfernt, das Haus befand sich am nördlichen Rand Norddeichs.

Es tat mir leid, dass ich mich nicht noch einmal von den beiden Nordmännern verabschieden und mich für meine Rettung bedanken konnte. Aber ich wollte das Risiko nicht eingehen, jemandem in die Arme zu laufen, der mich kannte – oder suchte.

Geräuschlos schlich ich an den Schuppen entlang, bis die Drachenwiese vor mir lag.

»Geschafft!«, freute ich mich – allerdings zu früh.

Im gleichen Moment, als ich dachte, es wäre mir gelungen, mich ungesehen aus dem Staub zu machen, prallte ich frontal mit einer Gestalt zusammen.

»Pass doch auf, Idiot«, fuhr mich Sascha an, dessen Stimme ich im selben Moment erkannte, als er losfluchte.

»Sascha?«, gab ich ebenso unfreundlich zurück, weil ich mich fast zu Tode erschrocken hatte.

»Jan?« Mit fahrigen Fingern schob sich Sascha die Kapuze aus der Stirn, um mich besser erkennen zu können. »Was machst du denn hier?«

»Ich war beim Surfen«, antwortete ich, ohne zu zögern, war ja auch schließlich nicht gelogen.

»Surfen, du?« Nervös musterte er mich.

»Ja, wieso denn nicht?«, erwiderte ich, fast schon beleidigt darüber, dass er mir diesen Sport anscheinend nicht zutraute.

»Ich suche Kai«, wechselte Sascha abrupt das Thema; er wirkte aufgeregt, als er nach dem Surflehrer fragte. »Hast du ihn gesehen?«

Kai? Ich wunderte mich, da ich eigentlich davon ausgegangen war, dass sich die Verletzungen des Surflehrers schon längst herumgesprochen hatten.

Offenbar nicht bei allen, dachte ich, während ich Saschas im Halbdunkel liegendes Gesicht unter der Kapuze musterte.

»Hast du ihn gesehen?«, fragte Sascha ungeduldig, der genauso zappelig von einem Bein aufs andere trat wie seine Tochter noch vor ein paar Stunden.

»Hab ich«, antwortete ich, ohne mich von seiner Ungeduld aus der Ruhe bringen zu lassen. »Wir haben einen …«, kurz zögerte ich, als ich nach dem passenden Ausdruck suchte, »… spannenden Nachmittag miteinander verbracht.«

»Wo ist er?« Mit flatternden Händen packte mich Sascha bei den Schultern, seine Fingerspitzen bohrten sich schmerzhaft in meine Haut.

»Lass los!«, forderte ich ihn auf.

»Wo ist Kai?«, stieß er hervor und verstärkte den Druck seiner Finger.

Mit einer schnellen Bewegung wischte ich Saschas Hände von meinem Körper.

Unbeirrt packte mich Sascha erneut an den Schultern.

»Verdammt!«, stieß er hervor. »Ich habe keine Zeit, hier herumzutrödeln. Wo ist er?«

Trotz aller Freundschaft und Gutmütigkeit platzte nun auch mir der Geduldsfaden. Ich konnte es auf den Tod nicht ausstehen, einfach angefasst und durchgeschüttelt zu werden.

»Nimm deine Finger weg, Sascha!«, sagte ich scharf und spannte meine Muskeln an. »Letzte Warnung!«

Saschas Miene spiegelte Wut und Angst gleichermaßen, als er mich regungslos mit zusammengepressten Lippen anstarrte. Seine Augen flackerten unruhig hin und her.

»Sascha«, sagte ich bedrohlich leise. »Letzte Warnung. Lass los!«

Ich spürte am Druck seiner Hände, mit denen er meine Schultern nach wie vor umklammerte, wie ihn ein Ruck durchlief.

Ebenso abrupt, wie er mich gepackt hatte, ließ er seine Arme fallen. Seine Augen begannen feucht zu schimmern.

»Kai. Wo ist er?«

»Im Krankenhaus«, sagte ich ohne Umschweife. »Er ist bei seiner Surfstunde von einem Unbekannten auf einem Jetski attackiert worden.«

»Kai?« Sascha schüttelte ungläubig den Kopf. »Das macht doch keinen Sinn.«

»Wann würde eine solche Attacke denn Sinn machen?«, erwiderte ich. »Zumal ich den Eindruck hatte, dass es sich bei dem unbekannten Angreifer um eine Frau handelte.«

»Eine Frau?« Sascha schüttelte noch immer den Kopf. »Das macht auch keinen Sinn. Ist er verletzt?«

Ich nickte. »Ja. Oberarmbruch, Kopfplatzwunde und meiner Einschätzung nach eine ziemliche Gehirnerschütterung.«

»Das hört sich übel an«, sagte Sascha und wollte sich an mir vorbeischieben. »Ich muss los.«

Jetzt war es an mir, ihn an der Schulter zu packen. »Was ist los, Sascha?«, fragte ich und zog ihn zu mir herum.

»Nichts, was dich betrifft«, erwiderte er kurz angebunden und machte Anstalten weiterzugehen.

»Vielleicht ja doch«, sagte ich scharf und versperrte ihm den Weg mit einem Ausfallschritt.

»Hör auf mit dem Scheiß, Jan!«, fuhr er mich aufgeregt an. »Ich muss los!«

»Was willst du von Kai?«, fragte ich schroff. »Willst du dich weiter mit ihm streiten?«

»Quatsch!« Sascha schüttelte den Kopf. »Wie kommst du darauf?«

»Ich habe heute Nachmittag zufällig euer Gespräch mit angehört«, antwortete ich.

»Gelauscht?« Empört fuhr Saschas Kopf herum. »Du hast uns belauscht?«

»Mit angehört«, behauptete ich trocken. »Ihr habt laut genug gesprochen.«

»Das ist mir jetzt auch egal!«

Erneut machte Sascha Anstalten, mich zur Seite zu drängen. Ich aber schob mich so dicht an ihn heran, dass er zwischen mir und der Schuppenwand eingeklemmt war und mich schon gewaltsam zur Seite hätte schubsen müssen, um an mir vorbeizukommen.

Ich hatte die Nase voll von dem Versteckspiel. Wie lange sollte ich denn noch vor der Polizei weglaufen und mich auf Holgers Dachboden verstecken?

»Du hast mit Kai zusammen den Geldtransport überfallen«, stellte ich mit dem sachlichen Tonfall eines Staatsanwalts fest, der dem Angeklagten die Anklageschrift vorliest.

Sascha zuckte zusammen, als hätte ich ihm mit einem elektrischen Viehtreiber einen Stromschlag versetzt. Vor Schreck klappte ihm die Kinnlade herunter. Entgeistert starrte er mich mit halb offen stehendem Mund an.

»Wer war der Dritte?«, setzte ich mit routinierter Stimme des verhörenden Strafverteidigers nach, der ich ja nun auch war – wenn auch im Ruhestand. »Steve? Hat Steve die Radfahrerin umgefahren oder Kai?«

»Hast du 'nen Knall?«, flüsterte er, noch immer schockiert von meiner provokanten Frage.

Kais Schweigen auf meine Frage draußen im Watt, ob er mit Steve und Sascha den Geldtransporter überfallen hatte, sagte mir genauso viel wie ein Geständnis.

»Oder …«, ich machte eine dramaturgische Kunstpause, bevor ich noch eins drauflegte, »… vielleicht warst du es auch, der die junge Frau totgefahren hat.«

»Das war …«, erwiderte Sascha so spontan, dass ihm die Tragweite seiner Antwort erst bewusst wurde, als er die ersten Silben ausgesprochen hatte.

»Die Attacke auf Kai war kaltblütig geplant«, sagte ich eindringlich. »Es gab vorher eine Ankündigung.«

»Was weißt du, Jan?« Saschas Schock über meine wie aus heiterem Himmel kommenden Fragen wich schlagartig blanker Verzweiflung. »Was weißt du von einer Ankündigung?«

»Ihr werdet das Liebste verlieren, wie ihr das Liebste genommen habt«, zitierte ich die Worte des Surflehrers.

Wie von einer Tarantel gestochen durchfuhr es Sascha. Seine Hände schossen vor und krallten sich in das viel zu weite Hemd, das Holger mir aus den Tiefen seines Familienfundus zur Verfügung gestellt hatte, sodass ich instinktiv einen Schritt zurücktrat.

»Was weißt du?«, zischte er mich so heftig an, dass mir kleine Tropfen aus seinem Mund ins Gesicht spritzten.

»Was wollt ihr von Holger? Geht es um die Karte?«

»Scheiß auf die Karte«, fuhr er mich an. »Die ist jetzt nicht mehr wichtig.«

»Hast du auch eine Ankündigung bekommen?«, fragte ich und traf mit meiner provokanten Frage offenbar direkt ins Schwarze. »Was ist dein Liebstes, Sascha?«

Im gleichen Moment, als Saschas Faust vorschnellte, neigte ich nicht nur geistesgegenwärtig den Kopf zur Seite, sondern erkannte auch mit schockierender Klarheit den Grund für seine Verzweiflung!

Seine Faust streifte mein Ohr.

Ich stieß ihm beide Hände vor die Brust, sodass er das Gleichgewicht verlor. Mit einem dumpfen Laut prallte Sascha mit dem Rücken gegen die Schuppenwand. Noch bevor er das Gleichgewicht wiedererlangen konnte, stand ich vor ihm und drückte ihm meinen Unterarm waagerecht gegen die Kehle. Gleichzeitig drehte ich meine Hüfte ein, da ich wusste, dass jemand, dem die Luft durch einen an die Kehle gepressten Arm abgeschnürt wurde, dazu neigt, wild um sich zu treten. Wenn Sascha nun versuchte, sein Knie hochzureißen, würde er mir schlimmstenfalls einen blauen Fleck am Oberschenkel verpassen, aber keine Verletzung, die Anna und ich gleichermaßen schmerzlich bedauern würden.

Behutsam lockerte ich meinen Würgegriff.

Schließlich hatte ich nicht vor, Sascha ernsthaft zu verletzen, aber ich hatte auch keine Lust, von ihm angegangen zu werden.

»Wenn wir vernünftig miteinander reden können, lasse ich dich los«, sagte ich mit ruhiger Stimme. »Hast du das verstanden?«

Sascha stieß ein unverständliches Krächzen aus, hörte aber auf, sich gegen meinen Griff zu wehren.

»Ich verstehe das jetzt mal als Zustimmung«, entgegnete ich. »Bleib ruhig und vernünftig, wenn ich dich loslasse. Okay?«

Sascha bekam trotz meines Würgegriffs ein Kopfnicken hin. Langsam lockerte ich den Druck und nahm schließlich meinen Arm von seinem Hals weg. Mit einem pfeifenden Geräusch holte Sascha gierig Luft, als er wieder frei atmen konnte.

»Alles in Ordnung?«, fragte ich besorgt und trat wieder einen Schritt zurück.

Sascha massierte sich mit beiden Händen den Hals und stöhnte leise auf, als er mit dem Finger seinen Kehlkopf abtastete.

»Ich wusste nicht, dass du so rabiat sein kannst«, krächzte er mit heiserer Stimme.

»Du hast mir bislang ja auch keine reinhauen wollen«, erwiderte ich.

»Stimmt auch wieder.«

»Können wir reden?«, fragte ich, nachdem er wieder zu Atem gekommen war.

Sascha nickte schweigend und rieb sich noch immer über den Hals.

»Du suchst Leonie, stimmt's?«, fragte ich behutsam und war darauf gefasst, dass er erneut auf mich losging.

»Weißt du, wo sie ist?«, fragte er stattdessen und sah mich flehend an.

»Nein. Leider nicht.« Mitfühlend schüttelte ich den Kopf. »Ich wusste noch nicht einmal, dass du sie suchst.«

Es tat mir in der Seele weh, ein solches Raubein wie Sascha so tief verzweifelt und mit Tränen in den Augen vor mir stehen zu sehen.

»Sie wollte hierher, zum Surfen«, sagte er kläglich.

»Ich weiß«, bestätigte ich. »Ich war doch bei dir im Laden, als sie dich gefragt hat.«

»Stimmt«, nickte er. »Hast du sie gesehen?«

Wieder schüttelte ich den Kopf und sah Angst und Schmerz eines verzweifelten Vaters in Saschas Augen flackern. »Nein. Ich war mit Kai draußen. Ich war mit Überleben beschäftigt. Wer wann hier an Land war, konnte ich nicht sehen.«

»Es ist ein großes Ehrenwort zwischen ihr und mir«, sagte der alleinerziehende Vater mit Tränen in den Augen, »dass wir uns zum Abendbrot zu Hause in der Küche treffen. Egal, wie spannend ihre Spiele mit Freundinnen oder wichtig meine Arbeit und Kundengespräche sind. Die Abendbrotzeit ist uns heilig.«

»Und heute ist sie nicht nach Hause gekommen«, stellte ich fest.

Sascha ließ den Kopf sinken. Seine Schultern begannen zu zucken. Das war Antwort genug.

Ich gab ihm die Zeit, die er brauchte, um sich wieder zu fangen. So lange ließ ich mir die Geschehnisse der letzten beiden Tage durch den Kopf gehen.

Ihr werdet das Liebste verlieren, wie ihr das Liebste genommen habt, dachte ich. Was hat das zu bedeuten?

Wer hatte das Liebste verloren? Wer hatte wem das Liebste genommen?

Hier ist ein Rachefeldzug im Gange, dachte ich.

Es war mir in den letzten Minuten klar geworden, dass es nicht nur um die tote Julia Marten ging. Hier ging es um einen Raubüberfall mit zwei Toten und den Rachefeldzug eines Unbekannten, dem das Liebste genommen worden war.

Wie passte die Attacke auf Kai in meine These?

Wem war Julia das Liebste gewesen?

Steve!, dachte ich elektrisiert. Der Unbekannte hatte Steve das Liebste genommen.

Wenn meine These stimmte, musste auch Kai für jemanden das Liebste sein, denn die unbekannte Person hatte ihn, kaltblütig geplant und situativ, mit außerordentlicher Brutalität umzubringen versucht. Demzufolge musste Kai ebenso wie Sascha jemandem das Liebste genommen haben.

»Ja«, antwortete Sascha, nachdem er sich die Tränen aus dem Gesicht gewischt und den Kopf wieder hochgenommen hatte, um mich ansehen zu können. »Sie ist nicht aufgetaucht. Und jetzt suche ich sie seit Stunden.«

Ich musterte ihn scharf und versuchte einzuschätzen, ob er ein deutliches Wort vertragen würde. Da er sich gefangen zu haben schien und einen stabileren Eindruck als noch vor ein paar Minuten auf mich machte, sah ich keinen Grund, um den heißen Brei herumzureden.

»Da ist ein Rachefeldzug gegen euch im Gange«, lautete meine analytische Hypothese. »Ihr drei, und damit meine ich dich, Kai und Steve, habt den Geldtransporter überfallen. Dabei gab es zwei Tote. Offenbar waren beide oder zumindest einer der Toten das Liebste für jemanden. Und dieser Jemand will denjenigen, dem ihr das Liebste seid, den gleichen Verlust erleiden lassen.«

Sascha erwiderte meinen Blick, ohne mit der Wimper zu zucken und ohne ein Wort zu sagen.

Für mich bedeutete sein Schweigen – ebenso wie das von Kai – ein Geständnis.

»Ich habe keine Ahnung, wo deine Tochter steckt. Aber ich schwöre dir, dass ich alles tun werde, um sie zu finden und wohlbehalten nach Hause zu bringen.«

Sascha sah mich unverwandt an und machte noch immer keine Anstalten, etwas zu sagen.

»Wenn Leonie wieder heil zu Hause ist, wirst du dich der Polizei stellen!«

Sascha sah mir noch immer fest in die Augen. Hinter seiner Stirn schien es fieberhaft zu arbeiten.

Es dauerte ungefähr eine halbe Minute, bis er den Deal für sich bewertet hatte, dann nickte er langsam. »Einverstanden.«

Ich konnte es kaum glauben, dass ich mit meiner Hypothese voll ins Schwarze getroffen hatte.

»Dann haben wir einen Deal«, stellte ich fest.

»Haben wir«, erwiderte Sascha mit spröder Stimme.

Das glaubt mir keiner, dachte ich, da ich die überraschende Wende meiner Recherchen selber kaum glauben konnte. Da will man nur ein bisschen herumschnüffeln in der Hoffnung, einen Hinweis zu finden, und löst im Vorbeigehen einen Raubüberfall mit zwei Toten auf und steckt auch noch – wider Erwarten, wie könnte es auch anders sein – mitten in der Suche nach einem vermissten Kind. Aber fand ich das Kind, dann fand ich – zumindest nach meiner aktuellen Hypothese – damit auch den Mörder von Julia Marten und die unbekannte Person, die Kai und genau genommen auch mich heute um ein Haar umgebracht hätte.

»Okay«, nickte ich und konzentrierte mich wieder ganz auf Sascha, obwohl mir gleichzeitig eine Vielzahl von Möglichkeiten durch den Kopf rauschten, die ich aber alle wieder verwarf: zu unlogisch, zu einfach, zu kompliziert … – und ich ursprünglich auf dem Weg zu Asmus Wolfert, dem Lokalpolitiker, gewesen war.

Wie passte er in die von mir aufgestellte Hypothese?

Darauf wusste ich im Moment keine Antwort.

Solange ich keinen Hinweis darauf hatte, wo Leonie sich befinden könnte, blieb mir nur das Ausschlussverfahren: Alle befragen, die in irgendeiner Weise mit den Fällen zu tun hatten, herumstochern und warten, bis sich etwas tat.

»Ich wollte gerade zu Steve rüber«, meldete sich Sascha zu Wort. »Er ist wahrscheinlich ziemlich dicht, aber vielleicht hat er doch etwas mitbekommen oder Leonie gesehen.«

»Kann es sein, dass sie bei ihm ist?«, wollte ich wissen.

Sascha zuckte mit den Schultern. »Kann ich mir nicht vorstellen. Aber ich will keine Möglichkeit außer Acht lassen.«

»Absolut richtig«, stimmte ich ihm zu. »Das Unmögliche denken und nachschauen, ob man wirklich zu abstrakt gedacht hat.«

Nachdem Sascha mir erzählt hatte, dass Steve ganz in der Nähe ein möbliertes Zimmer bewohnte, machten wir uns auf den Weg.

Wir achteten darauf, dass wir niemandem von den Leuten über den Weg liefen, die noch auf der Terrasse bei ihren Drinks saßen oder gemütlich kifften und mal kurz aufs Klo wollten. Nachdem wir die Drachenwiese überquert hatten, stiegen wir die Treppe am Deich hinunter und gingen Richtung Sandstraße. Es kam mir unendlich lange vor, dass ich hier an der Ecke meinen Käfer geparkt hatte, als ich der Surfschule einen ersten Besuch abstattete.

Ungefähr im unteren Drittel der Strandstraße ging die Buhnenstraße ab, in der Steve ein möbliertes Zimmer im Dachgeschoss eines Einfamilienhauses bewohnte. Alle Fenster waren dunkel, der Carport neben dem Haus gähnte uns leer an.

Wir blieben an der Gartenpforte stehen. Sascha legte den Finger auf den Klingelknopf mit dem Namen *Richter* und drückte ihn zweimal.

Als sich nach einer Minute noch immer nichts rührte, klingelte Sascha ein zweites Mal. Auch auf das zweite Klingeln blieb jegliche Reaktion aus.

Ich drückte gegen die Gartenpforte.

Verschlossen.

Ohne lange Erklärungen schwang Sascha sein Bein über die Gartenpforte.

»Komm!«, raunte er mir zu.

Ich zögerte nur einen Moment und stieg dann ebenfalls über den Zaun.

Was soll's, dachte ich, während ich Sascha folgte, der in den Carport schlich. Darauf kommt's jetzt auch nicht mehr an.

»Steve hat die Angewohnheit, ständig seine Schlüssel zu verlieren«, erklärte Sascha und zog ein bestimmtes Scheit aus dem Holzstapel, der an der Rückseite des Carports aufgeschichtet war. »Deshalb liegt hier immer ein …«

Sascha stutzte kurz und tastete in dem Hohlraum herum.

»Was ist los?«, wollte ich wissen.

»Ich kann den Schlüssel nicht finden.« Sascha schaltete die Taschenlampenfunktion seines Handys ein und leuchtete in die Öffnung. »Hm … nix zu sehen.«

Während Sascha ein paar weitere Scheite aus dem Stapel zog, um zu schauen, ob der Schlüssel vielleicht dazwischengerutscht war, ging ich zum Eingang und drückte die Klinke der Eingangstür runter.

Erstaunlicherweise war die Tür unverschlossen und schwang lautlos auf.

»Offen!«, rief ich Sascha halblaut zu.

»Steve hat ganz oben sein Zimmer«, flüsterte Sascha mir zu, als er an mir vorbei Richtung Treppe ging.

Und genau dort fanden wir auch Steve.

Allerdings konnten wir nicht mit ihm sprechen.

Der Surflehrer hing mit einer Schlinge um den Hals von

einem der offenen Dachbalken seiner Wohnung herab. Offensichtlich war er bereits seit mehreren Stunden tot.

Steves Zimmer war geräumig und geschmackvoll möbliert. Die Möbel waren aus hellem Holz; Teppichboden und Wände in freundlichen Farben gehalten.

Während Sascha unbeweglich in der Tür stehen geblieben war, sah ich mir den Toten genauer an und achtete darauf, nichts anzufassen. Sorgfältig darauf bedacht, weder eventuelle Spuren zu zertreten geschweige denn selber welche zu hinterlassen, näherte ich mich dem Toten.

Das andere Ende des Seils, an dem der Surflehrer hing, lief über den Deckenbalken quer durch den Raum zur Tür des Badezimmers, wo es um Innen- und Außenklinke der offen stehenden Tür geschlungen und verknotet war.

Die Beine des Toten schwebten etwa einen Meter über dem Fußboden. Er trug rote Socken, die mit gelben und blauen Surfsegeln bestickt waren. Zu seinen Füßen lag ein umgekippter dreibeiniger Hocker aus Rattan.

Schon als wir das – ebenfalls unverschlossene – Zimmer betraten und Sascha das Deckenlicht einschaltete, war mein erster Gedanke beim Anblick des in der Zimmermitte hängenden Toten, dass uns die unbekannte Person, die Kai – warum auch immer – im Wasser angegriffen hatte, zuvorgekommen war.

Mein Blick ging durch das Zimmer.

Die Vorhänge waren zugezogen, das Bett zerwühlt. Davor lagen ein paar leere Wodkaflaschen. Auf dem Nachttisch stand ein benutztes Glas, vermutlich hatte Steve daraus den Wodka getrunken. Daneben ein Päckchen Tabak, die dazugehörenden Blättchen und ein paar kleine Plastiktütchen, bei deren Inhalt ich auf Haschisch tippte, ohne sie mir näher angeschaut zu haben. Ein typischer Marihuanageruch lag in der Luft, der sich verstärkte, als ich zu dem Bett ging und mich über den Aschenbecher beugte, in dem sich die Reste mehrerer Joints türmten.

Neben dem Kopfkissen lag ein teuer aussehender Kopfhörer, dessen Kabel an einem aufgeklappten Notebook angeschlossen war, das schräg auf der zerwühlten Bettdecke abgestellt war. Der Bildschirmschoner war in Betrieb und zeigte eine Slideshow mit beeindruckenden Fotos von Kitesurfern, die über Wellenkämme pflügten oder in der Luft halsbrecherische Stunts machten. Ob Steve auch auf einem der Fotos war, konnte ich nicht erkennen.

Auf mich wirkte die Szene sehr authentisch – der Tote hingegen nicht.

Steve hatte kurz nacheinander seine Freundin und seinen Vater durch tragische Umstände verloren. In seiner Trauer hatte er sich mit Alkohol und Haschisch zugedröhnt, genau wie Sascha gesagt hatte.

Wieso war er dann plötzlich aufgestanden, hatte eine Schlinge geknotet und sich am Dachbalken aufgehängt?

Selbstmord im Affekt?, dachte ich. Klar, auch das gibt's. Aber passte das zu Steve, dem Beachboy, für den seine Freundin Eigentum gewesen sein sollte?

»Was machen wir denn jetzt?«, hörte ich Sascha sagen. »Steve kann ich nicht mehr nach Leonie fragen. Ich muss los. Sie suchen.«

Bevor ich etwas erwidern konnte, machte Sascha auf dem Absatz kehrt und stürmte aus dem Zimmer. Ich hörte ihn die Stufen hinunterpoltern, dann schlug die Eingangstür zu.

Ich war mit dem Toten allein.

»Was für'n Schitt«, sagte ich leise.

Ich steckte ja nun tief genug in der Scheiße, da musste es doch nicht jetzt auch noch der dritte Tote sein, mit dem ich in Verbindung gebracht werden würde, wenn man mich hier antraf.

Nix wie weg, de Fries!, forderte ich mich selber auf, vom Tatort zu verschwinden.

Aber da Steve offensichtlich in der ganzen Geschichte drinsteckte, konnte mir der Tatort vielleicht einen Hinweis geben, der für mich wichtig war, um die ganze Sache aufzuklären. Vielleicht auch einen Hinweis auf die verschwundene Leonie.

Schnell ging ich in das angrenzende Bad, an dessen offen stehender Tür das andere Ende des Seils verknotet war, an dem der Surflehrer hing. Mit einem kurzen Blick überzeugte ich mich, dass es hier im Badezimmer nichts für mich Interessantes zu sehen gab.

Mit spitzen Fingern angelte ich mir zwei Wattestäbchen aus der Box, die in einem kleinen Wandregal stand, riss einen Streifen Klopapier ab und ging zurück zu dem Bett des Toten, wo ich mich wieder über das Notebook beugte.

Mit dem Wattestäbchen tippte ich auf die Eingabetaste. Der Bildschirmschoner verschwand und gab den Blick auf ein paar geöffnete Programme frei. Mein Blick fiel auf ein Musikportal, in dem ich Steves Play List sah, in der eine Electronica-Sammlung durchgelaufen war.

»Du hast also nicht die Musik angehalten und bist aufgestanden, um dich aufzuknüpfen«, flüsterte ich nachdenklich. »Nein. Du hast die Musik laufen lassen und bist aufgestanden und hast dich aufgehängt. Oder du wurdest beim Musikhören unterbrochen, die Musik lief weiter und jemand hat dich an dem Dachbalken aufgehängt.«

Ich wickelte mir das Klopapier um den Zeigefinger und klickte mich durch die geöffneten Seiten.

»Sieh an«, sagte ich leise, als eine Seite erschien, die sich mit Suizid befasste und auf der detailliert erklärt wurde, wie man sich erfolgreich umbringt.

Steve hatte sich eine Henkerschlinge knoten wollen. Oder jemand will, dass die Polizei denkt, dass er eine Schlinge knüpfen wollte.

Denn warum sollte ein Surflehrer, der sich mit Tampen,

Leinenwerk, Segeln und sicherlich auch Knoten besser als jede Landratte auskannte, im Internet nach Anleitungen für einen Henkersknoten suchen?

Das ist völliger Quatsch, dachte ich kopfschüttelnd.

Ich ging zurück zu dem toten Surflehrer und reckte den Hals, um mir die Schlinge näher anzuschauen. Es handelte sich tatsächlich um eine Henkerschlinge, wie sie auf seinem Laptop aufgerufen war.

Aber offenbar war Steve nicht sonderlich geschickt darin gewesen, sich umzubringen. Der Suizid war ihm zwar gelungen, allerdings nicht gut.

Zwar hatte er die Schlinge den Anweisungen entsprechend geknotet. Allerdings hatte er den Knoten zu klein geknüpft und sich mit zu viel Spiel um den Hals gelegt, sodass der Knoten verrutscht war und ihm die Schlinge nicht wie vorgesehen das Genick gebrochen, sondern ihn qualvoll erdrosselt hatte.

Auch wenn ich dem Toten keine sonderlichen Sympathien entgegenbrachte – zu unangenehm war unsere Begegnung am Straßenrand gewesen –, schauderte es mir angesichts der Spuren seines Todeskampfes: blutig gescheuerte Stellen am Hals, wo die Schlinge saß, eine dunkel verfärbte Zunge, die ihm grotesk geschwollen und verfärbt aus dem Mund hing, und die ekelerregend stinkende Darmentleerung, die ihm an den Oberschenkeln hinuntergelaufen war.

Ich beendete meine private Leichenschau und ging zurück zum Notebook, um mir noch einmal den Henkersknoten anzusehen, als mein Blick auf eine Nachricht fiel, die im Posteingang geöffnet war.

Als ich die Nachricht las, überlief es mich eiskalt.

Ihr werdet das Liebste verlieren, wie ihr das Liebste genommen habt.

Es war die gleiche Nachricht, die Kai erhalten hatte.

Und wenn ich Saschas Schweigen richtig deutete, hatte auch er diese Nachricht erhalten.

Sascha hatte allen Grund, sich um Leonie Sorgen zu machen.

Denn seine kleine Tochter war Saschas Liebstes.

– 24 –

Vorsichtig setzte ich einen Fuß vor den anderen. Auch wenn die Nacht mondhell war, lief ich Gefahr, mir hier am Rande des Feldes die Knöchel zu verrenken. Zu uneben verlief der Trampelpfad, dem ich folgte.

Natürlich hätte ich auf der Straße bleiben und der scharfen Rechtskurve der Kutterstraße folgen können.

Doch ich zog den Schatten des Maisfeldes dem Licht der im regelmäßigen Abstand aufgestellten Laternen vor.

Der Mais stand brusthoch.

Sollte mir wider Erwarten jemand hier am Rand des Maisfeldes über den Weg laufen, würden mich nur zwei Schritte ins Feld unsichtbar werden lassen, was angesichts meiner nächtlichen Exkursion von großem Vorteil war.

Claudias Screenshot machte es mir leicht, anhand der Umrisse das Haus, das vor mir aus der Dunkelheit auftauchte, als das von Asmus Wolfert zu erkennen. Dank des Mondlichts konnte ich das backsteinverkleidete große Haus immer deutlicher erkennen, als ich mich dem Grundstück näherte. Der Geschäftsmann hatte Geschmack und offenbar auch Geld, stellte ich fest.

Das zweigeschossige Gebäude hatte bis zum Boden reichende übergroße Fenster mit grünen Holzläden und Gemütlichkeit ausstrahlenden Butzenscheiben sowie eine große doppelflügelige Terrassentür. Der Mittelpunkt der Terrasse, deren Dielen aus edlem Bangkiraiholz bestanden, das samtig im Mondlicht schimmerte, war ein etwa sechs Meter langer Swimmingpool, in dem mehrere Schwimmer gleichzeitig bequem ihre Bahnen ziehen konnten. Am Kopf des Pools stand eine Strandmuschel aus Korb, in der sich die Badenden ausruhen und sonnen konnten.

Seitlich von mir war ein großer Gartentisch mit bequemen Stühlen aufgebaut. Zwei Meter davon entfernt parkte einer dieser chromglänzenden Hightechgrills von derartiger Größe, dass ohne Probleme ein komplettes Spanferkel darauf Platz fände.

Nachdem ich mich noch ein wenig umgesehen hatte, beschloss ich, das Haus zu umrunden, um vorne an der Haustür zu klingeln und Wolfert aus den Federn zu werfen. Ein Überraschungsbesuch war am wirksamsten, wenn er zu völlig unerwarteter Stunde erfolgte.

Wolfert hatte keinen Grund, mit mir zu reden.

Mein nächtlicher Überraschungsbesuch sollte mir zu Informationen und Hinweisen auf die drei Mordfälle und auf die verschwundene Leonie verhelfen, die ich aller Wahrscheinlichkeit nach bei einem verabredeten Gespräch am helllichten Tag nicht bekommen würde. Ich spürte, dass der Tod von Julia Marten, Peter Richter und seinem Sohn Steve in engem Zusammenhang mit dem Überfall auf den Geldtransport vor ein paar Tagen und dem Verschwinden von Saschas zehnjähriger Tochter stand. Mir war nur nicht klar, was diese ominöse Botschaft *Ihr werdet das Liebste verlieren, wie ihr das Liebste genommen habt* in diesem Zusammenhang zu bedeuten hatte.

Deshalb wollte ich Wolfert einen Überraschungsbesuch abstatten und ihn mit der Frage konfrontieren, wieso er sich so schnell von genau der Stelle aus dem Staub gemacht hatte, wo ich kurz darauf über den Toten gestolpert war.

Guter Plan, wie ich fand.

Allerdings hatte ich die Rechnung nicht mit dem Mann im Haus gemacht.

Leise summend schoben sich hinter mir die doppelflügeligen Terrassentüren auseinander. Noch bevor ich realisieren konnte, was geschah, stürmte eine Gestalt auf mich zu und schlug mit einem harten Gegenstand auf mich ein.

Schwer stürzte ich zu Boden.

»Hab ich dich, du Schweinehund!«, sagte eine harte Stimme.

»Nun mal langsam«, protestierte ich und versuchte mich gleichzeitig vom Boden hochzustemmen.

Der Fußtritt traf mich hart an der Hüfte.

Nicht schon wieder!, schoss es mir durch den Kopf, als ich zu Boden fiel und mit dem Gesicht über die guten Bangkiraidielen schrammte.

»Wehr dich und du hast ein Loch im Bauch!«, warnte mich der Mann mit bösartiger Stimme.

Diesmal drückte sich mir ein harter Gegenstand schmerzhaft in den Bauchnabel.

»Schon gut«, beeilte ich mich zu sagen. »Ich mach nichts und Sie machen nichts.«

»Sag du Penner mir nicht, was ich zu tun habe«, schnauzte mich der Unbekannte gehässig an.

Erneut traf mich ein Tritt. Stöhnend krümmte ich mich zusammen.

Der Gegenstand, den der Mann mir in den Bauch drückte, verschwand im gleichen Moment, als die Beleuchtung des Pools und die Terrassenbeleuchtung aufflammten.

Mühsam wälzte ich mich auf die Seite und stützte mich auf dem Unterarm auf. Langsam wanderte mein Blick an dem breitbeinig vor mir stehenden Mann hoch, der in der einen Hand eine wie beiläufig unter den Arm geklemmte Flinte hielt und mit der anderen Hand offenbar eine Fernbedienung in die Hosentasche steckte, mit der er die Beleuchtungsanlage eingeschaltet hatte.

Vor mir stand Asmus Wolfert, der Mann mit dem Musketierbart.

Er nahm die Flinte in beide Hände und legte auf mich an.

Wie hypnotisiert starrte ich in die dunkle Mündung des Jagdgewehrs, die Wolfert drohend auf mich richtete.

Mit Sicherheit kann nur jemand, der schon einmal in seinem Leben in die dunkle Mündung einer Flinte geschaut hat, die kalte Angst nachvollziehen, die mich beim Anblick des brünierten Gewehrlaufs ergriff und zu lähmen schien. Ich hatte das Gefühl, als könne ich keinen Finger bewegen.

»Damit hast du nicht gerechnet, was?« Höhnisch grinste der Mann, sodass die Spitzen seines kunstvoll gezwirbelten Barts fast seine Ohren berührten.

»Moin«, presste ich mühsam hervor. »Nein, hab ich nicht.«

»Du hast wohl gedacht, dass ich so lange warte, bis du mich auch fertigmachst, was?«

Die Mündung, die genau auf mein Gesicht gerichtet war, zitterte leicht. Hoffentlich war der Mann nicht nervöser, als er sich gab. Das Letzte, was ich mir wünschte, war ein nervöser Zeigefinger am Abzug eines Jagdgewehrs, das auf mich gerichtet war.

»Ich weiß nicht, wen Sie erwartet haben«, erwiderte ich und löste den Blick vom Lauf der Flinte, um ihn direkt anzuschauen. »Mich auf jeden Fall nicht.«

»Ach«, höhnte er. »Und wieso schleichst du hier im Dunkeln herum, wenn du mich nicht auch umbringen willst?«

»Ich weiß …«, begann ich vorsichtig, denn ich wollte ihn nicht zusätzlich reizen, »… es sieht jetzt etwas komisch aus.«

»Komisch?« Drohend trat er einen Schritt näher an mich heran. »Du meinst, das sieht komisch aus? Ich werde dir mal zeigen, was ich komisch finde. Du siehst komisch aus, du Penner!«

Wieder traf mich sein Tritt.

Heiße Wut flammte in mir auf. Ich lasse mich nicht gern treten. Auch nicht mit vorgehaltener Flinte.

»Wenn Sie mich noch einmal treten und nicht die Flinte runternehmen, verklage ich Sie, Herr Wolfert, sodass Sie Ihres Lebens nicht mehr froh werden!«, fuhr ich ihn wütend an und ignorierte die Gewehrmündung, als ich mich auf die Knie rappelte, um aufzustehen.

Einen Moment dachte ich wirklich, dass ich Asmus Wolfert beeindruckt hatte, während ich fortfuhr, ihm aufzuzählen, was ich zu tun gedachte: »Körperverletzung, Bedrohung, Nötigung …«

»Du schickst uns Drohbriefe, bringst zuerst die Kleine um und versuchst dann, meinen Sohn mit einem verdammten Jetski zu überfahren.«

Sohn?, dachte ich überrascht. Der Surflehrer mit dem Zopf war Wolferts Sohn? Das war mir neu.

Das war interessant, denn Kai und Wolfert war nicht die einzige familiäre Verbindung in diesen Mordfällen: Steve und Peter Richter, der Tote unter den Surfsegeln.

Er hat recht, überlegte ich, während Wolfert weiterwetterte. Wenn Kai bei dem Anschlag ums Leben gekommen wäre und ich derjenige wäre, für den Wolfert mich hielt … dann war die Frage, die er mir gerade wütend entgegenknurrte, durchaus gerechtfertigt. Obwohl – Peter Richter ging ja wohl eher auf sein Konto. Irgendetwas passte hier überhaupt nicht zusammen.

»Was willst du? Uns der Reihe nach umbringen?«, knurrte er wütend. »Warum hast du es auf uns abgesehen? Ich kann es mir schon denken. Aber keine Sorge, wenn ich mit dir fertig bin, erzählst du mir alles freiwillig.«

»Quatsch!«, fuhr ich ihn an. »Sie sind auf dem Holzweg, schließlich habe ich Kai draußen beim Kiten gerettet und ihn quer durchs Watt geschleift.«

»Versuch nicht, dich herauszureden«, entgegnete Wolfert und richtete die Mündung seiner Flinte auf mich.

»Bislang ist es nur Nötigung und Körperverletzung«, warnte ich ihn. »Wenn Sie weitermachen, wird es ein Mordversuch. Ein Verfahren würde Ihre politische Karriere ruinieren.«

»Ein Verfahren?«, erwiderte er mit gefährlich leiser Stimme. »Was denn für ein Verfahren? Jetzt, wo ich dich am Arsch habe, willst du mich verklagen? Das ist jetzt wirklich komisch«, sagte er trocken und schlug ohne Vorwarnung zu.

Ich konnte nicht allzu lange bewusstlos gewesen sein.

Als ich mühsam meine Lider hochkrempelte, sah ich aus der Froschperspektive über die schicken Bangkiraidielen hinweg die Scheinwerfer eines Autos aufblitzen. Das Wasser im Pool, das sich mit mir auf Augenhöhe befand, glitzerte mich fast schon meditativ an. Am liebsten hätte ich mich jetzt in das erfrischende Nass hineingleiten lassen und mich mit Anna auf dem Rücken treiben lassen, bevor wir uns nackt …

»Komm her, du Penner«, knarzte Wolfert schlecht gelaunt und kippte einen halben Eimer Poolwasser über meinem Kopf aus.

Wie vom Blitz getroffen fuhr ich hoch und schnappte atemlos nach Luft.

»Na, geht doch«, meinte mein Peiniger höhnisch. »Mach die Augen auf, Penner.«

Auch ohne seine hämische Aufforderung hätte ich die Augen geöffnet. Blinzelnd sah ich in das helle Licht, um sofort wieder die Augen zusammenzukneifen.

»Stell dich nicht so an«, blaffte Wolfert, der sich mir von einer Seite zeigte, die ich bei einem Bundestagsabgeordneten in spe nicht erwartet hätte.

Obwohl …, ich verzichtete darauf, mir über die Integrität von Politikern Gedanken zu machen. Ich hatte im Moment ganz andere Sorgen.

»Mach die Augen auf!«, forderte Wolfert mich auf.

»Lohnt sich das?«, krächzte ich widerspenstig, kam aber vorsichtshalber seiner Aufforderung nach, bevor er wieder auf die Idee kam, mich mit dem Gewehrkolben auszuknocken.

»Wird sich zeigen«, knurrte er. »Steh jetzt auf. Wir machen eine Spazierfahrt und ich kann dir nur raten, genau das zu tun, was ich dir sage. Steh auf!«

Widerstrebend tat ich, was er mir befahl, und rappelte mich mühsam hoch. Ich biss vor Schmerz die Zähne zusammen, denn ich wollte weder stöhnen noch einen Schmerzenslaut von mir geben.

Ich musste mich zusammenreißen, um mich zu fügen und seinen Anweisungen zu folgen. Unfreiheit und Zwang kann ich nicht ertragen. Und schon gar nicht, wenn mir so ein Möchtegernpolitiker befehlen will, was ich zu tun habe.

Aber Wolfert hatte das überzeugende Argument. Er hatte die Flinte!

Also tat ich das, was er mir befahl.

»Jetzt gehst du vorwärts, aber langsam«, befahl er mir und verlieh seiner Aufforderung Nachdruck, indem er mir den Lauf des Jagdgewehrs zwischen die Lendenwirbel stieß.

Widerwillig setzte ich mich in Bewegung. Schritt für Schritt tastete ich mich voran, bis ich mit dem Knie an die Stoßstange eines Wagens stieß.

»Und jetzt?«, wollte ich wissen.

»Rein da«, befahl er knapp.

»Wolfert. Hören Sie auf mit dem Scheiß«, forderte ich ihn auf. »Okay, ich habe meinen Besuch nicht angemeldet, als ich bei Ihnen auf der Terrasse aufgetaucht bin. Aber ich wollte nur mit Ihnen reden. Nur reden!«

Erstaunt darüber, dass er mich ausreden ließ und mir nicht gleich wieder eins mit dem Lauf seiner Flinte überzog, wendete ich den Kopf, um zu sehen, welche Überraschung er für mich auf Lager hatte.

Asmus Wolfert hielt das Gewehr auf meinen Bauch gerichtet.

Breitbeinig stand er vor mir, hatte aber die Augen geschlossen, während er auf mich zielte. Der Geschäftsmann und zukünftige Bundestagsabgeordnete atmete flach, sein Gesicht war aschfahl. Schweißtropfen perlten auf seiner Stirn. Der Knebelbart ließ ihn in Verbindung mit seinem fahlen Gesicht wie eine historische Figur aus dem *Berliner Dungeon* erscheinen, dem einstigen schaurigen Geisterspektakel aus der Hauptstadt, was jetzt nicht unbedingt ein Kompliment für ihn war.

Seine Augenlider flatterten.

In Zeitlupe streckte ich mit zitternden Fingern meine Hand nach dem Lauf seiner Flinte aus, während ich meinen Blick unverwandt auf ihn gerichtet hielt.

Wolferts Atem ging unregelmäßig.

Einen Moment hatte ich das Gefühl, als würde seine Atmung aussetzen.

Dann fielen mir plötzlich Claudias Worte ein, ihre Warnung, dass Asmus Wolfert bereits zwei Herzinfarkte gehabt hatte und der nächste sein letzter sein konnte.

Was passiert, passiert, dachte ich. Aber sterben muss er ja nun nicht gerade jetzt. Auch wenn er mich mit seiner verdammten Flinte bewusstlos geschlagen und mir einen zweiten Bauchnabel gebohrt hat.

»Versuch es ja nicht«, flüsterte Wolfert mit brüchiger Stimme und hob mit noch immer geschlossenen Augen seine Jagdflinte an.

Die Gewehrmündung zeigte genau auf meine Brust.

»Und nun?«, fragte ich. »Was machen wir jetzt?«

Es dauerte ein paar Sekunden, bis Wolfert seine Augenlider öffnete und mich ansah. »Tu genau das, was ich dir gesagt habe«, befahl er. »Rein in den Wagen!

Ich warf ihm einen vernichtenden Blick zu. Dann tat ich, was er befahl.

Bei Wolferts Wagen handelte es sich um einen Mercedes-Geländewagen mit kastenförmigem Aufbau. Die Heckklappe mit dem typischen außen angebrachten Reserverad stand offen. Ich setzte mich auf die Ladekante und schwang meine Beine hinein. Die rückwärtige Ladefläche war mit einem Hundeschutzgitter vom Fahrraum abgetrennt.

»Auf den Bauch drehen und Arme ausstrecken«, lautete die nächste Anweisung Wolferts.

Als ich die Arme ausstreckte, warf er mir einen Verspanngurt wie ein Lasso über die Unterarme und zog die Schlinge zu. Der Metallverschluss des Gurts, mit dem man üblicherweise Ladegut im Auto verzurrt, zog sich so stramm zu, dass mir das Kunststoffmaterial empfindlich die Handgelenke abschnürte.

»Jetzt drehen!«, befahl er barsch. »Die Beine zu mir.«

Nachdem er mir die Beine mit einem zweiten Gurt zusammengebunden hatte, befahl er mir, mich in das Wageninnere zu rollen, was ich notgedrungen tat.

Mit einem dumpfen Geräusch fiel die Hecktür des Geländewagens zu.

Augenblicklich wurde es dunkler im Wagen.

Mühsam rollte ich mich auf den Rücken. Ich wollte zumindest etwas sehen von dem, was geschah, und nicht mit dem Gesicht auf dem unangenehm riechenden Wagenboden liegen.

Claudia hatte mir erzählt, dass Asmus Wolfert passionierter Jäger war. Dazu passte das Jagdgewehr, mit dem er mich bedroht hatte, ebenso wie die Kunststoffwanne, welche die gesamte Ladefläche des Wagens einnahm. Wahrscheinlich transportierte

Wolfert in seinem Wagen nicht nur seinen Jagdhund, sondern auch das Wild, wenn er welches erlegt hatte.

Auch wenn der Innenraum einen sauberen Eindruck machte, roch es intensiv nach nassem Hund, Wildschwein und was weiß ich noch alles. Motte hätte an dieser Geruchskomposition seine helle Freude gehabt.

Die Fahrertür wurde geöffnet und, nachdem Wolfert sich schwer atmend in den Fahrersitz fallen gelassen hatte, wieder geschlossen. Ich hoffte inständig, dass der Geschäftsmann nicht während der Fahrt einer Herzattacke erlag. Dann war auch ich geliefert.

Der Geländewagen setzte sich in Bewegung.

Schon in der ersten Kurve schlug ich mit dem Kopf gegen die Seitenwand des Wagens. Es war nicht leicht, mit gefesselten Händen und Füßen im Laderaum eines Geländewagens das Gleichgewicht zu halten.

Glücklicherweise dauerte die Fahrt nicht länger als eine knappe Viertelstunde.

Zeit genug, um mir Gedanken darüber zu machen, wie ich mich aus meiner misslichen Lage befreien konnte. Dass Wolfert mich für denjenigen hielt, der Julia Marten umgebracht und den Anschlag auf seinen Sohn durchgeführt hatte, war klar. Offensichtlich war er auch der Meinung, dass ich es auf ihn abgesehen hatte. Er wollte von mir wissen, warum, und deutete an, dass er sich den Grund denken konnte.

Wolfert ist Geschäftsmann und will zurück in den Bundestag, überlegte ich. Wenn er so drastisch mit mir umgeht, muss der Grund, den er vermutet, ein für ihn sehr bedrohlicher sein. Er wird sich auch im Klaren darüber sein, dass ihn ein Verfahren wegen Körperverletzung und versuchten Mordes politisch ruinieren würde, und deshalb … wird er mich auch nicht am Leben lassen, wenn er erfahren hat, was er wissen will.

Die Erkenntnis, dass die nächtliche Fahrt höchstwahrscheinlich mit meinem Ableben enden sollte, ließ mich erneut an meinen Fesseln zerren.

Mein Befreiungsversuch war vergeblich.

– 25 –

Der Wagen hielt. Wolfert schaltete den Motor ab, dann stieg er aus. Kurz darauf öffnete sich die Heckklappe des Geländewagens.

Ohne ein Wort zu sagen, packte er mich am Hosenbein und zog mich, die Füße voraus, aus dem Wagen. Als meine Beine in die Luft ragten, bereitete ich mich innerlich darauf vor, mir den Schädel an der Anhängerkupplung des Wagens oder spätestens beim Aufprall auf der Straße einzuschlagen. Wolfert zog mich aber nicht weiter aus dem Wagen, sondern löste den Gurt von meinen Fußgelenken.

»Hoch mit dir«, sagte er schroff.

Mühsam rollte ich mich halb aus dem Wagen, bis ich festen Boden unter meinen Füßen spürte, und stellte mich aufrecht hin. Schnell warf ich einen Blick in die Runde. Einzig das bleiche Mondlicht erhellte die Nacht. Weit und breit war kein Licht zu sehen, außer dem Sternenhimmel über uns. Hinter Wolferts Rücken meinte ich die Kontur des Deichs zu sehen, war mir aber nicht sicher.

Wenn ich von meinen Schmerzen und der Flinte absah, die Wolfert erneut auf mich richtete, hätte es eine romantische Vollmondnacht sein können: milde Temperatur, Sternenhimmel und keine Menschenseele weit und breit. Perfekt für einen Kuschelabend mit Anna am Deich.

Leider hatte ich ihre Bitte, auf mich aufzupassen, nicht erfüllen können, sondern war Wolfert wie ein blutiger Anfänger vor die Flinte gelaufen.

»Nimm den Gurt und dann da lang!« Wolfert stieß mir den Lauf seines Jagdgewehrs in den Rücken und schob mich vorwärts.

Ich raffte den etwa zehn Meter langen Spanngurt mit beiden Händen zusammen, was nicht einfach war, da ich die Hände gefesselt hatte. Dann setzte ich mich in Bewegung. Vorsichtig setzte ich einen Fuß vor den anderen, da die Straße vor mir nur vom Schein des Mondlichts erleuchtet war.

»Schneller!« Der Druck in meinem Rücken verstärkte sich.

»Sie haben auch nichts davon, wenn ich mich hier langlege«, erwiderte ich.

Da Wolfert nichts erwiderte und auch nicht den Gewehrlauf als Gegenargument einsetzte, behielt ich mein Tempo bei. Unauffällig sah ich zu den Seiten des Wegs, erkannte aber nichts, an dem ich mich orientieren konnte oder was mir Aufschluss gegeben hätte, wo ich war und wohin Wolfert mich führte. Etwa zwanzig Meter später gab mir meine Nase den ersten Hinweis darauf, wo wir uns befanden.

Ich nahm einen leichten Geruch nach verbranntem Holz und nasser Asche wahr.

Während ich schnuppernd weiterging, schälten sich vor mir die Umrisse eines Gebäudes und wie Geisterfinger in den Nachthimmel aufragende Dachbalken aus der Dunkelheit.

Der alte Tidje-Hof, dachte ich überrascht, denn ich wusste nicht, weshalb Wolfert mit mir hier rausgefahren war. Das Gelände, wo Peter Richter sein Luxushotel mit Privatstrand hinpflanzen wollte.

Wolfert dirigierte mich mit dem Lauf seiner Flinte zu dem

ausgebrannten Gebäude. Unser Spaziergang endete vor einem Absperrgitter, das die Brandruine umgab.

»Stehen bleiben«, knurrte Wolfert.

Ich verzichtete auf die Erwiderung, die mir auf der Zunge lag, dass ich ja wohl kaum mit gefesselten Händen über den Bauzaun steigen würde. Mir stand nicht der Sinn nach einem weiteren Hieb mit dem Gewehrkolben.

Wolfert packte den Rahmen des vor uns stehenden Gitterelements und zog es ein Stück vor, sodass ein Spalt entstand. Offenbar kannte er sich gut aus.

Ich schob mich durch den Spalt, wie Wolfert es mir befahl, und ging auf die Bauruine zu. Er dirigierte mich durch den verkohlten Hauseingang und schaltete eine Taschenlampe ein. Das Innere des alten Tidje-Hofs war komplett ausgebrannt. In der Luft stand ein noch immer durchdringender Brandgeruch. Die Wände waren verrußt, soweit sie nicht durch das eingestürzte Dach eingerissen worden waren. Das rußgeschwärzte und größtenteils verbrannte Skelett des verbliebenen Dachgebälks zeichnete sich wie eine Ansammlung verkohlter Fischgräten gegen das fahle Mondlicht ab.

Geblendet von dem unerwarteten Lichtschein, kniff ich die Augen zusammen.

Wolfert blendete mich absichtlich, während er mich wie ein Maultier am Strick hinter sich herzog. Zwischen meinen halb geöffneten Lidern sah ich, wie er den Spanngurt über einen verrußten, aber stabil aussehenden Dachbalken warf. Während er mit dem Lauf seiner Flinte weiter auf mich zielte, zog er das Spannseil stramm, sodass ich mit über dem Kopf erhobenen Händen fast auf Zehenspitzen balancierend in dem ausgebrannten Zimmer stand. Geschickt verknotete er den Spanngurt an dem gegenüberliegenden Fensterkreuz, dessen linke Hälfte zersplittert war.

»Und nun?«, fragte ich ironisch. »Yoga oder Guantánamo?«

Wolfert reagierte nicht auf meinen Spott, sondern taumelte zwei Schritte rückwärts und lehnte sich schwer atmend an die Wand hinter ihm. Erleichtert sah ich die Mündung seines großkalibrigen Jagdgewehrs zum Boden sinken. Langsam ließ er sich mit dem Rücken die Wand hinunterrutschen. Das Jagdgewehr fiel ihm aus der Hand. Sein Kopf sank ihm langsam auf die Brust.

Meine Erleichterung währte nur so lange, bis ich die Schweißperlen auf seinem bleichen Gesicht bemerkte, die mich sogleich an eine Herzattacke denken ließen. Denn was sollte ich machen, wenn er einen Herzinfarkt bekam, während ich an diesem Dachbalken baumelte? Hier draußen am Neudeicher Rott würde mich niemand schreien hören. In der Nacht nicht und am Tag vielleicht, wenn Radler oder Jogger am Deich entlangkamen. Aber das würde dauern.

»Wolfert!«, sagte ich scharf. »Hören Sie mich?«

Wolfert reagierte nicht auf mich. Er atmete weiterhin schwer; das, was ich von seinem Gesicht sehen konnte, schien noch bleicher geworden zu sein.

Ich schob den Gedanken an Wolferts möglichen Herzinfarkt zur Seite und sah mich aufmerksam um.

Über mir der Sternenhimmel im bleichen Vollmondlicht, der rußgeschwärzte Balken, der bedauerlicherweise sehr stabil aussah, vor mir der Spanngurt, straff gespannt wie das Seil, auf dem eine Seiltänzerin auf Zehenspitzen entlanglaufen könnte, dahinter das zerbrochene Fenster mit im Rahmen verbliebenen – Glasscherben! Mein Blick glitt über den Balken, prüfte den Gurt auf Spannkraft und die scharfkantigen Scherben auf ihre Bereitschaft, den stramm gespannten Gurt zu durchtrennen.

Mit einem Seitenblick auf meinen mittlerweile regungslosen Entführer tänzelte ich auf Zehenspitzen zum rechten äußeren Ende des Raums und zog den Spanngurt auf dem Balken über mir behutsam hinter mir her. Als ich den äußersten Rand des Balkens erreicht hatte, elektrisierte mich der Anblick des straff gespannten Gurtes, mit dessen Ende ich fest verbunden war. Wenn ich es schaffte, den unter Spannung stehenden Gurt gegen die Glasscherben zu pressen, konnte ich das Material vielleicht durchtrennen und mich so aus meiner misslichen Lage befreien.

In den nächsten Minuten zog, zerrte und turnte ich auf Zehenspitzen an dem Dachbalken herum, um den Gurt gegen die messerscharfen Glasscherben zu bugsieren.

Leider blieben meine mittlerweile immer verzweifelter werdenden Bemühungen erfolglos.

Als mir die Beine lahm und die Arme gefühllos wurden, gab ich mein Unterfangen auf und verschnaufte mit über dem Kopf gefesselten Armen. Wolfert atmete mittlerweile deutlich ruhiger. Auch sein Gesicht erschien mir nicht mehr so blass und schweißnass.

Aber auch wenn er nicht mehr so aussah, als würde er sich in der nächsten Minute aus dieser Welt verabschieden, nahm ich erneut meine Bemühungen auf, mich aus meiner Lage zu befreien. Denn selbst wenn Wolfert sich erholen würde, konnte ich nicht davon ausgehen, dass sich meine Lage verbessern würde.

Ganz im Gegenteil.

Wolfert würde mit dem weitermachen, was er mit mir vorhatte: was und warum auch immer.

Erneut versuchte ich den Spanngurt in Richtung der zerbrochenen Fensterscheibe zu bugsieren, gab aber nach ein paar Minuten schnaufend auf, weil meine Bemühungen, außer dass sie mich wertvolle Kraft kosteten, aussichtslos waren.

Plötzlich kam Leben in Wolfert.

Langsam hob er den Kopf. Sein Blick war noch leicht verschwommen, als er die Augen öffnete, gewann aber zusehends an Klarheit.

Zwei Sekunden lang sagte keiner von uns beiden etwas.

»Glaub nicht, dass du mir davonkommst«, keuchte er matt.

»Was wollen Sie überhaupt von mir?«, entgegnete ich und versuchte, mir meine Atemlosigkeit nicht anmerken zu lassen.

»Ich will wissen, warum du die Kleine umgebracht hast. Und ich will wissen, warum du hinter uns her bist und warum du Kai und mich umbringen willst!«

»Ich war zwar hinter Ihnen her, aber nicht, weil ich Sie umbringen, sondern weil ich Sie hinter Gitter bringen will«, entgegnete ich.

»Was soll denn der Schitt?«, fragte Wolfert und hob mühsam die Hand, um sich den Schweißfilm von der Stirn zu wischen. »Quatsch nicht so geschwollen.«

»Sie sind der Politiker. Mit dummem Gequatsche müssten Sie sich doch bestens auskennen«, gab ich zurück.

»Noch spuckst du große Töne«, sagte Wolfert und tastete nach seiner Flinte.

Ich hatte nicht die Absicht, geduldig wie ein Lamm auf der Schlachtbank darauf zu warten, dass Wolfert wieder so weit zu Kräften kam, dass er seine Flinte auf mich richten konnte. Mit aller Macht zerrte ich an dem Gurt in der vagen Hoffnung, den verrußten Balken zu destabilisieren. Da sich der Dachbalken, über den sich der Sternenhimmel spannte, von meinen Bemühungen unbeeindruckt zeigte, verlegte ich mich wieder darauf, den Gurt in Richtung der im gegenüberliegenden Fensterrahmen blitzenden Glasscherben zu bugsieren.

Als ich die Wand neben mir erreichte, war es auch schon vorbei mit meinem Spielraum. Es fehlten nur noch wenige Zentimeter zwischen dem Gurt und einer großen Glasscherbe. Allerdings gaben mir weder der Gurt noch die Wand neben mir Spielraum für die entscheidenden Zentimeter.

Vor Anstrengung schnaufend blickte ich zu meinem noch

immer an der Wand hockenden Entführer hinüber und sah, wie seine Hand den Schaft seiner Flinte entlangtastete.

Ich hatte keine Zeit zu verlieren.

Aber was konnte ich tun?

Krampfhaft suchte ich einen Ausweg, der sich mir wie der sprichwörtliche Wink mit dem Zaunpfahl nicht nur offenbarte, sondern sich mir ins Kreuz bohrte, als ich nochmals mit aller Kraft an dem Gurt zerrte und mich dabei mit Hüfte und Schulter gegen die Wand drückte.

Mit einem hässlichen Geräusch riss mir ein verrußter metallener Wandregalhalter einen Winkel ins Hemd, als ich mich mit einem lauten Fluch von der Wand abstieß, weil sich der Dorn in meinen Oberschenkel bohrte.

Beim Anblick des aus der Wand ragenden Metallhalters brauchte ich nicht lange zu überlegen.

Meine Befreiungsaktion war ebenso profan wie anstrengend.

Mit beiden Händen ergriff ich den Spanngurt, der zum Dachbalken hochlief, und setzte meine rechte vordere Fußhälfte, von der nur die Zehen halbwegs Halt fanden, auf den Metallhalter. Mit aller Kraft stieß ich mich mit dem linken Bein vom Boden ab, nutzte den Schwung und verlagerte mein Gewicht auf das rechte Bein, um mich mit den Zehenspitzen wiederum vom Halter abzustoßen. Diese unkonventionelle Steigübung unterstützte ich, indem ich mich mit beiden Händen an dem Spanngurt hochzog.

Obwohl ich nie ein guter Turner gewesen war und sich meine Fitness aufs Joggen beschränkte, verlieh mir der Gedanke an Wolferts Flinte die sprichwörtlichen Flügel, und unverhofft gelang mir die Koordination zwischen Abstoßen, Hochziehen und Hechtsprung Richtung Dachbalken.

Glücklicherweise stammte der alte Tidje-Hof aus der Zeit, als die Decken noch ziemlich niedrig waren, da die Häuser an der Küste mit einfachen Materialien gebaut wurden und Wind und Wetter trotzen mussten.

Trotz der Fesselung bekamen meine Hände den Dachbalken zu fassen, den ich mit aller Kraft umklammerte.

Das Problem war nur, dass ich wie ein nasser Sack an dem Balken hing und Klimmzüge nicht gerade zu meinen Stärken gehörten.

»Ich brenn dir eine Ladung Schrot auf den Arsch«, kündigte Wolfert an, und ich hörte ihn mit der Hand auf dem Boden herumscharren.

Diese Ankündigung wirkte ungemein motivierend auf mich. Tatsächlich bekam ich einen halbwegs passablen Klimmzug hin, schaffte es beim dritten Versuch, mein Bein über den Dachbalken zu werfen, und – nach Mobilisierung all meiner Kraftreserven – schließlich sogar, mich auf den Balken zu ziehen.

Das Herunterkommen ging zu meinem Leidwesen dafür umso schneller.

Ich rutschte von dem Balken ab und verdanke es einzig der niedrigen Raumhöhe, dass mein Sturz auf den mit Trümmern bedeckten Fußboden bis auf ein paar Hautabschürfungen und Prellungen halbwegs glimpflich verlief.

Ich gönnte mir nur zwei Sekunden, um mich von dem Sturz zu erholen, und rappelte mich schleunigst auf Hände und Knie auf. Wolfert saß nur circa zwei Meter von mir entfernt und hatte es unterdessen geschafft, das Gewehr auf seine Knie zu ziehen. Während er sich bemühte, die Flinte auf mich anzulegen, überwand ich die Distanz zwischen uns mit wackeligen Beinen und packte den Lauf seiner Flinte, noch bevor er mich anvisiert hatte.

Mit einem energischen Ruck versuchte ich, ihm das Gewehr aus den Händen zu reißen.

»Genug jetzt!«, sagte ich scharf. »Lassen Sie das Ding los!«

Wolfert dachte jedoch gar nicht daran und umklammerte den Schaft mit beiden Händen.

Wie zwei Hunde um einen Knochen rangen wir eine ganze Weile um die Waffe und damit auch um den Ausgang unserer nächtlichen Auseinandersetzung.

Ich war mir sicher, dass er nicht vorhatte, mich lebend vom alten Tidje-Hof verschwinden zu lassen.

Und er vermutete in mir seinen Mörder.

Wolferts Herzinsuffizienz entschied schließlich unsere Auseinandersetzung.

Unvermittelt löste der passionierte Jäger seinen Griff. Ich verlor das Gleichgewicht und taumelte zwei Schritte zurück, da ich mit ganzer Kraft am Lauf gezogen hatte. Als ich wieder festen Stand unter den Füßen hatte, schleuderte ich das Jagdgewehr mit einer ausladenden Bewegung meines Arms hinter mich in den Raum.

Wolfert hielt beide Hände gegen seine Brust gedrückt. Sein Gesicht war schmerzverzerrt.

»Wolfert!«, rief ich eindringlich. »Machen Sie die Augen auf!«

Auch wenn ich nur über medizinisches Halbwissen verfügte, wusste ich doch, dass Herzpatienten ebenso wie Asthmapatienten in der Regel ein Notfallmedikament bei sich tragen. Deshalb klopfte ich Wolferts Taschen ab und wurde auch in einer der vielen Taschen seiner Jagdweste fündig. Schnell zog ich das rote Glasfläschchen mit der weißen Kappe und der Aufschrift *Nitrolingual Akut Spray* aus seiner Tasche.

Ich war mir sicher, dass es sich um Wolferts Notfallmedikament handelte. Eilig zog ich die Schutzkappe ab und hielt dem Mann, der mich ermorden wollte, das Spray an die Lippen.

»Mund auf!«, befahl ich.

Es dauerte einen Moment, bis meine Aufforderung bei Wolfert angekommen war. Gehorsam klappte er den Mund auf.

Da das Medikament *Nitrolingual* hieß, sprühte ich ihm ein paar Spraystöße unter die Zunge.

Das Medikament wirkte beruhigend direkt und sicher. Ich nutzte die Zeit und zog ihm auch Handy und Autoschlüssel aus der Tasche.

Wolferts Atmung beruhigte sich. Sein Gesicht entkrampfte sich sichtlich und bekam etwas Farbe. Ich wartete noch ein paar Minuten und sprach ihn erneut an.

»Sind Sie wieder da?«

Langsam klappte Wolfert die Augenlider hoch. Seine Pupillen waren klein, die Augen blutunterlaufen.

»Ja«, antwortete er mit schwacher Stimme.

»Sie sehen ziemlich übel aus«, kam ich gleich zur Sache.

Zwar tat es mir leid, dass er gerade eine Herzattacke durchleiden musste, und ich wusste auch um die Gefahr, dass ihm zusätzliche Aufregung schaden, wenn nicht sogar ihn umbringen konnte. Trotzdem würde ich ihn befragen. Schließlich ging es um Mord. Außerdem war Wolfert am besten darüber informiert, wie es um seine Gesundheit bestellt war. Seine Herzprobleme hatten ihn nicht daran gehindert, mich mit vorgehaltener Waffe vor sich herzutreiben. Jetzt würde mich sein Gesundheitszustand auch nicht daran hindern, ihn mit einigen Fragen und Fakten zu konfrontieren und notfalls unter Druck zu setzen. Schließlich ging es nicht nur um den Beweis meiner Unschuld, sondern um das Leben der zehnjährigen Leonie.

»Mein Name ist Jan de Fries. Ich werde Sie nicht umbringen«, erklärte ich mit ruhiger Stimme. »Ich bin Anwalt. Ich werde Sie wegen des Mordes an Peter Richter hinter Gitter bringen. Und ich werde Ihre politische Karriere beenden. Außerdem werde ich alles tun, was in meiner Macht steht, um Sie des Mordes an Julia Marten zu überführen«, bluffte ich, da ich mir überhaupt nicht sicher war, ob die Mordfälle überhaupt zusammenhingen. Außerdem schien Wolfert ja zu glauben, ich hätte die Blonde mit den Rastazöpfen umgebracht. »Im Moment aber interessiert mich alles, was mir hilft, die kleine Leonie zu finden und wieder nach Hause zu bringen.«

Wolfert hatte mich, während ich ihm sagte, was ich mit ihm vorhatte, unverwandt angeschaut. Erst als ich Leonie erwähnte, veränderte sich sein Blick.

»Die Kleine von Sascha?«, fragte er mit schwacher Stimme.

»Ja«, antwortete ich. »Sie ist seit dem Nachmittag verschwunden.«

Er schüttelte langsam den Kopf. »Zu der Kleinen kann ich Ihnen nichts sagen.« Unversehens hatte Wolfert zum förmlichen »Sie« gefunden.

»Wir werden sehen«, entgegnete ich und entschied mich, ihn frontal in die Mangel zu nehmen, da er mir zwar gesundheitlich angeschlagen, aber mittlerweile als durchaus vernehmungsfähig erschien. Ich wollte ihn nicht umbringen, aber auch nicht schonen. »Warum haben Sie Peter Richter umgebracht?«

Regungslos sah Wolfert mich an. Er machte nicht den Eindruck, dass er mir auf meine Frage eine Antwort geben wollte.

»Ihr Name ist Asmus Wolfert, Ende fünfzig, Geschäftsmann, Mitglied im Lions Club, passionierter Jäger und ambitionierter Lokalpolitiker, dessen Ziel es ist, wieder einen Platz als Abgeordneter im Bundestag einzunehmen«, referierte ich. »Sie haben eine Herzinsuffizienz, Ihre Medikamente beziehen Sie aus der Apotheke Up Huus in Norddeich: *Digoxin* und *Nitrolingual Akut*.«

»Wer sind Sie?«, fragte Wolfert mit großen Augen, als ich ihm seine Eckdaten nannte; offenbar hatte er nicht damit gerechnet, dass sich jemand in dieser Ausführlichkeit mit ihm beschäftigte, ohne dass er davon wusste.

»Sagte ich bereits. Jan de Fries. Anwalt«, beantwortete ich seine Frage zum zweiten Mal. »Ich bring Sie hinter Gitter. Es sei denn …«

»Es sei was?«, schnappte Wolfert.

»… es sein denn«, antwortete ich kalt lächelnd, »Ihr nächster Herzinfarkt ist Ihr letzter.«

Wolfert musterte mich. Ich meinte, Anerkennung in seinem Blick zu lesen.

»Sie sind verdammt abgebrüht«, sagte er mit leiser Stimme.

»Ich bin Anwalt«, erinnerte ich ihn. »Das bringt der Job so mit sich. Und ich will jetzt einige Antworten: Hatten Sie Streit mit Richter oder warum haben Sie ihn umgebracht?« Ich sah ihn scharf an. »Überlegen Sie genau, was Sie antworten«, warnte ich ihn. »Ich habe Sie auf der Drachenwiese weglaufen sehen. Sie haben einen der Drachenpiloten über den Haufen gerannt. Dabei haben Sie Ihr Herzmedikament verloren. Die Schachtel ist als Beweisstück sichergestellt worden«, bluffte ich erneut. »Sie befinden sich in Lebensgefahr. Sie und Ihr Sohn Kai, der Surflehrer.«

Obwohl Wolfert vor Schwäche kaum einen Finger heben konnte, fuhr er hoch – oder versuchte es zumindest.

»Lassen Sie Kai aus dem Spiel!«, sagte er heiser. »Mein Sohn hat damit nichts zu tun.«

Schweigend sah ich ihn an.

»Falsche Antwort, Herr Wolfert.« Bedächtig schüttelte ich den Kopf. »Ihr Sohn Kai hat gemeinsam mit seinen Freunden Sascha Vogt und Steve Richter vor zwei Tagen einen Geldtransport überfallen. Und zwar sehr dilettantisch. Es gab bei dem Überfall zwei Tote: Der Fahrer erlitt einen Herzinfarkt – welche Ironie – und eine vollkommen unbeteiligte Radlerin wurde vom Fluchtfahrzeug angefahren und starb noch an der Unfallstelle. Dilettantisch war der Überfall auch deshalb, weil die drei keinen einzigen Cent Beute gemacht haben. Und dafür mussten zwei unbeteiligte Menschen ihr Leben lassen.«

»Das … das … ich …«, stotterte Wolfert schwach, »… das wollte doch niemand.«

»Wenn drei Täter mit einer Panzerfaust und Gewehren bewaffnet einen Geldtransporter überfallen, ist das nicht nur schwerer Raub, sondern die Täter nehmen auch billigend in Kauf, dass Menschen verletzt oder getötet werden«, stellte ich klar. Gleichzeitig drängte sich mir ein Verdacht auf. »Wo hatten die drei eigentlich die Waffen her. Von Ihnen? Sie sind doch Jäger.«

Wolfert sah mit einem Mal sehr betroffen aus. Er kniff trotzig die Lippen zusammen, als würde diese hilflose Geste etwas bewirken können.

»Es kommt ohnehin raus, Wolfert. Ich werde nach unserem Gespräch die Polizei anrufen, und das war's dann für Sie. Die Kripo wird bei den drei jungen Männern und Ihnen alles auf den Kopf stellen. Schweigen nützt Ihnen jetzt auch nichts mehr.«

Er rang noch einen Moment mit sich, sah dann aber ein, dass das Rennen für ihn gelaufen war.

»Ja, die Waffen waren von mir«, gab er schließlich zu. »Kai hat sie aus meinem Gewehrschrank genommen.«

»Und die Panzerfaust?«, wollte ich wissen. »Wer um Himmels willen hat eine Panzerfaust zu Hause im Schrank?«

»Das Ding war funktionsuntüchtig«, winkte er ab. »Ich habe mal eine Zeit lang Militaria gesammelt: Orden, Medaillen und so ein Zeug.«

»Und Waffen«, ergänzte ich die Aufzählung.

Er nickte. »Ja, ein paar Waffen waren auch dabei. Zwei Sturmgewehre und auch diese Panzerfaust – die aber funktionsuntüchtig gemacht worden war«, beeilte er sich zu versichern.

»Das hat dem Fahrer des Geldtransporters auch nicht geholfen«, erwiderte ich trocken. »Er hat vor Aufregung einen Herzinfarkt erlitten.«

Mit Wolferts Erklärung war auch die Frage gelöst, wieso die Täter bei dem Überfall auf den Geldtransporter nicht die Panzerfaust eingesetzt hatten, sondern unverrichteter Dinge, ohne einen Cent zu erbeuten, abgezogen waren.

»Dann ist der Überfall auf den Geldtransporter ja nun aufgeklärt«, stellte ich fest. »Aber da wären noch die Morde an Julia Marten und Peter Richter sowie der Mordanschlag auf Kai. Ich weiß zwar noch nicht, weshalb jemand versucht hat, Ihren Sohn umzubringen. Und ich habe keine Ahnung, wer Steve Richter umgebracht hat. Sie waren das nicht – Sie haben den Vater getötet, nicht den Sohn.«

»Steve?« Wolferts Gesicht war aschfahl geworden, seine Lippen begannen zu zittern. »Steve ist tot?«

»Ja.« Ich nickte knapp. »Jemand hat ihm eine Schlinge um den Hals gelegt und ihn am Dachbalken seiner Wohnung aufgehängt. Es sollte wie ein Selbstmord aussehen.«

Wolfert stöhnte auf. Seine Hand ging zum Herzen.

»Steve …«, hauchte er fassungslos, »… der Junge war wie ein Sohn für mich. Die Jungs sind zusammen aufgewachsen.«

»Welche Jungs?«, hakte ich sofort nach. »Kai und Steve?«

Wolfert nickt matt. »Ja.«

Ich sah Wolfert nachdenklich an. Auf seiner Stirn erschienen Schweißperlen. Er wechselte erneut die Farbe, diesmal in Richtung wachspuppenbleich.

»Sie waren mit Peter Richter befreundet«, unterstellte ich Wolfert. »Was war zwischen Ihnen, warum haben Sie ihn umgebracht?«

»Steve ist tot?«

Wolfert hatte mir gar nicht zugehört.

Ich nickte.

»Erst hat jemand die Kleine umgebracht …«, sagte er und griff sich erneut an die Brust. »Und jetzt Steve.«

»Die Frau hat einen Namen«, fuhr ich ihn mit harter Stimme an. »Sie hieß Julia Marten.«

»Ja. Richtig«, sagte Wolfert schwach. »Julia hieß sie. Nettes Mädchen.«

»Genau wie Steve, Herr Wolfert«, entgegnete ich. »Netter Junge. Und Ihr Sohn Kai ist der nächste nette Junge, der dran glauben wird. Meinen Sie vielleicht, der Mörder gibt auf, nur weil Kai ihm einmal entwischt ist?«

»Waren Sie mit meinem Jungen draußen, als der Anschlag geschah?«, fragte Wolfert mit schwacher Stimme, ohne die Augen zu öffnen.

»Ja«, antwortete ich. »Ich war mit dabei.«

»Dann haben Sie ihn gerettet?« Wolferts Augenlider hoben sich langsam, sein Blick suchte meinen.

Ich nickte. »Hab ich wohl.«

»Passen Sie auf ihn auf«, flüsterte Wolfert schwach. »Passen Sie auf meinen Jungen auf.«

»Ich brauche Informationen«, entgegnete ich knapp, ohne auf seine Bitte einzugehen, denn ich wollte ihm kein Versprechen geben, das ich nicht halten konnte.

»Ich bitte Sie«, Wolferts Stimme klang verzweifelt, »passen Sie auf Kai auf! Ich … ich komme hier nicht mehr lebend raus.«

Wolferts Blick veränderte sich. Er begann schneller zu atmen.

»Warum haben Sie Peter Richter umgebracht?«

Wolferts Lider begannen zu flattern.

»Kai hat bei dem Überfall mitgemacht. Seine Verhaftung ist eine Frage der Zeit«, prognostizierte ich. »Wenn Sie meine Fragen beantworten, vertrete ich ihn.«

»Ehrenwort?« Wolfert öffnete mühsam die Augen, sein Blick war flehentlich.

Ich nickte. »Ehrenwort!«

Wolfert griff sich erneut an die Brust. Das Atmen fiel ihm sichtlich schwer. Die Augen fielen ihm wieder zu.

»Peter war ein Idiot«, sagte er leise mit geschlossenen Augen. »Er war mein Kumpel, damals, als wir uns noch um die Deiche gekümmert haben.«

Sieh an, dachte ich. Manche Dinge klären sich überraschend einfach auf.

»Sie haben sich um die Deiche gekümmert?«, sagte ich. »Waren Sie bei der Deichacht?«

»Für einen Anwalt sind Sie ganz schön clever.« Wolfert verzog den Mund zu einem schiefen Grinsen. »Ja, wir waren die Deichacht.«

»Wer ist wir?«, hakte ich sofort nach.

Wolferts Atmung beschleunigte sich. Die Schweißperlen von seiner Stirn begannen über sein kalkweißes Gesicht zu laufen.

Erneut griff ich nach dem roten Glasfläschchen. »Mund auf!«

Gehorsam klappte Wolfert den Mund auf.

Auch wenn sich sein Zustand, nachdem ich ihm das Spray in den Mund gesprüht hatte, leicht verbesserte, musste er sofort ins Krankenhaus. Wenn ich mich mit meiner Befragung nicht beeilte, lief ich Gefahr, dass ihn die Aufregung umbrachte.

»Wer ist wir?«, wiederholte ich so ruhig wie möglich.

Wolfert konzentrierte sich, bevor er drei Namen nannte: »Ulf Vogt, Peter Richter, Jakob Illner und ich.«

»Und Sie vier waren bei der Deichacht?«, bohrte ich nach.

»Ja. Wir waren die vier Musketiere. Wir haben uns …«, Wolfert musste unterbrechen, weil er sich erneut ans Herz griff, fuhr dann aber fort, »… Freundschaft geschworen. Ewige Freundschaft …« Neue Schweißperlen traten ihm auf die Stirn.

Auch wenn ich darauf brannte, ihn weiter zu befragen, konnte ich es nicht verantworten, ihn länger ohne ärztliche Versorgung zu lassen. Ich griff nach dem Handy und wählte den Notruf.

»In spätestens zehn Minuten trifft der Notarzt ein«, teilte ich ihm mit, nachdem ich das Gespräch mit der Feuerwehr beendet hatte. »Bis dahin sollten Sie mir alles erzählt haben, wenn ich mein Versprechen halten soll. Aber eins möchte ich zuvor wissen – haben Sie ein Tattoo?«

Wolfert verzog überrascht über meine Frage das Gesicht und öffnete die Augen, bevor er schwach nickte.

»Wo?«

»Am rechten Unterarm«, antwortete er und versuchte den Arm zu heben.

»Lassen Sie«, sagte ich und ergriff sein Handgelenk.

»Volltreffer!« Ich lächelte kurz, als ich das chinesische Schriftzeichen erkannte, nachdem ich ihm den Hemdsärmel hochgeschoben hatte.

Wolfert musterte mich nachdenklich, dann fiel auch bei ihm der Groschen. »Sie haben die Karte gesehen«, sagte er und verzog den Mund zu einem bitteren Lächeln. »Wo war sie?«

»Unter dem Teppichboden im Kofferraum eines Mercedes 280 SLC, der das gleiche Baujahr hat wie die eingezeichnete Deichlinie des Neuen Störtebekerdeichs – 1985.«

»Ich glaub's nicht«, lachte er trocken auf. »Peters Protzkarre. Da hat dieses Ding gesteckt. Verflucht noch mal!«

Plötzlich ergaben viele Dinge einen Sinn und erklärten sich quasi wie von selbst. «Und Sie vier – Ulf, Peter, Jakob und Sie – haben bei der Deichacht gearbeitet. Die Karte klebte in einem Spind …«

»Das war mein Spind«, unterbrach mich Wolfert. »Ich hatte die Karte in meinem Spind aufgehängt. Ich hatte wie immer den Spind abgeschlossen, aber am nächsten Morgen war er aufgebrochen.«

Mit einem Handtuch, dachte ich schmunzelnd. Diese kleinen Halunken.

»Jemand hat in meinem Spind herumgewühlt«, fuhr Wolfert fort. »Auch für die Karte hatte sich jemand interessiert und sie angeschaut.«

»Woher wissen Sie das?«

»Die Karte war falsch zusammengelegt«, antwortete Wolfert.

»Was bedeutet das Kreuz?« Gespannt beugte ich mich vor, da ich es nicht fassen konnte, den Eigentümer der alten Karte vor mir zu haben.

Im selben Moment, als ich nach dem Kreuz fragte, drängte sich mir eine viel wichtigere Frage auf. »Von wem stammt das Blut auf der Karte?«

Gespannt beobachtete ich Wolfert, dessen Gesicht mittlerweile schweißnass glänzte.

Er sah mich mit flackerndem Blick an. Seine Atmung beschleunigte sich erneut.

Demonstrativ nahm ich sein Handgelenk hoch, um auf seine Armbanduhr zu schauen.

»Ich schätze, in fünf Minuten dürfte der Notarzt eintreffen. Sie werden verstehen, dass ich langsam verschwinden muss. Ihre letzte Chance, mit dem möglichen Anwalt Ihres Sohnes zu sprechen.«

Wolfert gab sich einen sichtbaren Ruck, bevor er sprach und sich die Dinge auf überraschende Weise klärten.

»Das Blut stammt von Jakob. Er wurde bei dem Überfall angeschossen.«

Der Banküberfall in Emden, dachte ich und glaubte nicht recht zu hören, was Wolfert erzählte, denn genau dieser Verdacht war mir spontan in den Sinn gekommen, als er zuvor von der Freundschaft der vier Musketiere sprach. Hollis kindliche Fantasie hatte genau den Punkt getroffen, der jetzt nach über dreißig Jahren seine Aufklärung fand.

»Sie vier haben 1985 die Bank in Emden überfallen«, sagte ich und schüttelte ungläubig den Kopf. »Und Sie haben das Geld aus dem Banküberfall am Störtebekerkanal versteckt?«

»Ach?« Jetzt war es an Wolfert, mich überrascht anzusehen. »Da ist es versteckt?«

»Wussten Sie das nicht?«

Er schüttelte den Kopf. »Nein. Wir hatten keine Ahnung. Wir haben den Überfall durchgezogen. Alles lief glatt. Als wir dann die Bank verlassen wollten, spielte plötzlich der Filialleiter den Helden und zog eine Pistole aus der Schublade hervor. Er verpasste Jakob einen Bauchschuss. Ulf und ich nahmen Jakob in unsere Mitte und schleiften ihn raus. Dann sind wir abgehauen.

»Und der Filialleiter?«, wollte ich wissen.

»Den hat Peter erschossen.«

»Verstehe.« Ich nickte kurz. »Und weiter?«

»Wir sind dann raus zur Baustelle, wir wollten unsere Waffen loswerden.«

»Wie denn das?«, unterbrach ich ihn.

»Am nächsten Morgen wurden Fundamente gegossen«, fuhr Wolfert mit schweißüberströmtem Gesicht fort. »Wir haben die Knarren auf den Boden der Baugrube gelegt und Sand draufgeschaufelt. Am nächsten Morgen kam der Beton drüber. Fertig.«

»Was war mit dem Verletzten?«

»Jakob?« Wolfert verzog traurig das Gesicht. »Er ist uns auf dem Rücksitz unter den Händen verblutet. Peter hat ihn und den Wagen verschwinden lassen.«

»Was war mit dem Geld?«, wollte ich wissen.

»Wir haben die Beute aufgeteilt. Es war eine Menge Geld. Eine Viertelmillion für jeden von uns. Wir standen unter Schock. Damit hatte doch niemand gerechnet, dass es zwei Tote gab. Jakobs Anteil haben wir Jakob mitgegeben.«

»Dem Toten?« Ungläubig sah ich ihn an.

»Ja. Peter hat Jakob und das Auto verschwinden lassen. Wir

haben das Geld in einen Plastiksack gepackt. Peter hat dann den Sack mit dem Geld zusammen mit Jakobs Leichnam versteckt. Anschließend hat er die Stelle auf der Karte markiert und die Karte ebenfalls versteckt. Dreißig Jahre lang ist er nicht mit der Sprache herausgerückt, weder, wo er das Geld, noch, wo er die Karte versteckt hat. Erst als so ein Typ bei Sascha aufgekreuzt ist und nach dem chinesischen Symbol gefragt hat, wusste ich, dass die Karte irgendwo aufgetaucht ist. Sascha wusste auch, dass dieser Typ mit Holger von der Mühle zu tun hatte. Und Holger und Sascha hatten damals als Kinder die Karte gesehen, als sie durch die Baubuden gezogen sind.«

»Hat Sascha das erzählt?«, fragte ich.

Wolfert nickte. »Wir brauchten das Geld, ich brauchte das Geld! Und Peter ist nicht damit herausgerückt, wo er es versteckt hat. Ein Jahr lang haben wir die Karte gesucht und dann haben die Jungs den Überfall auf den Geldtransporter ausgeheckt.« Wolfert lachte spöttisch auf. »Hat auch nicht funktioniert. Wir sind alle Versager.«

»Mal eine ganz andere Frage«, sagte ich nachdenklich. »Wie wollten Sie eigentlich eine Viertelmillion Deutsche Mark in Euro umtauschen? Ich meine, es gibt das Geldwäschegesetz und bei Transaktionen größerer Geldbeträge wird jede Bank aufmerksam.«

»Kein Problem«, keuchte Wolfert. »Ich habe zwei Geschäftspartner in Polen und einen alten Freund in Moskau, die machen für eine entsprechende Provision jeden Deal.«

»Sie haben wirklich an alles gedacht. Aber wieso habt ihr das damals eigentlich gemacht?«, fragte ich verständnislos. »Warum lässt man so viel Geld einem Toten?«

»Wir vier …«, er schnappte kurz nach Luft, bevor er weitersprach, »… waren schließlich die vier Musketiere.«

»Einer für alle und alle für einen«, zitierte ich den legendären Leitspruch von D'Artagnan und seinen Gefährten.

»Genau«, nickte Wolfert. »Wir vier hatten alle eins gemeinsam: Keiner hatte Kohle, aber jeder von uns hatte ein Kind, alle im gleichen Alter.«

»Jakobs Anteil war für sein Kind bestimmt«, sagte ich sarkastisch. »Erst wird eine Bank überfallen und ein Filialleiter erschossen, der wahrscheinlich auch Familie gehabt hatte. Und ihr seid so nobel und bewahrt den Anteil des Blutgeldes für das Kind des Toten auf.«

Wolferts Gesichtsfarbe wurde noch eine Nuance blasser, als er die Augen niederschlug. »Vici wollte das Geld nicht annehmen.«

»Wer?«, rief ich ungläubig. »Die blonde Kickboxerin aus der Surfschule?«

Wolfert hob den Kopf und betrachtete mein blaues Auge. »Verstehe. Sie haben Vici auch schon kennengelernt. Sie hat ihren eigenen Kopf. Vici wollte das Geld nicht. Peter hat es ihr mehrfach angeboten. Sie hat immer abgelehnt.«

»Wusste sie, woher das Geld stammte?«

Wolfert zuckte mit den Schultern. »Kann sein, dass Peter es ihr irgendwann erzählt hat. Vielleicht hat sie es auch nur geahnt.«

Ich beugte mich vor und warf einen schnellen Blick auf seine Armbanduhr.

»Der Notarzt wird jeden Moment hier sein«, stellte ich fest. »Deshalb die letzte Frage: Warum haben Sie Peter Richter umgebracht?«

»Weil er ein gottverdammter Idiot war!«, fluchte Wolfert mit einem verzweifelten Aufbäumen. »Das Geld hat uns kein Glück gebracht. Wir haben investiert, spekuliert und es doch nicht auf die Naht gebracht. Erst gingen die Geschäfte gut, jetzt stehen wir alle vor der Insolvenz. Ich habe Peter beschworen, bin ihm bis in die Surfschule hinterhergelaufen. Aber er war ja völlig besessen von seinem Luxushotel.« Wolferts Stimme wurde immer schwächer, je mehr er sich aufregte. »Und sieh dich um. Siehst du irgendetwas, was nach einem Investor aussieht? Wir brauchten dringend die Viertelmillion. Mit dem Geld hätten wir uns alle aus der Scheiße ziehen können. Ulf hat es richtig gemacht, er hat seine Kohle auf Ibiza verpulvert, bis er mit seiner Enduro im Suff die Klippen runtergerauscht ist. Ich bin genauso pleite wie die Jungs.«

»Kai und Steve?«, fragte ich. »Aber die haben doch die Surfschule.«

»Unsere drei Jungs haben genau das gleiche Pech wie ihre Väter. Die haben sich mit dem Bau völlig übernommen, stehen kurz vorm Offenbarungseid. Dann kommt eh die Insolvenz. Wir sind alle keine Geschäftsleute. Wir verlieren immer.«

Erschöpft von seinem Wutausbruch, sackte Wolfert in sich zusammen.

»Drei Jungs?«, hakte ich nach. »Wer ist der dritte?«

»Sascha«, antwortete Wolfert kurzatmig. »Ulfs Sohn.«

Jetzt ergab die ganze Geschichte Sinn.

Vier Bankräuber, vier Kinder: drei erfolglose Jungs und eine kickboxende Amazone, die das Blutgeld ihres bei einem Banküberfall erschossenen Vaters nicht annehmen wollte. Eine Einstellung, die mir trotz ihrer aggressiv-brutalen Art, Diskussionen zu führen, Respekt abverlangte.

Damit war nicht nur der Überfall auf den Geldtransport, sondern auch der Banküberfall vor über dreißig Jahren aufgeklärt.

Wie aufs Stichwort flackerte draußen das Blaulicht des Notarztwagens auf, das durch das geborstene Dach der Brandruine in den Nachthimmel zuckte.

Ich erhob mich und schickte mich an, zum Eingang zu gehen, um dem Arzt den Weg zu weisen, wollte aber noch eine letzte Bestätigung von Wolfert.

»Wieso haben Sie Peter Richter an dem besagten Tag umgebracht?«

Wolfert hob den Kopf und sah mich an: »Weil ... ich weiß es nicht. Ich bin ihm wieder wie ein Bittsteller hinterhergelaufen und er hat wieder nur von seinem Projekt gefaselt. Wir haben uns gestritten ...«

»Wo?«

»In der Schule, hinten in der Werkstatt«, antwortete Wolfert. »Er hat mich geschubst, gegen die Schuppenwand gedrückt, hat gesagt, dass er schon mal einen umgebracht hat ... da lag dann diese kleine Outdooraxt auf der Werkbank. Plötzlich blutete er ... ich wollte das nicht – so nicht!«

»Ich habe Blut und Haare an einem Surfbrett gefunden«, sagte ich. »Wie kam das denn dorthin?«

»Er hat geblutet wie ein Schwein«, ächzte Wolfert. »Alles voller Blut, meine Hände, sein Gesicht ... alles ... Ich wollte ihn nicht draußen liegen lassen, damit nicht sofort jemand über ihn stolpert, sondern zuerst im Schuppen hinter den Surfbrettern verstecken. Doch nachdem ich ein paar von den Dingern zur Seite geschoben hatte, stellte ich fest, dass die Lücke dahinter zu schmal war. Da hätte er nicht reingepasst.«

– 26 –

Holger wartete schon auf mich, als ich in die Mühlenstraße einbog.

Nachdem ich dem Notarzt den Weg gezeigt hatte, wo Wolfert mit schweißüberströmtem Gesicht gegen die Backsteinmauer der Brandruine des alten Tidje-Hofs gelehnt saß, verdrückte ich mich nach draußen. Mit den Autoschlüsseln, die ich Wolfert abgenommen hatte, öffnete ich seinen Geländewagen und setzte mich ans Steuer. Wolferts Handy, das ich ebenfalls an mich genommen hatte, klemmte ich mir griffbereit unter den Oberschenkel. Den Freischaltcode, den er mir bereitwillig nannte, hatte ich mir eingeprägt.

Die Scheinwerfer schaltete ich erst ein, als ich das zuckende Blaulicht des davonfahrenden Rettungswagens im Rückspiegel aufleuchten sah.

Während ich mit einem Auge die vor mir liegende Deichstraße im Blick hielt, gab ich Wolferts Freischaltcode in das Handy ein

PIN nicht korrekt, leuchtete es mir in weißen Buchstaben entgegen.

»Schitt«, fluchte ich leise und gab die Ziffernkombination ein zweites Mal ein.

PIN nicht korrekt. Sie haben noch einen Versuch.

Ich trat auf die Bremse und blieb mitten auf der Straße stehen, was kein Problem war, da ich weit und breit das einzige Fahrzeug hier am Deich war. Mit geschlossenen Augen atmete ich zwei, drei Atemzüge tief durch und tippte zum dritten Mal den Code ein.

Das Display erwachte zum Leben. Erleichtert atmete ich auf.

Während ich die Handynummer meiner Tochter eingab, fuhr ich wieder an.

Bereits nach dem zweiten Freizeichen meldete Thyra sich. »Ja?«, fragte sie.

»Hör mir nur zu, Thyra!«, sagte ich knapp. »Keine Diskussion.«

»Papa?!«, rief sie aufgeregt. »Wo bist …«

»Hör nur zu!«, wiederholte ich. »Ich sag's nur einmal.«

Thyra verstummte abrupt.

»Ist Mack … dein Freund in der Nähe?«, fragte ich, da ich davon ausgehen musste, dass der Kommissar zur nachtschlafenden Zeit neben meiner Tochter lag; ein Gedanke, an den ich mich bislang nicht gewöhnen konnte – und wahrscheinlich auch nicht wollte.

»Ich hab mit Folkert Schluss gemacht«, lautete Thyras nicht minder knappe Antwort.

»Wie bitte?« Vor Schreck hätte ich fast die scharfe Rechtskurve übersehen, als die Deichstraße einen Knick machte. »Wieso das denn?«

»Folkert hat mein Vertrauen missbraucht. Er hat dich ohne mein Wissen von meinem Handy aus überwacht und angerufen.«

Auch wenn ich mir nicht hatte vorstellen können, dass Thyra mein Vertrauen missbrauchte, fiel mir ein gewaltiger Stein vom Herzen. Ich versuchte mir meine Erleichterung nicht anmerken zu lassen, als ich sagte: »Lass uns später darüber reden. Jetzt hilf mir bitte und ruf ihn an. Sag ihm, dass ich mich gemeldet habe und auf der Suche nach der vermissten Tochter von Sascha Vogt bin. Ich vermute, dass sie vom Mörder von Julia Marten und Steve Richter entführt worden ist.«

Während Thyra aufmerksam zuhörte und sich die Namen aufschrieb, berichtete ich ihr in knappen Sätzen, was ich herausgefunden hatte: die Namen der Täter des Banküberfalls von 1985, die Namen der Täter des Überfalls auf den Geldtransporter und den Namen und das Motiv des Mörders von Peter Richter: Asmus Wolfert, Habgier.

»Du bist unverbesserlich«, hörte ich sie murmeln. »Immer mit dem Kopf durch die Wand und dann der Polizei die Täter im Dreierpack servieren. Aber das kenne ich ja nicht anders von dir.«

Ich ging nicht auf ihre Bemerkung ein.

»Asmus Wolfert befindet sich im Notarztwagen auf dem Weg in die Ubbo-Emmius-Klinik«, sagte ich und beschleunigte den Mercedes, der seidenweich über die Neu-Etumer Straße zu schweben schien. »Wenn er Glück hat, überlebt er seine Herzattacke. Sag Mackensen, dass im alten Tidje-Hof Wolferts Jagdflinte liegt, sie ist scharf geladen und muss sofort sichergestellt werden.«

»Papa!« Thyras Stimme klang schrill, als sie wissen wollte, ob mit mir alles in Ordnung sei.

»Mach dir keine Sorgen, Kleines«, beruhigte ich sie. »Richte Mackensen aus, was ich gesagt habe.«

»Wo bist du?«, fragte sie aufgeregt. »Kann ich dir helfen, Papa?«

»Du hilfst mir schon genug, wenn du Mackensen ausrichtest, was ich dir gesagt habe«, erwiderte ich. »Wir sehen uns beim Frühstück.«

Ohne eine Antwort abzuwarten, beendete ich das Gespräch

und klemmte mir das Handy wieder unter den Oberschenkel. Auch wenn Thyra mir gerade zu meiner großen Überraschung das plötzliche Ende der ohnehin nicht langen Beziehung zu Kommissar Mackensen mitgeteilt hatte, wollte ich sie nicht in diese Geschichte mit hineinziehen.

Wenig später bog ich in die Mühlenstraße ein.

»Moin«, begrüßte mich Holger trotz der nächtlichen Stunde so munter, als hätte ich ihn mit meinem Handyanruf nicht aus dem Schlaf gerissen.

»Hast du alles?«, kam ich ohne Umschweife zur Sache.

»Na klar: Taschenlampe, Deichkarte, Schlauchboot und das Wichtigste – 'ne lecker Koppke Tee!«, grinste er fröhlich und zog eine Thermosflasche aus seinem Juterucksack.

Unsere Fahrt dauerte nicht lange. Nachdem ich die Höhe des Jachthafens Leybucht passiert hatte, bog ich von der Greetsieler Straße links ab in den schmalen asphaltierten Weg, der zu einer ebenso schmalen Brücke führt, die den Störtebekerkanal überspannt.

»An der Brücke rechts«, sagte Holger und drückte seine Nase an die Seitenscheibe.

Der kleine Parkplatz, der sich am Fuß der Brücke befand, lag im Licht des bleichen Vollmondes vor uns. Einen anderen Beleuchter als den Mann im Mond gab es nicht.

Ich ließ Wolferts Mercedes ausrollen und stellte den Motor ab, nachdem ich die elektronische Handbremse betätigt hatte.

»Du hast schon richtig vermutet, Jan«, grinste Holger breit. »Ich habe natürlich alles für unseren morgigen Ausflug vorbereitet, obwohl ich gestehen muss …«

»… dass es dir gewaltig stinken würde, wenn Doktor Tillmann mit von der Partie wäre.«

»Wie du das wieder alles weißt.« Holgers Grinsen wurde noch breiter und kam fast schon an seinen Ohren an.

»So war der Deal«, pflichtete ich ihm bei. »Aber nun geht es um das Leben eines Kindes. Und da diskutiert man nicht lange«, sagte ich und öffnete die Fahrertür. »Ich werde Tillmann alles erklären und ich bin sicher, dass er Verständnis hat.«

»Tillmann hat Verständnis«, sagte eine Stimme aus der Dunkelheit.

Holger und ich fuhren gleichzeitig gleichermaßen erschrocken herum und starrten die Gestalt an, die sich mit einer Taschenlampe von unten anleuchtete und aussah wie Ronald McDonald in der Geisterbahn.

»Tillmann!«, rief ich vor Schreck lauter, als es unserer nächtlichen Expedition guttat. »Was machst du denn hier?«

»Der schon wieder«, maulte Holger und richtete seine Taschenlampe auf Tillmann.

»Mach das Ding aus!«, fuhr ich ihn an.

Murrend schaltete Holger die Taschenlampe aus.

»Nicht, dass ich euch misstrauen würde«, sagte Tillmann in süffisantem Ton. »Aber irgendwie hatte ich so eine Ahnung, dass unser Vorhaben vorverlegt werden würde, und habe mich deshalb rechtzeitig auf den Weg gemacht. Wir wollten uns ja schließlich nicht verpassen.«

»Es ist nicht so, wie es aussieht«, versuchte ich mich nicht besonders geschickt in einer phrasenhaften Erklärung für Holgers und meine nächtliche Verabredung. »Ich kann alles erklären.«

»Das sagen sie alle«, erwiderte Tillmann grinsend.

Während wir im Licht des Vollmondes zum Ufer des Störtebekerkanals gingen, klärte ich Holger und Tillmann über die aktuellen Geschehnisse auf, die sich seit unserer letzten Zusammenkunft ereignet hatten.

»Das ist richtig übel!«, sagte Tillmann entsetzt, als ich ihm vom Verschwinden Leonies erzählte. »Sollten wir nicht lieber …«

»Die Kavallerie rufen?«, entgegnete ich. »Und dann? Suchscheinwerfer, Suchhunde und knatternde Hubschrauberrotoren?« Energisch schüttelte ich den Kopf und zitierte die Ankündigung, die Steve nach seinem Tod erhalten hatte:

Ihr werdet das Liebste verlieren, wie ihr das Liebste genommen habt.

Wobei ich davon ausging, dass die Nachricht eher für Steves Vater gedacht war, um ihn zusätzlich zu quälen und zu demütigen, wenn er seinen toten Sohn fand. Denn in mir keimte seit dem Gespräch mit Wolfert eine vage Vermutung auf, um wen es sich bei dem Mörder der jungen Frau aus dem Tretboot und ihres Freundes Steve handelte.

Zu vage, um zu diesem Zeitpunkt schon darüber zu sprechen.

»Wer eine solche Nachricht als Mordankündigung verschickt, ist sehr emotional auf das Opfer fixiert«, sagte ich. »Hier soll jemand für etwas leiden.«

»Gleichzeitig offenbart der Täter mit dieser Botschaft seine emotionale Beziehung zu dem Opfer, das ihm das Liebste genommen hat«, nickte Tillmann. »Du hast recht, Jan. Mit dem Täter ist nicht zu verhandeln, der will denjenigen leiden sehen, der ihm das Liebste genommen hat. Die Kavallerie würde ihn wahrscheinlich dazu verleiten, die Kleine demonstrativ zu töten, wenn er keinen Ausweg mehr sieht.«

»Und du denkst, dass wir Leonie an der Stelle finden, die das Kreuz auf der Karte markiert?«, wollte Tillmann wissen, während wir das Schlauchboot, das Holger für unsere für den Morgen geplante Exkursion vorbereitet hatte, aus dem Versteck unter der Brücke trugen.

»Nicht nur Leonie«, orakelte ich vielsagend. »Auch den Mörder von Julia Marten und Steve Richter.«

»Ist das nicht gefährlich?«, fragte Holger mit gerunzelter Stirn. »Ich meine …«

»Natürlich ist es gefährlich«, erwiderte ich wahrheitsgemäß. »Willst du lieber hierbleiben und aufs Auto aufpassen?«

»Vergiss es!« Verächtlich schnaubte Holger durch die Nase.

Als wir uns über das Ziel unseres nächtlichen Ausflugs einig waren, brachten wir das Schlauchboot zu Wasser.

Holger setzte sich an die Ruderpinne des Außenborders und startete den Motor, der erfreulicherweise nur leise summte anstatt, wie erwartet, lautstark zu röhren.

»Erstaunlich leise«, meinte auch Tillmann, der mir gegenüber auf dem Boden des Schlauchbootes hockte und über dessen Rand auf die vom Mondlicht beschienene Wasseroberfläche des Kanals spähte.

»Skipper Wehmann, mit der Lizenz zur Schleichfahrt«, kicherte Holger in sich hinein. »Das ist ein Elektromotor. Hier ist doch überall Vogelschutzgebiet, und bevor ein paar Wachteln aus dem Schlaf aufgeschreckt werden, hab ich mir gleich ein vernünftiges Boot ausgeliehen.«

»Ganz abgesehen von den Uferschnepfen«, gab Tillmann seinen Senf dazu.

Holger warf ihm einen Blick zu, der deutlich machte, dass er Tillmanns Anwesenheit für mehr als überflüssig hielt.

Das Ufer des Störtebekerkanals glitt gemächlich an uns vorbei. Ich konnte nur eine vom Mondlicht silbrig beschienene Silhouette erkennen.

»Wie weit noch?«, rief ich Holger halblaut zu.

»Zehn Minuten«, antwortete er mit gesenkter Stimme.

»Dann schalte in fünf Minuten den Motor aus«, bat ich und wies auf die an den Seitenwülsten des Schlauchboots befestigten Paddel. »Den Rest dann als Stummfilm.«

Holger hob grinsend den Daumen.

Fünf Minuten später erstarb das Summen des Elektromotors.

Holger löste die beiden Paddel aus ihrer Halterung und reichte mir eins. Ich rutschte zur rechten Seite und tauchte es lautlos ins Wasser ein.

Auf Holgers Zeichen hin begannen wir zu paddeln. Nach ein paar Metern hatten wir einen guten Rhythmus gefunden, der uns fast geräuschlos voranbrachte.

»Jetzt müsste die Stelle gleich kommen«, flüsterte Tillmann.

Kaum hatte er es ausgesprochen, wuchsen neben uns am Ufer die dunklen Umrisse eines Gebäudes empor.

»Das ist die Stelle«, hauchte Holger und zog das Paddel ein.

Ich tat es ihm nach.

Zu dritt hockten wir in dem Schlauchboot und starrten in die silbrig glänzende Dunkelheit.

»Was ist das?«, wisperte ich.

»Ein ostfriesischer Schildbürgerstreich«, flüsterte Holger leise zurück. »Das sollte so eine Art Relaisstation für das Schöpfwerk vorn werden. Als das Gebäude stand, hat man festgestellt, dass es eine Fehlplanung war und man das Ding gar nicht braucht. Dann haben sie den Klotz einfach so gelassen. Hat was von einem Bunker. Stört ja auch keinen hier in der Ecke.«

»Und hier soll ein Schatz versteckt sein?«, ließ sich Tillmann vernehmen. »Ich bin, gelinde gesagt, mittelmäßig enttäuscht.«

»Na ja … vielleicht sieht man im Hellen mehr?« Holger versuchte sich seine Enttäuschung nicht anmerken zu lassen.

Aber was haben wir denn auch erwartet?, dachte ich mit milder Ironie. Eine Schatztruhe und ein paar Totenschädel wie auf einer Pirateninsel?

»Da ist etwas!«, raunte Tillmann uns zu und deutete mit der Hand in die Richtung, die auf einer Uhr mit Zifferblatt der Zeigerstellung von vierzehn Uhr entsprach.

»Ziel auf vierzehn Uhr«, schnarrte dann auch Holger wie

der Kommandant einer Spezialeinheit in einem der *Expendables*-Actionfilme mit Sylvester Stallone und Co.

»Yes, Sergeant«, schnarrte Tillmann wie Forrest Gump beim Drill.

»Psst!«, machte ich und tauchte das Paddel wieder lautlos ins Wasser. »Weiter!«

Holger kam meinem Kommando unverzüglich nach und tauchte sein Paddel ebenfalls mit einem kaum hörbaren Platschen ins Wasser.

»Psst!«, machte ich erneut.

Auch ein kaum hörbares Platschen war ein Platschen!

Ein paar Meter weiter Steuerbord von uns tauchten scheinbar mitten im Wasser Bäume und Büsche auf.

»Was ist das denn?«, wisperte ich Holger zu.

»Eine Landzunge«, antwortete er. »Nichts Besonderes. Da wachsen nur Sträucher und ein paar verkrüppelte Bäume.«

»Und das da?« Mit dem Zeigefinger wies ich auf den Umriss eines Bootes vor uns.

»Schon interessanter«, erwiderte Holger vor Überraschung in normaler Lautstärke. »Ein Segler, bestimmt sechs Meter lang.«

Lautlos tauchten wir die Paddel ein.

Das Schlauchboot glitt nahezu geräuschlos über die Wasseroberfläche, fast auf Armlänge am Segelboot vorbei. Da ich nicht genau wusste, wonach ich suchte, außer nach der zehnjährigen Leonie, war der Segler der einzig interessante Anhaltspunkt in dieser Vollmondnacht.

Ein fahler Lichtschein im hohen Schilf des Ufers weckte mein Interesse.

»Da!«, wisperte ich und zeigte zum Ufer, wo der Betonklotz vollkommen deplatziert thronte, der bereits mit seiner Erbauung überflüssig geworden war. »Ein Licht. Wir müssen näher ran.«

Während sich unser Schlauchboot dem Schilf näherte, meinte ich am Fuß des Betonbunkers den Schein einer Fackel oder großen Kerze zu erkennen.

Das Schilf umarmte uns, als wir mit dem Boot ans Ufer stießen.

»Ich schau mal nach, was dort los ist«, flüsterte ich. »Wartet ihr hier.«

»Keine Chance, Jan«, raunte Tillmann, »ich komme mit.«

»Ich auch«, meldete sich Holger zu Wort.

»Nein!«, zischte ich. »Holger, bleib, wo du bist. Du bist unsere Lebensversicherung, falls etwas schiefgeht und wir abhauen müssen. Wir können das Boot nicht unbeaufsichtigt hier liegen lassen.«

Es folgte eine fast lautlose, aber dennoch engagierte Diskussion über unsere Vorgehensweise. Nachdem Tillmann sich bereit erklärt hatte, die Nachhut zu bilden und im Schlauchboot unseren Rückweg zu sichern, kletterten Holger und ich über den Rand des Schlauchboots und ließen uns ins brusthohe Wasser gleiten.

Ich mochte mir nicht vorstellen, welche mehrbeinigen Kanalbewohner mir übers Gesicht klettern konnten. Mit zusammengebissenen Zähnen watete ich durch das dunkle Wasser. Am Ufer verlor ich im Schlamm fast das Gleichgewicht, fing mich aber wieder, ohne ins Wasser zu platschen.

Erleichtert ließ ich mich auf die Knie nieder und versuchte im Mondlicht etwas zu erkennen. Holger hockte sich wenige Sekunden später neben mich und starrte nach vorn.

»Hast du schon etwas gesehen?«, wollte er wissen.

»Nein.« Ich schüttelte den Kopf. »Bleib du hier. Zu zweit machen wir vielleicht zu viel Krach.«

Holgers Widerspruch ignorierend, huschte ich gebückt zwischen dem dichten Schilf am Ufer entlang. Als der Schilfstreifen endete, wuchs vor mir die Mauer eines Betonklotzes empor. Ich schlich bis an sie heran und umrundete, mich dicht an die Betonwand pressend, das Gebäude.

Plötzlich tat sich vor mir eine Art Nische auf.

Eine betonierte Fläche in Form eines Halbkreises wurde von einem einzelnen mannshohen Kerzenleuchter erhellt. Den äußeren Halbkreis bildete eine Reihe flackernder Grablichter in roten Gefäßen, wie man sie an den Feiertagen zum Gedenken der Toten vermehrt auf den Friedhöfen sieht.

In der Mitte des Rondells saß die athletische junge Surflehrerin namens Wanda, die in der Surfschule Norddeich Leo in den Neoprenanzug geholfen hatte.

Sie saß auf dem blanken Boden. Ihre Arme waren auf dem Rücken gefesselt. Um ihren Hals lag eine Schlinge, deren Seilenden zu ihren Fußgelenken liefen und dort verschnürt waren, sodass sie sich aus eigener Kraft nicht von der Stelle bewegen konnte.

Lautlos ließ ich mich auf den Bauch fallen und kroch durch das dichte Gras bis an den Rand eines Betonsockels, der mir Sichtschutz bot, solange ich meine Nase auf Höhe der Grasnarbe hielt.

Plötzlich ertönte leise die Melodie eines Kinderliedes.

Weißt du, wie viel Sternlein stehen
an dem blauen Himmelszelt?
Weißt du, wie viel Wolken gehen
weit hin über alle Welt?
Gott der Herr hat sie gezählet,
dass ihm auch nicht eines fehlet
an der ganzen großen Zahl.

Bereits als die unsichtbare Stimme die erste Zeile des altbekannten Gutenachtliedes anstimmte, richteten sich die Haare an meinen Unterarmen auf, und mich überlief eine Gänsehaut.

Vorsichtig hob ich die Nasenspitze aus dem Gras und spähte nach der Sängerin des so unheimlich durch die Vollmondnacht klingenden Kinderliedes.

Ich sah zu der gefesselten Frau hinüber, die verbissen an ihren Fesseln zerrte und versuchte, sich zu befreien, was ihr allerdings nicht gelang.

Unvermittelt trat eine Gestalt in den Kreis der geisterhaft flackernden Grablichter.

Ich erkannte die blonde Kickboxerin Victoria sofort, die mich im Schuppen der Surfschule zusammengetreten hatte und die das Blutgeld ihres Vaters Jakob Illner verschmähte, wie mir Wolfert erzählt hatte.

Ohne sich um die am Boden sitzende Frau zu kümmern, schritt Victoria – oder Vici, wie sie auch genannt wurde –, die der toten Frau aus dem Tretboot so ähnlich sah, langsam an der Reihe der flackernden Grablichter entlang, als würde sie eine Ehrenparade abnehmen. Während sie eine weitere Strophe des Kinderliedes vor sich hin trällerte, inspizierte sie die Position jeder einzelnen Kerze.

Weißt du, wie viel Kindlein frühe
stehn aus ihrem Bettlein auf,
dass sie ohne Sorg und Mühe
fröhlich sind im Tageslauf?
Gott im Himmel hat an allen
seine Lust, sein Wohlgefallen;
kennt auch dich und hat dich lieb.

»Weißt du eigentlich, wie sehr ich mich freue, dass du heute zu Papas Abschiedsfeier gekommen bist?«, rief sie der auf dem Boden sitzenden Wanda zu.

»Mach mich los und wir können ihm zusammen ein Liedchen zum Abschied singen«, erwiderte die Surflehrerin mit pappsüßer Stimme, unter deren Zuckerguss wilde Wut loderte.

Die Blonde kicherte. »Du bist mir ja ein Herzchen. Das liebe ich so an dir: deinen Humor und deine immer gute Laune.«

Gemächlich schritt die Kickboxerin die Reihe der Grablichter noch einmal in die andere Richtung ab, um sich anschließend vor der gefesselten Surflehrerin hinzustellen.

»Mach mich los, Vici«, forderte Wanda mit ruhiger Stimme. »Ich hole dann die Kleine vom Boot, wir verschwinden und nichts ist geschehen.«

Leonie!, dachte ich erleichtert. *Sie ist hier und sie lebt!*

»Das geht nicht«, erwiderte die blonde Vici und legte den Kopf schief. »Die Kleine schläft.«

Aus dem Stand heraus trat sie mit dem rechten Bein zu, ohne dass ich sie hätte ausholen sehen. Ihre Fußspitze traf die Gefesselte an der rechten Schulter und warf sie rücklings in den Staub des Rondells.

Meinem ersten Impuls nach wollte ich aufspringen und Wanda zu Hilfe eilen. Stattdessen presste ich vor hilfloser Wut die Lippen aufeinander, um nicht laut loszubrüllen. Wenn ich jetzt losstürmte, hätte die blonde Kickboxfurie mich mit zwei Tritten außer Gefecht gesetzt. Und Wanda wäre mit meiner Aktion wohl kaum geholfen gewesen.

»Hab ich dir wehgetan?« Ehrlich besorgt beugte sich Victoria zu der dunkelblonden Surflehrerin hinunter, die sich stöhnend in ihren Fesseln wand. »Das wollte ich nicht. Tut mir leid, Süße.«

Mit beiden Händen packte Victoria Illner die Frau und richtete sie wieder in eine halbwegs sitzende Position auf. »Geht's?«, fragte die Blonde und strich Wanda, die leise aufschluchzte, fürsorglich übers Haar. »Nicht weinen. Ich tu dir nichts. Wir sind doch so etwas wie Schwestern.«

»Lass mich gehen.« Unterdrückt schluchzte Wanda erneut auf. »Bitte, Vici. Wir haben uns doch immer gut verstanden.«

»Wir verstehen uns doch immer noch gut, Süße«, erwiderte die Kickboxerin lächelnd, trat hinter Wanda und zog ihre am Rücken verschnürten Hände in einer schnellen Bewegung nach oben. Mit einem Ruck brach sie der Surflehrerin einen Finger, der wie ein trockener Ast knackte, als der Knochen nachgab.

Wandas Schmerzensschrei gellte wie ein Peitschenhieb durch die Nacht, verstummte aber abrupt auf das klatschende Geräusch einer Ohrfeige hin.

»Uups!« Betont fürsorglich strich Victoria Illner der Surflehrerin über die Wange. »Jetzt ruh dich ein bisschen aus, ich schau noch mal nach der Kleinen.«

Ich drückte mich noch tiefer ins Gras, als ich es ohnehin schon tat, und hoffte darauf, dass ich optisch mit dem Untergrund verschmolz.

Das Glück war auf meiner Seite.

»Nicht weglaufen!«, rief Victoria Illner der Frau am Boden zu. Über ihren eigenen Scherz kichernd, verließ sie das Rondell an der mir gegenüberliegenden Seite.

Bemüht, kein Geräusch zu verursachen, kroch ich rückwärts ins nahe liegende Schilf.

Es tat mir in der Seele weh, der Surflehrerin nicht signalisiert zu haben, dass sie hier draußen nicht allein war.

Aber Leonie hatte Vorrang.

Halt durch, dachte ich entschlossen. Ich komme wieder und hole dich da raus.

Schnell, aber leise schlug ich mich seitlich ins Schilf. Wenige Meter weiter wäre ich beinah über Holger gestolpert, der sich ebenso wie ich so tief ins hohe Gras gedrückt hatte, dass er im Mondlicht damit verschmolz.

»Pass auf, du wärst mir fast auf den Kopf getreten«, flüsterte Holger mir zu.

Sofort warf ich mich neben Holger ins Gras.

»Hör zu«, flüsterte ich. »Das Kind ist hier. Vermutlich auf dem Boot, an dem wir vorhin vorbeigefahren sind. Da vorne läuft eine Frau mit Rastazöpfen herum, die ist gemeingefährlich.«

»Hatte sie dich so zugerichtet?«, fragte Holger interessiert. »Die Kung-Fu-Furie?«

Ich nickte. »Ja, das ist sie.«

»Dann bleiben wir mal besser in Deckung.«

»Genau«, stimmte ich ihm zu. »Sie hat eine andere Frau dort gefesselt und in ihrer Gewalt, die werde ich später befreien. Aber zuvor hole ich das Kind von dem Boot runter, sobald sie vom Boot verschwunden ist.«

»Und was machen wir?«, flüsterte Holger kampflustig.

»Ihr bringt das Kind in Sicherheit.«

»Was. Mehr nicht?«, fragte er enttäuscht.

»Na klar«, grinste ich. »Dann kommt ihr zurück und rettet mich.«

Holger zog ein langes Gesicht.

»Sei vernünftig«, flüsterte ich. »Du weißt, wie ich nach der Begegnung mit der Frau ausgesehen habe. Gegen diese Kickboxerin haben wir beide keine Chance, von Tillmann möchte ich erst gar nicht reden. Bringt ihr beide das Kind in Sicherheit, das ist das Wichtigste! Dann kommt ihr zurück und holt mich ab. Ich versuche in der Zeit, irgendwie diese Wanda freizubekommen. Einverstanden?«

»Nicht ganz«, widersprach Holger. »Wir bringen das Kind in Sicherheit. Das heißt, ich setze den Doc mit der Kleinen an Land ab und komm dann zurück und hole dich.«

»In Ordnung«, nickte ich. »Warte hier so lange, bis ich Leonie bringe.«

Wir verabschiedeten uns mit einem entschlossenen Kopfnicken.

Vorsichtig hob ich den Kopf. Alles schien friedlich. Gebückt huschte ich am Rand des Schilfs entlang Richtung Boot. Das Mondlicht wies mir sicher den Weg und nur wenig später sah ich den Segler am Ufer liegen. Ein kleiner Steg führte an Deck.

Ich blieb ein paar Minuten im Gras liegen und sondierte die Lage.

Alles blieb ruhig. Kein Geräusch außer dem nächtlichen Zirpen der Grillen war zu hören. Von Victoria war weit und breit keine Spur. Geduldig wartete ich noch ein Weilchen. Als sich ein paar Minuten später noch immer nichts an Bord des Schiffes regte, war ich mir ziemlich sicher, dass sie zurück zu Wanda gegangen war.

Ich erhob mich und lief zügig in gebückter Haltung auf das Boot zu. An dem schmalen Holzsteg hielt ich kurz an und warf einen prüfenden Blick um mich. Als glücklicherweise noch immer nichts von Victoria Illner zu sehen war, hastete ich an Bord.

Ich öffnete die Luke, die runter zur Kombüse führte, und verschwand im Innern der Segeljacht. Leonie lag friedlich schlafend in einer Koje, umgeben von einer Galerie von Propangasflaschen. Mir blieb fast das Herz stehen, als ich die gestapelten Stahlflaschen sah.

Leonie schlief tief und fest. Sachte rüttelte ich sie. Die Kleine zeigte keine Reaktion.

Angesichts der Propangasflaschen, mit denen sich das Schiff mühelos mit einem großen Knall in die Luft jagen ließ, wollte ich keine Zeit vergeuden. Vorsichtig schob ich eine Hand unter Kopf und Schultern und die andere unter ihre Knie und hob sie vorsichtig hoch.

Glücklicherweise war Leonie leicht, sodass ich sie gut tragen konnte. Unbemerkt verließ ich mit meiner Last das Boot und lief gebückt am Schilfrand entlang.

Holger, der schon ungeduldig auf uns wartete, nahm mir die Kleine wie ein Staffelläufer das Staffelholz ab.

Ich sah den beiden so lange hinterher, bis sie gänzlich verschwunden waren, lauschte noch einen Moment und machte mich dann erneut auf den Weg zu dem Rondell mit den Grablichtern.

Wie bei meinem ersten Besuch schlich ich bis an die Mauer heran, um mich die letzten Meter kriechend anzupirschen. Als ich mich der Nische mit ihrem Lichterhalbkreis näherte, stellte ich zu meinem Erschrecken fest, dass weder Wanda noch Victoria Illner hier waren.

Ratlos blieb ich im hohen Gras liegen. Wohin konnten die beiden verschwunden sein?

Mir fiel nur eine Antwort ein, wo sich die beiden Frauen aufhalten konnten – das Boot! Die Gasflaschen! Ich hatte keine Zeit zu verlieren.

Ich ließ alle Vorsicht fallen und sprang mit einem Satz hoch. Mit großen Schritten spurtete ich los und durchquerte den Kreis der noch immer flackernden Grablichter. Auf direktem Weg war es bis zu dem Bootssteg nicht allzu weit.

Wenige Minuten später stand ich am Ufer und sah das Segelboot bereits in einigen Metern Entfernung den Kanal entlangtreiben. Ohne lange zu überlegen, streifte ich Holgers Kleiderspende ab und hechtete kopfüber vom Steg ins Wasser.

Über eine kurze Distanz bin ich ein recht guter Schwimmer und mit einigen kraftvollen Zügen hatte ich den Segler erreicht. Ich zog mich am Heck aus dem Wasser und schwang mich an Bord. Drei Atemzüge genügten mir, um halbwegs zu Atem zu kommen; dann stand ich schon an der Luke, die zur Kombüse führte.

Als ich die Luke öffnen wollte, stellte ich fest, dass sie von innen verriegelt war.

Fieberhaft begann ich, das Deck abzusuchen, und wurde zum Glück schnell in einer Stauklappe fündig. Mit dem stählernen Bootshaken, den ich eilig gepackt hatte, hebelte ich so lange an der Luke herum, bis sie endlich ihren Widerstand aufgab und am Schloss zersplitterte. Ein paar kräftige Fußtritte später ließen sich die Einzelteile der Luke mit den Händen herauszerren.

Schon als das Holz der Luke zersplitterte, hatte ich den intensiven Gasgeruch wahrgenommen.

Ich griff mir eins der orangefarbenen Sitzkissen von der hinteren Bank, legte mich an den Bootsrand und zog es einmal kurz durch das Wasser des Kanals. Mit dem nassen Polster vor Mund und Nase kletterte ich unter Deck.

Beide Frauen lagen bereits bewusstlos Kopf an Kopf in einer Doppelkoje. Die Kombüse war gefüllt mit dem ausströmenden Propangas. Mein Blick fiel auf einen Elektrowecker, von dem zwei Kabel abgingen. Ich wusste, dass ich wenig bis gar keine Zeit mehr hatte, und packte Wandas Arme. Mit aller Kraft versuchte ich, sie mir über die Schulter zu ziehen, und merkte plötzlich, dass jemand die Kombüse betrat.

Holger stand hinter mir. Ohne lang zu fragen, half er mir und griff der leblosen Wanda unter beide Achseln.

»Wo ist die Kleine?«, fragte ich, während ich mich bückte und Wandas Beine anhob, um sie gemeinsam mit Holger an Deck zu hieven.

»Der Doc kam mir schon entgegen«, keuchte Holger, während er die Bewusstlose fest umklammert hielt. »Wir sind mit dem Boot da.« Mit vereinten Kräften wuchteten wir die Surflehrerin über die Reling, trotz der Eile darauf bedacht, dass sie nicht abrutschte und mit dem Kopf irgendwo anschlug. »Wir brauchten nicht weit zu fahren«, erklärte Holger trotz der Anstrengung. »Ein paar Hundert Meter weiter zelten ein paar Wildcamper, da sind auch zwei Frauen mit bei. Denen haben wir die Kleine anvertraut. Die Camper haben gleich Polizei und Krankenwagen gerufen.«

»Beeilt euch!«, rief Tillmann, der sich im Schlauchboot aufgerichtet hatte, um uns die Bewusstlose abzunehmen.

Ohne uns verständigen zu müssen, hasteten Holger und ich zurück unter Deck zu Victora Illner, die diesmal ich unter den Achseln packte.

»So leicht kommst du mir nicht davon«, sagte ich grimmig zu der Bewusstlosen, während Holger ihre Beine griff und wir sie ebenfalls an Deck schleppten.

Der Einfachheit halber und um jede Sekunde kämpfend, ließen wir die Frau einfach ins Schlauchboot plumpsen.

»Besetzt!«, rief Tillmann uns zu. »Ihr müsst schwimmen!«

Ohne nur eine Sekunde zu zögern, stiegen Holger und ich mit einem Schritt auf die Reling und stießen uns ab.

Das dunkle Wasser schlug über uns zusammen.

Ich machte ein paar kräftige Schwimmzüge, bekam das umlaufende Seil des Schlauchboots zu fassen und zog mich halb aus dem Wasser.

»Wo ist Holger?«, schrie ich zu Tillmann hoch.

»Hier.« Prustend tauchte Holgers Kopf neben mir auf.

»Festhalten!«, brüllte Tillmann und drehte den Gashebel des Außenborders auf.

Während das Schlauchboot beschleunigte, sah ich mich nach dem Segler um, von dem wir uns rasant entfernten.

Jeden Moment rechnete ich damit, dass er explodierte und ein gewaltiger Feuerball den Himmel erhellte.

Aber die Explosion blieb aus.

Als wir uns weit genug von dem Segelboot entfernt hatten, steuerte Tillmann das Schlauchboot an das Ufer, neben dem die Greetsieler Straße verlief.

Erschöpft kletterten Holger und ich aus dem Wasser und ließen uns ins Gras fallen.

»Wie sieht's aus?«, rief ich Tillmann zu.

Der kniete im Boot bei den beiden Frauen und reckte den Daumen in die Höhe. »Beide leben!«

»Warum ist der Kahn nicht hochgegangen?«, fragte Holger.

»Keine Ahnung, vielleicht …«, setzte ich an und wurde von einem donnernden Knall unterbrochen.

Ein paar Hundert Meter hinter uns stieg ein roter Feuerblitz in den Himmel.

»Na, geht doch«, sagte Holger trocken.

Epilog

»Mach ich«, lachte ich. »Und vergiss nicht, meine Einladung steht!«

»Ein wirklich verlockendes Angebot«, seufzte Luz Bruckner, mein alter Kanzleisozius und Kollege aus Berlin. »Einfach die Bürotür hinter mir zuziehen, Aktentasche und Krawatte in den Kofferraum werfen und ab nach Ostfriesland – Sonne, Wasser …«

»… und gelegentlich auch mal einen Mörder jagen«, ergänzte ich lachend.

»Ohne mich!«, erwiderte Luz. »Ich heiße ja nicht de Fries. Du bist halt unverbesserlich. Du tummelst dich da oben an der Küste, wo sich die Schafe und Seehunde am Deich Gute Nacht sagen, und ich bezirze inzwischen von meinem Büro aus die Oberstaatsanwältin mit einer eidesstattlichen Erklärung.«

»Dafür danke ich dir auch, Luz. Ich stell dir ein Bier im ›Rettungsschuppen‹ kalt, das hast du dir verdient. Komm einfach vorbei.«

»Ja, vielleicht mach ich das tatsächlich, außerdem …«, sagte Luz nachdenklich, »… diese Oberstaatsanwältin … diese Traute Lenzen, eine beeindruckende Frau. Zumindest am Telefon.«

»Nicht nur am Telefon«, erwiderte ich mit leichter Wehmut, ging aber nicht weiter auf Luz' Bemerkung ein. Er musste schließlich wissen, was ihn an die Küste zog: ob eine wohlverdiente Auszeit oder die Bekanntschaft mit meiner ehemaligen Liebe, von deren dunkler Seite der gute Luz ebenso wenig etwas ahnte wie ich, als ich Traute Lenzen zum ersten Mal begegnet war. Jeder ist seines Glückes Schmied, meine Lippen waren und blieben versiegelt.

Wir wechselten noch ein paar Worte, dann beendete ich das Gespräch und verstaute das Handy in der wasserdichten Sporthülle, die ich mir um den Oberarm geschnallt hatte. Ich steckte in einem Neoprenanzug und hatte mir geschworen, niemals wieder ohne ein wasserdicht verstautes Handy in Griffweite einen Schritt ins Wattenmeer zu setzen.

Hinter mir erklangen Stimmen, Menschen lachten. Urlauber spazierten Hand in Hand den Weg am Ufer entlang. Kleine Kinder wagten sich unter den aufmerksamen Blicken ihrer Eltern auf Erkundungstour im Schlick, Schüler der Surfschule machten auf der Drachenwiese ihre ersten Lenkversuche mit dem Kite.

Ostfriesische Sommeridylle pur.

Ich sah zum Himmel hoch, der sich strahlend blau, nur mit ein paar wie beiläufig aufgetupften Schäfchenwolken, über mir wölbte; gleich den Sahnewölkchen, die aus einer guten Koppke Ostfriesentee aufsteigen.

Vor mir lagen die Inseln.

Die Silhouetten von Juist und Norderney waren gut zu erkennen. Die Inseln wirkten so nah, als könnte ich hinüberlaufen. Aber ich wusste nur zu gut aus jüngster Erfahrung, wie trügerisch die Entfernungen im Wattenmeer sein können.

Während ich bis zu den Hüften im Wasser stand und auf meine Verabredung wartete, schweiften meine Gedanken immer wieder zu den Geschehnissen der vergangenen Tage.

Wann klärten sich denn schon ein über dreißig Jahre zurückliegender und für unaufklärbar gehaltener Banküberfall und ein vor drei Tagen begangener spektakulärer Raubüberfall auf einen Geldtransporter mit einem Schlag gleichzeitig auf?

Das Geld von dem Banküberfall im Jahr 1985 hatte den vier Tätern kein Glück gebracht.

Jakob Illner war bei dem Überfall von Bernd Degenhardt, dem Filialleiter der überfallenen Bank, mit einem Bauchschuss verwundet worden und während der anschließenden Flucht daran verblutet.

Ulf Vogt hatte seinen Anteil auf Ibiza verjubelt und sich dann mit einem Motorrad zu Tode gefahren.

Peter Richters Karriere als Geschäftsmann und Hotelier war ein ständiges Auf und Ab, wobei Letzteres in den vergangenen Jahren immer tiefer reichte und durch das Luxushotelprojekt am Neudeicher Rott saniert werden sollte. Richter hatte mit seinem Herzensprojekt nie eine Chance gehabt: Es wurde nie realisiert. Dafür sorgte das schleswig-holsteinische Umweltministerium ebenso wie der Landesbetrieb für Küstenschutz – nicht zu vergessen das Veto der Umweltschutzorganisationen wie World Wide Fund of Nature: Schließlich war der Nationalpark Wattenmeer Weltnaturerbe der UNESCO. Peter Richters Träume hatten nie eine Aussicht auf Verwirklichung.

Und ebenso wie Peter Richter hatte sich auch Asmus Wolfert mit seinen Geschäften verspekuliert. Sein Rettungsboot angesichts des sich unaufhaltsam nähernden Bankrotts sollte die Rückkehr in die Politik sein.

Warum nicht?, dachte ich sarkastisch. Er wäre ja nicht der erste Versager, der auf diesem Weg Karriere gemacht und sich einen lukrativen Posten im politischen Netzwerk gesichert hätte.

Wolfert und Richter brauchten allerdings beide dringend Geld, um die Zeitspanne bis zur Erfüllung ihrer mehr oder weniger umsetzbaren Pläne zu überbrücken. Wolfert war realistischer als sein alter Kumpan Richter. Auch wenn Peter Richter das Wasser bis zum Hals stand, wollte er um keinen Preis das Versteck von Jakob Illners Anteil verraten. Zum einen glaubte er felsenfest an das Luxusprojekt, das ihn retten würde, zum anderen plagte ihn immer noch ein schlechtes Gewissen wegen des Banküberfalls vor dreißig Jahren mit tödlichen Folgen.

Allerdings konnte er das alte Gelübde nicht einlösen, da keiner der noch lebenden Musketiere wusste, wo sich die Tochter von Jakob Illner aufhielt – bis sie eines Tages in ihren Geburtsort zurückkehrte und sich fürs Kitesurfen zu interessieren begann.

Als Peter Richter vom Auftauchen der Tochter seines toten Kumpans erfuhr, suchte er sie auf und tischte Victoria eine verblümte Geschichte über das »tragische Verschwinden ihres Vaters mit Ulf Vogt nach Ibiza« auf und erzählte ihr, dass er das Geschenk ihres Vaters an sie aufbewahrt habe.

Obwohl Victoria die Fadenscheinigkeit der Geschichte durchschaute, hinterfragte sie aus Angst vor Enthüllungen, die sie nicht hören wollte, das Märchen nicht. Und obwohl sie das Geld gut gebrauchen konnte, lehnte sie das Angebot ab, denn das Geschenk anzunehmen hieß, den Tod des Vaters zu akzeptieren. Sie wollte nur wissen, wo sich das Geld befand.

Da Peter Richter wusste, dass Victoria niemals den mannshohen zugemauerten Hohlraum in der fehlgeplanten alten Relaisstation des Schöpfwerks ohne schweres Baugerät finden würde, zumal der alte Klotz seit dreißig Jahren von niemandem mehr betreten worden war, ließ er sich dazu hinreißen, ihr den Aufbewahrungsort zu verraten. Er ging davon aus, dass man die Stelle ohne Karte ohnehin nicht finden würde. Die wiederum hatte er damals sorgfältig unter dem Kofferraumteppich seines Mercedes versteckt, dies irgendwann vergessen und sich auch beim Verkauf des Autos nach zwanzig Jahren nicht daran erinnert: Was ihn nicht weiter gestört hatte, da sich ohnehin in sein Gedächtnis eingebrannt hatte, wo die Beute lag.

Erst als Asmus Wolfert ihn bei ihrem letzten Treffen massiv bedrängt hatte, fiel es ihm wieder ein. Er erzählte ihm von der Karte und deren Versteck, behauptete jedoch, die Stelle vergessen zu haben, wo das Geld deponiert war. Mit dieser Behauptung wollte er sich Wolfert vom Hals halten, der ihn immer aggressiver bedrängte, und gleichzeitig Victoria Illner ein letztes Mal das Geldgeschenk anbieten. Falls sie es dann noch immer ablehnte, würde er sich einen Presslufthammer besorgen und sich selber ein Geschenk machen. Irgendwann war auch mal Schluss mit der moralischen Verpflichtung.

Dazu sollte es aber nicht kommen.

»Eine Viertelmillion!«, hatte Asmus Wolfert ihn beschworen. »Eine Viertelmillion, du Idiot. Das Geld liegt seit dreißig Jahren in seinem Versteck. Ich weiß, wir haben geschworen, es Jakobs Tochter zu geben, wenn sie volljährig ist. Sie hat es bei ihrer Rückkehr nicht haben wollen und sie will es heute noch immer nicht. Aber wir, wir brauchen es! Worauf wartest du?«

Wolfert war klarer, als es dem blauäugigen Richter je sein würde, dass dessen Luxushotelprojekt wie eine Seifenblase platzen würde, und er bedrängte seinen alten Kumpan immer massiver, je höher ihm das sprichwörtliche Wasser bis zum Hals stieg. Die letzte Auseinandersetzung zwischen den beiden ehemaligen Bankräubern endete mit Peter Richters Tod.

Nicht minder spektakulär war der Umstand, dass die Söhne Kai, Steve und Sascha es ihren Vätern dreißig Jahre später gleichgetan hatten.

Alle drei Söhne waren von ihren Vätern finanziell unterstützt worden. Während Kai und Steve mithilfe üppigen väterlichen Sponsorings ihre Surfschule aufgemacht hatten, wurde Sascha von seinem Vater kurzgehalten, weil der das Geld für sein ausschweifendes Partyleben auf Ibiza brauchte. Sascha hatte es mit Fleiß zu einem kleinen Laden gebracht, der allerdings ebenfalls vor dem Ruin stand, da der Eigentümer des Hauses, in dem sich der Laden befand, die Immobilie an einen Investor verkaufte, der Sascha den Mietvertrag kündigte und ihm einen neuen Vertrag mit für ihn utopischen Konditionen anbot.

Ebenso wie den Vätern stand den Söhnen das Wasser also bis zum Hals.

Da Peter Richter seinem Sohn Steve bei einem Vater-Sohn-Abend rotweinselig von seinen Jugendsünden, der Karte und dem Schwur der vier Musketiere erzählt hatte, als der ihn um eine Finanzspritze bat, und seinem Sohn damit den Floh vom schnellen Geld ins Ohr gesetzt hatte, versuchte Steve hinter dem Rücken seines Vaters bei Jakob Illners Tochter Victoria sein Glück. Zwar verliebte sich die blonde Surferin in den smarten Beachboy und stieg als Surflehrerin in die Surfschule mit ein, lehnte aber nach wie vor das Angebot Peter Richters rigoros ab, den Anteil ihres bei dem Überfall zu Tode gekommenen Vaters zu erhalten. Sosehr sich Steve auch um Victoria bemühte, sie weigerte sich. Immer und immer wieder kam es zwischen den beiden zum Streit. Und so gut und smart der athletische Surflehrer aussah, so aggressiv und cholerisch konnte er auch sein: In einem Wutanfall schrie er Victoria an, dass sie das Geld nehmen solle. Und wenn sie es nicht haben wolle, dann solle sie es gefälligst ihm geben, denn ihr Vater käme sowieso nie wieder. Von wegen Ibiza, er sei schon vor dreißig Jahren krepiert und von seinem Vater verscharrt worden.

Victoria kam sich so missbraucht vor wie in jener Nacht, als ihre Mutter von zwei Freiern krankenhausreif geschlagen wurde und ihr geliebter kleiner Bruder an seinen inneren Verletzungen verblutete. Ein Kapitel für sich, das sie tief in sich unter Verschluss hielt.

Nach seinem cholerischen Wutausbruch und der schmerzlichen Erkenntnis, auf Granit zu beißen, verlor der Beachboy das Interesse an Victoria Illner und wandte sich ein paar Tage später Julia Marten zu, die seinetwegen wiederum Sascha den Laufpass gab.

Für Victoria Illner brach mit Steve Richters Wutausbruch und der Konfrontation mit dem Tod des Vaters, an den sie sich zwar kaum erinnern konnte, ihn aber trotzdem über Jahrzehnte hinweg glorifiziert hatte, ihre fragile Scheinwelt in sich zusammen.

Victoria Illner fasste Pläne – mörderische Rachepläne.

Schon einmal war Victorias Welt zusammengebrochen. Nach dem Verlust des Vaters durchlitt sie die Hölle.

Einige Wochen nach dem Verschwinden des Vaters kam Victorias Bruder zur Welt, und als ihr Mann nicht mehr auftauchte, versuchte die Mutter, sich und die Kinder mit Gelegenheitsjobs durchzubringen. Aber die Schulden der jungen Familie, durch die sich Jakob Illner zu dem Bankraub hatte hinreißen lassen, waren zu erdrückend. Teure Möbel, die schicke Einbauküche und nicht zuletzt der heißbegehrte Opel Manta B 2.0 GT hatten ihren Preis. Als dann nach und nach nicht nur der Gerichtsvollzieher, sondern auch einige weniger seriöse Herren auftauchten, bei denen Jakob sich Geld geliehen hatte, um die Kredite tilgen zu können, hatte der Anfang vom Ende längst begonnen: von Gelegenheitsjobs über besser bezahlte Jobs als Animierdame bis hin zur Prostitution, Alkoholabhängigkeit und Drogensucht – Victoria Illners Mutter ließ keine Station aus.

Victoria hörte niemals auf, sehnsüchtig auf den geliebten Vater zu warten. Sie hoffte inständig, dass der Vater zurückkam, die Mutter von den brutalen Freiern und vom Alkohol wegholte und sie vier eine ganz normale Familie wurden. Als eines Nachts zwei Kunden, Matrosen aus dem Hamburger Freihafen, die in Norddeich auf Landgang waren, ihre Mutter krankenhausreif schlugen und die kleine Victoria und ihren Bruder vergewaltigten, zerbrach etwas in dem Mädchen. Ihr Bruder überlebte die Nacht nicht, zu groß waren die bei der Vergewaltigung zugefügten Verletzungen, und ihre Mutter trank sich nach Entlassung aus dem Krankenhaus tot.

Victoria Illner hatte das Liebste auf der Welt verloren.

Auch die folgenden jahrelangen Aufenthalte in der Kinder- und Jugendpsychiatrie und die Versuche, sie in einer Pflegefamilie unterzubringen, halfen nicht, ihr Trauma zu überwinden. Letztendlich ließ sie das Trauma nach Norddeich zurückkehren, um hier den dramatischen Höhepunkt zu erreichen.

Sie nahm Steve Richter sein Liebstes, indem sie seine neue Freundin Julia Marten erdrosselte, was für eine trainierte Kampfsportlerin wie sie kein Problem war. Die besondere Tragik, dass Vater und Sohn kurz hintereinander sterben mussten, wurzelte in dem alten Konflikt zwischen den Bankräubern von 1985. Auch dreißig Jahre später ging es noch um den versteckten Anteil, den Asmus Wolfert so dringend brauchte, dass er im Streit die Nerven verlor und seinen alten Kumpan Peter Richter erschlug.

Victoria Illner hatte mit dem Mord an Peter Richter nichts zu tun, im Gegenteil, sie wollte ihn ja leiden sehen und ihm das Liebste nehmen, seinen Sohn Steve, dessen Tod sie wie einen Selbstmord aussehen ließ. Ihr Versuch, Asmus Wolfert das Liebste zu nehmen, nämlich seinen Sohn Kai, ging allerdings schief, weil ich ihre Attacke draußen in der auflaufenden Flut verhinderte.

Da Ulf Vogt auf Ibiza ums Leben gekommen war, konnte sie ihn nicht für ihren Verlust leiden lassen. Aber auch Söhne können für die Sünden ihrer Väter büßen. So sollte es Sascha ergehen, seine Tochter Leonie war sein Liebstes.

Auch hier vereitelte ich ihre Pläne – diesmal mit der Hilfe von Holger und Tillmann –, als sie nach der für ihren Vater inszenierten Abschiedsfeier Saschas Liebstes, Leonie, und Kai Wolferts Liebstes, seine Freundin Wanda, gleichzeitig mit einem finalen und furiosen Feuerball aus dem Leben reißen wollte: Die Väter sollten für das, was sie ihr angetan hatten, leiden, ebenso wie die Söhne für ihre Väter.

Der Leichnam von Jakob Illner, Victorias Vater, wurde geborgen.

Im Rahmen einer von der Staatsanwaltschaft groß angelegten Suchaktion öffnete ein Bautrupp unter den wachsamen Augen der Kripo und der Staatsanwaltschaft den zugemauerten Eingang der alten Relaisstation. Weder Staatsanwalt Güll noch Kommissar Mackensen erhoben Einwände, als ich darum bat, dem Ortstermin beiwohnen zu dürfen. Zu meinem Erstaunen erhielt ich sogar Einblick in die Ermittlungsakten.

Schließlich war ich ein Held.

Ich hatte mich nicht nur auf eigene Faust von dem Verdacht des zweifachen Mordes entlastet, sondern drei Morde sowie einen dreißig Jahre alten Banküberfall und einen aktuellen Raubüberfall auf einen Geldtransporter aufgeklärt. Zudem drei Morde und einen Selbstmord verhindert, von dem Anschlag auf meine Person mal abgesehen. Da war dann auch schon mal Güll großzügig.

Es dauerte einen halben Tag, bis die Fachleute der Kripo den Hohlraum gefunden und die Arbeiter des Bautrupps die steinerne Gruft von Jakob Illner geöffnet hatten. Der Hohlraum, in dem der teilweise skelettierte Leichnam stand, war mannshoch und nicht breiter als vierzig Zentimeter.

Peter Richter hatte den Toten aufrecht stehend in den Hohlraum hineingezwängt und zu seinen Füßen eine Plastiktüte mit dem Anteil des erschossenen Bankräubers deponiert. Jakob Illner hatte so gerade eben in den Hohlraum hineingepasst. Da Peter Richter die Gruft des toten Bankräubers zugemauert und damit luftdicht versiegelt hatte, war der Leichnam nur teilweise verwest. Auch dreißig Jahre nach seinem Tod war die Kleidung zwar brüchig und verblichen, aber ansonsten gut erhalten. Im mumifizierten Gesicht des Toten war nach dreißig Jahren noch immer der Schmerz seines qualvollen Verblutens durch den Bauchschuss erkennbar.

Holger hatte die ganze Zeit recht gehabt: Es gab einen Schatz, den zwar kein Pirat, dafür aber ein Bankräuber versteckt hatte. Und wie der Schatz von Käpt'n Flint wurde auch dieser von einem toten Räuber bewacht.

»Hallo, Jan!«, schallte Leonies fröhliche Stimme zu mir herüber.

Ich riss mich von meinen Gedanken über die kruden Beweggründe Victoria Illners los und drehte mich um.

Fröhlich winkte mir die Zehnjährige zu, die etwa fünfzig Meter von mir entfernt neben Wanda herlief. Sie lenkte einen großen neongelben Kite, der hoch am Himmel über uns schwebte.

Ich winkte den beiden zu.

Im Gegensatz zu Wanda, der Surflehrerin, die noch heftig unter dem Eindruck des Erlebten stand, war Leonie nichts von dem Schrecken der Entführung anzumerken. Sie nahm schon wieder am Surfunterricht teil und tollte mit ihrer Freundin herum, als wäre sie nie entführt worden.

Da der spektakuläre Fall weit über Ostfrieslands Grenzen hinaus auf großes Interesse stieß, dauerte es nicht lange, bis in den bunten Blättern des Landes auch noch über die kleinsten Details und Hintergründe der Zwei-Generationen-Gangster berichtet wurde.

Wir waren uns einig, dass wir trotz der schrecklichen Geschehnisse so schnell wie möglich unser normales Leben wiederaufnehmen wollten. Deshalb führte ich als Erstes ein Vater-Tochter-Gespräch mit Thyra, in dem wir uns aussprachen: Sie hatte mich nicht hintergangen und ich hatte ihr nie ernsthaft misstraut. Während ich auf Anna wartete, widmete ich mich ausgiebig dem Dicken, der mich bei meiner Rückkehr mit einer über die Maßen lebhaften Begrüßung überrascht hatte. Mein Plan war, zwei Tage und Nächte mit Anna im Bett zu verbringen, mich von meinen Nächten auf dem Fußboden der Werft und Holgers Dachboden zu erholen – und Anna spüren zu lassen, wie sehr ich sie mochte und vermisst hatte.

Die Rückkehr zum normalen Leben bedeutete für mich außerdem, dass ich noch einmal zum Kiten rausging. Ich wollte nicht in Zukunft mit einem diffusen Schaudern aufs Meer schauen, das mich noch immer befiel, wenn ich an den Wettlauf mit dem Tod dachte, als ich den Surflehrer wie einen Schlickschlitten hinter mir hergezogen hatte.

Deshalb stand ich jetzt bis zu den Hüften an der Stelle im Meer, wo ich noch vor Kurzem ums Überleben gekämpft hatte.

Heute breitete sich die silbrig glitzernde Wasseroberfläche der Nordsee schier grenzenlos bis zum Horizont aus, wo sie dem strahlend blauen Himmel begegnete, der sich über uns spannte. Der leichte Wellengang hatte etwas Meditatives. Ich spürte trotz allem Schrecklichen, das passiert war, Frieden und Glück in mir – ganz besonders, als Anna neben mir auftauchte und ihre Hand in meine schob.

Schweigend standen wir Hand in Hand bis zu den Hüften im Wasser und genossen die leichte Brise, die das Wasser kräuselte, die Sommersonne, die zu uns herunterlachte, und das Gefühl, uns nah zu sein.

Ich glaube, man nennt das Glück.

26190732R00256

Printed in Poland
by Amazon Fulfillment
Poland Sp. z o.o., Wrocław